# 西学东渐与晚清语言文学

段怀清 著



復旦大學出版社

# 目录

## 口岸文人与晚清语言文学之一：王韬



## 口岸文人与晚清语言文学之二：沈毓桂、蔡尔康、海上漱石生

# 总序

陈思和

海派文学向来有狭义与广义之分。但无论是“狭”还是“广”，都有一些彼此相通的特点：其一，是开埠以来发生于上海地区的各种文学现象；其二，是中外文化交流、融汇和冲撞的产物，产生了偏离中国传统的新元素；其三，美学上与新兴市民阶级的文化趣味联系在一起，呈现出现代都市文学的特殊形态；其四，海派文学不是孤立发生的，它与整体的海派文化、海派艺术（戏曲、绘画）等一起在变化发展中逐渐形成特色鲜明的地方文化。

从审美风格而言，开放、杂糅、新异、叛逆构成海派的四大元素。开放就是不保守，具有开阔的全球视域；杂糅就是不纯粹，不承认老祖宗传下来的“传统”是正宗，敢于吸纳异质文化；新异就是不守旧，喜欢标新立异，夸张自身优势，以吸引受众眼球；叛逆就是不安分，求新求变，敢于反对一切压制它发展的力量。——这样综合起来看，海派是一种含有先锋意识的文化现象。一旦这种文化意识与新兴的现代的市场经济结合起来，它会产生一股势不可挡的力量。

但具体到海派文学而言，情况就有些复杂了。海派文学一开始就不像新文学那样充满先锋性和理想性，它是一种大都市的通俗文学，趣味上迎合市民阶级的口味。海派文学杂质丛生，包罗万象，枝枝杈杈旁逸横生。在海派文学形成过程中起到重要作用的、市民大众趣味主导的文化市场，是一把双刃剑，既能推波助澜，又会导致文学艺术发生异化，背离初衷。民国初期的海派文学起源于新兴的都市通俗文学，一方面在古代话本小说基础上增添了新的元素，另一方面也受到后起的五四启蒙运动的强烈排斥与批判。于是，海派文学很快就改变了自身的生存状态，与其他海派文艺一起转向现代都市新媒体，成为现代都市电影、广播（无线电）、戏曲、小报副刊、休闲读物、连环画等文化领域的新宠。“新媒体”这个要素正是海派文学求新求变、不墨守成规的特点所决定的，它以牺牲纯文学的传统为代价，成了非驴非马的新变种和新形态。紧接着，新文学的重心南移，在上海的现代消费市场环境下生存以后，很快也出现了海派文学的特征：一种是继续走市场、走情色男女道路的文学，我们称它为繁华与糜烂同体生存的文学，这种文学将新老海派合二为一，别树一帜地成为上海的特色文学；还有一种海派文学，则是现代性的另一面，即在现代大工业基础上产生的社会底层与工人生活的书写，也是具有社会主义因素的左翼书写。这就是海派文学在20世纪30年代全盛时期的所谓“两个传统”。这两个传统互相渗透影响，新与旧、雅与俗、中与西、繁华与糜烂、反抗与颓废……现代性的多重面向都得到了张扬。

所以，文学的海派其实是一个复杂、暧昧的定义，不能以某一个面向来代替它的全部意义。我举一个例子：几乎没有人认为鲁迅是海派。鲁迅早期的创作确实与海派无缘。他成名于北京，属于

《新青年》的启蒙文人圈子，他的著述除了正宗的学术著作外，就是纯粹的白话小说、散文诗和散文，都属于高大上的新文化主流。但是鲁迅晚年携许广平到上海定居以后，一切都变了：首先他成为上海左翼文坛的领军人物，爆发出强烈的叛逆性，其次他成为体制外的自由职业者，依靠卖文为生，他的大量作品都是发表在报纸副刊上的杂文，就像现在流行的新媒体推文，写作形式变得不那么正宗纯粹了。他的杂文内容大量取材于上海市民生活现象，最典型的就是《阿金》，那篇作品既可以当作小说来读，也可以作为杂文，鲁迅描写的是后弄堂娘姨的私生活，正是典型的海派文学。鲁迅晚年家居山阴路大陆新村，属于半租界，与鲁迅日常生活相伴的，是电影院、咖啡馆以及日本人办的小书店，他接触的是带有一点危险性的地下反叛者以及流浪青年，这与他的二弟周作人在北平苦雨斋里喝苦茶、写小品、读古书的旧式士大夫生活，成为一个鲜明的对照。我们前面所举的开放、杂糅、新异、叛逆——“海派”四大元素，鲁迅先生一概具备。因此，以海派文学的两个传统为标准来品定鲁迅，他当然就是一个海派作家。

我之所以取鲁迅为例，就是想说明，即使在看上去可能与一般人理解的“海派”距离最远的作家，即使他也始终不懈地对沪上市侩风气进行批判和嘲讽，但他——哪怕是鲁迅，只要长期浸淫在海派文化的大环境下，也可能会朝着海派转向，不自觉地成为其中的一员。以此类推，像创造社时期的郭沫若、郁达夫，左翼时期的茅盾、蒋光慈、丁玲、田汉、夏衍等人的创作及其文学活动，都应该被纳入海派文学的范畴来考察。只有坚持了海派文学两个传统的观点，才能赋予海派文学以历史概念。把海派文学的历史发展与今天的上海文学创作联系起来，成为上海文学在美学风格上的一个品牌。

这套“海派文学研究丛书”是陈麦青先生建议编辑的。他邀请我参与其间，并且要为之写一篇总序。但我在《海派与当代上海文学》的编后记里已经阐明自己对海派文学的认识和探讨，似乎在这里不宜多加重复。

不过，出版社推出这套丛书是有长远计划的。当下的上海在日新月异地发展变化，“海派”越来越成为城市的文化名片。研究海派的前世今生，探讨海派的优势短板，认清海派文化的何去何从，对于当前上海的文化建设有着重大关系。而文学艺术是文化金字塔的顶尖部分，也是海派文化中最精致、最高标的部分。20世纪三四十年代，海派文化一向受人轻蔑和非议，但上海文学的活跃和领先，保持了全国弄潮儿的地位。弄潮儿向涛头立，手把红旗旗不湿——这就是海派文学的历史写照。1949年以后，就物质文明的创造而言，上海依然走在全国的前头，这也是文化的根基；但就精神文化的创造而言，说上海领先全国就有点勉强了。这是上海人心中一个解不开的心结。20世纪90年代初，上海拉开了浦东开发的序幕，随着经济实力的迅速增长和国际化的日益普及，海派怀旧之风越吹越盛，海派文学的呼声也随之水涨船高。一部《繁花》不胫而走，洛阳纸贵，就是这个趋势的征象。

趁着这个时机，复旦大学出版社推出三部对近代、现代、当代海派文学的研究论著，希望能够在上海文学的发展轨道上，起到一个助力器的作用。虽然这三部著作研究的都不是当下的海派文学——段怀清研究开埠时期的上海文学如何在传教士与第一代睁眼看世界的知识分子的实践下开创海派新局面；许道明生前着力研究民国时期海派文学，也是海派文学在全盛时期的一部分镜像；而我的这部论文集，则是几十年来参与其间的当代海派文学建设中所获的点滴心得。三本书搭建一座小小的黄金台，谈不上研究的规模和系统，但可以抛砖引玉，以吸引更多的青年才俊加入研究海派文学的行列。

我期待着有更多更好的研究海派文学的力作涌现而来。

2020年4月16日

# 来华传教士与
# 晚清语言文学

# 超越陌生化与在地化的绝对界域：基督教中文《三字经》文本的语文书写实验考评

作为一种课育启蒙儿童，塑造其知识观、世界观、价值观以及行为举止规范的知识读物，《三字经》在中国古代受教育者的文化身份塑造、心灵世界建构以及公共知识传播体系中，曾经扮演过不容回避的重要角色。而《三字经》文本的书写生成方式，与后来的历史进程中不绝如缕、种类繁多的《三字经》注释本一道，共同构成了中国古代文化教育结构中引人注目的《三字经》文化现象。[1]

值得注意的是，随着晚清新教来华传教士势力朝向中国内地的不断渗透扩展，其宣教布道的对象以及方式亦在不断丰富、调整及改进。[2]其中一个重要事实，就是传教士团体对于教育的重视以及不遗余力的推动发展。[3]这种教育几乎从幼稚园开始直至大学，已经形成一个完整的常规教育体系，此外还有一些职业教育、特殊教育、社会教育等。[4]尽管进入传教士团体所主导的教育机构中接受教育的本土学生在数量上并不占据明显优势，但这种教育却因其所具有的几个显著特点而格外值得重视：

1. 西学为主导的近代教育内容——这种导向与现代教育的总

体趋向大体一致，同时也与晚清中国政府所主导的所谓学堂教育体制中的西学教育具有可对话的知识基础；

2. 中西双语教育模式，这对中国传统教育中的单一语言及话语结构是一种挑战；

3. 基督教价值观与中国传统知识、思想及价值观的对冲博弈与调和兼容；

4. 以西方对于人及生命的认知理念来教育培养受教育者，关注其发展是否符合这一理念；

5. 具有更多机会前往西方国家接受更高教育或继续深造发展。

上述几点，其实已经从根本上动摇了中国思想或中华文化在本土教育体系中的唯一存在或不可置疑的权威性，尤其是对于儒家思想的绝对正统地位和权威性构成了现实且有力的挑战。而这些挑战，在时间上要比由中国本土的现代知识分子所发起的“五四”新文化运动对于传统教育及传统价值的挑战来得更早，当然两者之间亦存在着一定因果关系及内在关联。

为了配合适应这种由传教士团体所主导的教育事业，在华传教士们开展了令人印象深刻的各种教科书的编撰书写，其中针对启蒙童稚阶段的学童所编写的各种教育启蒙读物亦是数量众多。不仅如此，这些启蒙读物在书写形式上，很多时候还“超越”了传教士们在基督教福音传播过程中所坚守的“福音主体性”或“基督主体性”的自设界域，参照借鉴中国本土启蒙教育文本在内容与形式书写上的一些经验或范式，生成了具有晚清中西跨文化对话交流语境特色的基督教中文知识文本。基督教中文《三字经》文本即为其中之典范。

有关基督教中文《三字经》文本，仅哈佛—燕京图书馆所藏，[5]即有：

1.《三字经》，1875年，京都灯市口美华书院印刷；

2.《三字经》，1904年，华北书会印发；

3.《三字经注解》，富善（Chauncey Goodrich，1836—1925）；

4.《真理三字经》（榕腔），1875年，美华书局印；

5.《圣教三字经》，同治九年（1870），太平街福音堂藏版；

6.《麦氏三字经》，光绪二十六年（1900）真宝堂书局印；

7.《三字经》，夏察理（Charles Hartwell，1825—1905）著，1913年；

8.《训女三字经》，马典娘娘著，道光十二年（1832）；[6]

9.《三字经》，道光二十三年（1843）镌，香港英华书院藏版；

10.《三字经》，尚德纂，又称《新增三字经》或《我教子惟一经》；

11.《三字经》，顺德欧适子著；

12.《三字经》，香港英华书院藏版。

此外，还有在内容上同样旨在传播基督教思想、在书写形式上亦模仿《三字经》而生成的所谓“四字经”“五字经”等。譬如《小学四字经》（福州榕腔，夏察理著，同治十三年）、《圣教便览五字经》（夏察理著）、《五字经注解》（夏察理著，同治十年）、《双千字文》（丁韪良著）等。[7]

上述基督教中文《三字经》文本的仿写“传统”，大概肇始于伦敦会（London Missionary Society）差派来华的传教士麦都思。但值得注意的是，由麦都思所主导的这部仿写《三字经》，不仅在时间上最早（1823年），而且当时传教士尚不得进入中国传教，故此文本的读者对象，主要是当时南洋地区的华侨。另外，上面所提到的《训女三字经》文本，其著作署名马典娘娘，即麦都思夫人的妹妹Miss Elizabeth Martin。据信此文本，也是晚清第一部以女性读者为对象的基督教中文《三字经》文本。

一

美国历史学者罗友枝（Evelyn S.Rawski）的《基督教宣教事业中的基础教育》（*Elementary Education in the Mission Enterprise*）一文中的第四节《圣教三字经》（*The Christian Three-Character Classic*），大概是学界较早注意到新教来华传教士利用中国启蒙教育文本《三字经》的书写形式和传播儒家伦理思想的诉求，来进行语文书写“实验”的专论。这段论述出现在有关早期新教来华传教士的宣教事业语境之中，在讨论了“与中国的教育传统妥协”“本土教师”“中文启蒙读本”之后，该文专门分析了传教士们如何借鉴利用中国本土的《三字经》书写传统，来“仿写”制作基督教中文的《三字经》文本。[8]

这些基督教中文《三字经》，在编撰出版的时间上，大致从1823年到1913年，其中有代表性的文本包括：

1. 麦都思（Walter Henry Medhurst，1796—1857）的《三字经》，时间为1823—1855，全篇948个字；[9]

2. 马典娘娘（Sophia Martin Little）的《训女三字经》，1832

年，全篇1 212字；

3. 富善（Chauncey Goodrich，1836—1925）的《三字经注释》，1865年出版，1 008字；

4. 夏察理（Charles Hartwell，1825—1905）的《圣教三字经》，1870—1913年不断编订出版，960字；

5. 白汉理（Henry Blodget，1825—1903）的《三字经》，编撰出版于1875年，1 512字。

上述五位传教士的国别、所属差会、来华时间、一般著述状况、由其编纂的中文《三字经》的编写出版时间、宣教地域、所属方言区、对待基督教信仰与儒家文化传统关系之认识、对待白话文言之态度等，均存在或多或少之差别。而他们分别编纂的基督教中文《三字经》文本，又是否承载了上述种种信息呢？这些文本彼此之间的细微关系又是如何呢？

五种基督教中文文本《三字经》，最早的初版时间为1823年，最后的再版时间为1913年，中间时间相距长达九十年。在这九十年中，中国社会、文化、教育、宗教环境以及语言文学等，都发生了显而易见的变化。

就时间维度而言，首先，基督教中文文本《三字经》编撰出版及再版的时间跨度较大，从19世纪20年代到20世纪10年代，这近90年的时间，正是一般所谓的“晚清”；这个时间段，也正是中国近代历史上风起云涌、变化剧烈的时代。而《三字经》作为一个内容上相对比较确定的书写文本，又是如何因应或体现出上述“时间”变化的？换言之，时间因素又是如何在《三字经》的仿写过程及最终文本的生成中留下它的烙印的？从这里，我们如何体察到历史语言的进程、特点及变化？其次，这个时间段所包含的时间政治或语言政治是否亦渗透到了这一仿写过程之中？再次，这个时间段也是中外关系发生巨大改变的时段，期间经历了数次对中国近代历史和中外关系产生重大影响的事件。尽管《三字经》的仿写内容相对固定，而且又是借用本土一个影响巨大且深远的启蒙文本的书写方式和形态，那么，是否也可以通过这个文本界面或语言平台，来体察中西话语地位、语言关系的微妙波动甚至两者间的相互调整呢？

就地域空间维度而言，基督教中文文本《三字经》的书写生成并非集中于一域，而是涵盖了中国本土之外（像1823年编撰初印的《三字经》）的南部沿海、东部沿海以及北方内陆的巨大空间。在如此广袤的地域空间里，历史、现实、文化、教育、语言、习俗等丰富多样且差异甚大，而传教士们又是如何通过一个形式、内容均相对固定的文本结构，来处理地域语言及相关信息之差异或多样性的？在这种更具有"公共性"的语言结构或平台上，又是如何处理《三字经》这种"公共性"的语言结构文本与地域语言的个体性或差异性之间的关系的？

就新教来华传教士们所关注的晚清语言改良或革新而言，作为一个面向儿童读者的文化及价值观进行启蒙教育的文化读物，基督教中文文本《三字经》一方面需要渗透西方的近代教育理念和价值观，尤其是其儿童教育的理念；另一方面，又要渗透基督教福音思想及价值观，并依此来熏陶塑造本土儿童读者的知识世界和心灵世界——从传教士及教会角度而言，这也无疑是最为重要的。[10]而上述两个方面的"渗透"——无论是渗透的内容亦或方式，甚至包括结果——都是需要通过语言形式体现并完成的。那么，这种语言形式又是怎样的？是否具有进一步深入考察解读之必要呢？

## 二

基督教中文《三字经》文本，毫无疑问是为了宣扬基督信念和福音思想。其中有直接面向社会读者而撰写者，但显然更多是针对教会学校里还处于知识及人生启蒙阶段的儿童学生的。对于后者，其实亦有人将这种适应中国读者与文化传统的书写形式及文本形态，视作教会学校这种“适应中国”策略与实践中的一个组成部分。但对于这些教会学校以及基督教中文通俗启蒙读物，在多大程度上适应了中国传统，而基督教传教士通过他们的学校以及中文读物，又传递了哪些基督教价值观，这些读物在多大程度上包容了中国人的价值观，或者说传教士作者们在他们的教会学校的课程体系中，多大程度上迁就了中国人的需求，[11]对此恐怕依然是见仁见智。

本文并非是想从历史语境出发来考察晚清新教传教士的教育事业，以及在这一事业中其基督教中文著述的意义价值，而是试图借助上述背景，来考察分析几个有代表性且传播较为广泛久远的基督教中文《三字经》文本，具体而言就是上述五个文本，传教士们在参照借鉴本土中文本《三字经》来生成基督教中文《三字经》文本的过程中，与本土中文本之间构成了怎样一种互文关系，同时这五种文本彼此之间，又构成了怎样的互文关系。尤其是在对于后者的考察中，是否可以通过这样一个几乎贯穿整个十九世纪的文本书写甚至生产实践，来考察新教来华传教士“适应中国”策略的基本形态——从最初萌发到具体实施直至相对稳定成熟——以及他们对于一种民族共同语的认识，又是如何从相对模糊游移，到逐渐明晰和确定。在不断适应知识分子的社会方言以及普通民众的地域方言的同时，传教士们又是如何因为更广泛地传播基督福音的需要，不断超越社会方言与区域方言的局限，而朝向一种最广泛同时亦最具有超越性的共同语——无论其语言思想主张亦或文本书写实践——并通过《三字经》这样一种具有一定普遍性的文本形态呈现上述历史及结果，这些疑问，应该才是本文所需要关注并回答的。

就基督教中文《三字经》文本与本土《三字经》文本之比较而言，罗友枝经过比对分析，得出了不少富有启发性和有价值的推论。当然，这些分析主要试图澄清基督教中文《三字经》文本究竟在多大程度上“借鉴”“模仿”了本土《三字经》文本——不只是在“三字一句”这样一种表面形式上，而且在语言构成以及修辞方式甚至整个文本最终所呈现出来的框架形式以及意义结构上，是否亦存在较高程度的模仿性或相似性。

有意思的是，罗友枝经过比对分析之后的第一个发现，是基督教中文《三字经》文字在字数上一般要比本土《三字经》多些，这似乎暗示传教士们与他们的本土同行们相比，在中文的精练纯熟上还有进一步提高的空间。其实，这个结论与她所提供的比较图表所示并非一致：在五种基督教中文《三字经》中，有三种在字数上要比本土《三字经》少[12]，另两种在字数上略多于本土《三字经》[13]。这两种在字数上略多于本土《三字经》文本者，一为马典娘娘的《训女三字经》，一为白汉理的《三字经》。前者主要是针对基本上不接受学校及书面教育之本土女性，而后者则完成出版于1875年——时间上相对靠后。而这两点是否就是它们在字数上略多于本土《三字经》文本的原因所在，当然还需要进一步考察分析，但又似乎暗示着文本的字数与预期读者以及晚清语言改良的历史进程之间所存在着的某种关联。

但罗友枝以词汇为中心对基督教中文《三字经》文本中不同于本土《三字经》文本中的新词汇的分析，尤其是新词在整个文本中所占比例的考察分析，包括本土文本中有多少词汇重新出现在了基督教中文《三字经》文本之中，并以此来推断基督教中文《三字经》是否旨在传递不同于本土思想的基督福音，还是只是在迁就满足刚入道的本土归化者，这种关注考察方式，无疑是一种有意义的尝试。而在这一点上罗友枝的分析表明，基督教中文《三字经》有2/3以上的词汇，在本土《三字经》中出现过，但两者之间在词汇的使用语境以及词义属性上又分明存在着某种“断裂”。这些分析、发现及推论，很大程度上亦是对《圣经》翻译及传播过程中所谓“陌生化”策略与“在地化”策略的一种学术上的呼应。它从另一个角度显示出，所谓的“陌生化”和“在地化”现象，在跨文化交流中其实往往都存在，哪怕是在像基督教与世俗中国的接触交流过程中亦同样难免。但在基督教中文《三字经》文本的仿写生成过程中，经过考察分析之后发现，所谓的“陌生化”与“在地化”之间绝对的界域，至少暂时被打破了或超越了。

对于这一问题的进一步考察，可能是在那些本土《三字经》及基督教中文《三字经》皆适用的词汇上——这些共用词汇既是两种语言文化接触交流的基础，同时亦是产生语文与文化“断裂”的关键所在。研究者需要回答，基督教传教士为什么要选用这些被本土作者所使用的词汇，通常这些词汇被认为承载传递了本土文化的核心要义，是本土文化标志性的语言符号或早已经被读者所广泛接受的熟语。可能的回答是，这正是传教士“借鉴”“参照”本土文本的关键所在——这种仿写，并不是“三字一句”的文本外表形式，而是如何透过那些基本上已经被本土文化精神所浸润并确定的熟语，来渗透基督教义和福音思想。换言之，用一句形象的比喻，就是如何用本土语言的外壳，来填充基督教教义和福音思想的内核，或者说“旧瓶装新酒”。

这无疑是一种颇有风险的实验——无论是在教会方面还是在本土读者那里，都有可能遭遇传教士作者们始料未及的激烈反应。[14]

但本文希望通过对作为“始作俑者”的麦都思的《三字经》文本的书写——包括不断的修订增补等——这一历史文化现象的分析，来考察这种书写是如何逐渐在传教士团体中形成一个所谓的《三字经》书写的小传统的。在这个小传统中，究竟还隐藏着哪些秘而不宣的历史文化信息。

首先，可以肯定的是，麦都思仿写《三字经》，是其“适应中国”策略的一部分，或者一种具体实践形式。在东南亚华人社团中“发现”本土广泛传播的《三字经》并不难，吸引麦都思的显然并不是《三字经》本身，而是这种文本文体形式所在传播-接受过程中产生的巨大效应。这对急于在华人社群中开拓基督教福音传播的现实空间的麦都思等传教士来说，无疑是一个让他们眼前一亮的发现和值得期待的尝试。

至于麦都思为什么要采取“适应中国”读者的语言文化策略，费正清在《新教传教士著作在中国文化史上的地位》一文中通过对研究者伦纳德（Jane Kate Leonard）论文的评述，对麦都思的宣教生平及著述路径作出了这样的解读：麦都思在那里（东南亚的海外华人——作者注）的宗教使命的失败导致他走向革新——至少在宣教策略以及著述策略两个层面上进行了自我调整——并在加强世俗文化学习的同时压缩和简化宗教手册。但费正清就此得出了一个比较大胆的结论："麦都思为适应中国环境而在写作上发生变化，这暗示出不是基督教福音对中国人产生影响，而是中国文化影响了英美传教运动的奠基人之一。"[15]如果从早在巴达维亚宣教时期的麦都思仿写《三字经》和《论语》等的实践来看，费正清的上述结论是能够成立的。

综合在东南亚地区以及后来在上海的宣教及著述经历，麦都思"适应中国"策略主要有两个语言文化朝向——一个是朝向本土知识阶层的语言文化策略，其代表就是《圣经》"委办本"，另一个就是朝向本土底层民众的语言文化策略，其代表大概可以为基督教中文文本《三字经》[16]——其实也就是费正清所揭示出来的中国文化对麦都思的影响的"结果"之一。而比较之下，其适应本土知识阶层的语言文本策略受到关注者众，适应东南亚地区的海外华人读者的语言文本策略关注者相对较少。不仅如此，将这两个文本归总起来一并考察麦都思的"适应中国"的语言文化策略或基本思路，是一个颇为值得进一步探究的问题及方向。而且，朝向底层民众的《三字经》文本生成在先，而朝向精英知识阶层的"委办本"《圣经》翻译完成在后。这一方面呼应了《三字经》和《圣经》"委办本"在生成时间与地域空间上的基本情状——《三字经》编纂印刷的1823年，麦都思还在中国本土之外的南洋地区宣教，而当时他的主要宣教对象，正是甚少接受正规教育的底层华人；而《圣经》"委办本"翻译完成时期，麦都思在上海墨海书馆，其主要的翻译助手王昌桂、王韬父子，均为以儒业为人生正途的知识分子（这里是就翻译"委办本"圣经时期的王韬而言），而且江浙沪地区，也正是本土知识分子集中且中国文化意识强烈的地区。如果说

《三字经》是为了适应南洋地区华人的教育及阅读现状的话，《圣经》“委办本”则在适应江南地区的知识阶层读者的阅读习惯的同时，还表现出对于中华文化一定程度的尊重与对话诉求。

但问题是，这种双相适应的语文策略，包括其历史实践，看起来部分适应了晚清中国的某些社会与阶层需求，与传教士们大量的方言著述一样，是在一种“区域”“阶层”的思维意识中适应本土需求的宣教策略。这种策略，一方面带有跨文化接触交流过程中的“同情的理解”（sympathetic understanding）之立场与思想色彩，另一方面也难免文化机会主义或文化调和论之诟病。最关键的是，作为一种语言适应策略，麦都思的这种双向适应策略，实际上进一步认同了而不是质疑了晚清中国中上层社会与底层社会之间的语言隔膜，一定程度上延缓了而不是加速了晚清语言变革的主流方向——朝向一种民众共同语的努力。

具体到麦都思仿写的基督教中文《三字经》文本，据伟烈亚力《1867年以前来华基督教传教士列传及著作目录》，[17]这部文本据信为新教来华传教士最早一部独立编纂的基督教中文《三字经》文本，“是以同名中文作品为蓝本，用明白易懂的语言表述基督教的部分原理”。这里其实涉及三个值得关注的信息，一是麦都思的《三字经》文本是以中文原本为蓝本的，而这在当时传教士社群中并非不为人知的事实；二是在语言形式和修辞方式上，此文本亦遵循了几乎与本土原本类似的“明白易懂”的语言风格；三是该文本表述了部分基督教原理。[18]

上述论述其实也揭示了后来基督教中文《三字经》文本相似的特点，即一种“三合一”的组合结构：与本土原本之间的仿写关系、简明易懂的语言风格，以及必须传达的基督教义和福音思想。

显然，麦都思这一《三字经》文本，某种程度上开创了来华传教士仿写中文原本《三字经》的先河。而上文中所列举的另外几种《三字经》文本，不过是其中之代表。这些文本在追随麦都思所开创的“仿写”过程中，又各有其特色，譬如马典娘娘的《训女三字经》，就是将启蒙教育之读者对象，从男童扩展到女童，这不仅符合基督教福音传递到所有人的宣教思想，而且与近代以来西方开始萌发的女子教育权利思想相呼应。[19]富善的《三字经注释》，则是对本土《三字经》文本体例以及麦都思仿写体例的双重“超越”——当然在后来的本土《三字经》各种修订本中，亦不乏像《章太炎先生重订三字经》这样带有注释的文本。夏察理和白汉理的《三字经》，更大程度上是如何将基督教义阐述得相对更为完整清晰，譬如在语言上如何比麦都思的文本更为接近语体文，诵读起来也更为上口。

## 三

撇开历史的基督教中文《三字经》文本，在文学—文化上与本土原文本之间历史地形成了一个比较充分的对话空间。而撇开历史—文化语境，单就文本本身而言，对于上述五个基督教中文《三字经》文本的分析，亦可以为我们进一步认识了解19世纪新教来华传教士语文适应策略的基本面貌，并为我们提供有关他们语文实验在语言、修辞乃至文学性层面的更多信息。

与本土《三字经》文本的叙事需求和叙事方式有所不同的是，麦都思的《三字经》必须解决的一个叙述结构上的挑战，来自于《圣经》文本自身在叙事语言及修辞上的“复杂”多样与“兼容”

特性，以及与上述特性相关的叙事结构形式，譬如如何处理《圣经》"旧约"开篇较为强烈的故事性部分与稍后的说理性部分在语言、修辞以及叙事方式（包括语气、节奏、词汇的情感特性、叙事特性以及说理特性等）之间的过渡衔接——对于《圣经》中译本而言，这个问题或许并不存在，至少并不明显，但在像《三字经》这种阐述性的普及文本中，因为其结构容量有限、字数甚至句式亦受到限制，亦就难免涉及语言修辞的统一性或一致性问题。

麦都思的《三字经》[20]在描述"上帝"——在1820年代，麦都思显然对GOD这一基督教专有术语尚未有"委办本"时代的认识，而是称之为"神主"[21]——的时候，用了这样一段文字：

> 化天地，造万有，及造人，真神主。无不在，无不知，无不能，无不理。至公义，至爱怜，至诚实，至圣然。神为灵，总无像，无可坏，无可量。无何始，无何终，尽可敬，尽可恭。

从上面句子看，应该说麦都思最初仿写本土《三字经》文本，在语言修辞上，还是有所"创新"的，譬如这里用了一些排比句，来描述"上帝"的至上，就是对本土《三字经》文本在语言修辞上的一种"神似"或超越。或许上帝的存在对于华人读者来说，依然显得有些飘渺神秘，但这种描述语言本身，却是他们所熟悉并容易朗读背诵的。而这种语言既带有介绍说明的特点，亦有规劝信从的意味，是将一种知识真理性的说明，与一种启信式的"劝勉"结合在一起，且能够把握好其中的分寸，既非迫不及待式的驱赶，也不是咄咄逼人的威压，而是在一种相对平和的语境中娓娓描述、细细规劝，这种语言的把握意识和运用能力，一方面是传教士们基本的宣教布道修辞方式之训练结果，另一方面亦可显示出麦都思对于本土《三字经》文本语言形式背后的“说话者”与“听话者”之关系的体会与领悟程度。

在谈论身体与灵魂、人与动物之间的区别时，有这样一段文字：

> 曰身体，曰灵魂，此二者，须晓分。彼为肉，此为灵，一会死，一无罄。身不省，生不久，灵不理，苦千秋。马牛羊，鸡犬等，无灵魂，无来生。肚饥饿，寻其粮，食到饱，更无想。禽及兽，缘下贱，无何恶，无何善。乃世人，因性偏，永远苦，自不免。

这段文字，镶嵌在“神主”创世造人与耶稣降世的故事性叙事之间，仅就其语言特性及字词组成方式而言，多少显得有些生硬。其中甚至还有“马牛羊，鸡犬等”这种明显是为了满足句式要求而凑成的句子，也有“彼为肉，此为灵，一会死，一无罄”这样或者因为词语修养不够而带有“过分”语体化色彩的词句。这种现象表明，在来华传教士的中文修养尚且不够之时，如果他们的中文助手的语言文学修养也有限，他们在对中文助手修饰文本的语言修辞的最后审读把握上，是存在着基本上难以避免的“缺陷”的。

而在描述基督形象及其来历时，麦都思的《三字经》文本使用了一种带有夸张性的语言修辞来落实这种叙事与传播需求：

> 真活神，至怜悯，遣耶稣，救世人。此耶稣，身为贵，上于天，神使辈。参真神，宇宙督，万权势，其掌握。离天

辉，荣与耀，权其家，其不要。选贫穷，苦与劳，当此难，致人好。

值得注意的是，麦都思对于《圣经》故事中一些经典情节的“中国化”或“本土化”改写：

> 我始祖，考与妣，最快乐，在园里。神赐人，有果实，凡在园，具可食。惟有禁，树一根，食之者，悖神恩。有恶鬼，以谗言，述惑人，得罪天。此一错，坏人性，此为恶，无为圣。始祖恶，生后代，至世末，具为歹。人之性，今为偏，向诸恶，不从善。普天下，皆为然。

这段文字，是麦都思的《三字经》在词汇上尤为靠近本土语言文化习性的具体表现。其中所使用的“始祖”“考妣”“恶鬼”“谗言”等词汇，都极为容易勾引起华人读者的文化历史记忆与关联想象。而且，这些词汇都不是孤立散存的词汇，而是牵扯着一个与之编织在一道的历史文化网络。也就是说，这种带有明显本土文化符号色彩意义的关键词的出现及使用，实际上与上文中所提到的对于本土语言背后所隐含着的对于“说话者”与“听话者”关系的细微把握一道，共同昭示出麦都思的中文《三字经》文本是如何通过“语言适应”，来达到“文化适应”的工具性目的的。而这一点恐怕也是麦都思式的“语文适应”策略最为遭到教会内部非议诟病之所在，因为这种“语文适应”所关联着的“文化适应”，在教会看来，已经将基督教的独一无二、至高无上，降低到与异教徒的文化历史可以相提并论或者比附的地位，这种尝试，在教会看来或许是难以接受的。尽管麦都思们只不过将这种“适应策略”视为一种过渡性的工具手段，其最终目的，并不是要实现基督教与本土文化历史之间的所谓“对话”或者“相互理解”，而是中国的“基督教化”，但这种多少带有些“机会主义”色彩的策略，在教会那里也是富有挑战性的。不过，对于这种“适应中国策略”，麦都思等人更多是从宣教需要或现实主义角度来看的，与教会远在千万里之外、多少有些一厢情愿式的立场态度自然有所不同。

麦都思的《三字经》在意义结构上其实还是比较明了的，在造物主、耶稣、创世造人以及人性沦落等有关《圣经》的基本教义之后，提到了耶稣代人受罪以及人所需要的忏悔——包括如何悔罪以及如何追信耶稣。之后又提到了传教士的地位与作用，“助人行，至常活，一圣书，一教士。……教士者，传神志，解圣书，醒觉世”。——在圣书、教士和圣礼三者之后，《三字经》还提到了家庭修炼以及如何家人一同虔信。在这里，麦都思“借用”了中国人传统家庭观念中的俱荣俱损心理来阐释教义，“子为歹，必离父，妻不良，亦远夫。父母恶，子女贤，必相远，不再见。一升天，一落苦，一得福，一受祸。一喜悦，一惊惧，一赞神，一怨忌”。这种类似的超越词语表面意义、深入到民族文化集体心理之中的“借用”，才是麦都思《三字经》在仿写过程中尤为值得关注之处。类似之处还有文本结束处对于儒家“正心诚意”思想的“借用”：

> 尔小生，宜求神，神乃好，常施恩。每日早，当祈求，又每晚，不可休。先颂神，罪必认，求恤怜，后蒙恩。正其心，诚其意，止于敬，才成祈。口里话，心要同，此二反，有何用。有恒心，常畏神，至于死，福无尽。

当然这种“福报”思想不一定会得到儒家知识分子的完全认同，可能会被认为是一种比较鄙陋的意识，但其中所隐含的“正心诚意”之思想，却是儒家修身养性的起点功夫。

从上述分析似乎可以发现，尽管麦都思仿写《三字经》之时，尚未置身儒家文化的中心圈，但从与华人社群的接触、观察以及对于中文文献的阅读理解，再加上中文助手的说明介绍以及仿写过程中后者的“出谋划策”，实际上已经使得仿写的基督教中文《三字经》文本，至少从一个文本整体上看呈现出一种“跨文化”对话的诚意和相当的语言文化基础。而且，更为关键的是，麦都思的《三字经》文本，已经基本上超越了所谓“陌生化”与“在地化”的羁绊或绝对界域，进入到一种对话——交流——理解融通的理性轨道。

比较之下，马典娘娘的《训女三字经》更为贴近华人社会的集体文化意识，尤其是贴近底层民众的文化心理。在文本结构上，《训女三字经》比麦都思的《三字经》更为大胆的是，它基本上摆脱了《圣经》的文本原型影响，开篇就从中国人最为关注的兄弟关系讲起，而不是像麦都思那样循着《圣经》从上帝造人开篇。“孝父母，惜兄弟，若不如，无尽礼。”这是对于女性在家庭中的身份、地位的一种重新认定，其中并没有要求女性们摆脱父母兄弟家庭的羁绊，投入到基督的怀抱中这样的宗教说教，也没有鼓动女性们以更加积极的态度进入社会、寻求自由和自我解放的女权主义宣传言论。而这种对于女性身份地位的“认定”，其实就是一种“在地化”，是对华人社群中当时女性在家庭、社会中的身份地位的一种现实接受。而且，从“孝敬”讲起，对于紧接着开讲的对于耶稣基督以及上帝的信仰，也是一种文化心理上的唤醒与铺垫——这种语言修辞或叙事方式，显然比麦都思的《三字经》在阅读心理上更为自然和顺畅。

而就语言特性而言，《训女三字经》更多变化亦更为语体化，运用了更多比喻和假设，而且句式亦更为连贯，具有更强的语义和句式上的联系性，并不受三字一句的结构局限。譬如“尔忽想，人若富，但不好，无烦恼。人若贫，但爱好，今后世，无万苦”。甚至有些句子不惜使用带有方言色彩的词汇，“生那时，可羞辱，死那时，烦到熟。在此时，而讨嫌，在后世，皆一然”。这种句子，在麦都思的《三字经》文本中是绝对看不到的。

在基督教中文《三字经》文本系列中，《训女三字经》的最大启示，在于它深入到华人底层女性千百年来秘而不宣的心理世界和精神世界之中，以一种重塑精神帝国的宏大愿想，开启了近代以来通过通俗语言文本形式来启蒙女性、重建女子世界的社会运动。当然，晚清新教来华传教士的女性启蒙及女子世界重建绝非仅仅《三字经》这种文本形态一途，此外早已经开启的女子学校教育、女子职业教育等，连同在公共言论领域以女子为读者对象的专门报刊等的创办，共同构成了这场带有近代特色的社会改良运动的重要内容。

与《训女三字经》相比，《圣教三字经》对于麦都思的《三字经》亦存在显而易见的仿写[22]——这是一种对于仿写本的仿写。这种仿写不仅表现在一般语汇上，更明显的是其文本叙事结构、方式顺序以及句式结构上的“模仿”。不过笼统而言，《圣教三字经》在语言上更为清顺，读起来亦更为爽朗顺口。这大概与夏察理在官话方言区的生活经验有关，尤其是对于语体文的相对熟悉。这种因为传教士生活及宣教地域的变化、特别是深入到官话方言的核心区域并长期在这里宣教布道和生活而带来的语言感受和语文经验的变化，最终通过《三字经》这种文本的书写生产体现出来。尽管上述变化未必就是一种自觉的语文意识，尤其是所谓语文改良意识使然，但却与晚清新教来华传教士的语文变革运动的总体方向及历史进程是基本一致的。

## 四

晚清新教来华传教士模仿本土《三字经》文本而生成的众多基督教中文《三字经》，无疑是传教士们或从个人角度、或遵循差会意志而采取的在地化或“适应中国策略”中的一个文学文化个案。但无论是从文本的内容、形式及可读性角度来分析，还是从这些文本的使用、传播的历史事实来分析，似乎都显示出这种仿写文本与本土中文《三字经》在读者阅读接受以及历史长河中实际存在的差距。“模仿《三字经》而写的基督教启蒙读物，尽管显示了传教士通过中国式渠道接近中国人的策略，但却被证明无法替代真正的《三字经》。”[23]

这种判断无疑是符合当时及后来的历史事实的。但这里却产生了一个疑问，那就是当初传教士们是否有用基督教中文《三字经》文本，来取代本土《三字经》的文化野心。他们究竟是试图通过基督教中文《三字经》来宣扬基督福音——这无疑是肯定的——还是要用这种仿写的文本来取代本土的原初文本？如果只是前者，那传教士们还只是希望在本土文化话语体系之外或旁边，增加一个以基督教信仰、福音思想及西学为中心的知识——文化话语体系。而如果是后者，则显然是要用后者来覆盖或取代前者。从传教士来华的宣教使命看，后者显然是他们一生努力追求的目标，而从历史现实看，前者又似乎更符合历史与现实之真实。

但传教士们的文化努力——包括基督教中文《三字经》文本的仿写出版及传播——从麦都思在中国之外的华人社会开始，一直到近乎20世纪初期，一直未曾中止。但这些基督教中文《三字经》文本，在华人社会的阅读、接受及影响，似乎远远不能与《圣经》"官话和合本"相比。而是跟那些数量不菲的中文宣教布道文献一道，逐渐湮灭在历史的长河之中而不为人所知。但这种努力，却成为晚清新教来华传教士语文适应策略的一部分，并为传教士朝向近代的白话语文实验，提供了具有一定范本意义的书写经验。

注　释

1 直到民初，章太炎还有重订《三字经》之举。不过此次重订，确切而言当为"增订"。据说是章太炎认为原《三字经》"所举人事部类，其切者犹有未具"。至于其中那些属于"切者而未具"者，可以核对章太炎的增订本。根据现代人对于人事的认识理解来重新修订《三字经》，显然是有必要的，但这与基督教中文文本《三字经》的出发点并不完全一致——后者之中尽管亦包含现代人文及人道思想，但其根本动机和诉求，却为基督教信仰和福音思想。有关章太炎重订《三字经》，可参阅李希泌《章太炎先生〈重订三字经〉重新发表缀言》，《文献》1996年第1期。

2 总体而言，晚清新教来华传教士团体采取政治上不敌视或主动挑战中国政府、文化上在保证基督福音传播的前提下亦不绝对拒绝与本土文化的接触交流、在传教方式上甚至采取穿当地人的服装鞋帽以及尽可能地融于当地社群的方式、在语言文本上亦在文言白话两个领域中均有积极尝试。

3 需要说明的是，教团内部对于传教士们对教育所投注的热情、精力甚至财力，在认识上并不是完全一致的，甚至还有明确坚定的反对意见。这种观点认为，教育事业尽管可以渗透传播基督福音，但教育事业极有可能将宣教使命"世俗化"（参阅Evelyn S.Rawski的*Elementary Education in the Mission Enterprise*一文，收入*Christianity in China: Early Protestant Missionary Writing*, edited by Suzanne Wilson Barnett & John King Fairbank, Harvard University, 1985, Cambridge）。

4 这里所谓教育，并非是一种完全世俗化的国民教育，而是以基督教信仰及福音教义为主导的教育体系。

5 有关哈佛大学哈佛–燕京图书馆收藏基督教中文《三字经》文本的情况，参阅张美兰编《美国哈佛大学哈佛燕京图书馆藏晚清民国间新教传教士中文译著目录提要》（广西师范大学出版社，2013年5月，桂林）。

6 马典娘娘是谁？据*Elementary Education in the Mission Enterprise*一文，《训女三字经》的作者为Sophia Martin Little，但没有提供其相关生平介绍。其实罗友枝论文中有关马典娘娘的信息，来自于伟烈亚力的*Memorials of Protestant Missionaries to the Chinese: Giving a List of Their Publications, and Obituary Notices of the Deceased. With Copious Indexs*.Shanghai: American Presbyterian Mission Press, 1867。

7 需要说明的是，上述各种《三字经》文本，并非全为新撰，其中若干种其实不过为异地翻印而已，而且多数翻印的是麦都思1823年的编纂本。而麦都思的《三字经》也经过若干次修订和增订。

8 在这些分析中，有关夏察理对于《三字经》或最初的宣教小册子之所以要选择文言文的解释的说明值得关注。夏察理认为这首先与一种知识阶层读者自我设定的语文身份有关：那些本土归化者反对用方言俚语书写的圣经或宣教手册，因为这有损于他们的身份，表明他们缺乏教养。当然反对方言俚语书写的原因还不止如此。多种多样的方言俚语，也是阻碍用某一种方言书写的宣教文本更广泛流传原因之一。参阅*Elementary Education in the Mission Enterprise*一文。但罗友枝此文分析中提到，直到1894年，传教士们仍然主张西方的“科学与数学真理”应该用文言而不是方言俚语来书写传播。尽管这是事实，但已经不是当时传教士有关语言策略问题最有代表性的主张，更不是顺应语言领域正在发生根本性改变趋势的观点。

9 有关麦都思编纂的《三字经》文本之相关研究，可参阅司佳《麦都思〈三字经〉与新教早期在华及南洋地区的活动》一文，《学术研究》2010年第12期。

10 罗友枝在*Elementary Education in the Mission Enterprise*一文中，认为教会学校中的世俗知识内容，都不过是为了迁就本土受教育者的需求而不得不开设者，并认为基督教中文《三字经》文本的实践，与教会学校中初级课程一样，无论在内容还是形式上，都受到了中国理念和价值观的影响甚至塑造。这种分析解读，可能放大了新教传教士“适应中国”策略中的被动性因素，可能亦放大了传教士主动适应中国的初衷及方式中的中国因素。不过值得注意的是，罗友枝认为，传教士们所期待的中国全面向西方学习的时刻，随着科举制的废止以及中国精英阶层重新调整来面向西方教育体制才真正到来，亦因此断定晚清新教来华传教士采用参照中国文化传统、借鉴采用中国文本生成形式的语文实验是“失败的”。

11 参阅Evelyn S.Rawski的*Elementary Education in the Mission Enterprise*一文。

12 这三种分别是麦都思的《三字经》、富善的《三字经注释》以及夏察理的《圣教三字经》。

13 这两种为马典娘娘的《训女三字经》和白汉理的《三字经》。

14 对此，尤其是在传教士内部以及与差会所产生的分歧上可以参阅麦都思的下列文献：*Memorial Addressed to the British and Foreign Bible Society on a New Version of the Chinese Scriptures*; London, 1836.

*An Inquiry into the Proper Mode of Rendering the Word God in Translating the Sacred Scriptures into the Chinese Language*; Shanghai, 1842.

*Reply to the Essay of Dr. Boone on the Proper Rendering of the Words Elohim and Theos into the Chinese Language*; Guangzhou, 1848, originally published on Chinese Repository, Oct\\Nov\\Dec of 1848.

*Reply to the Few Plain Questions of a Brother Missionary*, Shanghai, 1849, first published on Chinese Repository, July, 1848.

*On the True Meaning of the Word Shin*; Shanghai, 1849.

*An Inquiry into the Proper Mode of Translating Ruach and Pneuma, in the Chinese Version of the Scriptures*; Shanghai, 1850.

*Reply to the Bishop of Victoria's Ten Reasons in Favor of T'een-shin*; Shanghai, 1850.

15 [美]费正清著:《新教传教士著作在中国文化史上的地位》，吴莉苇译，《国际汉学》，2003年第2期，第129页。另，麦都思在仿写本土经典著述方面的实验，绝对不仅止于《三字经》。据伟烈亚力著《1867年以前来华基督教传教士列传及著作目录》记载，早在来华传教之前，巴达维亚时期的麦都思在仿写《三字经》之外，还仿写过《论语》，即《论语新纂》(*The Lun-yu Newly Modeled*，巴达维亚，1840年，石印)。

16 麦都思大概是早期新教来华传教士中著述成果最为丰硕者之一。据伟烈亚力《1867年以前来华基督教传教士列传及著作目录》，麦都思前后用中文、马来文、英文著译出版了近百种著述，其中仅中文著述就近60种。在这些中文著述中，除了《圣经》中译，大量的都是各种宣教布道用的小册子，当然其中亦不乏像《养心神诗》这样的译著。

17 [英]伟烈亚力著:《1867年以前来华基督教传教士列传及著作目录》，倪文君译，桂林：广西师范大学出版社，2011年。

18 关于麦都思的这个《三字经》文本的初版及再版，伟烈亚力也提供了一些基本信息：1823年，巴达维亚，17页；1828年，巴达维亚发行另一版本；1832年，该版本在马六甲重版；1839年，新加坡出版一开本较小之版本，此本经过修订之后1843年在香港再次刻板，后此版被送至伦敦，浇成铅板印刷；1845年上海墨海书馆出版一新本，1848年墨海书馆用铅印重版此书。同年宁波的华花圣经书房重印此书，开本较小，"经麦都思对此书进行了全面彻底的修订后1851年在上海出版"，此本1852年在香港和厦门出版，1856年在上海再版。另，此《三字经》中文本还有若干注释本，一种是麦都思本人的注释本，即《三字经注解》，共43页，另一种为1847年在宁波出版的《三字经注释》，16页，此本修订后另配有插图，改名为《绣像真理三字经注释》。

19 参阅伟烈亚力《1867年以前来华基督教传教士列传及著作目录》第47页。

20 这里分析所用的麦都思《三字经》文本，是以1828年在巴达维亚所出版的本子为底本。该本1832年在马六甲重版，1839年在新加坡又出版了一个开本较小的本子，经修订后1843年在香港再次刻板，即道光二十三年镌刻、香港英华书院藏版本。

21 值得注意的是，所谓“术语问题”（Term Question），在传教士初抵东南亚华人社群之时，似乎并不是一个迫在眉睫、急需解决的问题。反而是在传教士深入到内地之后，尤其是在与本土知识分子有了更多接触、传教士对于中国语言文化历史有了更多了解之后，术语问题倒成了一个“问题”。这一现象本身就有其值得关注之处。

22 文中所引用的麦都思《麦氏三字经》、马典娘娘《训女三字经》、夏察理《圣教三字经》，均出自哈佛–燕京图书馆所藏胶片。特此说明。

23《新教传教士著作在中国文化史上的地位》第130页。

# 晚清新教来华传教士语境中的 Literature概念

## ——以马礼逊的《华英字典》为中心

作为晚清首位来华传教士，马礼逊（Robert Morrison，1782—1834）对于中国的认知、传译著述等，无疑具有开拓性的历史意义。对于文学的认知——无论是理论上还是在翻译和书写实践上，以及在对中国文学和西方文学的具体认知与解读上——其经验都是划时代的、奠基性的，亦由此开启了晚清以来直至当下中西之间跨文学—文化交流的序幕，甚至影响到19世纪末及整个20世纪中国对于文学这一概念的理解与使用。

马礼逊究竟是从什么时候开始在中西文化交流语境中使用literature这一概念的？他使用这一概念的具体语境又是怎样？为什么他在文、诗这些文体概念之外还要使用literature这一抽象性的概念？他使用这一概念的具体指涉或内涵又是什么？同时，在马礼逊的理论与实践中，他所谓的西方文学（或者外国文学）与中国文学又是指的哪些对象？这一概念的使用，在怎样的意义与基础上，影响到了同期或后来传教士们对于literature这一概念的使用？同时，马礼逊表示出了要将西方的literature这一概念引进介绍到中国来的意图吗？为什么他会产生这种需要，这是一种现实的跨文化对话交流的需要，还是超越现实需要的一种“文化殖民”——即通过这种概念术语的引入来推进非本土的外来思想的进入？

## 一

有一点很肯定，那就是马礼逊与同时代绝大多数新教来华传教士一样，在来华之前并没有接受过专业且系统的文学教育和训练，他们也基本上不是19世纪西方正在形成的文学主流意识或近现代意义上的文学读者或文学作者。历史地看，晚清新教来华传教士们更多是泛宗教意义上及古典意义上的“文学”读者与作者，而不是世俗意义以及近现代意义上的文学读者与作者。

这一事实可以从马礼逊的《华英字典》得到佐证。

马礼逊的《华英字典》，包括三部分，即按照偏旁部首安排分类的第一部分，按照字母安排分类的第二部分，以及英—中对译解释的第三部分。[1]这三部分所收纳解释的字词句相互补充，尤其是第三部分英—中对译部分，对于更好地理解前面两部分所收纳的字词句亦多有裨益。

《华英字典》的编写体例，让我们可以从中、英两个语言背景或话语体系，来观察作为语言—文化中介（cultural agent or cultural middleman）的马礼逊，是如何来嫁接两个不同文学传统的，尤其是在19世纪初期，当中、西方——主要是英语世界——才刚刚开始在贸易之外的文化接触与对话之时。

马礼逊的《华英字典》中，首先从华—英角度（即从汉语到英语），涉及的中文语境中与“文学”相关的字词，其词根主要有“文”与“学”。但有一点特别需要留意，那就是马礼逊无论是在以“文”为中心的组词及解释中，还是以“学”为中心的组词及解释中，尽管涉及了几乎中国传统文学中所有基本词汇，但没有出现过“文学”这个词，或“文”与“学”搭配在一起使用的例子。

具体而言，《华英字典》[2]第二卷中有对中文“文”一字的英文解释，其中相关联者有：fine composition; letters, literature; literary; literary men。在《华英字典》第一卷第785页翻译解释“梁昭明太子始撰文选”时，“文选”的英译为A Selection of Elegant Literature。换言之，英文literature在这里对应的中文是“文”。另在第一卷第755页中，翻译“精选古文一本”时，古文一词翻译为ancient literature——古文在中国传统的“文学”概念中所指非常清楚，而英文里的literature作为一个概念也颇为常见。在中国传统文学理念及体系中，“文”显然不包括诗，更不包括小说、戏剧等不入高雅正统文学范畴的“俚俗”书写文本形式，而在西方语境中，近现代意义上的“文学”概念，显然包括了诗、小说、戏剧等文体形式，甚至以此为主——比较而言，与中国传统文学理念及体系中高度崇“文”的传统不同的是，西方文学理念和体系中，并没有这样一种过度崇文的传统，甚至中国古代文学中有很高文学价值和地位的所谓“文”，在西方文学理念和体系中则未必依然能够享受到如此之高的礼遇尊崇。其中一个重要原因，应该还是与文学理念以及文学经验、文学史传统之间存在的差异有关。在马礼逊的理解中，中文里的“文”一词，有时是指具体的“文”，他翻译为elegant composition，譬如“诗文策论”中的“文”，即作如此解。但像“昭明文选”“精选古文”中的“文”，他又翻译成为超越一般文体界域的西方意义上的概念“literature”，这反映出马礼逊当时对于中西在文学概念体系之间究竟如何转换对应，恐怕未必已经全然梳理清楚明白。不过，对于“文”的具体语义，在翻译和阐释实践中马礼逊还是较为谨慎的，譬如在“佳文”一词中的“文”，他就翻译为elegant composition，但有时又翻译为good essay。[3]

对于“文”同一字在不同词语搭配以及具体语境中的意义引申或差别，马礼逊所给予的关注是适度的，也是颇为难得的——1810—1820年代的中西之间的文化对话，毕竟还是处于草创阶段，而且马礼逊当时在广州、澳门所面临的现实环境亦极为有限，根本不可能与本土受过良好教育及文学学术训练的文人学者展开直接接触交流。[4]不过，尽管如此，马礼逊还是注意到“文”这个词根在汉语词语世界或文化语境中的巨大存在与特别的词语及文化生成力。在《华英字典》中，他还列举了不少与“文”相关的词条并分别予以了解释：

Literati，第一卷，第166页；

Literati，第一卷，第759页；

Literati，第一卷，第309页；

Literati，第一卷，第166页；

Literati，第一卷，第320页；

Literary man, a man of letters and ink，第一卷，第515页；

Literary, national examinations in china, detailed account of，第一卷，第759\779页；

Literary examinations, those who are disallowed to attend them enumerated，第一卷，第129页；

与“文”这一词条的英文关联解释有所不同的是，《华英字典》“学”词条中不仅专门提供了有关中国“文章学”（Of Chinese Composition）[5]的关联词汇或表述，而且相关展开性的文化阐释亦极为丰富，几乎可以作为1820年代中西之间围绕着文学理念、文学史传统、文学体系等所展开的一次具有一定水准的无声对话，但未见提及“文学”这一中文表述。

这也再次说明，当时在中文语境中，“文学”这样的搭配是较为少见的，所指也未必就对应西方的literature。而且在这一词条介绍中，涉及众多与本土“文学”理念及话语体系有关的词汇概念，譬如“古文松动人精神者莫若国策”一句中的“古文”的翻译，[6]马礼逊译为ancient writing显然就有问题，英文中的“古代著作”，与中文里的“古文”，有很远的距离。事实上即便在中文语境中，亦非所有古代著述均可列入“古文”之中。古文不仅有其固有的义理章法，而且还有其独特的书写史和文本史。绝非一个笼统的古代著述这样的表述可以取代。“文章著作备于六经。”其中“文章”，翻译为elegant composiotn。[7]“诗文策论”，翻译为verses and elegant composiotn。在该词条中，马礼逊先后列举了文字、文章、文、文选、诗文、文体、策论、论文、文人等中文词汇，但他没有提到中文中的“文学”这一概念，这只能说明，当时“文学”这一表述在19世纪之前的中国文学中并不是一个经常使用的概念或者出现频率较高的概念。中国古代文学更多是从文体形式来形成文学概念，譬如文、诗、词、曲以及小说等，在超越于上述种种文体概念之上的一个涵盖性的整体概念，在马礼逊的《华英词典》中未见列出。换言之，就是在由中文翻译为英文的语境中，马礼逊的《华英字典》，并没有提供直接来自于中文原文的“文学”一词之例证。

而在对“学”一词的解释中，马礼逊增补了一段文字，是用来解释英文里的literature与中文里的对应内容的——值得注意的是，马礼逊并没有能够在中文中找到一个与英文里的literature完全能够直接对应的词语，譬如后来广为人知的“文学”一词。马礼逊是怎样阐述英文里的literature在中国语境中的内涵的呢？《华英字典》第一卷第785页有这样一段文字：

> The Literature of China consists much in voluminous collections of such short essays as are described above, in verses; letters of statesmen and scholars, to the several monarchs of successive dynasties, &c. of such pieces of esteemed composition, there are thousands of volumes.[8]

马礼逊这里其实已经注意到中西文学观念以及传统之间的“差别”：在中国语境中，像政治家、学者们的一些文论著述，亦纳入中国语境的“文学”范畴之中。这在马礼逊所理解的西方文学理念中，显然是较为少见的。当然这还是仅就著作者的社会身份或职业身份而言，尚未真正涉及文本、文体、语言修辞以及审美形式等。

或许正是因为中国这种相对较为独特的文学理念及文学传统，使得马礼逊在翻译或解释一些中国词汇及句子时，不得不在原有基础之上添枝加叶，以弥补词汇及句子外表形式上被隐去的内在寓意。具体而言，马礼逊注意到，在中国语境中，有些句子或俗语中，并没有直接出现“诗文”或“文学”概念，但翻译成英文时，却需要添加，否则西方读者就可能产生疑惑甚至误解。譬如对于中文原句“你少年贯通古今”，马礼逊的翻译为：When you were young, you were well acquainted with modern and ancient literature。[9]这里原文中的“古今”，被翻译成了“古代文学”与“现代文学”，而不是字面意义上的古代或现代。当然这里也是在西方意义上首次出现了与中国文学相关的“现代文学”这样一种表述，尽管其中并没有关涉现代文学的具体内涵。类似例子还有“好攻古文”，被翻译成为：fond of attacking (studying) ancient literature。[10]

类似的例子还有。譬如在《华英字典》第一卷第353页中，有“圣天子好古”一句，马礼逊对于好古的翻译是这样的：Good Emperors love the sage maxims of antiquity, and give the precedence to literature。这里马礼逊将好古的“古”，翻译成了the sage maxims of antiquity，之后可能觉得不足以尽述原文之意，遂又补充了一句：and give the precedence to literature。再譬如“志士游今洞古”，马礼逊的翻译是：A Literary man of resolution rambles amongst the literature of modern times and penetrates the ancient。[11]这里原文中的“古今”，也被马礼逊理解成了“古代文学”与“现代文学”。

上述解读，主要是围绕着由中到英的词语翻译和阐释，而在从英文到中文的翻译中，马礼逊则多次直接使用literature这个词。

比较而言，最能够代表马礼逊时代无论是他自己，亦或是从《康熙字典》等中文文献那里，[12]均没有在中文里发现一个足以与英文literature“完全”对应的词汇的证据，就是《华英字典》第六卷第258页中对于英文literature的中文翻译。马礼逊的翻译是“学文”而不是“文学”。[13]“学文”与“文学”有什么差别呢？为什么马礼逊没有使用今天所熟悉的“文学”而选择了“学文”来理解英文里的literature一词呢？ 最直接的解释，就是马礼逊当时无法从《康熙字典》等中文文献里，直接找到将literature翻译成“文学”的足够证据。本土文学话语系统中，不能为他提供现有的熟语或惯用词汇。这也是一个证明“文学”这个术语在晚清因为中西跨文学——文化交流而进入中国或被“激发”“唤醒”而进入到近代中国文学语境之中，并最终发展成为一种可以与西方进行交流对话的关键词平台，直至逐渐形成一种新的“文学思维”而不是中国传统的“诗思”与“文思”的历史证据。而中国传统文学语境中的“诗思”与“文思”在近代中国的淡出，取而代之以更具有近现代色彩的“文学思维”，无疑是中国文学转型的重要标志之一。但这一过程并非是一个经典意义上的“刺激–反应”模式下的思想个案，事实上晚清新教来华传教士并没有成功地将西方意义上的文学概念——无论是宗教意义上的亦或世俗意义上的，也无论是古典意义上的亦或近代意义上的——引进到中国并使之落地生根。但他们的探索，却拉开了中国文学从传统语境及相对封闭的自我语境，进入到近代语境和世界语境的序幕。

## 二

《马礼逊回忆录》中有关“文学”或literature的相关解读或文献分析，只是在实践层面的具体操作，而在思想与学理层面，马礼逊到底是如何看待中国文学及中国文学传统，以及如何与西方文学进行比对认识的呢?

如果我们稍微检阅一下马礼逊初抵广州之时所能够接触到的“中国人”，就大致可以了解他能够学习到的汉语及中文的基本情况了。在1807年11月初写于广州的一封信札中，马礼逊谈到了他当时在广州学习语言所能够找到的语言教师。而在此之前，不妨先来看看他又是如何描述中国社会的语言分裂或隔阂的：

> 带着对于当地语言的尊重，我正在花时间来学习方言，现在我已经可以用日常用语跟我的帮差交谈了，他就是我的语言老师，不过他是从乡下来的，其发音极为粗鄙。广州城里有教养的人说，他们听不懂乡下人的话还有那些十苦力的话。……这对我来说确实困难重重。无论是官话（Mandarin Tongue）还是文言（Fine Writing），大部分百姓都不懂。穷人的数量是惊人的；而我们必须向他们传递福音，并为他们而写作。[14]

上述中国本土的语言环境，显然也给马礼逊的语言学习带来了诸多不便甚至困境。他提到斯当东爵士（Sir George Staunton）曾给他推荐过一位从北京来广州、与传教士们一道经商的山西人，此人据说也是一位罗马天主教徒。就是这样一个“中国人”，其实也并不识字（但据说会讲拉丁语），所以能够给马礼逊提供语言学习帮助，不过只是帮助他学习官话发音。此外，马礼逊还跟着另一位广州本地的年轻人学习广州方言以及学认汉字，据说此人也是一位基督徒，其父在葡萄牙的耶稣会学院已有12年，原本计划成为一位神父。后来因为种种原因未能如愿，最终成为一个遭到其同袍冷落的人，生活亦陷入穷困潦倒之中。[15]

马礼逊的描述，呈现的是当时最早来华传教士所遭遇到的极为边缘、尴尬甚至艰难的处境——不仅是生活处境，还包括语言文化处境。向这些中国人学习中国的语言、文学与文化，可以想见会是怎样一幅景观。晚清新教来华传教士对于中国、中国人以及中国文学—文化的叙述，不少时候与他们来华之后的个人经历关系甚为密切。当他们不能从中国文人与学者那里——包括中国的书面文献——获得有关中国人的生活方式与行为方式的合理解释时，他们对于中国及中国人的叙述，就基本上只能依靠自己的观察与揣测推断。而这种状况，基本上构成了初期新教来华传教士的中国叙事的基本面貌和文化特性。

而马礼逊的上述文字中值得注意的信息亦相当丰富，其中特别提到“官话”和“文言”大部分百姓都不懂的“现实”——当然也是事实。这一信息最为直接的后果，就是稍晚一些来华的新教传教士们在语文策略上所采取的双向适应策略：一方面采用文言文来适应本土知识精英的文学品位需要，并表达传教士们对于中国知识精英的文学传统的“尊重”，另一方面采用各地方言的白话文来尽可能满足数量众多的底层百姓的需求，以达到能够与这些急需要福音启蒙与心灵慰藉的普通民众进行正常交流的条件。正如马礼逊上文中所述，这些数量众多的平民百姓，尤其是那些未曾接受过教育的文盲及苦力，正是基督福音需要传递到的对象。而马礼逊的这段文字传递出来的另一个关涉晚清以降中国语言文学的重要信息，就是语言文学的功能应该事实上也即将发生重要变化，传递与时代社会现实、日常生活、个人处境、宗教信仰与体验、西学及新学相关题材内容的书写文本逐渐增多，甚至大有超越传统经典文本的趋势。这就势必在文本的著述、出版以及传播、使用和接受上带来不少新的知识—文化景观：传递时代新知识、新思想与新感受和新处境的文本，正在呈现出超越传统经典文本不断被复制、重读与传承的原有压倒性趋势，时代知识—文化结构，也呈现出一种越来越多样、越来越纷繁复杂的样相与格局。

也就是在上述语境、格局以及由新教传教士们所作出的趋势判断之中，马礼逊对于中西文学之间更富于学术探索意味的考察亦一点点展开推进。不过，就马礼逊那些寄回英伦的书札中所涉及的中国文学而言，不少地方其实并没有实质性的内容。譬如1807年12月11日自广州写给友人的信札提到“中国文学”——“我现在正在采取更为自由的方式来掌握中国文学”[16]——可以想象初抵广州的马礼逊，在几乎无法与当地人正常交往且还屡屡被骗的情况之下，又是如何来掌握中国文学的。[17]这里所谓的“文学”，极有可能是指一种传教士意义的“文献”——一些与历史、语言、文化、风俗或者比较浅显的创作类读本等相关的启蒙性本土语文文本而已，不可能是什么真正意义上的“文学”。原因很简单，就在马礼逊谈到“中国文学”的时候，他的信中还在一边说“我正在尽力少花点钱来学习认字和广州话发音”。[18]

这种所谓“一点点地展开推进”，还可以通过1808年9月14日的信札窥见一斑。尽管到广州不过一年，但马礼逊对于中国的科举取士制度已经有了初步了解，甚至对于作为考试内容之一的四书五经也能说出一二，而且使用了在晚清新教来华传教士描述中国的知识阶级时使用频度相当高的一个词：literati，但仅限于此，并没有也不可能有对于中国历史、文化或文学更深入透彻的认识了解。

从马礼逊此间往来书札看，一直到1809年底，马礼逊的书札中谈得最多的，还是语言学习，以及《圣经》翻译，间或亦谈到他的《华英字典》，很少谈及中国典籍，当然也甚少展开评价。其中一则有关四书的评议，出现在马礼逊1809年10月11日从澳门寄出的书札中，对于自己当时尚未读完的“四书”——还只是读完了《大学》《中庸》，并正在读《论语》，而《孟子》尚未读——马礼逊还是有点急不可耐地发表了自己的阅读意见，“其中不少极为精彩，但也有不少错误观点，从总体上看，这些典籍在思想上是不完美的，是有缺陷的”。而在“四书”之外，中国文学的浩瀚典籍，对于马礼逊来说基本上还没有开启大门。而马礼逊事实上至此也未见谈及“文学”或“中国文学”的任何真正话题。[19]

情况在1813年左右似乎发生了一些改变，尽管还很难说就意味着马礼逊对于中国文学或与中国及西方世界相关的“文学”话题产生了关注或兴趣。在这一年3月26日自伦敦发给马礼逊的一封书札中，斯当东（Sir George Staunton）提到了与中国文学相关的话题，但这里所谓“文学”或“中国文学”，显然仍未超出历史文献范畴，而不是今天意义上的文学：

> 您瞧，从这封信札来看，无论您选择有关中国“文学”（文献）的哪一分支，我们彼此之间都不会相互干扰。至于欧洲大陆，他们亦正试图在中国“文学”（文献）方面有所作为。[20]

有足够的理由证明，斯当东这里所谓的literature，并非西方现代意义上的文学，当然亦非中国传统意义上的“经史子集”任何意义上的单独“一门”。它其实就是泛指一切形式的中文书面文献或文本，既没有文体分类，亦没有语言修辞以及审美形式意义上的限定。这与新教传教士们当时视其繁多的译经释经、宣教布道的文本为literature颇为类似。

而这似乎亦显示出，在19世纪初期的中英两个不同的话语体系之中，对于“文学”这一概念的理解，其实都与现代意义上的“文学”概念有着历史意义、文体分类意义或审美意义上的“偏差”。而看上去传教士的宗教文化身份，似乎对这种“偏差”亦有所强化而不是相反。

这一点在伦敦传道会1812年的年度报告中对马礼逊的工作总结评议中亦有回应：

> 他（指马礼逊——作者注）也翻译了一些中国文学（文献）并寄回了英国。这些文学（文献）来自儒家经典，以及被中国文人们奉若典范的《史记》。[21]

无论是在中国传统的知识体系还是文体分类中，四书五经都不可以简单地划归所谓“文学”，这无疑降低了这些儒家经典的“圣典”意义而流入到“子”或“集”的范畴之中。而在现代意义上的“文学”概念或标准之中，这些儒家经典同样难以简单地划归到“文学”之中。这进一步说明，一直到1810年代初期，马礼逊对于中国文本的阅读，不仅在数量上仍极为有限，而且亦不能够为其建构起一个有关中国文本史或文学史的基本面貌，更无法让他对中国文学做任何实质意义上的评议。不过，因为《圣经》的中译，马礼逊实际上已经开始对中国文学的文体分类及书写史有了初步了解接触。随着《圣经》中译的全面展开及推进，《圣经》中的一些赞美诗，甚至同时代人创作的一些赞美诗，马礼逊也开始尝试着翻译成诗体中文文本，但据记载，这种尝试依然“严重”依赖其中文助手。1814年6月17日日记，“将三首颂诗及赞美诗付印。这些都是由我从英文翻译成中文，然后再由柯先生和他的公子润色成为诗体文本”[22]。显而易见，这种有限的双语文学实践无论在文学层面还是在文学翻译层面，都还处于粗浅水平。

而更能够证明当时马礼逊、米怜等传教士所适用的literature甚至在西方语境中亦并非指现代意义上的西方文学的一个例证，就是在1815年由米怜起草提供给差会的有关在马六甲创办英华书院的计划书中，对于这所拟办中的教育机构的目标有明确描述：这所拟在马六甲创办的书院，是为了传授科学和人文（literature）[23]——这个地方的literature一词，无论是从具体语境还是英华书院开办之后的实际教育内容看，几乎涵盖了西方科学教育之外的一切，而非具体的文学。

这是就literature一词与science一词对应使用的情况。有时候，马礼逊又将literature与religion对应使用。1817年9月4日一封从广州发出的有关自己宣教工作近况的书札中，曾提到马礼逊每天所必须面对的无数的宗教的与“书面文字”的劳动[24]——这里的literary labour，显然不是指具体的文学，而是指一种书案工作：宣教布道是外出的口头劳作，而伏案书写（包括翻译、编纂等）等，则一概被称为literary labor。[25]

而上述分析亦表明，在马礼逊的语境中，literature不少时候是与science（或哲学、历史等）以及religion这类概念对应并列的，并非是指具体的文类概念。而这种状况或语境需求，无论是在同时期的中国语境中还是在传统中国的语境中，似乎都没有这种实践需求——中国有一套几乎完全独立的有关其自身的知识与文本分类的体系。而从法国汉学家雷慕沙（Joseph Abel Remusat）以及德国语言学家维特尔（John Severin Vater）1817年致马礼逊的书札内容看，他们所关心的，亦是马礼逊作为一个“汉学家”在字典编纂、圣经翻译、儒家典籍及中国方言研究方面的工作和成就，基本上没有提及具体意义上的“文学”。

## 三

马礼逊的中国文学经验，其实亦反过来倒逼着他去关注西方语境中的文学以及西方文学，并曾 度尝试着从文学角度或层面来进行中西之间的文化接触与交流。但这种接触交流注定了是极为有限且浅尝辄止的——单不说马礼逊等传教士的文学修养与文学知识结构，就是他们各自所属的差会，也并不鼓励传教士们在这种世俗的“文学”语境中耽延沉浸太久，从而影响到他们对于基督教福音的传播与信仰，甚至在基督教语境中，差会亦同样不鼓励传教士们从文学角度来突出《圣经》的文学性而非“圣经性”。换言之，传教士的宗教身份与文化身份，均注定了他们对于世俗意义上的文学的关注与牵涉，只能是个人性的、有限度的甚至是工具手段性的。

而从马礼逊回忆录所提供的信息看，其身份游移在传教士世界和汉学研究界之间——甚至在经济上还直接受益于东印度公司。这并不奇怪，尽管这种双重生活及身份并不为传教士团体所乐见。而作为“汉学家”的马礼逊，其背后已经不仅仅只是英国皇家学会中正在启动成长的汉学研究，甚至还因为其往来书札而与整个欧洲汉学家皆有联络。而从当时那些汉学家写给马礼逊的书札看，他们当时所关注的，多为语言、典籍、历史等，基本上尚未细分深入到文学之中。即便是深入文学之中，足够的文本细读与分析亦极为罕见。这也注定了马礼逊时代无论是英国汉学亦或欧洲汉学，都不会在“文学”这样一个范畴中展开中西之间真正意义上的对话交流。

因此，尽管马礼逊当时主要的宣教活动地域在马六甲——广州、澳门的宣教活动基本上是不被当地官方所允许的——鲜与当地真正意义上的文士接触，其对中国文学——文化的历史、文本状况以及所造就的文人亦缺乏足够广度和深度的涉足了解，并因此而未能将西方意义上的“文学”概念真正带入中国，进入中国的文学语境之中，从而与之产生具有近代意义甚至现代朝向的对话交流，但马礼逊的经验，却因为其30余年的具体实践以及遗留下来的大量文献，而昭示着后来的新教来华传教士，成为他们逐渐渗透到近代中西跨文学——文化交流语境中的“文学”领域的引路人。

注　释

1　马礼逊《华英字典》的英文名称为*Dictionary of the Chinese Language, in Three Parts. Part First, Containing Chinese and English Arranged According to the Keys; Part the Second, Chinese and English Arranged Alphabetically, And Part the Third, Containing of English and Chinese.* 该书1822年由东印度公司出版社印刷，由伦敦的Black, Parbury, and Allen出版。

2　［英］马礼逊著：《马礼逊文集·华英字典》（影印版），第二卷，第279页，郑州：大象出版社，2008年1月。原版1822年出版。

3　［英］马礼逊著：《马礼逊文集·华英字典》（影印版），第一卷，第776—777页，郑州：大象出版社，2008年1月。原版1822年出版。

4　一直到1809年底，在从广州发回英国的一封信札中，马礼逊还谈到自己对于《大学》《中庸》已有一定了解，而对《论语》的了解还甚为不够，称“自己的知识还不完备”。参阅［英］艾丽莎·马礼逊编：《马礼逊回忆录》（*Memoirs of the Life and Labors of Robert Morrison*，影印本），第一卷，第268页，郑州：大象出版社，2008年1月。

5　当然马礼逊这里所谓的“文章学”，主要是就科举考试的“八股”而言，故他注重介绍了“文章”“诗”和“策”这三种文体概念。其中在解释“文章”这一概念时，既用了fine writing，亦用了essay。而在“策”的翻译时，马礼逊用了political essay。

6　《马礼逊文集·华英字典》（影印版），第一卷，第783页。

7　同上书，第785页。

8 同上。此句大意为：中国文学包括上述卷帙浩繁的类似长度的短文以及诗歌。

9 同上书，第307页。

10《马礼逊文集·华英字典》(影印版)，第六卷，第259页。

11 同上书，第258页。

12 据马礼逊1807年11月4日从广州发给友人的信，以及他的《华英字典》序等，《华英字典》的字词来源，基本上是参照《康熙字典》。而《康熙字典》亦被认为是当时收录字词最多的一部辞书（计四万七千零三十五个字）。唯一令人费解的是，当时的《康熙字典》是四十二卷，而马礼逊在信中说是"三十二卷"。

13《马礼逊文集·华英字典》(影印版)，第六卷，第258页。

14《马礼逊回忆录》(*Memoirs of the Life and Labors of Robert Morrison*，影印本)，第一卷，第163页。另，后面所有引述《马礼逊回忆录》者，中文皆为本人翻译，非引自《马礼逊回忆录》中译本，特此说明。

15 同上书，第163—164页。

16 同上书，第182页。

17 有关马礼逊被广州当地人敲诈、甚至被他的语言老师欺骗的记载，参阅《马礼逊回忆录》第一卷第177—183页。

18《马礼逊回忆录》(*Memoirs of the Life and Labors of Robert Morrison*，影印本)，第一卷，第184页。

19 可以进一步佐证的是，1810年10月初，伦敦传道会发给马礼逊的正式书札中，所涉及的他当时的主要工作依然是三项：语言学习、语法书及词典编纂以及圣经翻译，并没有涉及任何与中国文学有关的话题或事项。参阅《马礼逊回忆录》(*Memoirs of the Life and Labors of Robert Morrison*，影印本)，第一卷，第306页。

20《马礼逊回忆录》(*Memoirs of the Life and Labors of Robert Morrison*，影印本)，第一卷，第319页。

21 同上书，第327页。

22 同上书，第407页。

23 同上书，第426页。有关该计划中涉及中国文学、历史的叙述部分，据信该报告基本上为米怜起草，所以将在"以米怜为中心"的个案分析中予以讨论，此不赘述。

24 同上书，第479页。

25 马礼逊去世之后，在其之后亦曾担任过英华书院院长、后为伦敦大学大学学院中文教授的修德（S.Kidd）在*Dr. Morrison's Literary Labors*一文中所述，亦非今天意义上的专属"文学"领域的工作，而是一种宽泛意义上的"文字""文化"之著述工作。参阅《马礼逊回忆录》(*Memoirs of the Life and Labors of Robert Morrison*，影印本)，附录二。

# 晚清新教来华传教士语境中的 Literature概念

## ——以米怜为中心

伟烈亚力《1867年以前来华基督教传教士列传及著作目录》(*Memorials of Protestant Missionaries to The Chinese: Giving a List of Their Publications, and Obituary Notices of the Deceased. With Copious Indexes*)辑录第一位新教来华传教士马礼逊中文著作12种，而辑录米怜(William Milne，1785—1822)的中文著作21种。[1]如果考虑到比马礼逊早去世十余年的事实，米怜的这种著述数量显然不能说少，某种意义上甚至可以说多产。而在米怜的这些中文著述中，《张远两友相论》(*Dialogues between Chang and Yuen*)[2]、《进小门走窄路解论》(*Tract on the Strait Gate*)、《乡训五十二则》(*Twelve Village Sermons*)以及《察世俗每月统计传》(Chinese Monthly Magazine)[3]等，更是对后来的新教传教士团体乃至本土华人产生了深远影响。

在米怜的上述中文著述中，按照现在的文学观念或分类标准，绝大部分很难称得上是纯粹意义上的文学著述，甚至在宽泛意义上的“文学”方面也并非毫无异议。[4]相比之下，米怜的英文著作——其中一部分亦为翻译、诠释[5]——则在很多地方涉及文学，尤其是中国文学话题。概括而言，英文《新教在华传教前十年回顾》《印支搜闻》以及中文的《察世俗每月统计传》，是考察解读米怜的文学观以及中国文学认知较为集中的公开文献。而《张远两友相论》，则一直被认为是一部影响广泛久远的传教士中文书写文本，甚至被视为晚清基督教中文叙事文学的典范文本。[6]本文拟就上述三种文献及《张远两友相论》为中心，来历史地追溯米怜中国文学认知及论述的基本线索、面貌，以及他如何在西方的“文学”观念与中国的文学经验之间展开跨文学——文化之比较、对话及交流，并为后来的中西文学对话，尤其是建立在一种可供双方对话的“文学”平台之上的交流提供开拓性尝试与经验的。同时亦试图揭示出这样一个事实，那就是当初来华新教传教士们在使用literature这一概念来作为中西之间对话交流支点时，这一概念显然是以西方的“文学”概念为基础的，同时又呈现出“世界文学”（world literature）的某些基本属性，譬如将跨越时代的、跨越地域的文学文本的传播、阅读和接受结合起来，将一种文学的民族语境与世界语境结合起来等，尽管这里所谓“世界语境”，更多可能还是以西方语境为中心。

在就米怜的“中国文学”经验展开考察阐述之前，有一个历史现象似乎有必要提及，那就是米怜对于晚明耶稣会士们在中西跨文化交流方面曾经开展过的先驱性实验的“熟知”。米怜在其《新教在华传教前十年回顾》中，多处专门论述到耶稣会士们的贡献，这一方面显示出米怜对于这段历史的个人认知努力，另一方面亦为我们提供了一个晚清新教来华传教士观察耶稣会士的视角或视域。有意思的是，在提到耶稣会士的一些地方，米怜基本上集中于前者在语言、法律以及习俗方面对西方世界的介绍性贡献，“天主教传教士来华可上溯至两个世纪之前。而且他们也为欧洲发回了有关中国语言、法律以及习俗的足够丰富的叙述。”[7]此外，米怜也提到，这些中国知识或信息，并没有转化扩散到西方社会的大众层面，更多可能只是尘封于天主教会的图书馆或文献档案之中，所以，当英国的新教传教士们计划前往中国来宣教布道之时，他们从西方世界能够获得的有关中国的文献信息少之又少。其实这种状况与中国基本相似——当王韬希望从前朝的士大夫们的跨文化对话交流经验中获得某些启示的时候，实际上相关的文献信息既不是很多，亦不是很充分。《泰西著述考》是王韬以一个历史学者的知识好奇心和学术努力而形成的一部学术成果，而不是在一般历史知识层面的正常途径的知识获得，因此很难说具有普遍意义。换言之，对于晚明耶稣会士来华那段历史，在当时绝大多数士大夫及文士那里，应该说依然是知识与历史盲区。这种状况其实也意味着，晚明中西之间曾经发生的那段交流史，对于后来的影响亦是有限的——历史与知识均处于断裂、不连贯的状态。而这种状态在中国历史上似乎并不少见。

## 一

笼统而言，我们似乎可以在一个后设的所谓“西方文学”与“中国文学”这样的语境中，来展开对于晚清历史语境中的所谓中西之间的对话交流的想象与研究，而实际的境况往往未必如此——这里所谓的“西方文学”和“中国文学”，在具体的历史语境、个案故事乃至具体文本之中，几乎都是不存在或不可能存在的，或者是没有多少实际意义的——对于任何一个历史当事人而言，出现在他们的相关论述文本中的所谓“文学”甚至“西方文学”或“中国文学”，也都是千差万别的。

具体而言，传教士们对于“西方文学”的阅读积累、基本认知与选择判断等，其实更多是对作为一个所谓共同存在的“西方文学”的一种解构而非想象中的建构。譬如，传教士们在其早年的阅读经历中，似乎大多有过对宗教著述产生阅读兴趣并逐渐发生阅读兴趣转移的个人“故事”，而这种转移的结果，通常正是传教士从一般意义上的“西方文学”阅读，转移到宗教文学阅读的一个标志。而对于后者，在后来的一般语境中，往往并不纳入通常意义上的“西方文学”之中予以考察。也就是说，当我们在世俗意义上的“西方文学”语境中来讨论当年来华传教士们的“西方文学”背景时，其实当年所谓的西方文学，更多应当是指他们所熟悉的宗教文学，譬如《圣经》，以及形式繁多的各种宣教布道手册、祈祷书、圣诗与赞美诗甚至传教士们的往来书札报告等。

对此，米怜在其向差会提交的个人精神履历书面材料中就有过展示。他说自己当年在13岁左右的时候，开始阅读一些宗教著述，自己的阅读兴趣，亦自此转向一些宗教书籍。而米怜对这种“转变”形成原因的解释，亦并不让人意外：我无法说出这种阅读兴趣转移的原因所在，或许只是为了满足对于知识的一种自然渴求。[8]对于自我精神提升（spiritual improvement）以及基督教话语威权及话语方式的关注乃至认同，或许确实是米怜这样的青年在从世俗生活转向宗教生活的一种精神心理驱动。不过，这种“转向”——由信仰而到阅读兴趣以及阅读范围习惯等——显然难以避免地影响到当时一些传教士在来华之前对于同时代西方语境中的世俗文学文本的关注及阅读，这亦势必影响到他们对于处于推进或发展之中的西方当代世俗文学的评价，并一定程度上影响他们对于晚清中西之间跨文学对话交流在世俗文学这一领域的足够兴趣，尤其是对于中国“世俗文学”的兴趣及判断认知。这大概也是晚清新教来华传教士在literature领域的中西对话交流，远不如他们在西教以及西学领域的贡献明显的影响性因素之一。实际上，由于早年去国之前的这种阅读与知识偏好[9]，再加上去国之后对于其国内文学现状等的隔膜等，确实为19世纪来华新教传教士未能够很好充当同时代西方文学对华输入介绍翻译的最重要力量的原因之一。

尽管如此，晚清新教来华传教士至少在两个领域，取得了超出差会以及传教士个人预期的成就，一为个人翻译、编辑、著述，一为推进所在地教育事业的发展。而米怜不仅在上述领域均有超出一般之贡献，且其有关“中国文学”的相关论述，及在中文著述方面的突出成就，亦基本上隐含于上述文本之中。

对于中国本土文献的了解，不仅是来华传教士们必须面对的一个知识史的挑战，也是一种文化挑战。当然，这一挑战亦可能成为他们更好地为所在地民众所接收认同的机遇。米怜在其《新教在华传教前十年回顾》第九章中对于马礼逊当初翻译《圣经》时所考虑的最适合参照模仿的本土经典文献的讨论，一方面反映出米怜对于这一历史背景及经过的熟悉了解，另一方面亦部分显示出米怜自己对于中国古代文献文本——无论是先秦时期的思想文献，还是后来尤其是明代的文人文学类著述——一定程度的了解掌握。尽管米怜所讨论的限于“四书”“五经”的文体形式或语言风格等，且认为这类经典文献的文体及语言风格不大适合作为《圣经》中译本的参照，因为“这些古代经典的风格不大适合一般用途”[10]，但无论这种解读是否正确，至少说明米怜对于这些中国古代思想文献的语言及文体风格有过一定考察和判断。而将《三国演义》在书写形式以及对话语境中的广泛适应性提升至如此之高的地位，显示出马礼逊、米怜等第一代传教士对于中国古代著述文本的了解，一方面借助于本土读者或研究者的观点，但也呈现出传教士们基于“西方文学”经验基础之上的自主“选择”。

有意思的是，米怜同时亦注意到了，选择《三国演义》的文体、语言作为《圣经》中译参照样本的意见，在来华传教士社群之中同样未必能够获得广泛共识，“确实有观点人认为，《圣经》中译本应该参照模仿那些古典典范文本的风格，譬如‘四书’‘五经’，尤其是《孟子》被多次提及，被认为是译者首先应该选择参照的文本。”[11]

其实，米怜这里提出了一个翻译文体及语言选择上颇为重要的理论问题，尤其是涉及《圣经》中译的实践方面。“四书”“五经”的经典文体及语言风格，与《三国演义》的历史小说文体及语言风格，这两种范式究竟哪一种更适合作为《圣经》中译本的仿照呢？前者更偏重于哲思的话语形式，与后者更重于小说叙事的话语形式，在现代文体学意义上两者毫无疑问是存在明显差异的。但这仅仅是就理论层面而言，而在历史及文化层面而言，《三国演义》作为一种文本的历史与文化意义，毫无疑问是无法与四书五经的地位相提并论的——《三国演义》地位的提升，是在现代文体分类以及文学理念的视角基础之上展开的，在中国历史文化语境中，尤其是在主流历史文化语境中，四书五经的地位长期是无法撼动取代的。

对此，米怜亦有过解释说明。他甚至也认同，这些中国古代经典文本，忠实地辑录了中国古代那些智者的思想言论，而且也已经存在了两千余年，事实上不仅影响并塑造了中国人的思维价值，甚至也已成为中国历史文化不可分割的一部分。因此，如果《圣经》中译能够使用这样一种极富有历史感的语言，对于凸显《圣经》的传统性及权威性，无疑是有所帮助的。不过，对于新教传教士们而言，《圣经》首先并不是因为它是一部传统悠久的历史文献而被视为信仰来源，而是因为它是一部“信仰之书”——在这里，历史性恰恰并不是首先被关注的因素。于是米怜提出了这样一个疑问——也是一个对后来的中国文学改良不无启发的起点式的问题：两千余年之前的语言，是否依然适用于当下（modern times）？米怜发现，中国不少古典文本，离开了注释后来的读者几乎就读不懂。而那些注释家们似乎也“颇为享受他们作为注释者和导师的优越感”[12]。而这种注释文化，在米怜这些传教士们看来，极有可能成为将所在地的读者信徒与《圣经》隔绝开来的一道语言文化障碍，而这显然不是他们所愿看到的。

显然不光是风格问题，米怜还提到了这些中国古代经典文本的“主题”问题。而在讨论了上述种种意见之后，米怜得出了一个值得关注的判断——尽管可能不过是一种现象描述或感想而已——“中国确实极为缺乏现代作家”[13]。米怜这里所谓“现代作家”，不仅是指在时间上距离“四书”“五经”时代较远的那些作家，更重要的是强调这种文学的“现代性”——这当然是19世纪新教来华传教士意义上的“现代性”。因此，当米怜提12世纪的朱熹这类作者时，他同样质疑过这种距离他的时代六百年前的作者们所使用的语言及风格，究竟是否要比两千年前的作者们所使用的语言及风格就会显得更为合理呢？最后，米怜还是回到了那种在他看来显然具有现实必要的假设性追问上：采用那些古代经典的文体及语言风格，来作为《圣经》中译本的参照，可能学者们读得懂，甚至还会得到他们的赞许，但一般普通民众则知之甚少甚至全然不懂。[14]而这显然是不符合传教士们所担负的宣教使命的。更关键的是，这种将《圣经》与中国本土的主流文化传统及其所依托的历史文献如此紧密地关联在一起的做法，是否符合差会反复强调的《圣经》的独特性及无可比拟性的主张，是否会陷入差会反复告诫的“适应当地策略”的危险之中。

语言的现代性或语言的现代转换，这是米怜在讨论到《圣经》中译本如何选择本土经典文本作为其参照模仿之风格时所提出的最有价值的学术问题。当然这并非是米怜一个人的“问题”——《圣经》中译史始终伴随着这个问题，或者说每一个具有典范意义的《圣经》中译本，本身就是对上述问题的较好回应或解决。不过，在米怜的语境中，显然并非是将“现代”确定于当下，而是将其界定为一种具有其内在标准的、与时间的当下性有一定关联的一种观点，亦可视为米怜的“现代性”论述中对于单一的“时间”维度的超越。

比较之下，米怜的中文著述显然更为引人关注，其中涉及圣经人物传记、宣教布道手册、圣经福音诠释劝世文、教育启蒙读本等，[15]也有像《诸国异神论》这样的带有一定比较宗教色彩但显然出于维护基督教的正统性的“文论”。尽管这些中文文本的生成过程，无疑依然离不开中文助手，但从米怜上文中所体现出来的对于中文古代经典文献文体及语言风格的自觉来推断，这些中文文本上无疑留有米怜个人的深刻印记。

众所周知，《新教在华传教前十年回顾》[16]（*Retrospect of the First Ten Years of the Protestant Mission to China, Accompanied with Miscellaneous Remarks on the Literature, History, and Mythology of China*）还有一个

副标题，即*Accompanied with Miscellaneous Remarks on the Literature, History, and Mythology of China*。这里的Literature究竟指什么呢？文献、典范文本、著述出版物，亦或后来直至现在所常用的“文学”？如果所谈不是现在常用之“文学”，而是所谓文献、经典文本、著述出版物等，那么，米怜心目中的“文学”——无论是英国或西方文学，亦或他有所了解的中国文学，又是指的哪些呢？

值得关注的是，在《新教在华传教前十年回顾》一书中，米怜在讨论完中国人的民族性格与宗教状况之后，紧接着就讨论了中国的“非文明”（uncivilized）以及“缺乏艺术和文学”（without arts or literature）——这里的literature一词与“艺术”并用，似乎应该包含有今天所用的“文学”内涵，而不仅仅只是指文字、文献、经典文本、著述出版物或者文教、文明等。当然，即便是此处literature包含有今日所用“文学”一词的部分内涵，显然亦不是完全等同于今日所言之“文学”。可以证明此处的literature不仅指一般著述出版物文本的一个证据，就是在稍后的论述中，在涉及一般著述之时，米怜使用了writing这个显然更具有概括性也更为中性的单词。

事实上，即便在这章专论之中，其中所用literature一词，依然包含有文教、文明、开化之意。譬如叙述到中国早期先民茹毛饮血的生活方式之时，有这样一个句子：They were barbarians in literature, as well as in manners; they could neither read, nor write, nor cipher.[17]其中的literature，显然是指文教文化及文字著述。值得注意的是，当米怜论述到早期中国历史的时候，他引用的基本文献，都是中国儒家的经典文献，譬如《礼记》《孟子》《诗经》《战国策》等。这种现象本身，一方面显示出当时的米怜，已经基本上能够阅读甚至把握中国古代典籍的基本思想内容，同时亦能够适当地征引使用这些文献。这种现象本身，也反映出早期新教来华传教士对待中国的一种较为复杂甚至矛盾的立场选择。

同样值得注意的是，当米怜在论述到先秦经典著述譬如“五经”等之时，他依然使用了相对中性和包容性的writing而没有使用literature。这种现象，至少表明米怜对于这些先秦时期的经典文本的文类或文体属性，依然存有顾虑。直接将其与英语概念literature关联在一起，两者固然有可交集的地方，甚至可交集的地方还不少，但literature所唤起的文本阅读经验，显然还无法由米怜正在提及的那些先秦经典文本来替代——概念的理解性接受，与基于文本经验的阅读体验之间，历史地个人地看，还是有一定距离的。而当米怜在那些他所提到的先秦经典文本中寻找体验Divine Being的时候，他似乎更关注的是这些异域文本的宗教性或精神属性，而不是它们的文学性或艺术性，当然亦不是其现实性、历史性以及生活性等。

米怜的关注，似乎为我们了解他的literature观以及当他遭遇到中国“文学”之时，他所“看到”以及他希望“看到”的究竟是什么，提供了一条历史线索。在一个着力讨论中国人的民族性、宗教性以及道德属性的语境中，米怜的文学观之基点或关注似乎不言自明。不过从实际情况来看，米怜的文学观又并非如此“保守”。在世俗意义上的“文学”与宗教色彩与关照浓厚的“文学”之间，米怜的历史考察、理论阐述与文本解读实践之间，似乎存在着一定张力或一些思想缝隙，这似乎为中国文学传统中具有悠久历史与实践经验的世俗“文学”进入米怜这种传教士所更习惯讨论的宗教背景的“文学”，提供了某种可能性与基本空间。

在literature之外，米怜在其《新教在华传教前十年回顾》中，亦多处提到“文体”概念，譬如第十二章，在谈到马礼逊早期翻译的一些小册子及赞美诗时，曾提及这种赞美诗的中文译本的散文体与诗体之间的转换话题。“同月，一本圣诗亦被送去印刷。其中大部分为马礼逊先生根据苏格兰颂诗及教堂中的赞美诗原文所译，亦有从瓦特博士（Dr.Watt）撰写的颂诗以及库伯（Cowper）和纽顿（Newton）的颂诗所译。这些散文体的赞美诗、颂诗，又被马礼逊先生的中文助手及其儿子改译成了韵体。”“这样可以在集会或家庭里吟唱。”[18]但这种类似的提及，大多是一笔带过，并没有停留下来更深入地探讨。

在《新教在华传教前十年回顾》附录中，有对设立于马六甲的英华书院（Anglo-Chinese Colleges, at Malacca）的开办目的的明确描述，其中亦多次使用了literature一词：

> The objects of this Institution: -two-The Promotion of Literature; and the Diffusion of Christianity.

这里所谓literature指的是什么呢？在对第一条的解释中是这样说的：通过向欧洲人提供培训恒河以北地区的语言培训，尤其是中国及其朝贡国的语言培训，同时又致力于让中国人熟悉英国语言，同时对西方科学之实践及应用亦能了解。[19]由此可见，这里所谓literature其实指的依然是文教——文化教育，而不是19、20世纪意义上的“文学”。

## 二

与马礼逊及同时代其他新教来华传教士相比，米怜在中文文学文本的创作实践方面的尝试及成就，显然要更为引人注目。这种实践主要表现在两个方面，一是他所主持的中英文期刊上，一是他所撰写完成的中文著述上。

此间米怜参与主持的期刊主要有两种，即《印中搜闻》（The Indo-Chinese Gleaner）和《察世俗每月统计传》（Chinese Monthly Magazine）。

其中，1817—1822年在马六甲编辑的季刊《印中搜闻》，或因为其为英文而少为本土读者及后来的研究者所关注。其实《印中搜闻》的英文刊名补充为：Miscellaneous Communications on the Literature, History, Philosophy, Mythology ,&c, of the Indo-Chinese Nations, Drawn Chiefly From the Native Languages。这里的Literature，固然仍有文献、文本、著述、出版物之义，但当其与历史、哲学、神话等并列之时，显然亦当有部分"文学"之义。而就该刊内容看，曾介绍过中国诗歌（poetry）、科举考试及八股取士制度，甚至还专门介绍过当时两广总督的诗与文，中间亦曾直接使用过literature这一总体性的概念来笼统指涉各种风格与形式的"文学"。

这也昭示出一个事实，那就是像米怜这样的传教士，或者因为其自身的"文学"素养，亦或者出于对于学术及异域历史思想文献的关注，所以几乎在他们一踏上异国他乡，就开始了带有一定学术色彩的"文学"探险。当然很难说这种探险完全是一种世俗意义上的学术，而这又可能限制了他们在今天意义上的"文学"领域中到底能够走多远。米怜在1810年代翻译阐释的康熙、雍正两朝帝王共同完成的《圣谕广训》，似乎从一个角度佐证诠释了这一点。如果说米怜对于《圣谕广训》的关注可能还带有文献搜集、国情分析、文化考察等复杂意味，马礼逊对于《圣谕广训》的关注，则更多是出于如何借用这样一种语言风格与文体形式，来翻译并传播圣经福音。

与《印中搜闻》相比，《察世俗每月统计传》显然更受到后来的研究者关注。

在《新教在华传教前十年回顾》一书第17章中，米怜曾对《察世俗每月统计传》做过专条介绍。就其对该月刊的描述来看，显然这不是一个与“文学”相关的平台，“一种笼统的每月辑录，内容包涵整个社会的各种意见观点以及具体实践的介绍调查”[20]。换言之，这是一份有些类似于报纸功能的月刊，也就是米怜所称的五卷均为“驳杂”（miscellaneous kind）。其中包括：逸闻趣事、宗教知识等。如果从米怜对其中所谓较为重要几期的强调来看，基本上都是与基督教新教在华传播有关。

与米怜对于该月刊的介绍相比，伟烈亚力的介绍似乎更重视历史事实或细节。在其有关来华传教士人物传记及其著述目录一书中，伟烈亚力指出了米怜个人在该月刊中的突出贡献：这份1815—1821年间在马六甲创办的中文月刊（一共出7卷，524页），“该刊几乎所有稿子都是出自米怜博士之手，后期有些出自马礼逊博士、梁阿发以及麦都思牧师之手等”。[21]

在上述期刊之外，米怜还有二十余种中文著述。作为一个传教士“作家”，米怜的中文著述，首先自然以宗教题材及形式为主。其中尤为受到关注者——无论是当年亦或当下[22]——无疑是《张远两友相论》。

对于《张远两友相论》，米怜自己曾于《新教在华传教前十年回顾》报告中有所涉及：

> 张虔信敬神，而远则是他的异教徒邻居。他们二人在路上邂逅，并拉起了“家常”，之后二人一般都是在晚上梧桐树（Woo-tung tree）下相聚。不过，二人之间的“争论”只写了十二回，留有后续分解。已经印刷出版部分内容有：1. 远就基督教原理、特性以及上帝之存在所提出的疑问；2. 新教有关忏悔的教义；3. 基督的性格，以及对他的信仰；4. 良善之人在天国寻找幸福；5. 张提及自己初知《新约》之经历；6. 远对自己忽略真正的上帝感到恐慌；去探视张，发现张及其家人均在祈祷；逝者复活；7. 升天者的品质；怀疑与拒绝；8. 远夜访张，再次发现后者祈祷；敬拜逝者之类；9. 令人生畏的审判就要来临；午夜梧桐树下的祈祷；10. 远不赞同张昨夜之祈祷，因为他忏悔自己的罪；11. 远深为原罪之恒久的说法而震撼，彻夜徘徊于自己的庭院，为自己的处境而困扰不已；12. 张向其解释耶稣为其赎罪的方法；天国之乐与地狱之苦。

上述文字，出自米怜之手，从中大体可见米怜对于这样一个“故事”文本的基本构思。坦率地讲，其中人物、场景、甚至某些所谓细节，都带有“主题先行”写作模式的明显痕迹。如果将这种写作也视为“文学”，显然是一种标准放宽之后的可能而不是相反。

比较之下，伟烈亚力大概是新教来华传教士中对米怜这部中文著作专门论述早且充分者。在其那部有关早期新教来华传教士传记及著述目录编目中的“米怜”一条，收录有《张远两友相论》。该条目前半部分基本上为米怜《新教在华传教前十年回顾》中对于《张远两友相论》描述的摘录，但增加了这部著述后来被仿写、重写、翻印及传播的信息。[23]“显然米怜博士最初计划延续张、远二人之间的对话，以得出更为明确的结论。”[24]另据伟烈亚力介绍，该著述1832年在马六甲重印，42页；1836年在新加坡再次重印，42页；1844年在香港又出了一个修订版，41页；1847年原版又在宁波印刷，35页；1849年在上海，该著述由J.L.Shuck略微修订出版，35页；后又有小米怜修订的版本，1851年在上海印刷，书名改为《长远两友相论》(*Chang yuen leang yew seang lun*)，24页[25]；该版本1851年在香港重印，21页；另一修订版1851年在宁波印刷，书名更改为《二友相论》(*Urh yew seang lun*)，30页；1858年，上海又出了一个修订本，书名改为《甲乙二友论述》(*Kea yih urh yew lun shuh*)，22页。据伟烈亚力所述，在《甲乙二友论述》修订本中，原著内容从12回被压缩到10回，最后一回由艾约瑟牧师增补，叙述远的完整信念，在修订本中他的名字变成了乙，另外还增补了有关他的受洗以及加入教会情节，算是给未完的原著加上了一个“光明”的尾巴，该修订本1861年在上海重新印刷出版。[26]

有学者将《张远两友相论》作为晚清新教来华传教士中文叙事文学的典范作品来考察评价[27]。如果就其后来的传播、阅读、接受、仿写等而言，考虑到其宗教性与文学性之间的“平衡”，这种评价有其合理之处，当然这主要是就其在来华传教士中文著述中的“地位”而言，而不是与本土文人们的著述相提并论。

其实，就《张远两友相论》所采用的两人对话体这种叙事形式而言，无论是在基督教语境中还是在中国本土文献形式中，都极为常见。米怜在提到自己早年的读书生活时，就曾专门提及这种“问答教学法”(catechism)对于自己的影响。[28]

客观地讲，《张远两友相论》与米怜其他的中文著述一样，都是实践其来华宗教使命的文字副产品，其主要目的，显然并非是要尝试异国语言文学。但米怜及其他传教士们的上述尝试，却为晚清中国提供了一种颇为独特的中文著述文本。就主题而言，这些文本大多与宗教尤其是基督教教理教义有关，与来华传教士在华宣教布道的经历有关，与他们对中国本土文学传统的观照认知有关，当然也与他们对中国未来的想象与期待有关；就文体形式而言，这些文本大多带有宣教性质，但亦有一定学术性、思想性和科普性，为稍后本土的报章文、科普文、学术文、论说文等提供了值得借鉴的书写经验；就语言风格而言，这些文本基本上能够在本土“深文理”的传统语言和官话白话文之间维持一种他们所理解的“平衡”。这种语文实验，一方面开启了中国本土近代语文改良的序幕，另一方面亦为后来本土知识分子所主导的改良提供了极为难得的经验。

其实，综上所述，无论是米怜对于《张远两友相论》的描述，亦或伟烈亚力对于该文本之后被改写、重印、传播史的叙述，都是以该文本的“宗教”属性为中心的，换言之，无论是原始文本亦或后来的改写本，并没有以“小说”的文学特性为中心，或作为该文本吸引读者关注及接受的手段，而是以其中所传递的张远二人的思想，尤其是张的思想信念，来作为这部中文宣教文本的立足点。也就是说，张、远二人围绕着基督教信仰所展开的辩论，以及最终远对于基督教的皈依，乃该文本之唯一主题。

但《张远两友相论》这一文本书写实践给我们提供的启示，却是丰富的。其中至少有一点尤为突出，那就是像新教来华传教士这样具有如此强烈的宗教使命感，他们的写作著述，一般都脱离不了上述使命感的文字化与文本化，这就使得他们的著述，无论是文学性的亦或非文学性的，都带有强烈的宗教气息或色彩，而且也往往难以摆脱“主题先行”的窠臼。这种文本的“文学性”，无论从何角度而言都是有限的。

注　释

1 ［英］伟烈亚力:《1867年以前来华基督教传教士列传及著作目录》，倪文君译。

2 哈佛–燕京图书馆收藏有《张远两友相论》1836、1844、1849、1871、1875、1906六种版本，但没有伟烈亚力《1867年以前来华基督教传教士列传及著作目录》中所提到的1819年本。而有关《张远两友相论》的中国“文学性”或中国“小说性”，黎子鹏在《晚清基督教叙事文学选粹》“编者序”中指出其为“首部基督教传教士创作的小说”“无论在叙事形式、行文风格，还是在内容和传播途径等方面，作品都尽量去适应中国的文化传统”。（参阅黎子鹏编注:《晚清基督教叙事文学选粹》，新北市：橄榄出版有限公司（台湾），2012年1月。）

3 有关《察世俗每月统计传》，伟烈亚力在其《1867年以前来华基督教传教士列传及著作目录》中明确指出，米怜为该月刊的主要编辑及绝大部分文章之作者。参阅英文原著*Memorials of Protestant Missionaries to the Chinese: Giving a List of Their Publications, and Obituary Notices of the Deceased. With Copious Indexes.* P19–20, Alexander Wylie, Shanghai: American Presbyterian Mission Press, 1867。

4 其实这种判断亦不断遭到学者们的挑战。在黎子鹏编注的《晚清基督教叙事文学选粹》中，米怜的《张远两友相论》即被列为首篇。这显然是基于一种更具有个人文学判断的选择。

5 米怜曾经将康熙、雍正的《圣谕广训》翻译成英文并于1817年在伦敦出版。1876年，理雅各受聘出任牛津大学首任中文教授之后，曾专门就康熙的《圣谕十六条》举办过公开学术演讲，而据记载，清朝首任驻英公使郭嵩焘曾受邀出席过理雅各就《圣谕十六条》最后四条的讲演。而《圣谕广训》的语体风格，亦曾引起过马礼逊在翻译《圣经》时的关注，并认为这种语言风格是当时《圣经》中译最为适宜的一种风格。

6 参阅《晚清基督教叙事文学选粹》。

7 米怜:《新教在华传教前十年回顾》（*A Retrospect of the First Years of the Protestant Mission to China*），影印版，第43页，郑州：大象出版社，2008年1月。

8 同上书，第3页。

9 米怜在其《新教在华传教士前十年回顾·授职》部分，提到早年对自己的“转型”影响甚大的几部著作，基本上集中于宗教、历史类，譬如*Cloud of Witnesses*、*Four-fold State*，以及一些布道，像他所提到的Mr.Boston的*The Believer's Espousals to Christ*等。

10《新教在华传教前十年回顾》(*A Retrospect of the First Years of the Protestant Mission to China*)，影印版，第90页。

11 同上书，第91页。

12 同上书，第92页。

13 同上。

14 同上书，第93页。

15 米怜的《生意公平聚益法》《赌博明论略讲》《受灾学义论说》《乡训五十二则》《全地万国纪略》等著述，显然都带有劝诫世人积善去恶、戒除陋习、皈依上帝、和睦亲里之色彩，亦有是传播宣讲新的世界地理知识，以此来启蒙世人明了时世。

16 *Retropect of The First Ten Years of the Protestant Mission to China, Accompanied with Miscellaneous Remarks on the Literature, History, and Mythology of China.* By William Milne, Malacca: Printed at the Anglo-Chinese Press.1820. 从米怜的《新教在华传教前十年回顾》以及王韬的《泰西著述考》看，19世纪上半期的来华传教士和本土文士，对于中国的基督教传教史是有所了解的。米怜《新教在华传教十年回顾》第一章，就是关于西方基督教化中国的早期努力，其中论述了景教（Nestorians）、罗马天主教派，以及在北京的一座希腊教堂。而王韬的《泰西著述考》更是将晚明来华耶稣会士的人数、简历及主要著述一并列出。但这种教会史知识无论在当时的传教士中亦或本土文士中都仅限于部分人士，甚至很少部分人士。这种状况的一个结果，就是晚明耶稣会士们在中西跨文化对话交流方面的不少探索性实践，基本上都只剩下一堆纸质文献了。其中就包括围绕"文学"这一概念在晚明时期中西之间究竟展开过怎样的对话交流，尽管有李奭学的《中国晚明与欧洲文学》的专著解读，但这种解读多限于文体、文本实践层面，对于作为概念而存在的"文学"一词的翻译及探讨显然不够。

17《新教在华传教前十年回顾》(*A Retrospect of the First Years of the Protestant Mission to China*)，影印版，第19页。

18 同上书，第121页。

19 同上书，第355页。

20 同上书，第276—277页。

21 参阅 *Memorials of Protestant Missionaries to the Chinese: Giving a List of Their Publications, and Obituary Notices of the Deceased. With Copious Indexs.* P19–20，Alexander Wylie, Shanghai: American Presbyterian Mission Press, 1867。

22 关于《张远两友相论》在19世纪传教士社群中及本土读者中的传播接受情况，曾有学者专门做过研究，此不赘述。另米怜《新教在华传教前十年回顾》报告第17章所录 List of Books Written and Printed by the Members of the Ultra-Ganges Missions 中，《张远两友相论》1818年完稿，1819年印2 000部（每部20页）。但从最初数字看，并不算多。但之后该著作多次重印、改写，成为晚清新教在华传教士宣教布道频繁且广泛借用的一部文献。

23 *Memorials of Protestant Missionaries to the Chinese: Giving a List of Their Publications, and Obituary Notices of the Deceased. With Copious Indexs*. Alexander Wylie, Shanghai: American Presbyterian Mission Press, 1867.

24 参阅*Memorials of Protestant Missionaries to the Chinese: Giving a List of Their Publications, and Obituary Notices of the Deceased. With Copious Indexs*. P16–17，Alexander Wylie, Shanghai: American Presbyterian Mission Press, 1867。

25 这一修订（指书名）解决了原书名搭配不当的问题——张是姓，而远为名，一姓一名搭配一起，显然适当。而更改之后，长、远似皆为名，就匹配了。另小米怜的修改，也回答了有关该著述不同名称的含混说法。

26 参阅*Memorials of Protestant Missionaries to the Chinese: Giving a List of Their Publications, and Obituary Notices of the Deceased. With Copious Indexs*. P16–17，Alexander Wylie, Shanghai: American Presbyterian Mission Press, 1867。

27《晚清基督教叙事文学选粹》。

28 参阅《新教在华传教前十年回顾》（*A Retrospect of the First Years of the Protestant Mission to China*），影印版，第2页。

# 晚清新教来华传教士语境中的 Literature概念

## ——以《遐迩贯珍》为中心

## 一

从1853年8月到1856年5月，《遐迩贯珍》(*Chinese Serial*)[1]刊行时间仅两年十个月。在晚清早期新教来华传教士主办的中文期刊史上，这份刊物尽管久未受到学界重视，但其地位及贡献却是显而易见的。该刊不仅是《南京条约》及口岸开埠之后在中国本土（香港）创办的一份中文期刊，而且，该刊还关联着之后继之而起的另一份中文期刊《六合丛谈》。[2]从马六甲时代到香港时代，再到后来的上海及内地时代，在晚清"西学东渐"史、传教史以及中西跨语际、跨文化交流史上，《遐迩贯珍》均扮演过不容缺失之角色。就刊物栏目内容而言，《遐迩贯珍》在向香港以及开埠口岸地区传播基督教福音思想之外，还颇为突出地将西学译介论述、西邦国体政体介绍、域外游记、中国及周边地区新闻以及西方世界新闻等新知识和当下各种政商社会信息作为刊物的主要内容，使之成为一份兼顾传播西方知识、思想和当代社会信息的综合性中文刊物，亦由此拉开了晚清中国“西学东渐”的大幕。[3]

一般也认为，《遐迩贯珍》在近代中文报刊史上，以其较早所开启的传播西学知识（在自然科学知识外，还涉及世界历史、地理、交通、贸易、社会公共管理等）、文学翻译（伊索寓言）以及港、沪等开埠城市的时事新闻以及中国所发生的重要事件之报道评述著称。[4]其实，《遐迩贯珍》值得关注者，一是其对“西学”的界定及具体传播实践；二是对于当代西方及世界（包括中国）时事信息的报道广播。就所谓“西学”而言，《遐迩贯珍》并没有简单地将“西学”限定于西方自然科学与技术知识领域，还包括基督教以及西方人文和社会科学——这种认知，与中国本土知识分子在接触和接受“西学”过程中所坚持的功利性立场（“师夷长技以制夷”）及本土文化主体性视角（“中体西用”）显然有别。换言之，《遐迩贯珍》开启了一个由来华传教士主导的、相对全面的“西学东渐”模式与时代。[5]这一“西学东渐”模式，与稍后由本土知识分子所主导的经过甄别选择的压缩版的“西学东渐”模式，分别代表了晚清中西之间在跨语际、跨文化对话交流中的两种立场和两种模式。

相较于一般意义上的“西学东渐”，对于《遐迩贯珍》在晚清中西文学交流史上的贡献，包括文学观念的对接传播以及文学翻译方面的具体实践，之前虽亦曾有学者涉及过，[6]但在晚清新教来华传教士的历史语境中，通过对《遐迩贯珍》的考察，来观照来华传教士们对于西方语境中literature这一概念的理解，以及他们如何在当时的中文语境中找寻确定其对应词，并由此来考察晚清中西跨语言——文化交流在经由日本引进输入西方的“文学”概念之前中西之间业已直接开启的相关交流对话，则鲜见学界有深入研究。

显而易见，在晚清“西学东渐”语境及历史进程中，中西之间的“文学”对话与交流显然无法回避，但众所周知的是，无论是来华传教士亦或中国本土文人，当初都没有也不会将“文学”作为双方对话交流的主要内容，至少在早期来华传教士与本土文士的接触交流语境中如此。但是，围绕着Literature这一概念，中西双方当时又确实展开了一些接触互动，这些对于了解19世纪上半期的中西“文学”交流，无疑是有所裨益的，事实上对于理解之后通过日本转道输入中国的西方“文学”概念，亦不乏借鉴参照意义。此外，《遐迩贯珍》的“西学东渐”，从一开始就并不是单向度的，即并非只是传教士们单方面对华知识——文化输入。《遐迩贯珍》“创刊号”上所刊保定人章东耘的“题词”中“吾儒稽域外，赖尔作南针”一句，似乎也揭示出晚清中西跨语际、跨文化交流中本土文士的某种外向的主动性乃至参与性，甚至对这种交流还抱有“一气联中外，同文睹治平”式的现实理想，而不是仅仅满足于“坤舆夸绝域，空负著述名”[7]一类的青史留名。而《遐迩贯珍》编辑团队中何进善、洪仁玕等人的存在，以及王韬等本土文士著述的刊载，亦从一个方面说明，即便是在像《遐迩贯珍》这样由传教士所主导的“西学东渐”实践中，其实也是离不开本土知识分子一定程度的参与的。

如上所述，就《遐迩贯珍》栏目内容所呈现出来的“西学东渐”而言，其“西学”之结构弹性或开放性，要超出一般印象中“传教士西学”拘泥于“西教”与“西学”的习惯架构，其中所谓“西学”，还延伸到西方自然科学技术之外的社会、律法、制度、文物、典籍以及新兴行业、商业贸易、习俗、新闻等众多领域方面，实际上是一个不断完善的对于整个“西方世界”之介绍说明，并佐以中华文士的西方游记，也就是将一个知识的西方与生活现实的西方、文本静态读取的西方与生活动态观感的西方结合在一起来予以呈现。这种全方位、立体式的介绍呈现，显然亦昭示出传教士们对于西方知识、文化以及社会、制度乃至生活方式等越来越强烈的自信和优越感。相比之下，本土洋务派所采取的“要西学，不要西方”的“西学东渐”立场，其实是在引进“西学”之同时，将培育产生“西学”的西方世界，包括制度文明以及生活方式等，屏蔽于中华社会之外，以保存本土文化在跨文化交流中的主体性和主导性。这种立场，固然有其历史的、体制的以及文化心理方面的因素，但亦为晚清中西之间不断扩展对话交流设置了诸多人为限制和障碍。

而对于《遐迩贯珍》之办刊宗旨，在其创刊号“序言”及1854年第12号《遐迩贯珍小记》中均有涉及，即期待对于中西双方均能有所裨益，“思于每月一次，纂辑贯珍一帙，诚为善举。其内有列邦之善端，可以述之于中土；而中国之美行，亦可以达之于我邦。俾两家日臻于洽习，中外均得其裨也”。[8]“欲人人得究事物之颠末，而知其是非，并得识世事之变迁，而增其闻见，无非以为华夏格物致知之一助。”[9]也就是说，尽管传教士们倡导“西学东渐”，但这种“西学”，并不仅仅是对华人启蒙和有所裨益的“西学”，而是“人人得究事物之颠末，而知其是非”的“新知”。这种有意模糊“西学”的西方属性或西方色彩，突出其客观性和知识性的努力，彰显出早期新教来华传教士在“西学东渐”初期的一种适应本土的知识——文化策略或知识——政治。不过，正是与这种策略有关，作为西方情感、思想与艺术审美范畴之一种的“文学”才得以跻身于“西学”之间而得以“东渐”。

在上述适应策略之外，《遐迩贯珍》还有意识地增加了刊物内容在中西之间的“对话性”，而不是只有“西学”之“东渐”独唱。具体而言，在该刊主办年余之后，编辑者即有意对其栏目内容予以调整，以适应中文读者之所好。对此，《遐迩贯珍小记》中曾有明示：“冀来年每号所出，卷内行数加密，使得多载故事，吾亦博采山川人物鸟兽画图，罗列于其内也。”[10]尽管上述所言，并没有根本改变《遐迩贯珍》的办刊宗旨内容，即一份旨在向中土读者传播西学、进行科普的知识读物，但同时亦在逐渐增加时事新闻以及人文地理方面的内容，“各省事故，尺幅可通，即中外物情，皆归统贯”。[11]其栏目结构虽为微调，但这种微调在不影响“西学东渐”的前提之下，关注到了本土读者接受西学方式的多样性及阅读习惯偏好，还在自然科学知识部分的西学内容之外，适当增加了文章杂著类之比例。而一定程度上，正是对于本土读者这种阅读与接受偏好的关注及适当过渡，催生并开启了晚清由传教士所主导的汉语中文的语文改良与文学变革之间的最初关联。

## 二

但在口岸开埠初期，无论是传教士亦或本土文士，真正能够担负并胜任跨语际、跨文化交流者可谓凤毛麟角。对此，《遐迩贯珍·序言》中曾有所涉及：

> 吾屡念及此，思于每月一次，纂辑贯珍一帙，诚为善举。其内有列邦之善端，可以述之于中土，而中国之美行，亦可以达之于我邦。俾两家日臻于洽习，中外均得其俾也。现经四方

> 探访，欲求一谙习英汉文意之人，专司此篇纂辑，尚未获遘，乃翘首以俟其人。乃先自行手为编述，尤胜于畏难而不为也。惟自忖于汉文义理未能洞达娴熟，恐于篇章字句间有未尽妥协，因望阅者于此中文字之疵，无为深求，但取其命意良厚，且实为济世有用之编。更望学问胜我者无论英汉，但有佳章妙解，邮筒见示，俾增入此帙，以惠同好，谅而助益之。是所盼于四海高明耳。[12]

上述文字中所提到的“谙习英汉文意之人”并出任该刊纂辑者，显然就是当时通晓英汉双语之人。而其编辑身份，注定了此人并非是一般意义上的通晓英汉文意，而是还能担负英文纂译和中文撰述。此人这种语言——文化身份，在传教士主导的“西学东渐”语境中，显然难以摆脱宗教色彩而仅仅维持其世俗知识分子的身份立场。事实上，《遐迩贯珍》时期的何进善、洪仁玕之所以能够参与其中，固然与他们的双语能力有关，但与他们的基督教信仰关系亦甚为密切。但这并非意味着《遐迩贯珍》是一份在知识、文化立场上偏于保守的科普刊物。事实恰恰相反，无论是在基督教立场上亦或是在对待中华文化态度上，从所刊发的文章内容看，《遐迩贯珍》均可谓审慎开明，既无基督教信仰意义上的偏执，也少见西方主义或殖民主义的意识形态强势张狂。也许这种“审慎”与新教来华初期对于中国的国力了解尚不透彻有关，与当时晚清政府所采取的对外宣教政策有关，也与新教教会所采取的对华宣教策略有关——《遐迩贯珍》等由来华传教士所主办的中文刊物本身，就是作为一种中西文化接触与对话策略之一部分而付诸实践的。

作为一份具有传教士背景的中文刊物，《遐迩贯珍》却能够自创刊伊始，坚持西教、西学以及新闻之间的平衡，同时适当兼顾本土文士的海外游历撰述——通过本土文士的耳闻目睹，来建构一个在“西学”之外的真实存在的“西方世界”形象，这也是《遐迩贯珍》时代传教士语境中“适应本土”策略之一种。也正是在这种语境中，1853年《遐迩贯珍》第4号上所刊载《援辨上苍主宰称谓说》这样的中西文化中的关键词转换申辩的文章，这种考稽名词称谓之类的考辨文章，在中西跨语际和跨文化交流之初无疑是难免的。这种考辨，多数集中于西教教义中的核心概念词汇，以及中文经典文献中的关键词，对于了解当时中西文化交流之初双方如何迻译核心词汇也是有帮助的（譬如上帝/神、天/天主等）。鉴于19世纪初期主导中西跨语际、跨文化对话交流和文献迻译者为传教士及其本土文士，所以这些核心词汇也多属宗教类。但随着“西学东渐”的逐步展开，这些关键词汇的学术领域，也逐渐从宗教扩展到自然科学、社会科学乃至一般日常生活，其中就包括“文学”这一词汇。

缉查《遐迩贯珍》，发现其中出现了与“文学”一词无论是在构词上还是内容上有所关联的词汇，譬如“文风”“文法”“文采”“文词”“文德”等。不仅如此，“文学”一词在《遐迩贯珍》中亦曾直接出现过3次，分别在总第13号（1854年第8号）《瀛海再笔》一文中，原文为，“英人最重文学，童稚之年入塾受业，至壮而经营四方”[13]；总第15号（1854年第10号）《近日杂报》中一则有关印度的报道，“将欲以西邦文学教育印度之人”[14]；以及同号同则报道中的“甚愿华民智慧日加，攻于西邦文学，不然中华将不复可称为东邦诸国之冠也。可不致思也耶！”[15]。上述使用“文学”三处，一处是单独使用，即“文学”，另两处均与“西邦”合用，意思是西方文教、文化、文明等；而第一处单独使用者，其内涵与之后两处亦同，并非是指现代所狭义使用的“文学艺术”中的“文学”。需要注意的是，上述三处“文学”一词出现的文章，《瀛海再笔》作者为本土文士，《近日杂报》的主笔，推测亦有可能为本土文士，或者传教士/本土文士组合。换言之，这三处“文学”使用的语境，是在以汉语中文中的“文学”的一般含义来使用的。但“文学”的上述用法，显然是经过与传教士编辑协商的，因为从其出现的语境看，这个词无疑是一个具有凝聚效应的关键词。而文中直接使用中文语境中的“文学”一词，至少表明这个词得到了传教士编辑的接受认同，或者说，英文中的literature一词存在着与中文里的“文学”一词可以直接对接的部分相同内涵。但考察“文学”一词出现的三处语境，均未包含今天所熟知的litetature及“文学”中所包含的作为“诗、小说、戏剧、散文”以及“文学批评、文学史、文学理论”等之总称的内容。

其实，英语语境中现代意义上的“文学”（literature）一词，其内涵也是直到1800年代左右才初步明确下来的。[16]在此之前，“文学”更多是与古典传统相关涉，具体到内涵上，则包括文献、文教、文化、文明等。而现代世界的散文——这里的“散文”概念，不妨作为现代意义上的“文学”概念的一种替代——“并不来自于古代艺术、神话或替代式民间文学。它就来自于看似对古老诗歌进行反驳的事务的中心：现代城市的散文，封闭的门面和幽闭的生活的散文，然而还有黄金和商品的新型庙宇的散文，来自它们那昏暗地下室和肮脏下水道的散文。”[17]换言之，1800年代在西方社会所重新界定并明确下来的literature不仅延续并包括了传统“文学”中那部分靠近“文学”的内容，更指向一种新的、与传统文学有所判别的现代意义上的“文学”，也就是一种现代文学。而19世纪初期的西方来华传教士，对于这种现代文学显然是陌生的，甚至也是拒绝的。因此，当在传教士们所主导的中文期刊——譬如《遐迩贯珍》——中出现literature或“文学”一词时，首先其含义指的是宽泛意义上的文献、文教、文化、文明等，而不是狭义的或今天更频繁使用的“文学”一词的含义。

但在《遐迩贯珍》中，刊载了一些中译的西方文学作品，其中尤为引人注目者，就有《伊娑菩喻言》以及弥尔顿的《目盲吟》（*On His Blindness*）。

对于翻译刊载《伊娑菩喻言》的原因，1853年8月第一号中是这样说的：

> 其书传于后世，如英吉利、俄罗斯、佛兰西、吕宋、西洋诸国，莫不译以国语，用以启蒙，要以其易明而易记也。[18]

很清楚，当时《遐迩贯珍》翻译并刊载《伊娑菩喻言》的目的，意在启蒙，而非彰显传播西方文学。而之所以选择这一文献用来启蒙，一是易明，二是易记。譬如第一则是讲“欲加之罪，何患无辞”这样一个中文典故，但附加的是西方故事；第二则喻言讲的是“宁食开眉粥，不食愁眉饭”。这种以西方喻言故事与中文语境中的成语相结合的贯通式翻译方法，在《遐迩贯珍》的翻译方法中并不鲜见；第三则讲的是，“凡物不可以微小为可欺，亦不可以偶胜而自恃也”；第四则讲的是“猫鼠之间”“世人多有自以为得计者，及其临事，终不能行”。上述喻言，多为唤醒劝喻普通信众的道德意识，同时也是一种打破中西之间语言文化上之隔膜的努力。这种建构中西语言文化之共同性与共通性的尝试，其实也隐喻了英文世界里的literature与中文世界里的“文学”之间展开对话的可能性。

《遐迩贯珍》1854年第9号，刊发“体性论”“附记西国诗人语录一则”“喻言一则”和“近日杂报”四部分内容。直观上判断，该期已经颇为接近一份文学期刊。只不过当时所谓“文学”或“文学期刊”（literary periodical），与今日所言自然有所不同。“附记西国诗人语录一则”，是对英国诗人弥尔顿（《遐迩贯珍》中译“米里顿”）及其十四行诗《目盲吟》的介绍翻译。这无疑是中西文学史及文学翻译史上一件颇有意义的事情。但令人费解的是，标题中是以“语录一则”，来指代弥尔顿的诗。在译诗前按语中，多次提及弥尔顿的诗书著作以及诗人身份，但没有使用“文学”“文学家”等可能出现的词汇。这反映出当时在中文语境中，也并不多用“文学”一词来替代“诗书”，而诗人的用法，显然要比“文学家”的用法更为普遍。比较而言，当时英文里的“poet”与中文里的“诗人”之间对接，显然要比literature与“文学”对接更容易接受。而译诗尝试将“楚辞”体与“诗经”体结合起来迻译《目盲吟》的方法，与《伊娑菩喻言》的迻译方法有异曲同工之妙。这也再次显示出，当时《遐迩贯珍》的传教士/本土文士的编辑组合，在中西语言文化之间试图打通隔膜、建构对话交流的实践尝试。

相比于“文学”一词的出现使用，《遐迩贯珍》上首次出现与literature相关的词，是在1854年第6号“近日杂报”条目中。这则报道有关南京重启科举考试，Reestablishment at Nanking of literary Examination。而在此号“近日杂报”头条中，是一则有关《礼记》的法文翻译，Crilery's Translation of the Le-ke，“佛兰西国有士人，先居澳门，后返本国，掌翻译事务，将中土之礼记，以佛国文字译出刊行。尚有风雅士人，观诗经意义深厚，甚欲译出行世。”[19]众所周知，科举考试一般被英译为literary examination，这里的literary，显然并不能够视为今天literature一词的形容词。

## 三

尽管《遐迩贯珍》刊行时间不长，但就其所刊载内容来看，至少已反映出当时中西之间跨语际、跨文化交流的若干特点。其中尤为突出的一点，就是在《遐迩贯珍》内部，即在其编辑之间，可以看出理雅各及其周围或与之有交往的本土文士之间，曾经有过相当密切与活跃的配合协作。这些本土文士中就有洪仁玕、何进善以及王韬等。

目前可以肯定的是，《遐迩贯珍》中由本土文士撰写提供的文稿，除了明确署名者外（譬如《圣巴拿寺记》署名南充刘鸿裁），其他为本土文士所撰著或参与迻译的文史类文稿还有很多，其中尤为引人注目者即有：

1. 游记笔记类：《瀛海笔记》《瀛海再笔》《日本日记》《续日本日记》《西游闻见略》（*Notes of Wandering in the West; communicated by a Chinese*，1855年第5号）、《砵非立金山地舆志》（华人作者自金山寄来）。上述著述，虽未直接署名，但均标明作者为华人，而且除特别标注外，均为本土士人。这也表明《遐迩贯珍》对于本土作者来稿及参与的重视。

2. 翻译类：《伊索寓言》《喜耳恶利戏言》（*The Facetle of*

*Hireocles*)等。

3. 创作类：《新年叩贺》《贺词》等。

4. 人物传记类：1855年第4号《杂说篇》中，刊载3篇人物传记，包括《隐士化少年说》《阿剌伯人以柔胜刚说》《少年华盛顿行略》。这里的杂说，英文为anecdotes，类似于中国文章中的逸闻掌故。其中，《少年华盛顿行略》一文所述，就是后来世人皆知的少年华盛顿与樱桃树的故事，大概这也是该故事最早的见诸公共媒体的中文版本。另1855年第5号还有《佛国烈女若晏记略》（*Joan of Arc*），也就是圣女贞德的故事。此外还有《马礼逊传》（1855年第8号）[20]、《马可顿流西西罗纪略》（*Life of Cicero*）等。这些人物传记故事多为本土文士撰述。

5. 历史地理类：《大食大秦国考》《西方四教流传中国论》《新旧约书为天示论》《英伦国史总略》《景教流行中国碑大耀森文日即礼拜日考》（作者署名李善兰）等。

6. 诗歌翻译类：《附记西国诗人语录一则》。

7. 杂志简介类：《遐迩贯珍小记》《遐迩贯珍序》等。

8. 杂著类：《野人智窥盗迹》《与狮相遇事》《刨口柴能言》《驴犬妒宠喻言》《泰西二女论宝》;《黑穴狱录》《象论》《虎论》《地理全志》（慕威廉著）等。

上述著述在语言以及文体类型上，应该会对本土文士有所触动，让他们对中西文体类型产生一些初步印象乃至联想。其实，在《遐迩贯珍》中已经有本土文士在阐述西方经典时，大量使用中国传统文章学或文体概念。

据信由何进善所撰写的一篇论述《新旧约》圣经为“天示”

的文章中[21]，就使用了典籍（“泰西诸国典籍颇繁”）、群书（“其所最重而独异于天下群书者”）、“史”“诗”“律”“训”“预言”（“卷中或史或诗，或律或训，或预言”）[22]等术语，只是未见使用“文学”一词。该文中出现的相关术语——中国文学或文章体系中的概念——还有“书”（“得聆是书之说”）、“著作”（“余因思古今来著作之家”）、“著述”（“以徵著述之真理”）、“笔墨”（“每有欲传其笔墨”）、“文字”（“亦有欲弘其文字”）、“词章”（“考其卷内词章得失”）、“文章”（“文章制度”）、“文”（“夫西方之士，徵诸道者固多，而见诸文者靡尽”）、“词章”等。而在《遐迩贯珍》其他文稿中，亦曾出现“诗书文字”“祈祷文”“圣理约文”这类中西杂糅使用的术语。这至少提示一点，那就是尽管《遐迩贯珍》时代的来华传教士和本土文士，尚未直接将literature与“文学”替换互用，或者两者之间的关系尚未确定下来，但在相关概念术语的替换使用方面，似乎已经积累了一定实践经验。

注　释

1 《遐迩贯珍》，*Chinese Serial*，英国伦敦会在香港英华书院创办的中文月刊。正如日本学者松浦章在《序说:〈遐迩贯珍〉的世界》中所言，“在此之前，由英国传教士主办的几种中文月刊，都只是在印度尼西亚和新加坡等地发行，中国本土还未曾有过。”（《遐迩贯珍——附解题·索引》，第5页，沈国威、内田庆市、松浦章编著，上海辞书出版社，2005年12月，上海）。

2 对于《遐迩贯珍》的出版及发行销售情况，在1855年第1号（总第18号）《论遐迩贯珍表白事欵编》中有说明，“《遐迩贯珍》一书，每月以印三千本为额。其书皆在本港、省城、厦门、福州、宁波、上海等处遍售。间亦有深入内土、官民皆得披览”。而在1855年第4、5号合刊所载《遐迩贯珍告止序》中，亦明确说明，该刊主要得到了香港、上海的英美社群的支持。也就是说，尽管这是一份创办于香港的中文刊物，但其主要发行传播地域，却并未限于香港，相反，而是以东南沿海开埠口岸以及内地知识读者为主要对象的。

3 《遐迩贯珍》所开启的“西学东渐”，其传播及辐射影响地域并不仅限于中国。据日本学者研究，“当年《遐迩贯珍》发行之际，引起了很多读者的关注。至少在幕府末期的日本，《遐迩贯珍》是深受开明的幕臣及知识分子关心的一种读物”。(《遐迩贯珍——附解题·索引》，第5页，沈国威、内田庆市、松浦章编著，上海：上海辞书出版社，2005年12月)

4 作为一种中文报刊，《遐迩贯珍》在时事报到方面的作用及影响一直被忽略或低估。其实，“近日杂报”(Miscellaneous News)是《遐迩贯珍》每期固定栏目，且在篇幅内容上亦占据相当部分。仅以1854年正月第1号中所辑录“近日杂报”条目来看，凡17条，除了世界大事，譬如土俄战争，也有美国新泽西新开设的旅馆这样的民生消息。当然更多的还是有关上海、宁波、厦门、福州等开埠口岸的时事消息。而且，随着该刊的延续，近日杂报中所录世界各地、中国内外的消息亦日渐增多，条目数量也扩大到近30条之多。

5 对于中西之间的跨文化交流，《遐迩贯珍》持有一种非政治、非军事的超越西方殖民主义立场的观点，“泰西各国，创造电器秘机，凡所欲言，瞬息可达数千里，而中国从未闻此。其致此之由，总缘中国迩年与列邦不通闻问。昔年列邦人于中土，随意游骋，近年阻其往来，即偶有交接。每受中国人欺侮，惟准赴五港通商而已，彼此不相交。我有所得，不能指示见授，尔有所闻，无从剖析相传，倘若此土恒如列邦，准与外国交道相通，则两获其益。列邦人原无意寻战侵疆，因争占所得，理难久享其利，不若贸易相安，时可获利无穷也。是中国愈见兴隆，则列邦愈增丰裕。上帝创造斯世，……凡世上之人，皆为一家，其原始于一夫一妇所生，四海皆为兄弟。设有一家而兄弟数人，各分居住，其一杜门孤处，日用所需，尤不肯有无相通、缓急相济，是之谓忧喜不相关。上帝所以诏令各国，凡民相待，均如同胞。倘遇我有所缺，彼以有余济之；或遇彼有所乏，我以其盈酬之，彼此交相通融，亦同受其益也。”(《遐迩贯珍——附解题·索引》，第715(4—5)页，沈国威、内田庆市、松浦章编著，上海辞书出版社，2005年12月，上海。)

6 日本学者石田八洲雄、内田庆市曾分别对《遐迩贯珍》中所刊载的《附记西国诗人语录一则》及“伊索寓言”(意拾寓言)进行过研究。参阅《遐迩贯珍——附解题·索引》。

7 《遐迩贯珍——附解题·索引》，第716(3)页。

8 同上书，第714(5)页。

9 同上书，第594(125)页。

10 同上。

11 同上书，第407(312)页。

12 同上书，第714(5)页。

13 同上书，第625(94)页。

14 同上书，第606(113)页。

15 同上。

16 [法]雅克·朗西埃著：《文学的政治》，第24页，张新木译，南京：南京大学出版社，2014年8月。

17 同上。

18《遐迩贯珍——附解题·索引》，第714（8）页。

19 同上书，第641（78）页。

20《马礼逊传》一文，转引自艾约瑟1855年所撰《中西通书》（*Chinese and Western Almanac*）。

21 此文中有两处文字，涉及信息与何进善切合。其一是“余少时，得遇英友理先生，与习《圣经》，于兹十有四年”。其二是“十八年前，余始与西国教师会晤，得聆是书之说”。另，该文结尾处有《遐迩贯珍》编辑“跋”一则，提及该文最初出处，“右论乃由新约全书注释序言抄出”。

22《遐迩贯珍——附解题·索引》，第574（145）页。

# Literature作为一个西方概念在晚清中国的“旅行”“落户”与“入籍”

## ——新教来华传教士与晚清中西跨文学交流的一种历史考察

作为一个西方概念，literature通过新教来华传教士在晚清中国衍生的故事，大体上经历了旅行、落户和入籍这样几个阶段或“身份”转换。而从历史（时间）——地域（空间）维度而言，这一概念的“中国化”或近代化，大体上又经历了离岸时期（Offshore Period，以马六甲时期为中心）、到岸时期（Ashore Period，以香港英华书院以及上海墨海书馆时期为中心）以及内地时期（Inland Period，以三次新教传教士上海大会时期为中心）；而就其所包含的基本内容及所涉及的领域维度而言，则又横跨文献、文本、著述出版物、文教、文化、特性。而就Literature这一概念的适用语境而言，则又可粗略分为英语语境（或西方语境）、中西跨语言——文化交流语境以及中文语境。在上述三种不同语境之中，Literature的实践形态，则又大体上可描述为“旅行”“落户”与“入籍”三种状态。而在上述三种状态语境之中，这一概念所依托的文本经验、审美历史，以及所唤醒的历史记忆与文化权利意识等亦是存在差别的，某些时候甚至存在着相当程度的紧张乃至轻度对抗，而并非是后来所确定下来的在英文的literature与中文的“文学”之间几乎可以直接互换的关系——而当Literature与中文里的“文学”完全相等或直接互换使用的时候，实际上一方面意味着这个晚清中国进入中国的西方概念——晚清耶稣会士的经验此不纳入考察分析——已经完成了它的异域旅行、落户和入籍的故事，成为晚清中国中西跨文化交流的宏大历史叙事中虽不格外引人注目却影响深远的一个关键词个案。它预示着中国文学的传统时代趋于落幕或结束，一种努力尝试并逐渐注重与非中国的外部世界或中外之间的“文学”传播交流、呈现出更为多元及多样、更加强调创造性及未来性的“新文学”或“现代文学”的时代，似乎也已经呼之欲出。

其实从一开始，西方的Literature与中国的“诗文”就不是可以简单替换的概念。传教士们对于西方文学，尤其是在非宗教、非古典的近现代世俗意义上的西方文学的知识结构与审美训练上的双重“缺陷”，与他们对于中国文学传统在文本阅读积累上的严重不足，以及作为西方文学的一个独特“他者”的悠久传统在认识上的困扰及偏差，很大程度上制约着他们进入一个真正的中西跨“文学”交流的领域之中，并因此使得他们所生成的最早一批中西跨文学交流的文本成果，大多更偏于“治化”一类现实功用考量的知识文献文本的性质。不过，恰恰是这些传教士们的文学与文化探险，开创了中西之间文学交流的先河，并最终让西方的Literature，成为中国的“文学”。在此过程之中，中国传统的诗思、文思，随之亦逐渐淡去，取而代之的，是一种更为朝向现代的“文学思维”。

就时间与具体进程而言，Literature在中文语境中的“迁移史”或“嫁接史”，大体上经历了晚清传教士与口岸文人之间的“对话”与交流、流亡日本的梁启超等人的“小说界革命”以及留学生的文学运动这三个阶段。[1]在这三个阶段中，无论是对于西方语境中的Literature这一概念的理解、认同、接受亦或应用，彼此之间都存在着明显差别。比较而言，文学史视野中的第二、第三个阶段受到关注相对较多，第一阶段则由于诸多原因而往往被忽视。显而易见，第一个阶段既是中西之间就双方对话、交流确定词汇并搭建语言平台的时期，同时也是中国文学从清末的“中/西”结构形态为主，扩展转换到“传统/现代”结构形态为主的时期。

## 一、作为西方概念的literature在晚清中国的“旅行”史

无论是从最早一代传教士们的日记、往来书札、提交给差会的报告等多种文献亦或后来的历史事实来看，晚清来华传教士们在来华之前或来华之后相当长的时期之内，都没有将他们的使命及历史文化定位停驻在“文学”之上——更确切地说是literature上。显而易见，传教士们并无意成为中西之间跨文学交流的使者（agents）或中间人（middle-cultural men）。他们因为种种原因，而将其来华使命从基督教化中国延伸扩展到西方化或现代化中国，历史而具体地看，基本上是为了更好地策应、推动落实或实现其基督教化中国的宣教使命，而西方化或现代化中国这种世俗意义上的“文化改造”与“文明进步”，并非总是与传教士们的宗教使命完全一致的。而晚明来华耶稣会士与晚清新教来华传教士不约而同地选择将当时已经处于先进地位的西方科学技术文明作为一种辅助性的手段方式来服务于他们的宗教使命，一方面说明了耶稣会士、新教传教士们在中西交流层面主动或被动的自我认知、自我选择与自我定位，另一方面亦反映出当时中国对于外部世界的需求兴趣所在以及认知方

式及状态。[2]

1. 离岸时期的literature（或“文学”）与文学交流

这里所谓“离岸时期”，主要是指最早一批新教传教士尚不能获得晚清官方正式许可在中国土地上停驻，更不允许从事宣教布道等宗教活动，甚至连购买书籍、学习中文等活动亦一并被禁止的时期。在此期间，马礼逊（Robert Morrison，1782—1834）、郭士腊（Karl Friedrich August Gützlaff，1803—1849）、米怜（William Wilne，1785—1822）、麦都思（Walter Henry Medhurst，1796—1857）、修德（Samuel Kidd，1799—1843）、理雅各（James Legge，1825—1897）等传教士，亦就只能够在中国南部沿海（包括澳门）以及东南亚地区寻找落脚点。而马六甲也就逐渐发展成为了他们面向当地华人宣教以及事后进入中国内地宣教的基地。

以马六甲为中心的离岸时期，作为西方概念的literature，与中文的“文学”甚至中国传统的诗文之学并没有直接的、密切的接触。某种程度上，这一时期也可以视为双方围绕着literature或“文学”等关键词初步试探性接触的阶段。而其代表性成果，体现在字典编纂及《圣经》中译、中国文献典籍阐释以及仿照中国通俗普及型文本而编纂的中文宣教读本等方面。具体而言：

马礼逊的《英华字典》（*A Dictionary of the Chinese Language*）中对于“文”“学”等相关中文词汇的翻译解释，以及对于literature这一英文词的中文翻译注释；[3]

马礼逊的《圣经》新约及旧约中译；

麦都思、马典娘娘（Sophia Martin）等模仿中文《三字经》范本编纂的《三字经》（*San-tzu ching, or Trimetrical Classic*）及《训女三

字经》(*Trimetrical Classic to Instruct Girls*)等中文实验文本；[4]

米怜的中文对话体论道宣教叙事文本《张远两友相论》(*Dialogues Between Chang and Yuen*)。

米怜《新教在华传教前十年回顾》一书中的第2、4、9、10、11、12、14、15、17等部分，[5]或是在叙述马礼逊初抵广州之时学习中文的艰难经历，或者叙述《圣经》"新约"中译本的翻译及完成，或者叙述马礼逊的中文助手的"文学"修养，或为翻译《圣经》而思考寻找怎样的中文典籍文本来作为模仿参照之范本等。其中更多从文本经验层面而非有关"文学"的理论认知层面在中西之间关涉"文学"的话语中逡巡反思。譬如在第2部分中，米怜直接使用了"中国早期很小，诸侯国众多，未曾文明开化，也缺乏艺术和文学"这样的表述。[6]尽管这里的literature还只是以英文单词形式在英语语境中使用，但它所指的内容对象，却是与"艺术"(arts)并列的"文学"(literature)。当然，我们有足够理由相信，米怜这里所谓literature，既非19世纪英语语境中的世俗意义上的literature，亦非20世纪中文语境中的"文学"——以小说、诗歌、散文、戏曲这样的文类形式组合而成的一种抽象意义上的概念——它更多所指，恐怕还是与文明教化等相关的文献著述，兼及西方古希腊、罗马意义上的古典文本。

早期或离岸时期传教士们的中国知识及认知，受到客观条件以及主观意愿、立场、观点等方面的诸多牵制。无论是马礼逊的日记、往来书札[7]，还是米怜的《新教在华传教前十年回顾》，其中均提到当时马礼逊在广州、澳门甚至马六甲等地学习中文以及雇佣当地"文士"作为其翻译《圣经》的中文助手的情况。[8]而今天所能了解到的基本情况是，马礼逊当时根本无法寻找到或雇请到真正意义上的本土文士来帮助他学习中文或翻译《圣经》。[9]即便找到所谓“文士”，基本上亦是民间底层稍微有些书写能力者，而不是真正意义上的儒生或作家。这是新教来华传教士来华初期，尤其是在东南亚地区所遭遇到的基本状态。他们显然仍处于中国文化的“离岸”状态，在一种移民及离散人群中颇为不易地接近并获得对于中国正统、主流文化客观受限的阅读认知与文化体验。

作为对上述境况某种意义上的一种回应或反衬，是离岸时期的传教士们如何寻找在中国的传人或归化者，包括信仰、知识、思想甚至生活方式等各方面。米怜的《新教在华传教前十年回顾》第十章中提到一个颇为有趣的事例。1813—1814年间，传教士社团收养了四位华人孤儿，并由马礼逊夫妇监管。[10]这是一个颇具象征意味的“事实”，一方面，它反映出传教士来华初期或离岸时期，要寻找到一位信仰、知识、思想上的中华“传人”或后继者是多么困难，另一方面，他们所能够收养并监管的这些“孤儿”，不仅是血缘亲情上的“孤儿”，也是知识文化上的“孤儿”，他们与他们的文化母国之间，已经失去了有效的、稳定的、可持续的联系。当然这也近乎自然地成为来华传教士们“再造”、归化这些孤儿的文化前提或心理基础。而这也进一步昭示出如下事实，即无论是传教士的中文教师、助手亦或他们的归化对象，既然只具备这样的文化素质与修养，传教士们又如何能够与之展开一种具有基本的对话性与对等意义或形式上的中西之间的“跨文学”交流呢？

2. 到岸时期的literature（或“文学”）与文学交流

离岸时期新教传教士不能够深入中国本土或中华文化的核心

地域来进行跨文化接触与交流的尴尬局限，因为《南京条约》的签署而有了改变。其中香港、上海两地，成为这一时期中英或中西之间跨文化接触交流最为集中和频繁之中心，亦由此揭开了晚清中西之间跨“文学”交流的所谓“到岸时期”。

在此阶段，无论是香港还是上海，又分别以英华书院（Anglo-Chinese College）和墨海书馆（Shanghai Mission Press）为中心，形成了晚清新教来华传教士在华传教布道的东、南两个中心。从历史及文化两个维度来看，香港、上海这两个中心的重要性，并不完全在宗教方面，或者说并不完全在宣教布道方面，甚至也不完全在《圣经》翻译方面，其在西学翻译方面的实践及贡献，无论在当时亦或现在，更为世人所关注。同样在此阶段，英文语境中的literature，与中文语境中的“文学”，开始出现正在逐渐明确的关联，不过看起来这依然是一种带有尝试性的、松散的、不固定或不稳定的关联匹配。

就香港时期而言，在中西跨文学交流方面的代表性人物当为理雅各[11]、何进善以及在英华书院印刷所担任技术工作的黄胜。而代表性成果则有：

《圣经》“委办本”的翻译；

理雅各与何进善合作中译英的“中国经典”（Chinese Classics）——“中国经典”的翻译从1850年代一直持续到理雅各返回英国之后；

中文期刊《遐迩贯珍》（*Chinese Serial*）之上曾刊载过英国诗人弥尔顿（John Milton，1608—1674）的《目盲吟》（*On His Blindness*）的中文译文。

香港时期，同样因为何进善、黄胜等与理雅各合作的本土知识分子均非典型意义上的文士，故彼此之间的交流，从所生成的文献文本来看，甚少涉及真正意义上的“文学”领域。当然理雅各的“中国经典”本身，已足以视作此间中西之间跨文学交流的一个经典案例和标志性意义的成就，而且，在1860年代之后，“中国经典”的翻译，包括《诗经》的翻译，还得到了王韬（1828—1897）的襄助，但总体上这种“文学”交流，依然限于古代经典，尚未扩展到19世纪英语语境中的literature所包含的文艺复兴之后的西方文学的那部分内涵。

与香港相比，到岸时期另一个同时亦更为重要的中心上海，无疑是此间中英或中西之间跨文学交流展开最为适宜的空间——相对而言已经大大宽松了的生活与中外接触环境（传教士们甚至一度可以到杭嘉湖地区、南京等地旅行传教）——而这一地区相对发达的文教传统及人文环境，也为来华传教士们近距离地观察体验中国士绅文化、阅读中国精英文学提供了更多机会或条件。而当时上海因为太平天国运动而聚集了数量可观的江南地区的落难士绅，其中就包括与墨海书馆之后维持了较长时间雇佣合作关系的王韬、蒋敦复、李善兰、管嗣复、郭友松等知名文士学者。概略而言，在此期间，中西跨“文学”交流最具有代表意义的成果有：

《圣经》“委办本”（Delegates' Version）的翻译；

麦都思的数十种中文宣教布道小册子、中文圣诗赞美诗；

伟烈亚力（Alexander Wylie，1815—1887）、艾约瑟（Joseph Edkins，1823—1905）等人开始在其著述书名中使用literature一词，譬如伟烈亚力的*Translation of the Tsing Wan Ke Mung, Chinese Grammar* *of the Manchu Tartar Language: with Introductory Notes on Manchu Literature*；

《六合丛谈》(*Shanghai Serial*)；在对《六合丛谈》的英文介绍说明中，作为编辑的伟烈亚力，亦使用了literature一词（This was a monthly periodical continued from January, 1857, to February, 1858, containing articles on Religion, Science, Literature, and general news of the day）。[12]

总体上看，上海时期来华传教士所生成的中文文本的文学水平，要明显高于香港，更是高于离岸时期。当然这与墨海书馆的中文助手们的中文修养明显要高于香港及离岸时期传教士们的中文助手的事实密不可分。不过有一个事实同样显而易见，那就是上海这些与传教士合作的文人学者，当时亦基本上处于他们各自生活、事业的双重“艰难”困境之中。这也进一步昭示出如下事实，即来华传教士们要想在中国寻找到他们的异国知音、同路人或追随者与继承人，当时除了从那些被本土知识、思想与权威中心边缘化或排挤出来的零落者中去发现培植，或在离岸离散华人社群中培育，或者就是上述中心的质疑者、挑战者甚至批判者，之外并无体制性的方法措施来落实传教士们的来华使命——京师同文馆、广方言馆这些晚清中西跨文化交流中由本土官方力量所主导的体制性的探索努力，从一开始就不允许外来宗教话语及势力的渗入，自然亦不以literature或“文学”为其进出口之目的。而上述事实亦揭示出另外一个历史现实，那就是即便是在“到岸时期”，尽管传教士们已经可以接触到本土精英文人，但这些文人却往往是在官方、正统精英体制之外的失意之人或仕途不畅者。而“到岸时期”的中西跨文学交流，亦就难免打上了这种时代烙印——一种在主流、正统、精英文人体制边缘甚至之外所生发出来的跨文化对话与交流。

作为这一时期既由来华新教传教士主导且又在真正意义上具有中英或中西对话交流性质的“文学”“事件”，大概是《六合丛谈》上所刊载的由艾约瑟撰写口译、王韬笔述的“西学说”（“Western Literature”）系列文论。这一事件的“文学”史意义在于，首先，这是在一份公开出版发行的中文期刊上较早专门介绍“西方文学”的系列论文；其次，从这系列文论所涉及内容看，基本上以古希腊、罗马的古典文学为主，其中介绍了荷马史诗、古希腊戏剧等，当然亦介绍了古希腊、罗马的古代文明、文化及其他文献——在这里，literature基本上依然是一种古典意义上的内涵用法；再次，这系列论文被翻译成为了中文，其中第一篇还将western literature翻译成了“西国文学”，这种译法，已经无限接近于今天的翻译习惯。当然之后该系列中的另八篇文论回避了literature的“文学”属性，也放弃了最初的“文学”译名而改译为“西学”。[13]这也说明在1850年代的上海时期，literature已经有了它较为确定的中文译名，而伟烈亚力、艾约瑟乃至麦都思等人大量的中文文体写作实践，事实上亦在拉近传教士们对于中国文学在写作领域中，尤其是“文”的写作实践层面的距离——而literature亦不再只是一个仅仅基于西方文学历史和文学经验的概念术语，而是有了与来华传教士们的中国文学文本阅读及文学书写经验初步结合的感受体验。但在此时期，传教士们依然只是在英语语境和初步展开的中西跨文学——文化对话交流语境中使用literature，他们依然不能真正意义上深入原本由本土文士所主导的有关中文语言、文学评价甚至文化改良这样的话题空间当中，也就只能采取既能适应本土文士精英、亦能照顾本土底层民众的语文双相适应策略。这种适应策略本身，就是来华传教士未能真正意义上主导跨文学—文化交流的一个事实。

3. 内地时期的literature（或“文学”）与文学交流

以1877、1890年两次上海传教士大会为标志的“内地时期”，在时间上与上述“到岸时期”有交集，在人事及话题经验上有延续，但显然亦有超越和突破。在此期间，literature与中文里的“文学”之间的关系，一方面呈现出一种更为明确且稳定的关系，但另一方面，英文里的literature甚至中文里的“文学”，依然不时指向一般著述出版物[14]、“文教”[15]等，而非固定指向或仅限于今天意义上的“纯文学”。

但与前面所述两个时期相比，内地时期最引人注目之处，就是来华传教士在翻译、著述、文化传播等方面的自我主导意识越来越强烈明显。尤其是那些深入到中国北方内地——譬如河北、山东等地——的传教士，已经不再仅仅满足于西学翻译介绍——与英华书院（《遐迩贯珍》）、墨海书馆（《六合丛谈》）均曾在晚清西学入华过程中扮演过重要角色有所不同的是，内地时期的一些来华传教士，却并非是以其在西学引进及传播方面的“事功”而在历史上留下自己的印记，反倒是在更靠近其传教士身份与使命的宣教布道方面，甚至在晚清中文的语文改良方面的实验尝试而令人印象深刻。

此间最具有代表性的与literature或“文学”直接关涉的代表性成果如下：

1877、1890年两次上海新教传教士大会上就中国语文改良所提出的个人报告，以及所作出的大会决定；

《圣经》和合本的翻译；

《万国公报》以及傅兰雅所发起并主持的一个人的文学竞赛：新小说有奖竞赛。

与前述两个时期相比，内地时期传教士们似乎更加突出了语文本身的重要性，以及如何在《圣经》中译过程中体现并实践来华传教士们对于语文改良的自主立场和独立主张。而与前述两个时期不同的是，内地时期的传教士开始在区域方言以及文言书面语之外，寻找并实验一种可被广泛推广使用的“民族共同语”——以北京官话为基础，同时又能兼顾中国自身历史文化传统以及晚清以来中西跨文化交流成果的新的共同语。这一新的共同语，并非是简单借用现有官话，而是以此为基础，创建一种“国语”（national language)。这种“国语”不仅试图解决中国一直存在着的言、文分离的语言状况，而且也试图弥合因为区域方言、地域方言等语言分隔而造成的“国语”缺失的语言状况。如果传教士们的这种努力及实践成功，则无疑为近代中国的语言改良以及语文统一开辟了道路，甚至也为一种言、文统一的“国语文学”的诞生奠定了基础。当然，真正落实完成这一诉求的，并非是晚清新教来华传教士及他们的本土合作者，而是梁启超们所倡导的“小说界革命”、晚清都市口岸文学实践，以及五四前后的留学生们所主导的新文学及新文化运动。

也就是说，与前述两个时期基本上沿袭的本土语文适应策略明显有所不同的是，内地时期的传教士们正在努力超越“适应”策略，进入到一个更积极同时亦更呈现出自我主导性的“改良”策略时期。而就上述实验的本土合作者身份而言，既不同于离岸时期本土合作者选择余地有限、中文修养亦有限的情况，亦不同于到岸时期尤其是上海时期本土文士中文修养“过高”、本土文化文学意识过强而难免出现的“紧张”或刻意的“自我压抑”，内地时期的本土合作者，尤其是《圣经》和合本的中文助手或译者，基本上为此间在传教士们所开办的教会学校中接受教育并毕业、同时又有较好的中文修养的新一代本土知识分子。[16]相较于本土传统文士，这批青年文士的知识结构、世界意识、文学观念甚至生活方式等，已经发生较大调整或改变。

而作为与内地文士更紧密联系的两种方式，无论是在晚清中国中下层士绅中具有相当影响力的《万国公报》，还是傅兰雅发起主持的“新小说竞赛”，均为由传教士主导推动的西方化（或现代化）与基督教化中国运动的具体体现。《万国公报》事实山也成为晚清语言、文体改良实验的一个重要平台，尤其是对于近代科普文、学术文和时政报章文的发展，显然起到了示范和推动作用。而“新小说竞赛”，则将“小说”与社会改良、文明进步甚至民族富强以及国民性改造等时代重要主题明确又不失时代历史逻辑地联系在了一起，既有利于提升改变小说在中国文学语境中的传统地位，又有助于推动小说在题材、语言、文体以及主题思想等方面的近代改良与革新。传教士语境中的literature及所谓的文学交流，已经从一般意义上的文本翻译、概念介绍等，扩大到直接参与本土的语言文学改良甚至一度引领本土的语文改良。

## 二、Literature在晚清中国的“落户”“入籍”及之后

众所周知，随着《申报》等面向本土读者的近代报刊的创办

及上海近代都市文学小传统的萌生，尤其是“林译小说”、严复的翻译等的出现，以及梁启超在流亡日本期间创办《新小说》，晚清以来由传教士所引发并主导的中西跨文化—文学对话交流，逐渐为本土通晓西语西学、具有跨国或世界背景及更强的时代意识的本土文士或“海归文士”所掌控，由此，晚清中国由中西交流所引发的语文改良运动的所谓“传教士时代”亦渐趋式微。

不过，这主要是就中国语境而言。就西方尤其是英语语境而言，晚清来华传教士基本上没有真正意义上专门系统地研究论述过“中国文学”——来华传教士们在此方面或领域曾经展开了大量的具有开拓意义的尝试实践，但这些尝试基本上是零碎的、印象式的，或者相对集中于古代经典。而1900年翟理思（Herbert Allen Giles，1845—1935)完成的《中国文学史》著作，作为“世界文学简史”丛书系列之一种，不仅正式宣告了literature与“文学”在现代世界语境中的结合，同时亦宣告了中国文学在英语的文学史语境甚至世界文学史语境中的出场亮相。而翟理思的世俗、职业汉学家和文学史家的双重身份，尤其是他在《中国文学史》中对于“中国文学”内涵及外延的具有现代意识及世界眼光的观照考察与建构叙述，亦进一步昭示出西方汉学中的“传教士汉学时代”已逐渐淡出。[17]

作为传教士时代的具有一定标志性的成果之一，literature无论是作为一个概念术语还是作为一种西方文本体系、话语系统或写作经验，在中文语境中的旅行、落户和入籍故事，其实既是晚清中西跨文化—文学交流历史的一部分，也是19世纪西方传教士汉学传统在新教来华传教士们的杰出贡献之下再度复兴历史的一部分。在此过程中，Literature作为一个概念，只不过是晚清新教来华传教士跨国旅行、实现其宣教使命的副产品之一。就其“落户”而言，主要是指这一概念在一些本土先锋知识分子那里的初步接触，以及在此过程中双方就“文学”所展开的互动交流以及对各自传统的初步探究。这更多时候还只是一种个体行为意义上的“落户”，至多不过是一个小的文人群体之内默认或尝试接受的概念，而并非是一种主流甚至官方意义上的正式认同与广泛接受。当然这也意味着，英文中的literature这个概念，在中文语言和语境中暂时或初步找寻到了它的异域相等词（equivalent word）。而翟理思的《中国文学史》以及梁启超的《中国唯一之〈新小说〉》，可以说预示着literature这一与中国“文学”有关的概念在英文和中文各自语境中的“入籍”（assimilation and nationalization）。

从“落户”到“入籍”，表面上看似乎只不过是程序时间上的顺延完成，其实是晚清以来中西之间跨文化对话交流的一种具有本质意义的“改变”甚至“跃升”——这不仅只是本土文士呼应对话交流者在人数上的增加，更关键的是本土文士对于非中国的外部世界包括文学认识带有革命性意义的转变。这一转变，显然也是近代中国知识、思想、文化、社会转型的一部分。

在十九世纪甚至之后一个相当长的时期，literature本身就是一个以欧洲为中心（euro-centrism）的“世界”的文学概念，尽管它并没有与world一词连用。但事实上它是建立在欧洲文学文本、文学理论、文化话语以及文学世界性的传播（circulation）、阅读（reading）、接受（reception）基础之上的历史与现实。而晚清中国对于literature这一概念的历史回应以及“文学”这一对应中文概念的生成，一方面激发了本土文士对于自身文学传统的回顾、反思甚至重构与超越，另一方面亦伴生着一定程度、某些阶段的过度自我批判甚至自我菲薄倾向，对于中国文学自身传统的独特价值及普遍价值之间的辩证关系，缺乏富有足够同情的理解。

进而言之，literature确定为“文学”的过程，既是literature进入中国并逐渐确立起在理论意义、审美意义以及文体形式和语言风格意义上的异域形态的过程，亦是中国文学自我反省、自我检讨、自我照亮并自我清理的过程，甚至也是中国文学自我重构和自我复兴的过程，当然也是中国文学走向世界、进入到世界文学语境与结构之中并成为其中一部分的过程。但这一过程是否如上所述，是否只是一个单向的“走向”过程，而非一个将本土与世界、传统与现代更有效亦更紧密地关联起来的过程？在此过程中，中国文学传统中的某些要素、话语以及漫长的实践经验及文本积累，譬如中国古代文学中的“诗学”理论，像广为人知的“赋比兴”理论、“诗言志”理论等，以及有关“文”的理论阐述，像“文以载道”的思想主张等，是否也可以在中国文学世界化和现代化的进程中得到更富于开放性和创造性的阐释解读？与此同时，当中国传统小说文本被置于西方的、现代的“小说”概念与理论观照之中被考察分析之时，中国悠久的“小说”书写经验与叙事传统，又是否会因为所谓的文学世界化与现代化的强势话语，而丧失其自身存在的意义和价值，以及对当下小说创作的启发与借鉴作用？

就此而言，中文语境中的“文学”作为一个近现代概念或中国文学的世界化进程的标志概念，不应该只是对于literature所负载的西方文学经验、理论与传统的呈现或认同，也应该是对于本土自身文学传统理性而学术的反思与重构。换言之，中文里的“文学”概念，从它开始在中文世界里的旅行那一刻起，直至其落户、入籍以及之后的应用实践，它就具有双重的生命，也就是关联着本土（或本国）语境与国际、跨国或全球语境，而不只是literature所依托的英文文学传统或者本土文学传统。

进一步而言，19世纪中期以来因为新教来华传教士及中西跨文化交流而催生出来的“文学”概念，从最初被确定起就应该是一个“世界文学”的概念，而不只是一个简单的国别文学概念。历史地看，它也意味着中国文学的世界化，而不仅仅只是西方文学或外国文学的中国化。具体而言，当西方文学在清末民初被大规模地译介引进给中国读者的同时，中国文学——诗文及小说戏曲——的非中国读者或西方读者亦随之出现，而不再仅限于专业性、研究性的读者群体。与之相伴而生的一个事实，就是在中国文学之外，又出现了一个复数形式的“文学”——这种复数意义上的“文学”概念与文本经验，对于中国“文学”而言，尤其是中国文学的世界化与现代化而言，除了揭示出清末民初这一中西之间的跨文化—文学交流之历史事实，以及中国文学的近代变革与现代化运动之外，是否亦可以启发对于“文学”这一概念基于更宽泛、更丰富的国别文学经验与差异传统的全新思考与重新建构，无疑是对新教来华传教士与晚清语文变革这一历史事实展开考察之后所面临的挑战。

注　释

1　在此过程之中，其实还伴随着中国近代口岸都市文学的兴起，尤其是以上海为中心的都市小说书写与出版的繁荣。历史地看，这种近代都市大众通俗文学的兴盛，既是本土传统文学近代变革的体现及一部分，也是刺激催生五四新文学的背景因素之一。

2　作为最早一批来华新教传教士，米怜在其《新教在华传教前十年回顾》第14章中明确指出：传播基督教是第一位的，其他哪怕是处于次要地位者，亦不宜过高对待，“知识与科学乃宗教之陪衬婢女，亦可成为进德向善之辅助”。

参阅《新教在华传教前十年回顾》（*A Retrospect of the First Years of the Protestant Mission to China*），影印版，第154页。

3 有关马礼逊《英华字典》中对于“文”“学”二字以及相关组词的英文翻译注释，以及literature一词的中文翻译注释，参阅段怀清：《晚清新教来华传教士语境中的Literature概念——以马礼逊的〈英华字典〉为中心》，《杭州师范大学学报》2014年第6期，以及《Literature是怎样“变成”“文学”的：晚清早期新教来华传教士的“文学”实践及其评价》，《社会科学》2015年第1期。

4 参阅段怀清：《基督教中文〈三字经〉的语文书写实验及其评价》，《上海师范大学学报》（待发）。

5 另外，在由米怜等主编的《印中搜闻》（*Indo-Chinese Gleaner*）、《东西洋考每月统纪传》（*Eastern Western Monthly Magazine*）杂志上，甚至还刊发过华人访问英伦所写的旅行诗，亦曾出现过与literature相关文字，但其所指亦为文献著述。

6 《新教来华传教前十年回顾》（*A Retrospect of the First Years of the Protestant Mission to China*），影印版，第1页。

7 参阅《马礼逊回忆录》（*Memoirs of the Life and Labors of Robert Morrison*，影印本），第一卷，第163—164页。

8 参阅段怀清：《晚清新教来华传教士语境中的Literature概念——以马礼逊的〈华英字典〉为中心》。另米怜《新教在华传教前十年回顾》第十四章中亦曾专门提到马礼逊在马六甲如何聘请到几位华人学者为其翻译及英华书院服务的经历，参阅米怜：《新教在华传教前十年回顾》（*A Retrospect of the First Years of the Protestant Mission to China*），影印版，第146页。

9 米怜的《新教在华传教前十年回顾》第十二章中专门提到1814年7月28日，也就是其《圣经·新约》完成翻译之后，其雇请来帮助他抄写的一位当地华人助理却因为其父亲的一桩陈年债务而被抓进了官牢。

10 《新教在华传教前十年回顾》（*A Retrospect of the First Years of the Protestant Mission to China*），影印版，第91页。

11 有关理雅各此间在中西跨文化及文学交流方面实践及贡献之研究，参阅Lauren F.Pfister: Striving for “The Whole Duty of Man: James Legge and the Scottish Protestant Encounter with China”, *Scottish Studies International, Publications of the Scottish Studies Center of the Johannes Gutenberg Universitat Mainz In Germershein*, Vol.34, Peter Lang，以及［美］吉瑞德（Norman Girardot）《朝觐东方：理雅各评传》，段怀清、周俐玲译，桂林：广西师范大学出版社，2011年1月。

12 *Memorials of Protestant Missionaries to the Chinese: Giving A List of Their Publications, and Obituary Notices of the Deceased. With Copious Indexes.* P173, By Alexander Wylie, Shanghae: American Presbyterian Mission Press, 1867.

13 有关艾约瑟的《西学说》系列论文，参阅段怀清：《Literature是怎样“变成”“文学”的：晚清早期新教来华传教士的“文学”实践及其评价》。

14 参阅丁韪良在第一次上海新教来华传教士大会上所作的Secular Literature报告（*Records of the General Conference of the Protestant Missionaries of China, Held at*

*Shanghai, May 10–24, 1877*, Shanghai: Presbyterian Mission Press, 1878.）这里所谓“俗文学”，其实指的是西学或西方科技知识，并非指一种通俗意义上的“文学”。参阅段怀清：《通往近代白话语文之路：富善在第一次上海新教来华传教士大会上的报告之考察评价》，《山东社会科学》2015年第7期，《新华文摘》2015年第18期论点摘编。

15 而在中文语境中，美国来华传教士林乐知（Young John Allen，1836—1907）在本土文士任廷旭的配合之下，曾将日本外务大臣森有礼的一部往来讨论发展文化教育与国家改良富强之间关系的往来书函集，翻译为《文学兴国策》。其中所谓“文学”，依然是指中文里一种颇为传统的用法：文教。

16 有关《圣经》“和合本”的中文助手们的情况，参阅［美］丹尼尔·W. 费舍（Daniel W.Fisher）：《狄考文传》，关志远等译，桂林：广西师范大学出版社，2009年12月。

17 参阅段怀清：《Literature是怎样“变成”“文学”的：晚清早期新教来华传教士的“文学”实践及其评价》。

# Literature是怎样“变成”“文学”的：晚清早期新教来华传教士的“文学”实践及评价

## 一

1900年，在《中国文学史》（*A History of Chinese Literature*）一书出版之前，翟理思（Herbert A.Giles，1845—1935）于其序言开篇旗帜鲜明地声称：“此书乃迄今为止所见任何语言之中——包括中文——第一次试图撰写而成的一部中国文学史著作。”翟理思的学术身份（剑桥大学中文教授），以及1900年这一颇富意味的年份，似乎都加重了这部极有可能为第一部《中国文学史》专著在中外学术史上应有之“地位”。更有甚者，翟理思的《中国文学史》，当时并非是一部“孤立”的文学史著作，而是作为由维多利亚时代英国艺术批评家、诗人埃德蒙·戈斯（Edmund Gosse，1849—1928）所主编的“世界文学简史”（*Short Histories of the Literatures of the World*）丛书之一种而问世的。[1]

就戈斯所主编的“世界文学简史”而言，与中国相关者至少有这样几个关键词：中国文学、中国文学史、世界文学、世界文学史。这些关键词同时亦揭示出如下学术事实或学术努力：中国的诗文传统正在被整合进一个更大更具有概括性的“文学”概念或框架之中，并在“文学”的框架中予以历史性的叙述与评价；中国文学已经被列入“世界文学”之中，并作为其中之一种而被考察研究并叙述；中国文学的叙述方式、结构框架以及叙述语境，亦将由此而开启一个新纪元。概言之，中国的“诗文”传统以及长期不被正统主流重视的“小说戏曲”传统，就此一并纳入“文学”框架之中予以叙述解读评价，中国“文学”开始呈现其“民族文学”（national literature）的面向，并迅速地被从“民族文学”纳入“世界文学”（world literature）的面向、语境或框架之中。这种基于一种全新的叙述理论、视角与方式的对于中国“文学”的快速“升级”“换代”，或许在短期内并不能事实上也没有对中国“文学”产生切实的影响，但从长远及后来的实际来看，无疑是深刻而持久的。

而就翟理思所撰著的《中国文学史》一书而言，似乎亦可作为英国汉学的世俗传统或非传教士传统的重要开端（当然非最早的唯一的开端标志）。在这一偏于学院的、更专注于“文学”的学科及研究传统之中，翟理思不仅以其《中国文学史》而拉开了一个时代的序幕，同时还以其《中国文学瑰宝》（*Gems of Chinese Literature*）[2]对于中国古代“文”“诗”名家名篇的选译，彰显出他作为一个中国文学研究者对于中国诗文传统及文献经典的“熟悉”与文学审美判断。而对于蒲松龄的《聊斋志异》的选译，同样显示出翟理思与同时代的西方汉学家明显有所不同的个人独到的文学审美眼光与阅读趣味。而这些似乎都进一步凸显了翟理思的中国研究的“文学性”与超越性——就在《中国文学瑰宝》基本上沿袭并尊重了中国文学的“诗文”传统之同时，翟理思对于《聊斋志异》独特且超乎寻常的“偏好喜爱”，尤其是他在《中国文学史》第七章“明代文学”中对于这一时期小说戏剧的介绍评议[3]，另外第八章“清代文学”中对于《聊斋》和《红楼梦》的专节介绍评议，都显示出翟理思文学审美理念、眼光的独到，以及他的文学史理念意识的超越性或现代性。

翟理思中国研究后来所显示出来的专业性、文学性以及超越性和现代性，事实上彰显出19世纪中后期英国汉学研究的世俗的学院传统与一度处于强势地位的传教士传统之间越来越明显的差异。[4]而其中尤为值得关注者，就是西方汉学家开始用“文学”的视角、理念、观点乃至方法，来观察、解读、叙述中国的诗文传统及诗文文本。这无疑是一个全新的开始。某种程度上，它甚至预示着一个中国诗文传统逐渐式微淡出、文学思维开启登场的文学转型时代的到来。“文学”作为一个关键词，正式进入中国“文学”的研究与叙述场域，并逐渐成为一个具有强势性、统摄性以及无限扩张性和包容性的架构性概念。而这一概念所关联着的西方语境、现代语境以及学术语境等，亦进一步强化了这一概念的现代朝向及跨越民族文学经验与界限的特性。

这就难免催生出一系列的追问。其中之一就是在翟理思的同时代或稍微更早一些时候的晚清新教来华传教士语境之中，literature这一概念在当时中英之间的跨文化对话交流中又是怎样的一种处境及遭遇。换言之，英语语境中的literature，究竟是什么时候以及如何“变成”中文语境中的“文学”的。在此过程中，无论是英语语境中的literature还是中文语境中的“文学”，为了实现或达成双方之间的“无缝对接”，各自又“丧失”或“发现”了自身概念中的哪些内涵因素。同时，作为跨文化交流的双方——来华传教士与中国本土文士——为了实现literature与“文学”之间的对接，彼此之间曾经进行了怎样的协商、谈判、妥协直至最终确定英语语境中的literature一词，就是中文语境中的“文学”，反之亦然。

## 二

如果就马礼逊（Robert Morrison，1782—1834）、米怜（William Milne，1785—1822）、麦都思（Walter Henry Medhurst，1796—1857）、理雅各（James Legge，1815—1897）、伟烈亚力（Alexander Wylie，1815—1887）、艾约瑟（Joseph Edkins，1823—1905）等第一代新教来华传教士在使用literature这一概念以及他们讨论中国古代诗文这类“文学”文体时所表现出来的“审慎”，大体上可以推论他们的literature观或对于中国“文学”的认知判断，与1870年代已开始中国研究著述的翟理思等世俗意义上的汉学家多少还是有所差别的。造成上述差别的因素并非是单一的，譬如传教士身份本身。甚至也不仅止于传教士一方——当他们与中国本土文士开展跨文化对话交流之时，本土文士方面对于literature这一概念的回应，以及传教士们对于本土文士的回应之回应直至如此往复等，构成了literature这一概念在晚清中西跨文化交流语境中的旅行史和生成史。

最能够反映出第一代新教来华传教士们对于literature与“文学”之认知及翻译选择态度者，莫过于由他们编纂的字典。其中马礼逊、麦都思二人各自编纂的字典，尤可为其代表。

马礼逊《华英字典》（*A Dictionary of the Chinese Language*）的字的解释编排方式分字本身及组词两部分。其中对“文”字本身的解释为：

To draw a line; to paint a picture or representation of a thing; an assemblage of colours; fine composition; The veins, lines, or grain of wood or of stone; marks or spots on skins; The ripple on the surface of water; anything ornamental; it includes every excellence and every virtue. Name of an animal. A surname. Letter; literature; literary; literary men; civil officers. [5]

值得注意的是，上述解释中出现了literature这一与现代汉语中的“文学”对应的英文词。从这一组相关词（Letter; literature; literary; literary men）来看，大体上可以推测这里的“文”与英文单词literature之间的对应关系。但这里有两点需要进一步澄清，一是在马礼逊的语境中，英文单词literature指的是什么？是19世纪西方世俗意义上的“文学”——尤其是诗歌、小说、戏剧——还是当时传教士习惯意义上的“文学”，譬如西方古典思想文献及宗教文献？这是一个极易忽略同时又颇为敏感且重要的问题，直接关涉到晚清新教来华传教士在使用谈论所谓literature之时，他们究竟是在谈什么，或者说他们所认同的literature及其标准又是什么？当他们在使用及谈论literature时，他们所背依的文本又具有怎样的历史的、学术的与思想的及审美的特质属性？二是马礼逊这里并没有明确注明literature究竟是指今天意义上的“文学”，还是亦包括19世纪依然常见的“文献”“出版物”“著述”等词义？更有甚者，马礼逊当时对于中国“诗文”传统语境中的“文”的词义的认知解读又是怎样的？

有关上述追问，不妨看看马礼逊的《华英字典》中“文”字的组词。组词一共有十一条，分别为：回文、火文、木裂文、言语文字、文身、一文钱、文人、同文、文信公、文殊、文行忠信。

在上述组词中，没有出现“文学”这个极为关键的词。为什么“文学”这么重要的一个词，在马礼逊的《华英字典》中有关“文”的组词中却没有出现呢？原因大概有两点，首先是《华英字典》的汉字底本是依托的《康熙字典》。而《康熙字典》中有关“文”一字的组词中就没有出现“文学”一词。这无疑给马礼逊确定literature的中文对应字或词造成了不大不小的困扰——当他在将“文”注释成英文的literature之时，基本上可以肯定，马礼逊这里所谓literature，基本上并非是指专属词“文学”，而是一般意义上的“文献”“著述”“出版物”等。二是即便在19世纪的西方，对于literature一词的使用，依然存在着的狭义与广义之分或混用甚至通用，故马礼逊这里将中文里的“文”，翻译注释成为英文里的literature。[6]

如果说马礼逊的《华英字典》，大体上代表了1820年代新教来华传教士对于中国“文学”的一般认知状况的话，麦都思1840年代完成的*English and Chinese Dictionary*以及*Chinese and English Dictionary*中，又是如何注释翻译的呢？相较于马礼逊的《华英字典》，麦都思的汉英字典后来较少为学者所关注或提及。这里不妨照录其中有关英文lite词根及组词的中文注释，以及中文“文”及组词的英文注释。

麦都思的《英华字典》[7]中英文词根lite一共有如下单词及对应中文解释：

Literal：对应的汉语词及组词是：字固之意、解死、解活。（Volume II，P796）

Literary：对应的汉语词及组词是：有学问的、科目、文场、科场、文坛、考试、功名、贡生、廪生、秀才、文生、监生、职监、职员、举人、进士、翰林学士、文墨之人、笔墨之人、文人、文章、文词、教授、教谕、道谕、提督学政、学正、云梯。（Volume II，P797）

Literati：对应的汉语词及组词是：儒家、儒门、儒教、儒者、读书人、文范、诸儒。（Volume II，P797)

Literature：对应的汉语词是：文字、文墨、字墨、文章、古文、学文。（Volume II，P797）

另在此字典中，英文单词Letter（Volume II，P785）的中文注释及组词有：字、文字、字号、字母、单字、连字、碎字、切字、一字不识。

与“文”或“文学”相关的汉字及词组还有：

Poem（Volume II，P974—975）：对应的汉语词是：诗、诗歌；

Poesy（Volume II，P975）：对应的汉语词是：诗词、诗学；

Poet（Volume II，P975）：对应的汉语词是：诗人、风骚、骚人、山人、诗翁、诗伯、诗家、御诗；

Poetess（Volume II，P975）：对应的汉语词是：闺秀；

Poetry（Volume II，P975）：对应的汉语词是：诗、诗书之家、作诗、诗事、诗体多变、融会诗乐；

Poet's Corner（Volume II，P975）：对应的汉语词是：

诗坛；

Prose（Volume II，P1018）：对应的汉语词为：文、常语。

值得关注的是，上述英文词中出现了literature一词，但其中文对应词或注释中，却并没有出现后来近乎固定的中文对应词“文学”，反而出现了一个让今人有些错愕的词组“学文”。其实，早在马礼逊的《华英字典》中，就已经出现过将literature翻译注释成中文的“学文”者。[8]

而在麦都思的《华英字典》[9]中，对于汉语中的“文”及相关词组的翻译著述如下：

文：variegated strokes; anything ornamented; an assemblage of various colours, in order to form embroidery; colours mixed up, without confusion. Letters, literature, literary composition; books. Ornamented; anything adomed, elegant, accomplished. The veins of word or stones; spots on the skin; the ripple on water.[10]

文章：literary composition;

文籍：books;

文饰：ornament;

文理：gentility;

文辞：expression;

文法：style;

文过：to gloss over errors;

文武：civil and military;

文官：a civil officer;

文德：accomplished virtue;

文房：a library;

木文：the veins in wood;

文字：writing;

文身：a tattooed body;

一文钱：one cash;

天文：astronomy;

白文：the text of a book;

祝文：a form of prayer;

文人：a literary man;

文雅：genteel.

字典中出现的与“文”有交集的字或词还有：

诗：an intention, an object, that which is pointed or aimed at; the intention embodied in words, those words recited, verse, poetry.

诗经：the book of odes;

诗三百：of the odes there are three hundred;

诗谓乐章：an ode is that to which the music is set and which keeps it within due limits;

作诗：to make verse; to receive, to hold;[11]

马礼逊和麦都思的字典，汉字部分均依托《康熙字典》。而《康熙字典·卯集下》中对于“文”字的解释，基本上为马礼逊、麦都思的字典所征引采用。值得注意的是，在《康熙字典》“文”

字注释中，亦未出现“文学”这样的组词。

## 三

众所周知，马礼逊的《华英字典》的编纂环境——主要是就其语言、文化及政治社会环境而言——颇受局限，当时辗转于广州、澳门、南洋乃至英伦本土之间的马礼逊，要想接触到真正意义上的中国本土文士殊非易事，更遑论就literature与“文学”之间的对应翻译展开真正具有学术内涵及形式的对话讨论了。[12]相比之下，1840年代的麦都思，已经可以在开埠口岸上海相对安全地宣教布道了。不仅如此，麦都思此间还可以接触到本土对于中国文学及学术均有相当造诣修养的优秀人士，王韬父子无疑是其中的代表。不过，或许是与当时中英之间或传教士与本土文士之间的跨文化对话交流尚刚开启有关，宗教及西学翻译显然占据了双方交流的绝大部分话题，故麦都思的字典中在有关literature与“文学”的注释解读上相较于马礼逊并无多少推进。

不过，尽管在概念或观念上并没有就此展开真正有实质内涵的对话交流甚至论争，但麦都思却以其此间在语文实践方面的一些具体行为，表现出他对中国本土文学传统某种程度上的敏感与尊重。具体而言，麦都思是第一代传教士中较早尝试模仿本土经典文本体例、格式、风格等来“复制”基督教中文文本者。其中比较引人注目、被传教士团体争相模仿、出版传播广泛的计有《三字经》[13]《论语新纂》[14]等。另外，据《麦都思行略》，其《养心神诗》(《宗主诗篇》)等，亦有模仿本土文学之痕迹。“又作《养心神诗》，即英国会堂唱美上帝之诗。以华文谐声叶韵，音致抑扬，一如中国作诗体裁。后加删削，改名《宗主诗篇》，重刊于沪。”[15]此外，麦都思还曾将他早年在东南亚地区撰写的一份《清明扫墓之论》，更名为《野客问难记》。“又作《清明扫墓之论》，首辨为子推之禁火之非，继言敬拜祖宗，有悖主旨，以圣书言上帝而外，不可别有所崇拜也。近改名《野客问难记》，重刊于上海。”[16]这些比较明确地表现出来的对于中国主流精英文学传统的靠近与模仿，自然反映出麦都思对于中国“文学”传统的一定程度的了解甚至尊重。其实，与其说是麦都思直对于中国主流精英文学传统的认知有了突飞猛进的提升，还不如说是置身于上海华人知识——文学精英之中，使得他接受本土精英文人意见及协助的机会大大增加，并由此而影响到他对中国语言、文体以及文学的认识有了明显改观。

传教士们通过字典编纂所表现出来的在英语literature与中文“文学”之间的翻译解读认知，显然并非此间中英或中西之间就literature与“文学”展开对话交流的唯一形式。1850年代上海墨海书馆由传教士伟烈亚力所编辑的一份中文刊物《六合丛谈》上，曾经刊发过一组系列文章。这组系列文章的总标题为Western Literature，原文作者为伦敦会来华传教士艾约瑟，而此文中文译者未见署名，不过可以推测为王韬。[17]

《六合丛谈》上的“西国文学”系列属于专论，[18]一共包括：

1. 希腊为西国文学之祖（英文标题：Greek The Stem of Western Literature）;《六合丛谈》1857年第1号；

2. 希腊诗人略说（英文标题：Western Literature. Short Account of the Greek Poets）;《六合丛谈》1857年第3号；

3. 西学说：古罗马风俗礼教、罗马诗人略说（英文标题：

Western Literature. Education among the Ancient Romans—Short Account of the Latin Historians and Poets );《六合丛谈》1857年第4号；

4. 西学说：西国文具（英文标题：Western Literature. Bibliographical Materials );《六合丛谈》1857年第7号；

5. 西学说：基改罗传（英文标题：Western Literature. Cicero );《六合丛谈》1857年第8号；

6. 西学说：柏拉图传（英文标题：Western Literature. Plato );《六合丛谈》1857年第11号；

7. 西学说：和马传、土居提代传（英文标题：Western Literature.Homer. Thucydides );《六合丛谈》1857年第12号；

8. 西学说：阿他挪修遗札 叙利亚文圣教古书（Western Literature. Festal Letters of Athanasius. Syrian Scriptures );《六合丛谈》1857年第13号；

9. 西学说：黑陆独都传　伯里尼传（英文标题：Western Literature. Herodotus. Pliny );《六合丛谈》1858年第2号。

《六合丛谈》1850年代末所连载的这组系列文章的总题目为"western literature"。对此，第一篇译文标题中曾将其翻译为"西国文学"。就其内容而言，其中所谈是以希腊的文明、文教或文化为主，当然其中亦讲述到希腊早期的诗人们。不过，第二篇明显是集中讲述希腊诗人的专篇，但译者却"有意"将总题目中的western literature忽略不见，似乎是在有意无意地回避将literature与"文学"直接对接而可能带来的尚未准备好的后果。换言之，当艾约瑟的原文并不是只讲述"文学"，还广泛涉及人文学术以及自然科学的各领域各部分的时候，王韬的译文反倒“无所顾忌”地使用了“西国文学”这一概念表述。相反，当艾约瑟的另一篇文论中专门涉及到古希腊的诗人和诗歌时，王韬的译文却回避了总题目中的western literature，而是直接翻译了副标题：希腊诗人略说（*Short Account of the Greek Poets*）。这种现象背后，到底潜隐着作为译者的王韬当年怎样的心思考量，一时尚难断定。但有一点可以肯定，那就是在当时无论是王韬亦或墨海书馆的新教来华传教士们——麦都思、伟烈亚力、慕威廉、威廉臣、艾约瑟甚至杨格非等——均没有确定就将英文的literature固定地翻译成中文的“文学”。一个很简单的原因，即便是在中文里，譬如《康熙字典》，“文学”在当时也不是一个固定且常用的专属词或固定术语。

但在王韬同时期另一部为其晚年所看重的著述《西学原始考》中，则多次使用了“文学”这一术语。但就其所用语境而言，其中既有与今日所用“文学”内涵切近者，亦有依然泛指文教、著述、出版物、文本、文明甚至某种特指的气质修养者。换言之，不仅是在《康熙字典》这样的官方语言系统中，在王韬这样的民间精英文人的词语概念系统之中，“文学”亦尚未成为诗、文、小说、戏曲等之上的一个相对固定的统称性的抽象概念。

《西学原始考》[19]刊印本时间为光绪庚寅年（1890）春季，书面内扉页有遁叟手校印行。另正文署名方式为长洲王韬紫诠辑撰。该文献辑录于王韬的《西学辑存六种》[20]之中，是晚年王韬在总结自己早年于西方翻译输入方面的历史贡献之时愿意存世的著述之一。

在这篇以西历时间为标准记录的中西科技历史大事记中，多次提及“文学”一词，而且还使用了泰西文学这样明显具有中西文学比较意识的表述：

（公元前）五百六十二年，周灵王十年，小亚细亚人始造日晷，测量日影，以求时刻。雅典城始演戏剧。每装束登场，令人惊愕者多，怡悦者少。有爱西古罗者，作传奇本六十六种，善作疆场战斗之歌，观之能乐，于战阵有勇知方。又有诗人亚那格来恩善言儿女情私及男女燕会、赠芍采兰之事。如中国香奁体。后有欧里比代所作传奇，多涉闺，诲淫炽欲，莫此为甚。[21]

而在上条明显涉及泰西文学，尤为戏剧以及诗歌之后，接下来一条则直陈泰西文学之源：

（公元前）五百五十四年，周灵王十八年，埃及国文学日开，有希利尼人苏朗，来讲授格致之学。国人化之。是时希腊名人相沿和马海修达之余风，著作歌词，称为诗史，实开泰西文学之源。[22]

上述两条文献，就其内容及语境而言，显然都是在论述与今日“文学”相差无几的对象。如果说第二条讲“格致之学”部分尚且为“文教”“文明”，但在记录到希腊作家们相沿“和马海修达之余风”时，所谓“泰西文学之源”，显然是在论述以诗歌尤其是史诗为代表典范的“文学”。所不同者，泰西当时习惯于称这种范本为“史诗”，而王韬则愿意称之为“诗史”。严格意义上，“史诗”与“诗史”还是有所差别的，前者所重视的是“诗”这样一种文体范式，而后者所看重的则是“历史”这样一种叙述。因此，将“史诗”称之为“文学”，直至今日当无多少分歧，但“诗史”的文学性及文体归属，则迄今似仍有不同看法。

与1850年代将western literature翻译成为“西学说”而回避“西国文学”所不同的是，1890年代的王韬，在其《西学原始考》中，颇为频繁地使用了“文学”这一概念术语，其直接原因当然与文献中所叙述到的西方文学文本、文学事件以及文学家等内容不无关系，但有一点似乎可以推断，那就是随着1850年代以降中西之间跨文化对话交流的“推进”，包括1860年代末的泰西英伦之行，王韬无论是对泰西著述文献还是泰西社会，包括泰西历史文明等，均有了进一步的认知体验，在literature与“文学”之间建立起一种相对稳定的、明确的对应关系，对于此间的王韬而言，似乎已没有太多的心理负担或顾虑。将中国“文学”无可替代、无可比拟的独特而优越的传统认知，纳入中西之间跨文化对话语境之中，甚至纳入一种初步呈现的“世界文学”的意识与知识框架之中予以定位，已经成为王韬晚年不得不面对、同时亦在初步尝试的努力之一。

## 四

上述考察分析，亦将晚清新来华传教士语境中的literature概念的讨论的必要性再次呈现出来。显然，在19世纪的西方语境尤其是英国语境中，新教来华传教士们所使用的literature一词的内涵依然丰富而驳杂，其中很多时候并非是指狭义的、近现代世俗意义上的以小说、诗歌、戏曲等为代表的所谓literature，而更多是指古典语境中的文教、文明、文化、文献、著述、出版物、文本甚至气质修养等等——传教士们的宗教文化身份，以及他们所接受的宗教教育及训练，包括他们所受到的差会的日常提醒或警示，亦使得他们与同时代的世俗意义上的英国文学或西方文学保持着一定距离。晚清新教来华传教士基本上没有相当规模地、较为系统地介绍和翻译西方文艺复兴以来的世俗意义上的literature的事实，似乎可以为上述现象提供一个注脚。

也就是说，当晚清新教来华传教士无论是在当时的西方语境还是中国语境中，发现无论是其literature亦或中文的“文学”，均处于各自历史经验的复杂关联之中而一时难以超越出来并独立进行对接和对话之时，他们显然更倾向于暂时搁置或回避在此方面的继续掘进以为后来者提供一条可供跟进的现成道路——就像他们在“西教”（western religion）与“西学”（western learning）领域的显而易见的实践及成就一样——而我们似乎就此可以断言，晚清新教来华传教士们曾遭后来者诟病的所谓“文化殖民主义”或“西方优越感”，似乎在literature领域暂时被收藏了起来——无论是理雅各的“儒家经典”（Chinese Classics）的穷经皓首式的大规模翻译，还是翟理思所编纂的《中国文学瑰宝》（*Gems of the Chinese Literature*），均显示出中国文学传统尚未被撼动或抛弃的独特而自在的“魅力”和“力量”。而当传教士们将他们不远万里来到中国的使命，最终确定在“基督教化中国”（to christianize China）和“西方化中国”（to westernize China）之时，其中似乎漏掉了literature或“文学”。

就此而言，与晚清新教来华传教士们在此方面所表现出来的“审慎”甚至学术与文化“缺陷”相比，作为同时期带有外交官背景的西方汉学的代表人物之一，翟理思在其《中国文学史》著作中所表现出来的思想“强悍”甚至学术“决断”，一方面显示出对于超越于历史、民族经验的一种共同的“文学”的尊重与归属，另一方面亦显示出西方正在以“文学”这一概念为中心对于知识与话语主导的朝向现代与共通性的一种塑造或重构努力（reframing）。在这一塑造重构过程中，中国的文学经验与文本经验，只是作为“文学”的一种历史表现，或“世界文学”的一种民族文学形态而予以考察与评估，而不是特别作为一种具有普世意义的标准或范式而得到格外尊重。就此而言，一方面，翟理思式的晚近西方的文学——学术研究，即是一种历史的学术理性或研究演进之事实存在，也表现出某种程度与色彩的一种新的形式的文学文化——政治（literary culture politics）——不同于传教士话语系统中的基督教中心或西学中心。而西方似乎亦就此而颇为顺利地完成了从“传教士汉学”向世俗意义上的“学院汉学”的转型。而无论是前者亦或后者，基本上都是以西方意义上的关键词获话语体系为中心或主导的。如果说前者的关键词是基督教和西学，后者的关键词则是“文学”本身。

翟理思在其著作中所指出的中国本土学者在学术上所存在着的“疏忽”或“缺失”及其相关解释，同样是值得注意的。他说，历史地看，中国的本土学者们沉湎于对于单个作品的无休止的批评或称颂，似乎从来没有沉思默想过，更没有意识到可以从中国视角——无论是民族文学还是文学史视角——对此展开一个总体性的历史关照（general historical survey）。[23]

没有人刻意否定翟理思的《中国文学史》在世界范围内的开创性，尤其是该著作中所建构的中国文学史的叙述框架以及由此所呈现出来的学术范式意义，其中不少迄今仍不失学术启发性。但翟理思可能有些轻率地回避或忽略了一个同样具有足够学术意义和价值的问题，那就是在进一步追问在漫长的历史时间中，为什么中国本土学者没有提供过一部翟理思意义上的"中国文学史"著述文本之同时，本土学者们乃至作家们对于"文学"以及"文学史"的理解，是否与翟理思的literature具有足够的对话性，或者本土学者们在上千年的历史之中，是否在以一种不同于翟理思式的方式甚至范式，来落实对于"文学"的"总体性的历史关照"的。对此，稳稳地站在literature立场上的翟理思——无论是当时的western literature还是当时的world literature——似乎都是无法全面公正地关照评价中国本土学者们的历史努力与实际贡献的。比较之下，晚清新教来华传教士们的实践与经验，似乎可以为翟理思式的现代西方汉学，提供超越于一般意义上的传教士汉学之上的另外一些启示。

注　释

1　在翟理思的《中国文学史》扉页，有埃德蒙·戈斯主编的《世界文学简史》丛书拟定出版的部分及作者。他们分别是：
*Ancient Greek Literature*, by Prof. Gilbert Murray, M.A.;
*French Literature*, by Prof. Edward Dowden, D.C.L., LL.D.;
*Modern English Literature*, by the Editor;
*Italian Literature*, by Richard Garnett, C.B., LL.D.;
*Spanish Literature*, by James Fitzmaurice-Kelly;
*Japanese Literature*, by William George Aston, C.M.G., D.Lit.;
*Bohemian Literature*, by Francis, Count Lutzow;
*Russian Literature*, by K. Waliszewski;
*Sanskrit Literature*, by Prof. A.A.Macdonell, M.A.;
*Chinese Literature*, by Prof. Herbert A.Giles, LL.D.。上述著述是当时已经出版了的。而下面几种著作，据说尚在筹备撰著之中：*Modern Scandinavian Literature*, by Dr.Georg Brandes;

*Hungarian Literature*, by Dr. Zoltan Beothy;
*American Literature*, by Prof. W.P.Trent;
*Latin Literature*, by Dr. A.W.Verrall;
*Provencal Literature*, by Dr. H.Oelsner;
*Hebrew Literature*, by Prof. Philippe Berger, of the Institute of France。

2 按：*Gems of Chinese Literature*最早于1884年在上海和伦敦两地出版。上海出版方为Kelly & Walsh，伦敦出版方为Bernard Quaritch, 15, Piccadilly。该版本与后来所出版本有诸多不同。首先是该版本有中文著名《古文选珍》；其次是有翟理思于光绪癸未年春用中文撰写的一段不长的序，并署名“翟理斯耀山氏译”；再次，最初版本在篇目内容上与后来的版本亦有所不同，譬如周、秦时期的文选中，初版本将孔子文选作为首篇，而在1923年的版本中，首篇为周公文、次篇为老子文。1965年版保留了1923年版的修订。另，后来的《中国文学瑰宝》不仅包括“文选”部分，还包括“诗选”部分。

3 在“明代文学”一章的第二节，翟理思主要介绍了此间重要的小说和戏剧。其中包括《金瓶梅》《玉娇梨》《列国传》《今古奇观》《二度梅》《琵琶记》等。

4 翟理思的汉学研究，就其起步阶段而言，也带有19世纪英国甚至西方汉学的一般特征，就是从语言词典编纂以及中国人的民族特性研究等入手，进入到对于中国历史、宗教、地理、政治等的知识性发掘与叙述，最后才逐渐进入到一个带有一定学科性及个人职业特性的领域之中。事实上翟理思的汉学研究著述亦散漫于上述各领域或阶段。另，有关19世纪维多利亚时代英国汉学研究的传教士传统，请参阅《朝觐东方：理雅各评传》。

5 [英]马礼逊著：《马礼逊文集·华英字典》(影印版)，第二卷，第279页。按：马礼逊《华英字典》的英文名称为*Dictionary of the Chinese Language, in Three Parts. Part Ⅰ, containing Chinese and English Arranged According to the Keys; Part Ⅱ, Chinese and English Arranged Alphabetically, and Part the Ⅲ, containing of English and Chinese*。该书1822年由东印度公司出版社印刷，由伦敦的Black, Parbury, and Allen出版。

6 有关马礼逊对于literature与“文学”之认知解读的详细分析，参阅《晚清新教来华传教士语境中的literature概念——以马礼逊〈华英字典〉为中心》。

7 *English and Chinese Dictionary*, in two volumes; by W.H.Medhurst, Sen; Shanghai: Printed at the Mission Press, 1848.

8 [英]马礼逊著：《马礼逊文集·华英字典》(影印版)，第六卷，第258页。

9 *Chinese and English Dictionary; containing all the words in the Chinese Imperial Dictionary, arranged according to the Radicals*; by W.H.Medhursr, Missionary. Volume Ⅱ. Batavia: Printed at Parapatta, MDCCCXLII (1842).

10 *Chinese and English Dictionary; containing all the words in the Chinese Imperial Dictionary, arranged according to the Radicals*; by W.H.Medhursr, Missionary. Volume I, p.334. Batavia: Printed at Parapatta, MDCCCXLII (1842).

11 *Chinese and English Dictionary; containing all the words in the Chinese Imperial*

*Dictionary, Arranged according to the Radicals*; by W.H.Medhursr, Missionary. Volume II, P1039. Batavia: Printed at Parapatta, MDCCCXLII (1842).

12 有关马礼逊1807—1810年间在广州、澳门学习汉语的经历，参阅《马礼逊回忆录》(*Memoirs of the Life and Labors of Robert Morrison*)。

13 据《麦都思行略》一文云，“又作《三字经》，仿王伯厚《三字经》之例，专言耶稣圣教始末，以训童蒙。近于沪重加改订，再付剞劂。”[见《麦都思行略》，刊《六合丛谈》，1卷4号，现收《六合丛谈》(附解题·索引)，第577页，沈国威编著，上海：上海辞书出版社，2006年12月。]

14 据《麦都思行略》一文云，麦都思仿《论语》之体，成《论语新纂》，“仿孔氏之例，而论耶稣圣礼理，若宋儒之语录。”[见《麦都思行略》，刊《六合丛谈》，1卷4号，现收《六合丛谈》(附解题·索引)，第578页。]

15《麦都思行略》，刊《六合丛谈》，1卷4号，现收《六合丛谈》(附解题·索引)，第578—579页。

16《麦都思行略》，刊《六合丛谈》，1卷4号，咸丰丁巳年(1857)四月，现收《六合丛谈》(附解题·索引)，第577页。

17 有关这组文章的中文译者，参阅段怀清:《晚清的王韬》，上海：复旦大学出版社，2014年11月，以及段怀清:《西方文学还是西学——王韬的经验及其评价》，《文艺理论研究》待刊。

18 就《六合丛谈》创刊号上所载《希腊为西国文学之祖》一文而言，是该刊第一号所载三篇专论文章之一，另外两篇分别为慕威廉的《地理》(英文标题为：Geography)和威廉臣的《约书略说》(英文标题为：The Bible)。也就是说这篇介绍西国文学的专论，是与“地理”“圣经”并列而在的，这也可见当时编者对于向中国本土文士介绍西国文学的慎重考量。

19 有关《西学原始考》，王韬在此文后记中有一段文字涉及，“韬于咸丰癸丑戊午两年，偕西士艾君约瑟译格致新学提纲。凡象纬历数格致机器，有测得新理或能出精意、创造一物者，必追纪其始。既成一卷，分附于中西通书之后。今俱散佚，无从搜觅，因于铅椠之暇，复为编辑，篇帙遂多”。而这段文字写作时间为光绪庚寅闰花朝，地点即沪上淞隐庐，当时王韬的年龄为63岁。

20《西学辑存六种》，包括《西国天学源流》《重学浅说》《西学图说》《西学原始考》《泰西著述考》《华英通商事略》。其中前面三种关乎西方科技，最后一种有关中英之间的通商简史。其中第四种为西方科技史大事年表，但其中亦涉及到文明教化内容，第五种为晚明耶稣会士来华人员及著述考。

21《西学辑存六种·西学原始考》，第6页，光绪庚寅春季遁叟手校印行。

22 同上。

23 *A History of Chinese Literature*, Preface XVII, by Herbert A. Giles, Charles E. Tuttle Company (first Tuttle edition, 1973).

# “深文理”：晚清新教来华传教士与“文言”及“文言文”

## ——以马礼逊、湛约翰的中文观及翻译实践为中心

上述对于“文言”“白话”与“折中体”三种文体风格的观察结论，与1890年第二次上海传教士大会上分别成立的“深文理”“浅文理”与“官话”三个翻译委员会，并翻译完成《圣经》中译的“深文理译本”“浅文理译本”和“北京官话译本”这三种译本的思路几乎一脉相承。所不同者，1810年代的马礼逊，当时孤身一人来华，辗转澳门、广州、香港、马六甲等地，不仅直接向本土民众宣教布道是不现实的，即便是学习中国语言乃至购买中文文献都有不少障碍，甚至还要为此承担一定风险。主、客观条件的限制，使得马礼逊当时只能够在文言、白话和折中体之间择其一而非统而兼之。“‘四书’‘五经’中的文体非常简洁，而且极为经典。大多数轻松的小说则是以十分口语化的体裁撰写的。”[1]上述两种文体，就是米怜所谓的“文言”与“白话”，而《三国演义》这部在中国被广泛阅读的历史小说，则成了介乎“文言”和“白话”之间的“折中体”，“《三国演义》——一部在中国深受欢迎的作品，其文体风格折中于二者之间”。[2]

尽管条件有限，从米怜的叙述来看，早期传教士们还是很快接触并认识到中国语文环境的“特殊状况”，尤其是普通民众的受教育水平、识字率以及语言文化因为区域方言差异而更趋复杂多样等客观事实，亦因此，马礼逊—米怜们并没有简单地肯定并选择作为知识——权贵精英阶层的书面语文的文言文，更没有直接认同这种语文、语文权力及其背后所潜隐着的语言—文化政治，而是从宣教布道的宏旨及实践需要出发，将作为基督福音的读者与听众的普通民众，作为了这种转化外来语言的本土语文更具潜力的对象。也因此，从早期传教士们的语文理论及实践中，就已经反映出“适应”与“改造”兼顾的策略。前者主要是针对中国语言因为社会阶层、区域范围以及受教育状况等而实际存在的语言差异而制定或客观生成的因应方式，或者则是传教士们对于一种具有“统一性”的语文愿景的期待与初步努力。与知识—权贵精英用传承捍卫文言文的方式来获得维护其历史语言—文化权力的方式有所不同的是，传教士们所传播的这种福音语言，无论是对于传教士抑或本土信众，并没有前者本土知识—权贵精英阶层那样的历史负担或权力分享的压力与挑战。更有甚者，传教士们引进的这种福音语言，本身就带有将本土信众从本土知识—权贵精英阶层所掌控的历史语言权力中“解救”出来的神圣初衷，“深沉的黑暗真正是在笼罩着他们。唉！那号称最古老、最机敏、最聪慧的中国人竟然仍旧沉浸在最严重的偶像崇拜中，而且全然地出于无知，是什么足以自夸的理由，影响着可怜的中国人长达数千年这样做呢？”[3]“这也唤起了我们休眠的热情，让我们认识到必须寻求一切合法的手段，使中国人明白只有崇拜和相信并依靠那位值得崇拜的真神上帝才是正确的。”也就是说，单纯就语言技术层面及现实状况而言，早期传教士们不得不采取“适应”策略：文言适应、方言适应、白话适应等；但就长远而言，传教士们最终希望看到的，并非是这样一种“适应”策略下的语言持续现状，而是一种以基督福音语言为精神灵魂、具有超越时间与空间限度且具有地域阶层民族普适性与统一性的新语言。这种新语言，最终将既不是传统意义上的文言文，也不是千差万别的方言口语，而是依托于一种最广泛使用的语言，借鉴“文言”通过书写文字来“统一”语言在声音以及书面语与口头语之间差别的方式，来实现传教士们通过掌控中国人的语言，来推动中国的基督教化乃至西方化的使命与理想——1877、1890年两次传教士上海大会上所提出的“通用语”（common language）与“国语”（national language）概念与愿景背后，其实都潜隐着这种在语言“表现”背后所蛰伏着的话语权力博弈与争夺。

而从马礼逊时代以来即累积的对于本土语文历史与现状的观察、思考以及书写实践经验，在1890年的第二次上海大会上都得到了重新反思与总结。[4]无论是会议日程安排、报告以及最终所达成的成立三个翻译委员会之决定——“深文理委员会”“浅文理委员会”以及“北京官话委员会”——1890年在上海召开的第二次新教来华传教士大会对于重新翻译中文《圣经》这一议题之重视，都是显而易见的。[5]

可以肯定的是，直到1890年第二次新教来华传教士上海大会，“深文理”的英文表述，依然没有统一为后来所熟知的High Wen-li，而是Wen-li。与后来的英文标记相比，1890年第二次上海会议记录中的标注方式有两点不同，其一是“深文理”前面并没有High，其二是Wenli之间有一破折号。与之相对应的是“浅文理”的英文表述，为Simple Wen-li，与后来所习用的Easy Wenli亦有差别。尽管《圣经》的中文翻译成为此次大会的重要议题，但无论是分别成立“深文理”“浅文理”以及“北京官话”三个翻译委员会，还是对于这三个委员会的语言定位的英文表述的差别，都显示出当时传教士社团内部所存在的差别乃至分歧——第二次上海大会就《圣经》重新中译所达成的结论，与其说体现了传教士团体内部的“妥协”，还不如说将传教士们的中文圣经翻译的“分歧”昭示于世人。而这一点，在后来三个翻译委员会之间甚至内部翻译实践中亦有不同程度的反映。

除了慕威廉（Rev.W.W.Muirhead，1822—1900；1847年来华）、艾约瑟（Joseph Edkins，1823—1905；1848年来华）等少数传教士于1850年代前来华外，参加第二次上海大会的其余绝大多数传教士，来华时间在1850年代之后，尤以1860、70及80年代抵华者为多。在出席此次大会的445人中，男性238人，女性218人。也就是说，这些传教士代表，基本上都是在第二次鸦片战争之后来到中国的，且相当部分在北方方言区宣教布道，这也应该是第一次上海大会（1877）富善“势单力薄”地呼吁重视北京官话之后，传教士们宣教地域所发生的明显改变。此后《圣经》中译在语文策略尤其是语文选择方面所发生的调整乃至改变，亦与此密切相关。

## 一

早期新教来华传教士——像马礼逊、米怜甚至麦都思、理雅各等——的来华使命及终极目标，当然也是向中国人宣教布道以完成中国的基督教化，但这一终极目标限于当时的主客观条件，又被分解成为若干阶段性目标。伦敦传道会在有关选派马礼逊来华的决议中即明示：马礼逊去中国特定的目标是掌握中国语言文字，把《圣经》翻译成中文，而传教不是首要任务。[6]这一决议所设定的目标，在后来米怜所著《新教在华传教前十年回顾》报告中得到了佐证。“掌握汉语并将《圣经》译成中文，是在华传教工作的首要目标；教化民众并向民众宣道并没有在近期计划之内。”“在那个时期，若试图在中国传播福音，极有可能完全断送了任何在中国本土学习汉语和将《圣经》译为中文的机会，而后者正是他们的首要目标。有理由相信，正是由于上帝明智的指示，他们没有将口头传教作为他们的近期目标。”[7]

而且，至于应该由什么样的译者来承担《圣经》的翻译工作，或者说，究竟什么样的人，才是符合标准的理想译者，当时无论是差会抑或传教士自身，似乎早亦有明确而坚定之认识。“《圣经》应该由一位自己就对其教义之真理深信不疑的译者来翻译，以区别于一名异教徒或是对基督教真理只略懂一二的译者的翻译。”[8]对此，伦敦会还有更为具体的阐述，“应该由一位熟知《圣经》内容并热爱真理的译者来将其翻译成中文，这一点非常重要。最重要的是，这两个条件缺一不可。”[9]

在米怜的报告中，不仅认真详细地比较讨论了上述两个必要条件的具体内涵，更为引人注目的是，报告中还专门提到了传教士译者与本土归化译者之间的身份“差异”，以及传教士译者与本土译者之间无论是在宗教信仰、读经与解经能力、跨语际翻译转换能力方面所存在着的“差距”：

> 一方面，如果内心没有对真理的诚挚热爱和对其权威的服从，仅有对《圣经》语言的语法、习语和文体风格的知识，

那么翻译这部极其重要的作品的准备工作是远远不够的。

另一方面，仅有对真理的挚爱、对基督教教义的大致了解和一系列道德箴言的诠释能力，或仅有对于任何篇章的常识，也是远远不够的。一个从异教归信基督教三四年的教徒也可能会具备这些条件。但一名胜任的译者还不应仅仅具备人们认为理当具有的这些条件，他必须对原初语言、《圣经》的形式和结构体系、犹太人的古代生活（风俗习惯）、《圣经》所涉及的地理知识、全部的《圣经》评论等知识更为熟知。[10]

上述要求，无疑是有些过于理想化的。这种理想化表现在两个方面，其一是对本土译者的过于理想化的想象与规定；其二是在对传教士译者的设想方面同样有些理想化。而正是与对于上述两方面的同等关注与坚持相关，早期的《圣经》"深文理"的翻译实践，亦就成为与上述"理想化"的目标之间具有内在一致性或彼此呼应的一种"设定"，但现实往往难以真正完全满足上述愿望。

很显然，马礼逊时代的《圣经》中文翻译条件，客观上远不能与80年后的1890年代相提并论。其中最显而易见的改变，除了传教士几乎已经可以深入到中国广阔的内地北方乃至所有他们当初想去且能够抵达的地方，更关键的是，无论是他们汉语中文的能力还是他们获得中文文献的条件，均非马礼逊时代可以相比。

相对而言，为什么马礼逊时代及早期新教传教士对中国知识精英的经典文献表现出了相当程度的尊重？这与他们在翻译策略及翻译语文的选择上倾向于或并不鄙弃"文言"文体之间是否存在某些关联？早在马礼逊来华前几年，在写给友人的一封劝说信札中，马礼逊就曾提醒过对方，"中国人当中有许多博学之士，他们决不低下于我们，而比我们更优秀”[11]。这种说法，并非是一种笼统的说辞，而是基于马礼逊“有关中国的书我也看了一些”之后的判断。而马礼逊来华之前，在英语之外，基本上还掌握了希腊文、希伯来文、拉丁文、西班牙文，这种多语种、跨语际的语文学习经验，一方面为其中文学习提供了丰富的语文学习经验与方法，另一方面也影响到他对书面语以及各种语言中的经典语文的重视乃至尊重。这种基于西方语文历史经验的古典语文与现代语文之间的分别意识，似乎在早期新教来华传教士中已经有所具备及表现。

不仅如此，马礼逊来华之前在伦敦学习中文的经历，也与半个世纪之后那些美国传教士们有着明显不同——马礼逊学习中国语言的经验，从一开始就是与“深文理”的经典文本密不可分的：1）在伦敦跟一位名叫荣三德（Yong Sam Tak）的中国侨民学习中文，没有口头语的学习和练习环境；[12]2）学习内容为中国经典，包括被翻译成为中文的《圣经》译本，“他到伦敦博物院借到了一部《新约全书》中文译稿，其中有《四福音书》《使徒行传》和《保罗书信》，只缺《希伯来书》。他的中文老师就开始教授这批圣经读物”[13]；3）中文老师的教授方法是中国私塾式的：从识字和背诵开始。尽管马礼逊最初一度曾甚为反感这种语言教授方式，但他后来还是接受了。而这种方式，恰恰是中国以文字和文本为中心的古典语文的常规教授方式。[14]

换言之，以文字和书面语为中心的经典文本，成为奠定并塑造马礼逊的中文观的起点与持续性力量。[15]而差会当时对于口头宣教目标的暂时搁置安排，以及到达广州之后的短暂寄居难以同当地人直接口头接触，都影响甚至强化了马礼逊对于经典文献的中文即文言文的接触、认同与接受。[16]而从马礼逊抵达广州之后直至迁居澳门前近十个月的日记和信札来看，尽管他甚为勤勉努力地学习中文，但他的中文老师或助手频繁更换这一事实[17]，也说明当时的语言学习环境确实并不如意。

影响并塑造马礼逊对经典文本或知识阶层文化的认同取向的因素并非仅止于此。马礼逊个人的气质，似乎亦昭示出他的这种认同有着属于他自己的内在因素，“外表风度翩翩，有着一种自然的坚定和高贵的气质。他的举止文雅、严肃、富有思想，有虔敬和献身的精神”。[18] 而当时英国社会的知识——文化氛围，以及马礼逊的自我身份认同意识等，似乎让他对远在东方的中国传统经典和知识分子文化并没有本能的反感或排斥，这从他在前往中国的航船上依然坚持学习中文的行为中可见一斑，“今天从早晨一直到半夜里，我都在勤读中文，我非常喜欢中文。我从伦敦带来的中文书籍非常有用”[19]。

就现有可查的文献而言，相当数量的新教来华传教士，都在中国语言文字的学习方面表现出颇强的个人意志和能力。而这一点似乎在像马礼逊这些早期传教士身上表现得更为突出：马礼逊、米怜、郭士腊、麦都思、理雅各……几乎都在跨语际与跨文化交流和中西典籍的翻译方面做出了历史性贡献。相比之下，他们在宣教归化本土信徒方面的贡献，与19世纪后期的传教士们相比，就显得有些逊色。与那些传教士相比，早期这些传教士在翻译著述方面的事功似乎更具有探索性和先锋性。而马礼逊在抵达广州仅一年之后，不仅对中国的语言状况有了基本了解，并基本掌握了广州话、官话以及文言书面语。[20]

其实，早期来华传教士由于受到禁令的影响，他们在当地所接触到的本地人亦颇为有限。“在澳门和广州所见到的中国人主要是商人和他们的助手及佣人。”[21]这种人群，自然也会影响到马礼逊的中文认知，尤其是他对汉语口语及方言的学习。不过，他坚持自学的那部分中文经典文本，对于他来华之后建构汉语中文的基本认知依然有着不可低估的作用。

可以肯定的是，在正式开始圣经翻译之后，马礼逊在翻译语文的选择方面，一方面受到了他学习中文以及抵华之后所初步形成的中文观的影响，另一方面，也与他在伦敦博物院所发现并抄写的《四福音书》中译稿不无关系。此外还有其他一些因素也在不同程度地影响着他：

> 马礼逊将在伦敦博物院抄写的《四福音书》的中译稿带到中国参考。几位中文老师的循循善诱和帮助，当地一位中国天主教徒提供给他一部三卷本的《天主教义问答》，更有以前在伦敦教他中文的老师荣三德先生在回到广州之后继续给他帮助等。[22]

上述这些因素，成为马礼逊翻译《新约全书》的基本语文背景。其中天主教来华传教士们完成的中译本《四福音书》以及《天主教义问答》，应该对马礼逊开始他的圣经翻译在文体及语体上有示范意义，尽管他未必完全受其左右。事实上，在着手翻译《新约》之际，马礼逊还曾专门聘请过一位本地中文教师，由其专门教授儒家典籍，“今年我又请了一位中文老师，专门教我读孔子的书，他很愿意教我，也教得不错。……还有原来的蔡兴，他帮助我一起翻译《四福音书》和《使徒行传》。我仍想留住这两位中文老师”[23]。翻译过程中，口译者（传教士）与笔述者（中文助手）之间，显然会涉及对于基督教义的准确理解以及精准翻译。“我们常常谈论到主耶稣的事迹，他的救恩和我们所信奉的真神上帝。对于后者，他们甚难理解。”[24]这段叙述，揭示了马礼逊时期《圣经》中译的组合式翻译模式及其工作方式的一些基本特征。如果按照马礼逊自己及其所属差会对于《圣经》翻译的理想化设计，这些对于基督教及上帝浑然无知的本土语文助手，应该是没有资格担任译者或者参与到《圣经》翻译工作之中的。他们的出现，只能说明一个事实，那就是圣经汉译的难度，显然超出了最初预期。

## 二

从马礼逊开始，人们就发现，无论是《圣经》中译，抑或是各种宣教布道的小册子甚至其他任何内容形式的中文文本，所有这些文本的生成过程中都离不开本土中文助手，而在相关文献记载中，中文助手又往往被有意无意地“遗忘”或“忽略”。这一普遍现象，并非是因为传教士的疏忽，而是有着更为复杂且在传教士社团内部又通常隐而不宣的原因。

如上所述，传教士们的所有中文著述——无论是圣经中译还是西学翻译，或者宣教布道一类的小册子等——都离不开中文助手。尽管马礼逊这样极具语言天赋者，“在短短的两年内，竟然能够书写中文，也能用官话和当地土话与中国官员谈判”，但他同时也提到，“我的家庭老师，还有我的助手蔡兴，至今仍与我在一起”。[25]其实，即便是像马礼逊、麦都思、理雅各、艾约瑟这些称得上汉学家的早期来华传教士，要想自由、流畅地使用汉语中文，始终是一个不小的挑战。也因此，本土中文助手的帮助，几乎一直伴随着这些传教士——汉学家的翻译与研究生涯。理雅各在返回英国之后，其翻译中国古代儒家、道家及佛教经典的工作仍要继续完成，所以才会成全王韬只身前往英国的“海外壮游”。

可以肯定的是，在从19世纪初期来华传教士的中文观及翻译实践，到19世纪中后期的传教士中文观及翻译实践之间，有一个重要的不可或缺的关联。这一关联，让早期传教士对于古典中文或者“深文理”的认同与实践，影响并延伸到了19世纪后半期。尽管后来经过传教士们改良的北京官话，成为《圣经》中译本中最具有影响力的一种翻译语言，但就这一漫长的翻译过程及具体实践而言，“文言”及“文言文”与《圣经》中译之间的联系，一直未曾真正中断。

为什么在1890年第二次上海传教士大会上就成立《圣经》翻译委员会时，依然成立了“深文理”与“浅文理”委员会，而不是只成立了官话翻译委员会？由“深文理”与“浅文理”分别组成的翻译委员会，是否意味着传教士社团内部，对于《圣经》翻译语文的选择，保持了一种相对慎重或渐进的立场和主张，而不是一步到位地倾向于官话语文译本？这种相对稳健谨慎的语文策略，是否一方面反映出此间传教士们对于中国本土古典语文的尊重，同时也反映出他们对于19世纪早期来华传教士们的中文观及翻译实践的尊重？

具体而言，这种“双重尊重”，其实就体现在“委办本”《圣经》及其参与翻译者们在整个19世纪后半期的依然存在和影响力的延续上。

1890年所成立的“深文理译本”委员会之成员，其中三人来自当年“委办本”保存委员会，即慕稼谷（G.E.Moule，1828—

1912）、艾约瑟和湛约翰。“在委员会中事奉的后两者，实际上都是最强烈地拥护修订‘委办译本’而不是翻译一部新译本的人。”[26]

而作为“深文理”译本委员会的主席（湛约翰担任“深文理”翻译委员会的主席，直到逝世），湛约翰（John Charmers，1825—1899）对于即将开始的“深文理译本”的《圣经》与“委办译本”之间的关系，有着清楚的判断和观点，“不过大家的共识和在其他场合中宣称的是，在‘委办本’的基础上作出修订或翻译，而这正是我所要承担的工作部分，至少包括了《新约》和《旧约》的大部分。我们无意要对麦都思、施敦力和美魏茶贡献给我们的一切崇高事奉作出任何减损”[27]。这是湛约翰在1890年10月30日也就是上海传教士大会确定“深文理翻译委员会”且他当选为委员会主席之后致伦敦传道会的信札。如果考虑到“委办译本”与伦敦传道会以及该差会早期来华传教士之间的密切关联，湛约翰上述言论立场亦就不令人怀疑了。

从这里可以看出，湛约翰对于文言中文译本的“维护”，似乎更多是出于对于早期新教来华传教士像麦都思等人曾经的侍奉贡献的尊重，而不是在晚清汉语中文改良语境中来讨论文言、官话白话之间的选择——当时新教来华传教士是否具有晚清中国语境中的语文改良意识，还是仅仅在传教士语境中讨论《圣经》中译的语文选择问题，并非可以混淆互换的问题。

湛约翰及早期来华传教士——尤其是伦敦会来华传教士——对于中国经典文献以及知识分子文化，似乎一直保持着一定“好感”乃至“认同”[28]。湛约翰曾经在谈到“委办本”时指出，“（委办本）必定仍然是早期新教传教士赢取荣誉胜利的不朽功业，而且它可能比其他任何事物更能博得中国知识分子阶层对基督教的尊敬”[29]。

而1890年的上海传教士大会，在《圣经》翻译的语文选择立场上，似乎呈现出两种思考维度及语文价值判断。首先而且最关键的是，传教士内部对于重新组织翻译委员会以及翻译语文的选择之态度，就存在着不小分歧。对此，传教士们明显因为其国别、差会以及来华早晚和宣教区域之差别，而分化成为多个有所差别的阵营。[30]湛约翰、“深文理翻译委员会”，显然与伦敦传道会、“委办本”《圣经》以及“委办本保存委员会”有关。这也宣示出传教士内部对于《圣经》译本所使用的汉语中文的语文权力以及话语权的争夺与控制；其次，此次大会就北京官话译本成立的翻译委员会，一方面呼应了北方方言区宣教布道之实际需要，另外亦“无意”顺应了晚清语文改良中的白话语文运动。但就1890年代“深文理译本委员会”乃至湛约翰此间的言论看，也并没有表现出对于官话译本强烈的排斥或者对于文言译本在语文层面无条件的维护。换言之，传教士们似乎并没有过深地卷入到中国本土文士围绕着文言、白话所展开的一场语言——文化及语言——政治斗争之中。慕稼谷就曾经指出过，译经者在《圣经》学及汉语中文方面的学识修养存在着“不足”，“虽然很多译经者都是中国语言和文学的专家，却缺乏经文鉴别学的专门知识，而这是判断任何一段经文正确与否所必需的”。[31]值得注意的是，传教士们的翻译语文策略，虽然未必是有意配合晚清中国的语文改良运动，但传教士内部围绕着《圣经》中译所实际存在着的国别政治、差会政治等所发生的分歧辩论，以及最终反映出来的语文观及翻译语文实践，与晚清本土围绕着语文改良所发生的阶层/阶级—政治和语言/文化—政治之间，实际上又存在着某种相似性及同步性。

与湛约翰持相近语文立场的，还有亦曾参与到“委办本”《圣经》翻译、修订工作的艾约瑟。艾约瑟以往曾是“北京官话译本”委员会的成员，不过晚年的艾约瑟似乎已经改变了对官话的看法。在1877年上海传教士大会上，他强烈地反对官话，并且提倡使用文言中文。[32]如果检索一下1870年代一直到1940年代《申报》对于艾约瑟的相关报道，就会发现他对官话及文言立场的两次调整或转变并不令人吃惊。艾约瑟的语文观基本上与马礼逊、理雅各相近，对于古典语文，他们有着近乎一致的观点。更引人注目的是，艾约瑟在华半个世纪，在本土文士眼中，其文化身份乃一“西儒”或学者，而且他也多与本土中上阶层的文人雅士往来，在此方面，他与积极推动“官话和合本”《圣经》翻译的富善、狄考文等人明显不同。

“委办本”翻译过程中对于语文的选择——在当时除了方言白话之外，并不存在对于后来地位逐渐升高的北京官话的那种强烈需要，因为当时传教士宣教区域，集中于南方方言区的开埠口岸城市及周边地区。而这些地区，尤其是当时上海、杭州，正是南方文人集中的城市，文言文化或知识分子阶层文化传统比较浓厚，而当时都市新兴读者阶层又尚未形成。这些因素，有形无形之中都影响甚至塑造了“委办本《圣经》”翻译的语文选择。

而1890年10月上海传教士大会之后所选定的“深文理译本委员会”，其成员最初包括湛约翰、慕稼谷、花之安、惠志道（John Wherry，1837—1918）和摩怜（C.C.Baldwin，1820—1911）五人。[33]这些人与南方口岸城市的本土文士之间，一直保持着较为稳定持续的关系。而这些本土文士，又往往是一方面接受西学、另一方面亦保持着对于中国传统古典文化的信念和忠诚的“双重经验”者。

他们之间的这种跨文化关系甚至友谊，某种程度上也进一步强化了传教士内部一部分人对于“文言”以及“文言文”的维护立场。

尽管“官话”语文译本的呼声得到了重视和接纳，但第二次上海传教士大会，对于“委办本”依然给予了足够的尊重与肯定也是不辩的事实。在会议第九日上午由来自登州（今烟台）的狄考文所作的“文理译本委员会的修订报告”中即表现出这一点。某种意义上，“委办本”的经验或诉求，在“深文理译本”实践过程中得到了尊重及延续，“译者们的目的乃是要写成一册并不拘泥文字的译本。”这里所谓“不拘泥文字”，在实践中表现在两个层面，首先是对于原文本在阅读、理解上的不拘泥文字；其次是翻译语言对原文语言的不拘泥文字。正如谢卫楼在1907年第三次上海大会上就“深文理译本”所作的报告中强调的那样，这一译本在翻译目标上，就是对于“极端直译的强烈的反动”。但这里所谓的“反动”，并非意味着时时处处与“直译”相对——在“不拘泥于文字”与“直译”之间，并非是一个毫无交集的完全隔绝地带。具体而言，“深文理译本”委员会其实很“留心谨慎”，以免“坠入与直译相对的错误中”，另外，“译文也竭力避免儒家的名辞，使不致掩饰基督教所有的涵义”，而且对于汉译句式等，也有所规范，“不允许将译文伸长，作为意译”。

也就是说，一方面“深文理译本”翻译委员会对于《圣经》直译的翻译目标或“忠于原文”的原则显然有所质疑和批评，但这种批评又是谨慎的、有所保留的，以与“委办本《圣经》”的翻译实践及其文本形态之间，适当保持立场及观点上的“弹性”。在“浅文理译本”翻译委员会提出的“忠于原文”原则，与“官话译本”翻译委员会所提出的“直译”原则之间，“深文理译本”用这种方式，依然保持了一定的“超然性”。这种超然性，其实不仅与他们所选择的“文言文”这种语文形式有关，也与这种语文所蕴含的强烈的语文——文化特性及价值属性有关。

## 三

但是，在19世纪中后期，包括在第二次上海传教士大会上，“委办本”《圣经》的语文策略及翻译实践，并非得到了全盘接受，事实上，从“委办本”《圣经》问世以来，传教士内部对它的质疑及批判就一直存在。这些质疑和批判，在1877、1890年两次上海传教士大会上不过是以另外一种形式表现了出来。这种形式并不是之前的那种直接的质疑与批判，而是提出了在“文言”及“文言文”之外的另外一种语言即“北京官话”，不仅可以用来作为《圣经》中译的一种“新语言”，而且，这种新语言还被想象为一种“共同语言”，即作为《圣经》中译的未来新语言。而且这种新语言，还被一些传教士们奉之为将来的一种“国语”。

作为这种语文观念及翻译实践的一种具体体现，就是在第二次上海大会上，“深文理”“浅文理”和“北京官话”三个翻译委员会，共同确立了今后为三种不同语文译本的《圣经》中译实践所共同尊奉的翻译原则。而这种在“深文理”与“官话”译本之间确立的“一致性”，事实上已经超越了“委办本”《圣经》翻译中所积累下来的某些翻译实践经验，或者说是对“委办本”《圣经》的语文策略的某种形式的否定。在这种否定之中，最为明显的一条，就是认为“委办本”《圣经》所反映出来的“意译”倾向，而这种倾向，在那些质疑反对该译本以及支持并呼吁使用北京官话的一些传教士看来，恰恰是与“委办本”《圣经》的“文言”及“文言文”立场不无关联。某种程度上，“和合本”《圣经》的“北京官话”译本，其实就是对以“委办本”《圣经》为代表的早期来华传教士中文观及其翻译实践的挑战，而不仅仅只是一种翻译语文的另起炉灶。

而这一为“深文理”“浅文理”及“北京官话”译本共同尊奉的翻译原则[34]，值得注意的是，其中1—8条原则“类似‘委办本’的业已存在的形式”。而接下来的某些原则，则是为了避免再次出现一部显然不是直译的译本——如‘委办本’那样而“特意”进行的明确规定。尤其是旨在保留隐喻的第9条原则，亦可以作如是观——“和合本”’译经者经常强调隐喻的重要性，但这却并非是“委办本”译经者的看法[35]。

而这些在事实上也昭示出，在1890年成立的三个翻译委员会最初所共同确定并一直尊奉的翻译原则之中，已经包含了对于1850年代完成并一度被奉为《圣经》中译本经典的“委办本”所确立的“文言”及“文言文”原则有所保留的延续，但为早期来华传教士曾经尊重并奉行的某些原则，不仅在翻译方法上遭到了19世纪下半期众多传教士们的挑战，而且它所确立的语文策略及语言—文化立场，亦开始明显地遭到传教士们的质疑甚至背弃。《圣经》中译的“文言”及“文言文”中心时代，某种意义上在1890年代画上了一个句号，而1919年“官话和合本”《圣经》的最终完成出版，无疑亦宣告了19世纪新教来华传教士系统内部“文言文”时代的落幕。

到底是《圣经》中译影响并推动了晚清本土的语文改良，还是其本身即为晚清语文改良的一部分？又或者传教士们对展开的语文实践，与晚清本土的语文改良全无干系，完全是另外一个系统、语境之中的翻译语文实践？对此，1907年第三次上海传教士大会上，代表“浅文理译本”委员会就该译本工作进展向大会报告的汲约翰（John C.Gibson），曾提议重新考虑1890年第二次上海传教士大会上作出的分别成立“深文理”“浅文理”两个委员会并推出两种“文理译本”的“合理性”：

> 自从决议翻译文理及浅文理两种译本以来，已有许多情形发生。文字的本身已有改变，杂志报章风起云涌，在整个教育界内起了革命，将流行的文体作了极大的改变，而浅文理渐渐成为今日时行的文体。[36]

上述阐述中所列举的几种时代因素，确实对晚清语文变迁产生过影响，有些影响甚至是决定性的。值得注意的是，来华传教士们并非只是上述形势改变的旁观者，相反，他们也深深地参与到上述不少变革之中，某些方面甚至还是倡导者与引领者，但同时他们也受到过本土语文环境或语文变化的影响，并积极地呼应了这些变化。只是在此大变局中，他们与“文言”及“文言文”的那种关系，基本上也随着这种时局及语境的改变而改变了。除了他们当中一些日后转型为职业汉学家者外，大多数来华传教士基本上成为“白话”与“白话文”立场的同情者及这种中文文本的书写者及使用者。

注　释

1 ［英］米怜（William Milne）著，《新教在华传教前十年回顾》，第43页。
2 同上。

3 ［英］马礼逊夫人编 :《马礼逊回忆录》，第56页，顾长声译，桂林：广西师范大学出版社，2004年6月。

4 但就第二次上海会议记录而言，其中涉及圣经汉译反思与总结的议程安排就有：1）各种圣经汉译本的历史总结；2）圣经的汉译；3）讨论；4）各种圣经俗语汉译本评议；5）圣经俗语白话译本。（参阅 Records of The General Conference of The Protestant Missionaries of China in Shanghai, held at Shanghai, May 7–20, 1890, Shanghai: American Presbyterian Mission Press, 1890, p33–104。）

5 在第一天（1890年5月7日）的开幕等议程之后，第二日（5月8日）由倪维思（Rev.J.L.Nevius）主持的会议议程，基本上都是围绕着圣经汉译议题。

6 ［英］马礼逊夫人编 :《马礼逊回忆录》，第18页。

7 ［英］米怜（William Milne）著 :《新教在华传教前十年回顾》，第25页。

8 同上书，第24页。

9 同上。

10 同上。

11《马礼逊回忆录》，第18页。

12 除了伦敦时期的荣三德，马礼逊后来提到的中文教师还有容关明、蔡兴等，但这些人的生平背景则一概语焉不详。

13《马礼逊回忆录》，第21页。

14 对于中文语法的学习，限于文献资料的缺乏，马礼逊最初主要是依靠《拉丁文—中文字典》以及一部西班牙文的中文文法书。这种以文献为中心的学习，亦强化了马礼逊对于书面汉语的接受。

15 而马礼逊也亦奉差会之安排为其来华之首要目标，抵广州一段时间之后仍坚持这一点。“我的主要目标是要把圣经翻译成中文。”“我坚信上帝会赐给我健康，给我时日，以编纂一部英中字典，并将圣经陆续翻译成中文。”（参阅《马礼逊回忆录》，第49页。）

16 马礼逊在初抵广州后致差会的一封书札中，提到了在广州寄居和学习中国语言所面临的巨大挑战，“欧洲人根本不知道要住在中国并请中国老师教授中文有多么大的困难。……中国人是被禁止对欧洲来此地的西洋人教授中文的，如被发现，是要判处死刑的。”（见《马礼逊回忆录》，第38页）当然，这种状况后来有所好转，尤其是在中国语言学习方面，马礼逊在广州不仅学习了粤语，而且还学习了官话，更是通过购买到的《康熙字典》，学习到了许多新的中文字。

17 马礼逊并不讳言自己在中文学习方面所面临的挑战，那些中文老师或助手要么对基督教一无所知，要么不遵循信徒的生活习惯，要么出于金钱目的来教中文，要么就是畏惧当时政府的禁令，即便是一位名叫容关明的中文教师，在教授一段时间之后也离他而去。“我仍在跟一位名叫容阿沛、正式名字应为容关明的中文老师学习中文。”“容阿沛已不愿意教我中文。现在我已恢复学习中文，但无人辅导我，也没有看到我以前的老师。”（参阅《马礼逊回忆录》，第48页。）

18《马礼逊回忆录》，第35页。

19 同上书，第37页。

20 从马礼逊写给差会的报告看，他当时不仅聘请了一位“中文根底很好”且“写得一手好字”的秀才教授他中文，而且还专门请了一位来自山西与天主教传教士有往来的人教他说官话。这说明马礼逊对于中国语言语、文分离且方言众多的事实已有所认识。

21《马礼逊回忆录》，第50页。

22 同上书，第57页。

23 同上书，第60页。从稍后马礼逊写给他人的信札中可知，这位教授马礼逊儒家经典的中文老师，所授为“四书”。

24 同上。

25 同上书，第65页。

26 ［德］尤思德：《和合本与中文圣经翻译》，第214页，蔡锦图译，香港：国际圣经协会，2002年4月。

27 同上书，第210页。

28 有关湛约翰对于中国古典语言及文学的态度及观点，参阅段怀清：《〈中国评论〉时期的湛约翰及其中国文学翻译和研究》，《世界汉学》2006年第4期，北京：中国艺术研究院，以及段怀清：《晚清〈圣经·诗篇〉中译的文学化问题初探——以湛约翰〈圣经·诗篇〉中译本为中心》，辑录于《近现当代传媒与澳港台文学经验》，朱寿桐、黎湘萍编，北京：社会科学文献出版社，2012年7月。

29《和合本与中文圣经翻译》，第210页。

30 其实，传教士们在翻译过程中所面临的挑战以及所发生的争论，并非仅止于汉语中文或者中国文化方面，在《圣经》原文本方面，传教士们在《钦定本》《英国修订译本》以及希腊、希伯来原文本之间，亦曾有过讨论争议。

31《和合本与中文圣经翻译》，第211页。

32《教务杂志》，第220页，1877年。

33 花之安辞职后，由瑞士巴色会来华传教士韶泼（Martin Schaub，1850—1900）接任，直到1900年去世。摩怜去职之后，谢卫楼（Davello Z.Sheffield，1841—1913）接任，并在湛约翰去世之后，成为深文理翻译委员会主席。慕稼谷1891年在新成立的三个翻译委员会第一次上海会议上，因为试图说服译经者改变关于基础经文的决定未果而辞任，艾约瑟继任，成为深文理翻译委员会成员。湛约翰、艾约瑟等人，与“委办本”的麦都思、理雅各等重要译员之间，关系尤为密切。

34 见海格斯报告，刊《教务杂志》，1892年第26页。

35 参阅［美］韩南（PATRICK HANAN）：《作为中国文学之〈圣经〉：麦都思、王韬与〈圣经〉委办本》，段怀清译，刊《浙江大学学报》2010年第2期。

36 贾立言（A.J.Garnier）、冯雪冰（H.P.Feng）著：《汉文圣经译本小史》，第49页，上海：上海广学会，1934年7月。

# 口岸文人与晚清语言文学之一：王韬

# 王韬与《艳史丛钞》《香艳丛书》及《艳史十二种》

王韬的著述家身份，似乎并非总像看上去那么进退自如、内外和谐，实际上常常存在着内在紧张。这种“紧张”，在其由家乡抵沪、与西人往来并协助其译述之后尤甚，这至少反映在三个层面。首先，王韬所协助翻译的宗教典籍，与他积极参与翻译的西学——主要指西方科技著述——彼此之间并非始终能够相安无事；其次，他所被公认的通晓“洋务”或“西学家”身份，与他显然同样在意的中国学问家或著述家的身份之间，其实也存在着紧张与矛盾；再次，作为诗人、小说家的王韬，与作为政论家、学者的王韬之间，因为个人审美情趣、人生意愿，身份亦曾经常来回摇摆。[1]

上述所谓紧张或矛盾，在当时读书人中并非个案，其实具有一定普遍性。而对于王韬的这种“闲情逸趣”，也很容易从中国古代那种所谓文人传统或浪漫习气中找到依据或说明。所谓“贫贱而快意肆志”，“优游恬适，舒畅怡悦，所以养乎心者也”[2]。这是一种自我价值选择，也是一种生活态度和审美态度——一种不是刻意改变自我的外在社会身份与地位，而是更专注于内在自我的释放、完成与满足的自我实现途径与方式，即所谓“私领域”中自我身份、方式及形象、意志的释放、实现与建构，此亦常常被视之为一种自我的消极自由。

一定程度上，王韬的女性叙事，集中在他的《遁窟谰言》《淞滨琐话》《淞隐漫录》《漫游随录》《扶桑游记》以及《花国剧谈》《海陬冶游录》等文本之中。就文体而言，前三种通常视之为小说，《漫游随录》《扶桑游记》为游记，后二种则为笔记小说。其实在王韬那里，上述几种著述在文体上的界限似并非如此鲜明确定。这些女性叙事文本，构成了王韬的另一个文本世界，也是另一个情感想象与性别叙事的文本世界。这个文本世界与王韬由西学、中学所构成的文本世界有所勾连，但更多的是区隔甚至疏离。

值得关注的是，王韬将这种书写文本称之为"艳史"。也就是说，这种文本依然被他理解为一种历史书写形式，尽管是一种特殊的历史书写形式。既然是历史书写的一种，那么，它也就具有历史文本的基本属性，譬如现实性、真实性、客观性等，同时亦遵循历史书写的基本规范要求，譬如在体例格式以及语言形式等方面。但这种"历史"文本显然不同于官史、正史，而只是一种"艳史"，或者一种"专书"或"志书"[3]。这里的艳，并非是现代意义上的"性别史"中的"性别"的历史替代，而是更多基于中国文人传统中的性别想象与叙事习惯——《艳史丛钞》本身，就已经清理并呈现出来了王韬式的中国古代性别想象与书写的文本小传统。当然在王韬的"丛钞"中，这一小传统尚局限于有清一朝。

"史"与"艳史"之间的勾连与分离，一方面表现出在传统正史、官史一统的话语体系中像王韬这种民间文人真实体验、独立观察与自由书写叙事努力的无奈，另一方面也可以体会到，当时几乎任何所谓实验性书写，依然需要回归到或者勾连着正统的集体意识或潜意识，后者的强大与难以真正超越摆脱，在“艳史”的构词形态中已经有所揭示。而这大概也是王韬当时无论是在史观还是文体意识上自我纠缠、难以超越的现实处境之一种。

问题是，在一个盛世或者国家与外部世界完全隔绝、生民大众亦基本上能够安享太平的历史语境之中，上述所谓“闲情逸趣”还有某种个人修为与价值选择的意义所在，而王韬所处的晚清，正是中国在西方列强的步步紧逼之下一点点沦陷的痛苦时期。王韬式的“艳史”偏好、文本辑录与自我书写实验，就十分明显地呈现出个人与时代、自我与国家、隐逸逍遥与入世拯救之间的进退挣扎，亦就此较为真实地呈现出王韬个人在上述二元价值结构中的自我选择与无奈之中的书写探索。

本文一方面对《艳史丛钞》《香艳丛书》以及《艳史十二种》三部文献之间的关联予以查考澄清，另一方面亦对王韬的“艳史”叙事的文化特性及文体特征予以阐释说明。

## 一、王韬与《艳史丛钞》

《花国剧谈》“序”中，业已提过王韬自己编辑的“艳史丛钞”十种。[4]但在此序中并没有提到此辑当时是否刊印，以及何时刊印。而在《艳史丛钞》内扉页，有“戊寅仲秋弢园主人选校刊行”，可见此辑刊印时间为光绪戊寅年，即1878年。而《花国剧谈》“序”写于光绪四年，即1878年，月份为农历9月15日，与《艳史丛钞》选校刊行时间的“仲秋”，大体相近。但其《板桥杂记·跋》的写作时间，又为“光绪五年花朝后四日”，即1879年农历2月16日。可知《艳史丛钞》最终刻印面世时间，与扉页上的“选校刊行”时间并不完全一致，推测应该略晚于后者。

《艳史丛钞》辑录总目如下：

| | |
|---|---|
| 板桥杂记三卷 | 三山余怀澹心 |
| 吴门画舫录一卷 | 西溪山人 |
| 吴门画舫续录三卷 | 箇中生 |
| 续板桥杂记三卷 | 珠泉居士 |
| 雪鸿小记一卷补遗一卷 | 珠泉居士 |
| 秦淮画舫录二卷 | 捧花生 |
| 画舫余谈一卷 | 捧花生 |
| 白门新柳记一卷补记一卷附记一卷 | 懒云山人 |
| 十洲春语二卷 | 二石生 |
| 竹西花事小录一卷 | 芬利它行者 |
| 海陬冶游录三卷附录三卷余录一卷 | 淞北玉鱿生 |
| 花国剧谈二卷 | 淞北玉鱿生 |

上述辑录，加上王韬自己所撰《海陬冶游录》《花国剧谈》二种，凡十二种，与《花国剧谈》"序"中所述相符。王韬自觉地将自己的上述文本二种，纳入所谓"艳史"文本系列之中，一方面反映出他对这一系列小传统的清理，另一方面更表明他对这一书写小传统的自我认同归属，其实也不仅仅只是一种书写小传统，也是一种思想、情趣、审美以及价值取向上的自愿靠拢。

《艳史丛钞》的编辑目的、旨意、标准及体例，在其《艳史丛钞·序》中已经言明，无须赘言。但其中有两点似仍有强调之必要，一是王韬将自己对于这种文本的"偏好"，归结为早年就有的一种个人习惯，“余少时好为侧艳之词”[5]。但显然王韬对于侧艳之词的“偏好”，并非仅止于“阅读”，还有积极地参与书写创作，且著述亦丰，“涉笔即工。酒阑茗罢，人静宵深，一灯荧然，辄有所作。”[6]对于这类著述，不同年龄、不同境遇中的王韬，其写作动机、诉求乃至心境等，虽有所延续，但无疑亦各有侧重及不同。对此，有论者曾言，“青春已去，黄衫不来……惟儿女之痴情，亦人大所动色。”[7]这大概主要是就书写者的个人体验与生命感慨而言的。对于艳史书写动因，西溪山人在《吴门画舫录》开篇中亦曾有所概括，“或赏其色艺，或记彼新闻，或伤翠黛之漂沦，或作浪游之冰鉴。”[8]这是从四个不同侧面，对于“艳史”书写之动机旨趣来予以阐发。在这种阐述中，“艳史”书写的动因、旨趣乃至诉求等，是一个多侧面的组合体，其中所渗透的书写者对于书写对象的情感与寄托，甚至对于阅读者的告诫与警示，也是深切而复杂的。其中显然亦有曾经的冶游者，后来成为“冶游”“艳史”的书写者，并在这种书写行为之中借写冶游、狭邪，来书写表达青春的情感心理动因。不过，冶游书写文本作为一种大规模的书写行为乃至文本现象，显然并不仅限于书写者的个人体验与自我处境，整个社会时代文化环境，包括文化—商业环境以及文本传播—阅读环境的交织互动，显然也是冶游文本书写在晚清上海的都市大众文化阅读—消费文化当中异军突起甚至一度颇为繁盛的影响因素。

对于自己选编刻印《艳史丛钞》，王韬在《艳史丛钞·序》中已有说明。在《板桥杂记·跋》中，对此亦有补充。“余曼翁作《板桥杂记》，不以为谈艳之书，而以为伤心之史。予读之而掩抑摧藏，有同慨焉。……曼翁身历盛衰，能无兴感”[9]，将写狭邪、冶游，与写历史兴衰、社会变迁以及人物故事联系起来，并视为一种进入大历史、大社会的独特视角与书写方式，这种自我认知——无论是在书写文体上亦或是在文化价值的确定上——亦所谓“以一身之阅千秋之兴废，能无感慨系之耶。”所以，所谓“艳史”，亦由此而转入另种“历史”或另类“历史”。所谓“意等梦华，流分野史”[10]，亦可为之佐证。对此，《板桥杂记》的作者余怀说得更为恳切，“此即一代之兴衰，千秋之感慨所系也！而非徒狭邪之是述，艳冶之是传也。”[11]“吊逝、怀古、伤今”，此乃艳史与官史、正史或国史所同者，所不同者，在官史、正史、国史中的“主体”——无论是叙事主体亦或被书写之主体——在艳史文类（genre）中均发生了改变。“淮水波寒，板桥草长，濡笔记之，辄自悲也。”这是作为艳史书写者对待书写行为以及书写对象的一种情感态度，而“故读近人白门新柳记，而泫然不知泪之何从也”，则当视为艳史读者们的一种自我抒情。

其实，对于这种通过一种较为独特的个人生命史与生活史经验的叙述书写，来“折射”一个时代的大历史尤其是社会的大动荡、大变迁，在哀伤叹惋情场美人英雄的香帷故事、浪漫传奇之余，延伸而及对于一个时代之大历史的关照审视、追思检省，这似乎成了此类“艳史”文本思想与文化境界高低的判别标准。换言之，要想真正体认此类“艳史”文本的文学与思想价值，单纯从文本本身来看是不足的。叙述者或书写者的真正动机、创作心态，似乎往往并不在于人物、故事之表面，而是潜隐在了人物、故事之后或之下。对此，孔尚任在《桃花扇》的“小引”中，有一段最为经典的文字，“场上歌舞，局外指点，知三百年之基业，堕于何人？败于何事？消于何年？歇于何地？”将本于某些原型的故事戏剧化叙事之后，书写者所期待寄托的，却并非仅限于所谓的“爱情故事”，而是借助于这样一个个人性的“故事”，来折射揭示所谓三百年大历史的衰败沦亡，将一个传统意义上的“爱情剧”，改造成为一个宏大沉重的“历史剧”，或者借助于一个“爱情剧”的结构形式，来传递揭示“历史剧”中深沉厚重的历史真理，此即所谓“一代之兴衰，千秋之感慨”：

> 鼎革以来，时移物换，十年旧梦，依约扬州；一片欢场，鞠为茂草。红牙碧串，妙舞清歌，不可得而闻也；洞房绮疏，湘帘绣幕，不可得而见也；名花瑶草，锦瑟犀毗，不可得而赏也。间亦过之，蒿藜满眼，楼馆劫灰，美人尘土，盛衰感慨，岂复有过此者乎！郁志未伸，俄逢丧乱，静思陈事，追念无因。聊记见闻，用编汗简。效东京梦华之录，标崖公蚬斗之名。岂徒狭邪之是述，艳治之是传也哉？[12]

这种认知，其实给后来的小说、戏剧类文学文本的书写及评价亦带来了一定影响。此外，对于晚清以上海为中心的冶游、狭邪文本的书写者，在可能带来了一定的文学上的启示之同时，亦可能造成了一定思想及心理上的挑战与压力。这逼迫着出于诸多原因——或者是“洪杨之乱”这种大历史的原因，亦或者是家道中落这种私人原因——而进入十里洋场上海、混迹于口岸都市之民间社会的文人们，在原本只不过是个人好奇、旅途寂寞、都市欲望以及由此而激发出来的文人浪漫等之余，他们还需要为自己的行为——无论是现实生活中的冶游，还是文本叙述中的“艳史”叙事——找到一个比心理与生理需求更冠冕堂皇的上得了台面、进得了文本的借口或理由。《桃花扇》的“小引”，包括《板桥杂记》

的“序”，其实是一种现成的“样板”。但问题是，这样的故事，在近代像上海这样的都市社会中并非随处可见。赛金花的“故事”，或可作为《桃花扇》的一个隔代回应，但其中的情色韵致，显然已经大大衰退消减。近代开埠之后的繁华都市，有的是同样的欲望，却少了前朝秦淮旧事中的所谓的历史厚重。所谓借写欢场，来写“朝政得失、文人聚散”，而不全是“儿女钟情、香闺逸事”，显然既缺乏现实的真实性，亦难以满足于都市大众读者的日常阅读趣味以及数量上的惊人需求。

于是，晚清上海的冶游叙事，也就不可避免地呈现出两个朝向，一个是像王韬辑录的《艳史丛钞》中的那些文本，不断突出文本的“文雅”或“艳雅”一面，甚至于还有所隐含寄托；[13]另一方面，则是尽力夸张铺陈晚清上海都市欢场的纸醉金迷，强调其“销金窟”的欢场特质，即所谓世俗、奢靡、淫荡、堕落、花天酒地、醉生梦死的一面。在前类著述之中，所谓“艳史”书写，亦往往能够将地域书写——譬如江南文化记忆与风土人情——以及某些历史感渗透其中，同时亦彰显书写者个人的文化修养、审美情趣与人生境界。而在另一类“艳史”书写中，则尽量羼杂口岸都市物质生活的光怪陆离、标新立异，以及人性的追逐与沦落，铺陈罗列，多有迎合市井读者口味需求之考量。即便是所谓前一种朝向的冶游叙事书写，其实亦难以抗拒这种近代都市“商业”上的“诱惑”，久之则亦不免沦落，成为新兴的大众流行文化的一部分。

换言之，这种“艳史”书写文本和由此所反映出来的一种“艳史”文化及心理，属于一种带有一定自我享乐、精神颓废色彩的隐逸文化及审美心理。其中既带有对知识分子正统文化以及大众文化的疏离排斥，也有对于这两种文化的潜隐迎合，是一种徘徊于两者之间的一种“亚文化”状态及形态。

## 二、王韬与《香艳丛书》

由虫天子作序的《香艳丛书》，凡二十集，每集四卷，一共八十卷。该丛书于宣统元年至三年（1909—1911）分三次由上海国学扶轮社排印出版。在《香艳丛书·凡例》中，有两条关涉该丛书编辑体例：

> 一、本集搜辑随时，不拘朝代先后。今人亦间登一二，多系可惊可喜、未经刊刻之作；
>
> 二、本集所选，以香艳为主，无论诗词乐府，足以醉心荡魄者，一例采入。[14]

由此可见，在编辑体例上，《香艳丛书》与《艳史丛钞》，既有关联延续，亦有区隔差异。其中区隔差异方面尤为明显者有二，其一是入选著述时间。《艳史丛钞》基本上是以本朝著述为主，而《香艳丛书》是自隋以降，直至“本朝”；其二是辑录著述文体，《艳史丛钞》基本上以笔记为主，而《香艳丛书》则多有不限，“以香艳为主，无论诗词乐府，足以醉心荡魄者，一例采入”。除版本方面的价值意义，《香艳丛书》在辑录作品的数量上也大大扩展了《艳史丛钞》的容量——《艳史丛钞》辑录著述12种，而《香艳丛书》达330余种，几乎可以称之为一部中国古代女性题材、主题的大型专书。

当然，《香艳丛书》与《艳史丛钞》之间的连续性或传承性，也是显而易见的。其中尤为明晰者，就是两者对于“香艳文学”这种文类（genre）的文学与文化价值之考量与认同。有关《香艳丛书》的编辑旨趣，在虫天子的“序”里照例有所涉及交代：

> 呜呼！词传砚北，歌绛树之双声，梦到江南，赏休文之四曲。靡不落珠玑于纸上，坠金粉于行间。盖情之所钟，正在吾辈，而纤不伤雅，易索解人。集中载孝绰之名姝，叙李波之小妹，群雌粥粥，非夺婿于瑶光，往事沉沉，孰留痕于鲫墨。或玉钩斜畔，吊胜国之遗踪，或辇鉴图中，谱盛朝之佳话。或刻潜英于纸帐，或唤踏摇于屏风。或片语解围，絮散谢家之雪，或神针绣夜，锦飞织女之云。事有可征，言非无据。握来银管，写靖节之闲情，倾尽金壶，记东山之韵事。阿难往矣，谁将戒体，摩挲此豸。……嗟乎！十五王昌之句，忍俊不禁，三章河女之辞，哀情若诉。漫说风华流荡，颜子或竟坐忘，须知比兴温柔，宣尼未经删削。妄言妄听，编者只借古以鉴今，见智见仁，读者毋玩华而丧实。

与《艳史丛钞》另有所不同者，就是《香艳丛书》并没有将这种书写文化或文本文化归属于一种文化——政治上更为正确的正统“官史”“正史”之同路人之列，而是更直接、更大胆得承认肯定这种书写实验的独特意义与价值，无论是抒情对象还是抒情方式，所谓“情之所钟，正在吾辈，而纤不伤雅，易索解人”，可谓对此判断之直接回应。显而易见，经历了晚清都市文化的冲刷洗礼，再加上一定意义上的思想解放、个性解放，对于这种“香艳文学”，至此似已不再需要借用其他名目来遮掩粉饰。从“艳史”到

“香艳”，这种文类上的区隔定位，足以显示出前后两代文人在对于中国历史上这种“香艳文学”的认识判断上的差别。

由上观之，可以肯定的是，王韬及其《艳史丛钞》与《香艳丛书》具有一定关联。那么，除了由其辑录的《艳史丛钞》，王韬及其个人相关著述，在《香艳丛书》中处于什么地位呢？其实这也是考察王韬与《香艳丛书》之关系的另一个维度。

《香艳丛书》自第十二集始，开始辑录刊印王韬的《淞滨琐话》。此集刊印《淞滨琐话》一、二；第十三集刊印《淞滨琐话》三、四；第十四集刊印《淞滨琐话》五、六；第十五集刊印《淞滨琐话》七、八；第十六集刊印《淞滨琐话》九、十；第十七集刊印《淞滨琐话》十一、十二。《艳史丛书》第十九集刊印王韬《花国剧谈》，第二十集刊印王韬《海陬冶游录》（并附录、余录）。也就是说，王韬在《艳史丛钞》中辑录的两部自己的著述《花国剧谈》与《海陬冶游录》不仅被辑录入《香艳丛书》，而且还增加录入了他的《淞滨琐话》。

在《花国剧谈·序》中，王韬谈到自己当年羁旅香岛之时、穷极无聊之中，选编《艳史丛钞》的一段旧事，“予辑《艳史丛钞》，凡得十种，皆著自名流而声盛艺苑者。不足，因以旧所作《海陬冶游录》三卷附焉。”[15]在王韬的叙述中，《花国剧谈》《海陬冶游录》不过是为了补《艳史丛钞》内容之不足而临时赶写的急就章而已。这当然不过是王韬的一种自谦。之所以如此，显然与王韬对《艳史丛钞》中其他十部著作的文学品质的充分肯定有关。

不过，尽管肯定《艳史丛钞》中的那些著述的文学价值以及阅读意义，但编纂《艳史丛钞》、撰著《花国剧谈》《海陬冶游录》时代的中国，依然是一个内忧外患、亟需振兴的“老大”国家，一个曾经人文昌盛的礼仪之邦。值此内忧外患的多事之秋，《艳史丛钞》之类的“退隐”与“消极”，自然与时代之亟需、民族之振兴多少有些疏离甚至背离，所以王韬会将《艳史丛钞》之类的著述视之为“文章之外编，游戏之极作，无关著述”[16]，但尽管如此，王韬显然又是自我矛盾的。一方面，作为一个一度参与到洋务运动以及近代思想启蒙和西学输入事业之中的知识分子，王韬不得不力争保持一个积极入世者的外部形象，但在内心深处，却又屡屡不免对朝政时局产生怀疑与失望，也因此，对于《艳史丛钞》之类的著述，他的认识亦自然会有另外一面。因此，这种文字，或许尚可聊作旅途消遣解闷之用，“以渠笔底之波澜，供我行间之点缀，不亦快哉”[17]。当然这也是一种非常个人化的阅读兴趣或偏好，既不值得过分关注，似亦用不着去过分批评谴责。

而问题似乎并不如此简单。尤其是对于自己编辑《艳史丛钞》，王韬似乎并非简单地将其视作游戏之作，俨然还另有寄托命意，“况乎删其繁芜，乃能入彀润以藻采，始可称工。本异偷巧，非同攘美。而是编命意所在，别有枨触，隐寓劝惩”[18]。这里所谓“劝惩”，大概其中就包含着对于女性命运的感慨，以及对于征逐花丛者的“劝谕”：

> 呜呼！世并愁城，地多苦海，此花国中，悲玉容之无主，恨绮约之难完者，当不知凡几。今所记，时须弥界中一粒芥子耳。然则作艳游者，不当思及此而废然返欤？顾世有绳趋矩步之士，莫不呵嫱施为祸水，斥妍藻为淫辞，以陶情于醇酒妇人为非夫，以娱志于歌楼舞席为伧父，不知西曲繁华，无非元气，东山妓女，亦是苍生。彼之记教坊而志曲院者，畴非唐代

之名臣欤？仆身无艳福，而心郁古凄，仅品评名花于三寸之管，要亦空中色相而已。具大智慧者，何容征实，请事观空，则以《花国剧谈》为苦海之航也可，为愁城之筏也亦无不可。

显然这只不过是《艳史丛钞》之命意寄托的一部分，甚至不过是其中最表面的一部分，真正的意蕴隐涵，在上文中已有说明，此不赘述。

而《香艳丛书》与《艳史丛钞》之间的关系，应该不仅仅辑录多部王韬的著述这么简单。事实上，整个《香艳丛书》在编辑触发、对于“香艳”类著述的认知理念、辑录标准等方面，应该都有王韬的影响在。甚至可以说，王韬乃是晚清以降“艳史”类或者“香艳”类著述书写及编撰“传统”的“始作俑者”。

显而易见，《香艳丛书》从《艳史丛钞》处获益甚多。除了丛书名称上存在着显而易见之“征引”或“延续借用”，在编辑命意、选目等方面的“相近”也是显而易见的。

## 三、王韬与《艳史十二种》

《艳史十二种》，民国十八年（1929）年由上海汉文渊书肆石印，题标“笔记小说”。全书八册，中洋纸印刷。书前有光绪四年（1878）十二月十又四日淞北玉鱿生《艳史丛钞序》，另有《艳史丛钞题词》《艳史十二种总目》。其中总目包括：板桥杂记三卷、吴门画舫录一卷、吴门画舫续录三卷、续板桥杂记三卷、雪鸿小记一卷、雪鸿小记补遗一卷、秦淮画舫录二卷、画舫余谈一卷、白门新柳记一卷、白门新柳记补记一卷、白门新柳记附记一卷、十洲春语二卷、竹西花事小录一卷、海陬冶游录三卷、海陬冶游附录三卷、海陬冶游余录一卷、花国剧谈二卷。上述内容，与王韬《艳史丛钞》查对，除书写方式、字体刻板略有调整，其他完全相同。故可确定，所谓《艳史十二种》，即为王韬《艳史丛钞》的现代翻印本，但书前书后未见任何翻印说明。

与《艳史丛钞》在文体自我确认方面有所不同的是，翻印本《艳史十二种》将自身确定为所谓“笔记小说”，这无疑是一个现代的文学类型概念，但又兼顾有中国传统的“笔记”“小说”这两个概念或“文体”的基本要素特征。在尤侗《题板桥杂记》中言，“余间阅之，大抵北里志平康记之流”。也就是将《板桥杂记》的文体形式仍归类于“志”“记”。这显然是就传统延续或自我归类角度而言者，并没有彰显这种书写形式中的个人色彩与创新性。

而王韬当初亦不过多从题材及主题角度，来对《艳史丛钞》以及自己的同类著述进行描述定位，即所谓“侧艳之词”“绮语”之类。至于“文体”意识，在《艳史丛钞序》中亦有所提及，譬如所谓“说部”，不过并未循此深究明言。但视此为一种独特的富于个人亲身体验、历史记忆与才情寄托的历史地理文本，一方面呼应了尤侗对此类书写形式的“志”“记”之流的定位判断，亦“青史外”的一种个人叙事方式，但这种方式不是通过直接对全景式的大时空的叙述来记述历史，而是通过对个人能够体验到的身边时间、空间以及人物事件的描述或追忆，来从中折射大时空或集体共同史的特质。这似乎一直是王韬的一种个人“偏好”，而这种“偏好”背后，其实隐含着中国文人传统意识中的精英意识，这种精英意识在文化类型上，通常无疑是指向史家和雅士的。这也是两种不同的文人——文化类型，而他们各自的书写实践，也往往归属于两种不同的文体类型。而值得注意的是，王韬式的“艳史”，似乎有意将这两种不同类型的文化类型与文体类型进行“混搭”，一方面固然肯定这种个人性的历史地理书写尝试中的民间性与独立性，但另一方面，亦仍难以舍弃将官史、正史作为一种隐在参照，并将文人的风雅趣味蕴含其中，并就此成就了一种无论是在文化类型亦或是在文体类型上均有一定意义与价值的“亚”类型。

至于在《艳史丛钞》之后所滋生的种种流播余绪，原本那些家国天下的关怀寄托，显然已经烟消云散荡然无存，或者也无需再通过此类文本来命意表达。从“艳史”书写到“香艳”书写，其中不仅反映出一种文类意识的流变，而且也隐含了一种书写者自我身份的认同定位以及一种文学——文化类型的深刻改变。此种改变，对于中国文学是如此，对于中国文学知识分子亦是如此。

注　释

1　有关王韬与晚清“冶游文学”，参阅吕文翠：《城市记忆与文化传绎：以王韬与诚岛柳北为中心》，刊《中国文化研究所学报》(*Journal of Chinese Studies*) 2012年1月第54期，台湾中央大学中国文学系)。

2　王韬：《淞滨琐话·序》，刘文忠校点，济南：齐鲁书社，2004年1月。

3　王韬在《艳史丛钞·序》中，将自己所撰著的《海陬冶游录》《花国剧谈》，与“山阴悟痴生、苕溪修月楼主人、沪城缕馨仙史将撰《春江花月志》，专记歇浦一隅之佳丽，诚海陬之嘉话，盛世之闲情也”，以及“鸳湖信缘生撰有《申江花史》，则又仅见一斑，无从觏其全帙”之类的著述等而视之。

4　〔清〕淞北玉生：《花国剧谈·序》，“予辑《艳史丛钞》，凡得十种，皆著自名流，而声腾艺苑者。不足，因以旧所作《海陬冶游录》三卷附焉”。而“《花国剧谈》，即以此作”。可见《花国剧谈》是为了编撰《艳史丛钞》之需要而自作增补。

5　王韬：《艳史丛钞·序》，见《艳史丛钞》第一册，第1页，哈佛-燕京图书馆藏。

6　同上。

7 郭麐:《吴门画舫录·叙》，见《艳史丛钞》第一册，第3页。

8 西溪山人:《吴门画舫录》，见《艳史丛钞》第一册，第1页。

9 王韬:《板桥杂记》，“跋”，见《艳史丛钞》，第一册，第1页。

10 郭麐:《吴门画舫录·叙》，见《艳史丛钞》第一册，第3页。

11 余怀:《板桥杂记·序》，见《艳史丛钞》第一册，第2页。

12〔清〕三山余怀澹心著:《板桥杂记·序》，见王韬编《艳史丛钞》。

13 王韬《艳史丛钞·序》云:“余去沪滨，一星既终而又半，而梦魂犹时萦绕之，岂少壮之境难忘，欢娱之时足述，故乡风月易致怀思，海国莺花可供跌宕欤？而余之所感，要更有深于此者。抚时念事，怀古伤今，悲身世之飘零，嗟天涯之沦落，未尝不叹名士才媛同为造物之所忌也。”这当然是就其中的政治隐喻而言者。另在王韬看来，此类著述亦还有社会批判的现实意义，“故交红之被不暖，则神鸡之梦不醒也。世有喜于狎邪游者阅之，然后乃知情天之变幻无常，欲海之风波不定，未有不恍然若惊而怅然自失者，则此诸编作百八之钟声、万千之棒喝可也”。当然这种“棒喝”，并非如晚清的“谴责小说”那样“词锋毕露”。

14《香艳丛书·凡例》(影印)，第1集，第4页，上海：上海书店出版社，1991年8月。

15《花国剧谈·序》，《弢园文录外编》，卷九，上海：上海书店出版社，2002年1月。

16 同上。

17 同上。

18 同上。

# 王韬与志书、艳史及《申报》

## ——兼论晚清沪上文人的"俗写"传统

### 一

鲁迅在《上海文艺之一瞥》中指出，"上海过去的文艺，开始的是《申报》"。也就是说《申报》——包括早期《申报》文人群、《申报》文艺副刊[1]以及"申报馆丛书"——乃上海文艺之滥觞，或者说近代上海文艺之源起[2]。而考虑到上海文艺与晚清文艺之间的关系，说"申报"文艺乃晚清文艺之重要源流，似亦并不太为过[3]。而晚清沪上文艺，所突出者概莫过于小说一途，其中无论是所谓"狭邪小说"抑或"谴责小说"——这也是彼时沪上小说之中蔚为大观者——均带有颇为明显的现实性与写实性，表现出书写者对于真实存在的现实空间、日常生活形态以及普通人物命运的切实关注。

而对于《申报》文艺来说，无论是《申报》早期文人群，抑或是对于《申报》文艺副刊以及"申报馆丛书"，王韬（1825—1897）的贡献皆有目共睹，甚至亦被当时沪上文人奉为领袖群伦者。考察晚清上海文艺，王韬是一个不可或缺的重要存在。而纵观王韬一生著述，在传统之经史、诗文以及颇为自傲的“西学”之外，还以小说杂著引人注目，在《淞隐漫录》《淞滨琐话》以及《遁窟谰言》之外，尚有《花国剧谈》《海陬冶游录》，以及编纂的《艳史丛钞》，包括为邹弢的《断肠碑》（又名《海上尘天影》）等当代小说所作的序言等。

王韬在小说杂著方面的书写，与当时同侪相比，具有几个较为明显的倾向或特点，即当代性、现实性、批判性以及进步性。而这些倾向对于晚清沪上的“狭邪小说”“谴责小说”甚至于“言情小说”等，均有不同程度之影响，由此而扩展延伸出来的写当下、写世俗、写现实的“俗写”传统，成为此间上海小说的一个较为集中而突出的文学特征。而上述文学上的诉求或倾向，表现在书写实践及文体形式上，就是对志书类著述的青睐热衷，换言之，就是对于地方志、城市史、行业亚文化以及人物时代命运的深切关注与书写热情，对此，用王韬的话来表述，即“享帚知珍，怀璞自赏，庋藏敝箧，不忍弃捐”[4]。而在同侪蒋敦复看来，王韬对于新兴都市上海及其地理、历史、人物、风俗等的叙事兴趣及书写实践，既有其渊源来历，亦有其个人忧患抱负：

> 今天下省、府、厅、州、县咸有志，此官书也。又有一家言，入于说部，犹之正史之外有稗乘云尔。……上海夙称壮县，自开海禁，估舶直达，地益饶庶。西人从数万里外通商而至，筑室以居，官斯土者，辄豢肥鹤飞去……有识者早忧之。忧之无如何，则作一书以示后，庶少裨乎！此仲弢之志也。[5]

这无疑是解读王韬在此方面的用力与书写的视角之一种，不过其更多观察与肯定的，还是传统文人心忧家国天下的情怀，同时对王韬的此类志书著述有一精神文化意义上的总揽概括。

如果说蒋敦复对于王韬的志书类书写的核心精髓的认识把握，尚偏于书写者的社会志向与政治抱负的话，钱徵对于王韬此类著述的关注评价，则延伸到了文体以及中国小说传统领域：

> 自来说部书，当以唐人所撰者为最。有宋诸家，总觉微带语录气。元明人欲力矫其弊，则又非失之诞，即失之略，故皆无取焉。惟我朝诸公能力惩其失，而兼善众长，盖骎骎乎集大成矣！然求其洪纤毕具，网罗中外各事，足以扩见闻、助惩劝、备搜采者，前之人或犹未逮，而要惟我外舅先生为创始。[6]

这是对王韬的志书类撰述在"文学史"或类型书写传统中的地位、特征及贡献的概括总结，也是较早注意到王韬此类著述的创造性一面者。而王韬的志书类著述中，既有《瀛壖杂志》《瓮牖余谈》以及泰西诸国志、《普法战纪》一类，亦有其撰述的《花国剧谈》《海陬冶游录》以及编纂的《艳史丛钞》等一类所谓"艳史"。"艳史"类著述，不仅是王韬志书类著述中的一种独特形式，在其一生著述中亦有其独特性。"艳史"叙事包含了王韬对于女性——城市——社会与时代这样一个时间、空间与人的生活的亲身体验及深切观察，体现了王韬一种既有继承亦有超越的女性史、社会史、风俗史、城市史的叙事探索，它表面上或许表现出王韬个人社会与政治立场上的某种颓废与退隐，但在其内部深层，反映出来的是作为小说家的王韬如何以一种个体的、自我的方式来获得充分的自由表达的尝试与坚持[7]。

## 二

值得注意的是，王韬的志书类著述并非只有《瀛壖杂志》和《瓮牖余谈》一类，还有《花国剧谈》《海陬冶游录》及其所编纂的《艳史丛钞》一类。而后者对于晚清沪上冶游一类的著述乃至狭邪一类的小说书写影响尤甚。

而《申报》上首次出现“艳史”这一术语，即始于王韬编纂的《艳史丛钞》。1879年4月23日，《申报》“新书出售”广告栏中，刊登王韬多种著述广告：

> 王紫诠先生撰《普法战纪》，竹纸每部八本，价洋三元；《瀛壖杂志》，每部两本，白纸价洋六角四分，竹纸价洋五角五分；《弢园尺牍》，竹纸每部四本，价洋四角四分；《海陬冶游录》，竹纸每部二本，价洋三角；《重刻西青教记并附西青文略》，竹纸每部四本，价洋四角四分；《艳史丛钞》，竹纸每部八本，价洋八角。以上数种均托上海申报馆及二马路千顷堂、味三堂、文魁堂书坊代售，伏祈赐顾。

比较上述广告中所涉著述，既有颇为严肃之西学著作《普法战纪》，亦有关于上海地方文史人物志类的《瀛壖杂志》，另外还有为一般正人君子、卫道之士不屑一顾的《海陬冶游录》《艳史丛钞》。其中《海陬冶游录》基本上为王韬之耳闻目睹的自撰，而《艳史丛钞》则为其辑录他人撰著（其中亦收录王韬自己的《花国剧谈》《海陬冶游录》两种）。这也是王韬遵循“尊文阁主”的征文邀约，为“申报馆丛书”提供的一批庋藏行箧的志书类著述，“岁乙亥，尊闻阁主人有搜辑说部之志，征及于余，潆洄歇浦，结海外之相知；迢递珠江，检簏中而直达”[8]。而从上述所提及著述来看，王韬当时的志书类著述颇为驳杂，既有《普法战纪》这样的专书，亦有《瀛壖杂志》《瓮牖余谈》这样较为传统的笔记类志书，还有《海陬冶游录》《艳史丛钞》这样“冶游”类类书，以及《艳史丛钞》这样的类书选编。

在上述广告之后两年，即1881年6月18日《申报》所载“新印书籍出售”广告中，《艳史丛钞》则又混杂在各种中学、西学、新学著述之中，显示出《申报》以及晚清出版商业性以及大众文化消费性的一面：

> 新印书籍出售
>
> 《袖珍汉魏丛书》，白纸十元；……《明末贰臣逆臣传》，五角，铅板；《艳史丛钞》，八角；《弢园尺牍》，四角五；《新刊火器说略》，四角；《日本杂事诗》，四角；《普法战纪》，三元；《法兰西国志》，一元；《米利坚志》，七角，精校正；《续唐宋八大家》，文皮纸印成，每部三元；……诸君鉴赏者请至二马路味三堂，或宝善街北首醉六堂均可。城内醉六堂启

对于王韬辑录以及自撰的“艳史”类著述，当时之人依然将其纳入“稗官野史”“风俗志纪”一类。早期《申报》主笔黄式权在其《淞南梦影录》一书中即有此类言论：

> 稗官野史专记沪上风俗者，不下数家，而要以王紫诠广

> 文韬之《海陬冶游录》为最。永既去之芳情，摹已陈之艳迹。鸳鸯袖底，韵事争传；翡翠屏前，小名并录。其于红巾之扰乱，番舶之纵横，往往低徊三致意，固不仅纪花月之新闻，补水天之闲话也。近日潇湘馆侍者所编《春江小史》，差足媲美。他若袁翔甫大令之《海上吟》，则专采韵语。朱子美茂才之《词媛姓氏录》，则第叙青楼，梨枣未谋，难传久远。至《沪上艳谱》《沪上评花录》《冶游必览》《广沪上竹枝词》等书，皆系书贾借以牟利，凌躐踳駮，颇不足观，置之弗论可也。[9]

其实，上述文字除了将王韬的《花国剧谈》《海陬冶游录》等著述归入到“稗官野史专记沪上风俗”一类，同样值得关注的是，在王韬的相关著述之外，还罗列了不少他人著述。而在黄式权看来，这些著述与王韬的著述以及《申报》，显然有着密不可分之关联。单不说王韬与早期《申报》之间的关系，在黄式权之外，袁祖志（翔甫）、邹弢（潇湘馆侍者）等人，亦与早期《申报》关联甚密，显然可以归属于早期《申报》文人群。而他们的这些著述，亦大体上属于所谓“稗官野史专记沪上风俗”之类。由这些著述者以及著述，初步扩展并形成了一个当时沪上具有一定“流派”特征的松散文人团体，且逐渐形成了一种书写小传统。这种小传统与晚清上海的都市文化、地方文化、通俗文化、消费文化相辅相成，并通过此间新兴报刊媒介以及产业化的出版传播方式等而得以成型，它与中国历史上的志书书写传统有所继承关联，但亦有所区隔或者差异。相比于历史上的那些志书类著作，晚清沪上的这些“稗官野史传记沪上风俗”一类的著述，其文本及文化的通俗性、消费性色彩更为明显，而且它在消闲娱乐方面所更为靠近的，也不是文人士大夫，而是新兴市民读者群体。换言之，从存在事实看，这些著述呈现出一种更为混杂而且松弛的空间——无论是在书写者的品质及自我修养，抑或是在文本的文学性及审美严肃性方面，其内在的空间弹性不断遭受外部世界的诱惑拉扯。这里所谓外部世界，基本上就是新兴都市里的消费文化以及出版商业化、产业化所带来的文化生产及消费环境、方式以及速度所影响并塑造的外部环境。具体而言，晚清上海图书出版业的发展以及竞争加剧，再加上都市里文人生存条件缺乏社会及自我保障，这些都为写作著述的商业化、市场化的加速甚至恶化提供了助推。而沪上大众读物写作与出版社会监管机制的缺失，进一步为此种“导淫”“宣欲”著述的泛滥敞开了大门。

对于这种专记冶游一类的“风俗志”，鲁迅《中国小说史略》中亦有论述：

> 唐人登科之后，多作冶游，习俗相沿，以为佳话，故伎家故事，文人间亦著之篇章，今尚存者有崔令钦《教坊记》及孙棨《北里志》。自明及清，作者尤多，明梅鼎祚之《青泥莲花记》，清余怀之《板桥杂记》尤有名。是后则扬州、吴门、珠江、上海诸艳迹，皆有录载；且伎人小传，亦渐侵入志异书类中，然大率杂事琐闻，并无条贯，不过偶弄笔墨，聊遣绮怀而已。若以狭邪中人物事故为全书主干，且组织成长篇至数十回者，盖始见于《品花宝鉴》，惟所记则为伶人。

正如鲁迅上述所言，此类伎人小传，“渐浸入志异书类中”，辗转变迁而为王韬所情有独钟之志书艳史一类，成为王韬抒发历史意识、描写当下生活、反映都市风俗的一种得心应手的文学书写方式，“志书之流，近亦多矣，或记方隅，或录异域，或追想今昔之盛衰”，并借评论日本《东京繁昌记》一书，来传递自己对于此类著述书写所寄托之“深意”：

> 江户为都会名区，固繁华薮泽也。其间如楼台之崇绮，园囿之广深，士女之便娟，民物之殷阗，海外诸国无不荟萃于此，贾胡列货于市廛，火齐、木难，光怪陆离，不可方物，以至鱼龙曼衍，变幻万状，而平康曲里，窈窕其容，丽都其服，灯火笙歌，彻夜不绝，录此者殆侈其极盛欤？然而有盛必有衰，不可恃也。惟为上者有以持盈保泰，去其僭侈而汰其靡丽，使之务适于中。古者国奢则示之以俭，国俭则示之以礼，是所望于主持风会之君子[10]。

不过，这种为文之“深意”，有时为王韬所看重，“余之所感，要更有深于此者。扶时念事，怀古伤今，悲身世之飘零，嗟天涯之沦落，未尝不叹名士才媛同为造物之所忌也”[11]。但有时似乎又成为他刻意逃离放弃的“重负”。

而此种纠缠矛盾，其实也反映出王韬在对待近代都市、都市人性以及都市知识分子的身份等方面认识立场上的“游移”与“内心挣扎”。

## 三

而就此类著述的书写文本而言，从对于城市历史、地理的描写，扩展到对于当下都市人物及现实生活的描写；从对地方名人大德的关注，下移到对于普通市民尤其是特殊行业人群的关注；从全景式的城市叙事，转向较为集中的“专题”——女性及当下都市的性别存在及性别关系和性欲望——王韬对于上海开埠以来城市史的描写，经历了上述诸多“调整”“转变”，其书写探索与尝试，不少又通过《申报》报刊及出版系统发布传播出来，成为晚清与上海这座新兴城市密不可分的一种文学—文化存在。王韬与《申报》及上海之间的关系，亦是晚清上海文学的一个典型缩影。

在上述与“上海文艺”有关的晚清以降的通俗文学的“俗写”传统相关者中，王韬无疑成为一个重要的起源，也是一个重要的交集。而在王韬的个人书写中，与“俗写”相关的多为志书类著述。这些志书类既有有关上海城市发展史方面的著述，亦有像《海陬冶游录》《花国剧谈》这种都市亚文化类型的著述，甚至于他的《淞滨琐话》《淞隐漫录》以及《遁窟谰言》中不少作品，亦带有与上述都市、市民、日常生活、现实存在等相关的叙述。

如何看待王韬的个人著述系列中“艳史”类著作的存在？又或者王韬自己是如何看待自己这一书写行为及偏好的？对此，王韬《艳史丛钞》“序”中有所涉及。而在其所提供的相关说明之中，都提到了来自于《申报》的出版“诱惑”。

按照王韬说自己的说法，其编撰《艳史丛钞》，显然与“尊文阁主”以及“申报馆丛书”有关，“迩见海上尊文阁主人集吴门秦淮画舫诸录，付之手民，播于艺苑”，且“征集于余”。这足以说明，当时《申报》作为一家刚刚创立的报刊出版机构，它在推动作者的写作以及影响甚至于塑造市场出版方面，已经显示出不容轻觑的主导意识及力量。王韬的叙述，呈现了晚清沪上文化著述市场初期作者与出版商之间互动及合作的原初形态，也较为清晰地展示出晚清沪上文化著述的写作出版之中商业因素与市场因素的存在及其作用生成方式。

如果检查光绪三年（光绪三年夏五月）缕馨仙史（蔡尔康）编撰的《申报馆书目》，会有一个值得关注的发现，那就是在《申报》创办6年以来所印刷出版的著述50余种之中，王韬的影子随处可见。新印书目共分：1）古事纪实类（2种），2）近事纪实类（5种），3）近事杂志类（4种），4）艺林珍赏类（5种），5）古今纪丽类（5种），6）投报尺牍类（3种），7）新奇说部类（14种），8）章回小说类（7种），9）新排院本类（1种），10）丛残汇刻类（4种），11）精印图书类（3种），凡11类53种。而在这11类53种新印图书中，王韬的著述有2种，即近事杂志类中的《瓮牖余谈》，和新奇说部类中的《遁窟谰言》。而古今纪丽类中所列新印图书，基本上为王韬选编“艳史”中诸书。而恰恰是该类所列图书与王韬选编“艳史”之间的高度交集，反映出《申报》馆丛书出版以来（1872—1878）的最初6年之中，王韬与《申报》及“《申报》馆丛书”之间颇为密切的关联。这种关系，显然不仅只是出版机构与作者之间的关系那么单纯简单，有足够的理由相信，王韬在其著作者身份之外，还很深地参与到了早期《申报》馆丛书的出版选题的策划、出版图书的选定，甚至包括版本的选用等。某种意义上，王韬几乎可以被视之为早期《申报》馆丛书的馆外总策划。这种关系，已经不只是出版机构对于著述者的影响塑造那种单向度的生成关系，而是一种双向互动、彼此影响的同构关系，也正是基于此，也可以说王韬的著述观，显然也影响了早期《申报》馆的图书选题以及出版计划。

而对于《申报》馆在办报之外发展出版事业，在《申报》馆从书面世之初，“尊文阁主”对其在商业回报方面的诉求就不讳言，“本馆得蝇头之利，感何可极，幸莫如之。”[12]显然与这种商业方面的诉求或考量有关，《申报》馆丛书在著述选择方面的原则是力争兼顾不同读者阶层、群体之需求，故有所出版的图书为“古今来雅俗共赏之作”的目标定位。这种兼顾普通读者的需求而不是仅仅片面服务小众的出版理念及图书市场定位，显然与当时商业化、产业化的文化发展模式密不可分。

事实上，王韬在早期《申报》馆丛书中所出版的《瓮牖余谈》每部4本、价洋3角，《遁窟谰言》每部4本、价洋4角。尽管不清楚这两部著作实际销售数量，但有一点是肯定的，那就是《申报》馆丛书所出版的著述，作者或编撰者应该是有稿酬的，这明显不同于给《申报》早期的几个文艺副刊的投稿，因为后者是没有稿酬的。

也正是在这种面向雅、俗不同读者阶层的图书出版广告中，可以发现一些基于商业利益考量的晚清图书出版机构及出版方对于这些著述的“重新”认知与市场定位。在对于《瓮牖余谈》的出版介绍中，格外重视并突出王韬在当时特殊的经历与著述者身份，“盖先生曾命驾至欧罗巴洲，故能熟悉洋务；又身历戎行，故于贼党灼知其奸”[13]。“故于西学之精，洞窥底蕴；狂寇之暴，直达腠理。……阅之可以明西人之微妙，粤逆之猖狂。”[14]于是，《瓮牖余谈》作为一部新刊著述，亦就被定位为“经世之新书，实当代观世之秘本”[15]。如果说“才富而学博”一类的言语不过是常见之恭维，那么对于王韬曾“壮游泰西”又“身历戎行”的双重定位，显然是一种基于市场销售因素的考量。

比较之下，《遁窟谰言》的图书介绍，就明显依托于《瓮牖余谈》所确立的著作者身份定位，以及图书定位，“与《瓮牖余谈》实相辅而行。盖《瓮牖余谈》专记事实，此则参以精意，运以灵思。”[16]而这些语言的“商业广告”的色彩明显。这两则图书简介广告，均出自缕馨仙史手笔。

当然，在发现并明确王韬此间在“艳史”(《申报》馆丛书中以“纪丽体”名之）著述方面的热心，并不意味着其行为仅仅是出版方及商业利益的诱惑。王韬曾坦陈，“余少时好为侧艳之词，涉笔即工，酒阑茗罢，人静宵深，一灯荧然，辄有所作。”[17]此亦足见对于王韬这样的作家来说，对于“艳史”一类著述的热衷，似乎并不只是市场及出版商合谋共推的结果，著作者个人的自主性其实亦甚为重要。在《花国剧谈》“自序”中，王韬曾提及自己在“艳史”类著述书写及编撰方面的“主动性”“连续性”及“系统性”：

> 予辑《艳史丛钞》，凡得十种，皆著自名流而声腾艺苑者。不足，因以旧所作《海陬冶游录》三卷附焉。嗣又以近今十余年来所传闻之绮情轶事，网罗荟萃，撰为附录三卷、余录一卷，而后备征海曲之烟花，足话沪滨之风月。[18]

可见早在《申报》馆“尊文阁主”征稿之前，王韬的此类著述已经庋藏行箧之中久矣。而《申报》馆丛书的刊行，某种意义上不仅是与王韬在此方面的兴趣所见略同且一拍即合，而且也为这些著述的问世并且得到商业上的回报提供了机遇，某种程度上亦扶持了此类著述的书写。这种著作—出版关系或模式，在著作者与出版商完全隔绝的时代环境中是不可能实现的。《申报》馆丛书所开启并推动的这种著作者与出版方的对接与协作，事实上是近代写作—

出版模式的一种探索尝试。

## 四

王韬的“艳史”类著述大体上可分为两类，其一是他所编撰的《艳史丛钞》，以及自撰的《海陬冶游录》《花国剧谈》之类，其二是他的《淞隐漫录》《淞滨琐话》及《遁窟谰言》。习惯上后面三种被视之为文言短篇小说，其想象性及虚构性与第一类中的纪实性构成了一定差别。

对此，缕馨仙史在撰写《遁窟谰言》的出版说明广告之时，就已经注意到了。他特别说明“《瓮牖余谈》专记事实”，而《遁窟谰言》则“参以精意，运以灵思”。这里所谓“精意”与“灵思”，事实上都是指作者个人的意志及文学想象力，用王韬自己的表达，则是“以一己之神明入乎其中”。这里的“神明”，并非是一种先验的存在，而是一种基于经验阅历基础之上的个人“觉悟”，对于人性、人生、社会以及天下、宇宙的洞悉，也就是王韬所谓的“境以阅历而始知，情以缠绵而始悟”[19]。

王韬的上述思想主张中所包含着的对于现实存在、实际人生的重视，概括而言主要表现在两个方面，其一是强调实际经历以及现实遭际对于认识理解人生与人性，以及社会世界的重要；另外，小说的功用与功能，亦有其用世的一面。而正是与这两种观点主张相关，王韬的志书、艳史一类的著述中，常常体现了他的现世关怀与现实关怀的立场与态度。

对于现实生活美满、和谐的向往与实现追求，尤其是在男女两性关系上的期待与憧憬，是王韬性别关系叙事的一个重要情感及精神支撑。而在此方面尤为值得关注的一点，在于王韬并不将男女之间的这种美满、和谐的情感生活，视之为一种遥不可及的、现实生活中无法实现的幻想，而是视之为一种可以通过个人现实的、勇敢且不懈追求能够真正实现的生活理想。也正是因为此，王韬的性别叙事中，尤其是有关男女两性关系的叙事中，就带有较为明显的不同于那种虚幻性的性别叙事的生活感与实在感，带有能够且致力于在现实生活中真正得以实现满足的某些“现实主义”色彩。

在《〈浮生六记〉跋》中，王韬毫不掩饰地充分肯定了该著在男女家庭生活方面所表现出来的超越于世俗、礼教以及文化传统诸多禁锢的自由与勇敢：

> 笔墨之间，缠绵哀感，一往情深，于伉俪尤敦笃。卜宅沧浪亭畔，颇擅山水林树之胜。每当茶熟香温，花开月上，夫妇开尊对饮，觅句联吟，其乐神仙中人不啻也。曾几何时，一切皆幻，此记之所由作也。[20]

《浮生六记》中不止《闺房记乐》部分对于王韬的现实人生产生了显而易见的影响或共鸣，其中《中山记历》部分所记游屐远行，对于王韬后来的泰西壮游以及扶桑之行等，显然亦有着某些暗示，“余少时读书里中曹氏畏人小筑，屡阅此书，辄生艳羡”。[21]这种“艳羡”，成为王韬在现实生活中追求两性关系的情投意合、琴瑟和谐，追求一种基于现实可能性及实现性的具有真实感的两性关系的心理基础。而这种认知及思想审美，亦极大地影响到了王韬的笔记小说——志书艳史——中对于两性关系的想象和叙述。在王韬的相关文本中，通常并非是来生来世或者虚无缥缈的天堂仙境，为人生的最高最后之理想追求。今生今世之中的现实安稳与满足实现，才是更有意义和价值的目标及自我实现途径。

换言之，正是与上述个人处境及认知相关，王韬的两性叙事文本，尽管亦会假托鬼狐幽灵一类，但其叙事仍会带有一些革命的浪漫性和批判的现实性色彩。这里所谓“革命”与“批判”，又恰恰与王韬所谓的“一己之神明”有关。

如果说上述专注于现世与现实一面的诉求，与王韬个人所强调的“今生今世”的实现性立场密不可分的话，他在文词小说著述方面所坚守的“用世”立场，又呼应并支持了上述在人生哲学方面的观点主张：

> 既已自甘于遁，又何必以文词自见哉？况使即以文词见，亦宜立言不朽，刻画金石，黼黻隆平以鸣国家之盛，独奈何沾沾自喜下为此齐谐志怪之书、虞初述异之记，智同狡免，禅类野狐，不亦颠乎？不知用世与遁世无两途也，识大与识小无二致也，曼倩诙谐可通谏诤，庄周游戏并入文章，前人谈谐之作、琐异之编，其得入《七录》而登《四库》者指不胜偻，其间神仙怪诞、狐鬼荒唐，直欲骇括八纮，描摹六合。洽闻殚见、凿空矜奇，曾何足以供实用哉？而所以不遭摈斥者，亦缘旨寓劝惩、意关风化，以善恶为褒贬，以贞淫为黜陟，俾愚顽易于观感，妇稚得以奋兴。则南董之椠铅，何异遒人之木铎？斯编所寄，亦犹是耳。倘若见诮于雅流，丛疵于正士，以之覆瓿糊窗，亦弗所计。至于引睡南轩，招凉北牖，茶余饭罢，酒醒梦回，或亦足以消忧破寂也欤。[22]

尽管上述文字不乏自我辩护的色彩，甚至亦未必完全符合王韬著述的全部事实，但至少有一点是可以肯定的，那就是王韬并不否定或者忽视文词小说在娱乐普通读者的同时所应当承载实现的“用世”功用。

当然，在文学写作不断受到商业化、市场化的诱惑侵蚀的时代环境中，对于后者的坚守，事实上面临着越来越大的压力与挑战，但就王韬个人的著述而言，“雅俗共赏”似乎依然是他的一种个人坚持。这种书写实践及信念坚持，亦成为晚清沪上文人“俗写”传统的一种典型表现——既不放弃对于现实的世俗人生的关注乃至关怀，但亦并不自甘堕落于媚世混世。

注　释

1　这里指《申报》早期的几个文艺副刊，包括《瀛寰琐记》《四溟琐记》《寰宇琐记》。

2　海上漱石生《报海前尘录·词章补白》一条云：报纸以词章补白，始于《申报》，缘彼时日报风气未开，材料艰窘，达于极点。……惟文人每喜弄笔，时以词章等稿投至馆中，主任人披览之余，择其格律谨严、可以供人一读者，选付手民，作为补白之用。为日既久，投稿之人愈众，渐至有游戏文章，及骈四俪六之长篇巨著，函请登载，各报来者不拒，皆选刊之。于是作者之诗文，得赖报纸以传，而报纸赖作者补充篇幅之力，亦殊不少。《沪报》《新闻报》继起，当然与《申报》一律，亦以词章为补白之需。

3　《申报》并非是当时沪上将小说纳入报端连载之先行者。海上漱石生《报海前尘录·小说入报》一条云：以小说入报，亦始于《沪报》蔡紫黼先生。将《野叟曝言》全书，每日排成书版式之一页，随报送阅。蝉联而下，从不间断。……厥后《中外日报》，亦曾有笔记体裁之《庄谐选录》一书，购阅者殊不乏人。《新闻报》则余尝欲以所著之《海上繁华梦》刊入，讵为股东张叔和君所阻，致不获果。后在余自办之《笑林报》小报内出版，订报者亦数千份，可知小说力号召之宏，无怪后来各种报中皆有小说刊登。

4　王韬：《瀛壖杂志·自序》，第1页，陈戍国点校，长沙：岳麓书社，1988年。

5　同上书，第2页。

6 同上书，第236页。

7 有关王韬在“艳史”类著述方面的贡献，参阅段怀清：《王韬与〈艳史丛钞〉〈香艳丛书〉及〈艳史十二种〉》，《福建师范大学学报》2019年第2期。

8 王韬：《遁窟谰言》自序一，石家庄：河北人民出版社，1991年9月。

9 葛元煦等著：《沪游杂记·淞南梦影录·沪游梦影》，第126页，上海：上海古籍出版社，1989年5月。

10 王韬：《弢园文录外编·读日本〈东京繁昌记〉》，第245页，上海：上海书店出版社，2002年1月。

11 王韬：《弢园文录外编·〈艳史丛钞〉序》，第206页。

12《申报馆书目·〈尊文阁主手辑〉》，上海：《申报》馆刊，光绪三年夏五月。

13《申报馆书目·〈瓮牖余谈〉》，上海：《申报》馆刊，光绪三年夏五月。

14 同上。

15 同上。

16《申报馆书目·〈遁窟谰言〉》，上海：《申报》馆刊，光绪三年夏五月。

17 王韬：《弢园文录外编·〈艳史丛钞〉序》，第205页。

18 同上书，第207页。

19 同上书，第206页。

20 同上书，第267页。

21 同上。

22 王韬：《遁窟谰言》自序二。

# “书写怀抱”与“降格求真”

## ——论王韬文学的两个思想支点

《弢园老民自传》中所列王韬一生著述凡二十六种，当然这并非是其一生撰著之全部。这些著述涉及经史、诗文以及小说杂著。撇开经史部分——包括泰西经史部分[1]——王韬一生著述涉及文学者不少，仅其自传中所列即达十三种之多。具体而言，计有《瓮牖余谈》十二卷，《乘桴漫记》一卷、《扶桑游记》三卷、《海陬冶游录》七卷、《花国剧谈》二卷、《老饕赘语》十六卷、《遁窟谰言》十二卷、《淞隐漫录》十六卷、《弢园文录》八卷、《弢园文录外编》十二卷、《蘅华馆诗录》八卷、《弢园尺牍》十二卷、《弢园尺牍续钞》四卷。

此外，王韬还为一些重印小说譬如《水浒传》《镜花缘》《西游记》等撰写了序言，为当代小说《断肠碑》(《海上尘天影》) 亦撰有序言。他还为《日本杂事诗》《浮生六记》撰写了序跋。《申报》馆最初重印出版的小说类著述中，王韬的推介之功当不可没[2]。

如果说上述文学撰著尚囿于国内，在中日文学交流方面，王韬亦算得上是一位先行者。仅《弢园文录外编》中辑录的他为日本文友撰著所题写的序跋即有:《〈三岛中洲文集〉序》《〈续选八家文〉序》《跋日本〈冈鹿门文集〉后》《跋冈鹿门〈送西吉甫游俄〉文后》《跋〈湫村诗集〉后》等。

如果就其文学著述的体裁而言，王韬不仅在传统诗文领域著述丰硕，在小说方面，他还撰有三部小说集，另外还有不少为古代小说重印以及他人小说出版所撰著的序跋文——这些小说评论，也是研究王韬小说理论的重要文献。如果再加上由其辑刊的《板桥杂记》三卷（三山余怀澹心）、《吴门画舫录》一卷（西溪山人）、《吴门画舫续录》三卷（箇中生）、《续板桥杂记》三卷（珠泉居士）、《雪鸿小记》一卷补遗一卷（珠泉居士）、《秦淮画舫录》二卷（捧花生）、《画舫余谈》一卷（捧花生）、《白门新柳记》一卷补记一卷附记一卷（懒云山人）、《十洲春语》二卷（二石生）、《竹西花事小录》一卷（芬利它行者）、《海陬冶游录》三卷附录三卷余录一卷（淞北玉魫生）、《花国剧谈》二卷（淞北玉魫生）[3]，王韬在随笔小说辑刊出版方面的贡献亦不容忽略。

综上所述，王韬在文学方面的著述成就，并不逊色于他在晚清"西学东渐"乃至维新运动中的贡献。而且，对于王韬在文学方面成就的讨论，也难以在传统文学的经典范式或单一语境中展开并得以建构完成。事实上，王韬的文学，较为典型地体现出了中国文学的近代性——从传统文学向现代文学过渡转型之际的某种状态或处境。此状态或处境包含但并仅限于作为文学书写者的自我主体意识的进一步发展与确立，对于文学的理论认知与审美判断意识的进一步加强，书写实践层面在文体上、语言上以及思想主题上更积极也更大胆的探索。其中，"书写怀抱"与"降格求真"，无论从理论上还是在实践中，成为王韬文学的两个突出的思想支点，并昭示出王韬文学鲜明的思想审美个性以及近代特性。

# 一

对于自己的学问与思想，尤其是学问思想的起点，直至晚年，王韬的描述中依然呈现出明显的传统性或中国性，“老民少承庭训，自九岁迄成童，毕读群经，旁涉诸史，维说无不该贯，一生学业悉基于此。”[4]尽管王韬青年时代即离开家乡来沪，进入墨海书馆之中，开启了他与“西学东渐”密切相关的一生，但王韬晚年总结自己一生学问思想之时，依然首先肯定并认同了自己学问与思想的“中学”背景，并没有提及对他一生尤其是后半生的思想及人生影响更为明显的“西学”乃至“西教”。其实，尽管王韬自己并没有在其著述包括日记、书札之中直接而且明确地提及“西学”包括“西教”对于他学问思想的影响，甚至多少还有意回避相关话题，但有证据表明，王韬当年在墨海书馆里担任“笔述”的工作，并非仅仅只是出于一种谋生之需要，[5]而且他与来华传教士之间的关系，亦并非是一种简单的雇佣关系。

其实，王韬的学问思想，已经呈现出诸多近代特性，譬如“中学”与“西学”之间的对话与交流，不同的知识体系、价值体系乃至信仰体系之间的张力乃至在个体生命之中的纠缠博弈，传统文化身份的自我质疑与自我纠结以及新的文化身份的想象与建构。而与这些密切相关的，就是王韬作为一个近代思想与经验主体的自我意识与自觉意识的逐渐明晰与确立。而王韬的文学——无论是理论上还是实践层面——亦与此密切相关，它既是这一近代主体逐渐形成的标志与体现，也是这一主体进行自我书写、自我表达的外化途径与方式。

如何处理作为一个文学书写主体的经验自我的当下体验，与学问与思想自我中的“传统性”之间的关系呢？早在王韬的诗集《蘅花馆诗录》刻印之际——当时王韬的年龄为22岁——王韬就旗帜鲜明地表达过对于诗歌书写中诗人自我性情、个人怀抱直接真实表达的肯定与支持，“余不能诗，而诗亦不尽与古合。正惟不与古合，而我之性情乃足以自见。”[6]年轻的诗人王韬，不仅丝毫没有表现出在所谓“古”或与“古合”一类的压力之下的个人压抑与精神窒息，相反还毫不畏惧地提出“正惟不与古合，而我之性情乃足以自见”的审美坚持。尽管这种思想在中国文学史上并非罕见，但像王韬这样早在青年时代即有此诗歌审美之判断与追求，而且还将这种坚持，与自己后来的知识、思想、文学及现实人生选择关联在一起，其中值得关注及考察处多矣。

实际上，王韬的上述近乎诗歌审美宣言式的表白，并非仅仅突出了“不与古合”这一立场态度，而包括他对所在时代诗歌创作及诗歌审美中存在种种现象的反思与批判，“然窃见今之所为诗人矣，撦挦以为富，刻画以为工，宗唐祧宋以为高，摹杜范韩以为能，而于己之性情无有也，是则虽多奚为？”[7]换言之，也就是中国传统诗歌审美中如何在书写实践层面真正解决“传统与个人才能”这一命题，王韬上述所列举的种种现象，不仅在有清一朝是有目共睹的，而且这种崇高好古的诗风或审美理念趣味本身，几乎也已经成为一种具有相当认同度的“传统”。

对此，王韬的反思与批评并不仅限于上述内容。“慨自雅颂降为古风，古风沦为律体，时代既殊，人才亦变。自汉、魏、六朝迄乎唐、宋、元、明，以诗名者殆不下数千家，后之学者难乎继矣。诗至今日，殆可不作。”[8]

这种崇高好古的创作趣味或审美风气，或许在不同的语言文学中亦有不同程度、不同风格的表现，但将“传统”或“传统的”作为一种具有一定普遍认同度的文学审美而纳入文学批评或鉴赏的标准体系之中而得以肯定的实践，这种现象在不同的语言文学之中未必很常见。早在20世纪初期，T.S.艾略特就指出过，在英语文学中，“不可能让‘传统’这个词让英国人听起来感到舒服”。[9]

而且，我们在艾略特的相关论述中，几乎可以发现与王韬的上述诗歌观相当一致的立场与观点。譬如，艾略特在论述诗人与过去的关系时说得很清楚：诗人既不能把过去原封不动地接受下来，不能把它当作一粒不加选择的大药丸吞下肚去，又不能完全依赖一两个私下崇拜的作家来塑造自己，也不能完全依赖一个心爱的时期来塑造自己。[10]而且，在讨论到诗人所接受到的有关过去的学问，与诗人的当下体验之间的关系时，艾略特的立场及观点也很清楚，“诉诸任何先哲祠中所供奉的诗人们的生平，……就可以肯定地说，过多的学问会使诗人的敏感性变得迟钝或受到歪曲。”[11]相对于那种强调诗人应该获得对于过去的尽可能丰富的知识的主张，艾略特所强调的，并不是作为知识的过去的存在，而是今天的诗人们对于过去的“意识”，“必须强调的是，诗人应该加强或努力获得这种对于过去的意识，而且应该在他整个创作生涯中继续加强这种意识”。[12]

将艾略特引入进来，并不是要在王韬与艾略特的诗歌主张之寻找所谓的相似或相近，而是试图揭示出这样一个事实，那就是王韬在1850年代的晚清中国的诗歌语境中的评论，与20世纪10年代一位西方诗人和诗论家之间，围绕着诗人的个人主体性、诗人的个人才能与过去的传统、诗人的学问与敏感性等关涉到诗歌创作的命题，可以形成的富有理论建构性的对话关系，同时亦试图说明，晚清中国的一位年轻诗人的诗论，亦具有世界性的文学意义，而不是不仅限于汉语中文诗歌，尽管这时的王韬对于西方文学全然无知——除了他参与翻译的《圣经》"委办本"。

与那些推崇摹仿古人、前人、他人的诗歌主张相比，王韬充分肯定诗人个人的主体性意义与价值，这种主体性是一种个人意识、学识、经验以及个人体验充分融合的有机体，而对于这种个人选择及个人表达，诗人不仅具有清醒的个人意识，而且也表现出了足够的自信与坚定：

> 然自有所为我之诗者，足以写怀抱，言阅历，平生须眉显显如在，同此风云月露，草木山川，而有一己之神明入乎其中，则自异矣。[13]

这段文字，是王韬的诗歌主张中最重要的部分。如果说之前的诗论部分更多涉及对于一些诗歌创作现象的反思与批评的话，这段文字则直接表达了王韬自己的诗歌主张，其中的关键之处有如下几点：

1）我之诗者，足以写怀抱，言阅历，平生须眉显显如在；

2）诗人书写个人怀抱以及个人阅历，并不是机械地地摹写或复制，而是"有一己之神明入乎其中"。这是一个活生生的、有神明入乎其中的书写过程；

3）这样状况之下所书写出来的诗歌，"自异"于一般常见的那些摹写古人、前人、他人的那些诗歌。而对于"自异"

于他人这一点，王韬还有进一步的补充，认为诗最可宝贵者，其实就是这种“自异”，即“与苟同宁立异”[14]。

如果说王韬上述诗论，还是20出头年纪之时的观点主张的话，其实一直到晚年，王韬对于诗的看法，尤其是对于诗歌创作甚至广泛意义上的文学创作的看法，并没有发生多大改变。如果说有所改变，只能说王韬在创作过程中的自我表达欲望和主观抒情表现得更加强烈浓厚，“老民于诗文无所师承，喜即为之下笔，辄不能自休。生平未尝属稿，恒挥毫对客，滂沱千言”[15]。如果说这段文字描述的是王韬创作之时才思泉涌、不能自已的一般状况的话，下面这段文字，则可见他感今伤古、书写怀抱的鲜明个人风格，“至于身遭馋谤，目击乱离，怀古伤今，忧离吊逝，往往歌哭无端，悲愉易状，天下伤心人别有怀抱也”[16]。

与“书写怀抱”的诉求或理念相关，王韬的文学书写带有强烈的个人主体性与抒情性。这种主体性，不仅与近代中国文学、思想与审美语境中逐渐觉醒或形成建构的近代书写个人有关，也与王韬个人的文学、思想处境、个人自觉及审美选择有关。

值得注意的是，就在王韬的上述诗歌文学主张提出半个世纪之后，胡适以文学当“有我”和“有人”的主张，拉开了五四新文学改良的序幕。而这里所谓“有我”的主张，与王韬的“书写怀抱”所突出的书写者主体的主张之间，可视为一种文学思想主张上的隔代呼应。这一事实也表明，在王韬、T.S.艾略特、胡适之间，无论是呼吁诗人要敢于勇于表达自我，还是肯定诗人的个人才能，以及突出诗人小说家的创作中应该有我、真实地表达自我，存在着一条关于诗歌文学的思想连接线。正是这一连接线的存在，也揭示出一个与文学思想及文学审美有关的真理，那就是将诗人、作家或文论家们划归所谓“传统的”“现代的”，并非是他们所在的时代，而是他们的文学思想与文学审美本身——那种强调突出写作者的主体性、呼吁积极表达自我的立场主张，总是与现代意识、现代思想与现代审美更自然亦更密切地关联在一起。

## 二

与“书写怀抱”的自我表达相对应，王韬的诗歌及文学思想中还有另外一个支点，即“降格求真”。而这里所谓的“真”，在王韬的文论语境中，显然不仅仅指外部世界的物理意义上的客观存在。

在讨论到诗人书写个人怀抱性情之时，王韬就已经明确指出过，这里的“性情”，也必须是“真”的，而不能是虚假的，“不妄感慨而感慨真，不妄悲叹而悲叹切”[17]。同时对于这种“真性情”的书写表达，同样也应该是“真实”的，而不应该“徒以绨章饰句为事”[18]。也就是说，王韬这里所倡导的诗人的自我表达与自我书写，其实是“降格求真”审美追求的另一种体现，即将外向的求真，转向到内在自我的书写表达，“性情之用真，而学问亦寓乎其中，然后始可于言诗矣”。[19]而无论是外部现实的书写，还是内在自我的表达，其交集就是“真”或“求真”原则。

在王韬“降格求真”的文学原则中，有两个关键词，一个是“格”，另一个是“真”。而为了进一步理解这两个关键词，不妨先看看王韬提出“降格求真”这一文学创作原则的语境。

王韬提出“降格求真”的倡导呼吁，是与“高谈耸听”相提并论的，“与其高谈耸听，毋宁降格求真”。就此语境而言，“降格求真”至少包含了三个层面的含义。其一是就“谈”与“听”的对象而言；其二是就“谈”者、“听”者与其对象之关系而言；其三是就“谈”者、“听”者在“谈”和“听”时的态度方式而言。在这三个层面，王韬认为均存在自立高古、自设藩篱、自以为是的文人通病。鉴于此，他才针锋相对地提出了“降格求真”的化解方法。

也因此，这里的“降格求真”，至少可以做如下之相关联想推测：1）客观真实、对象真实、真相真实、事实真实；2）不贵远贱近、向声背实；3）当下、身边、贴近个人生活存在的发现；4）现实与写实；5）写实主义、自然主义、现实主义乃至批判现实主义；6）自我真实、主观真实。

综上所述，这里所谓“求真”，显然不仅包含了内在真实，亦包含了外在真实，以及对于“内在真实”与“外在真实”的“真实”——真实地书写表达内在真实，以及真实地书写表达外在真实。而王韬对于“真”及“真实性”的强调，不仅从认识论与方法论的角度指出了诗歌文学的重要原则，而且还从本体论的角度，对于诗人作家的主体性地位予以了肯定和强调。

在王韬的个人语境及现实处境中，“降格求真”既是他在思想及审美上对于现实的一种个人回应，其实也是他对于“用世”思想的个人语境或自我处境的一种变相表述，其中显然蕴涵着王韬对于自己现实行迹中“遁世”一面的自我反思、辩解甚至于反抗。对于王韬来说，无论是主动抑或是被动的“远遁”，不过是其个人主体性未能充分实现的一种扭曲形式，是一种面对现实压迫的不得已而为之，对此，王韬似乎一直有着较为清晰的自我认知，只不过，他的这种自我认知有时候会对他所念兹在兹的个人主体性或自我主体性有所影响甚至遮蔽。也正是因为此，有时候，当现实的压迫力量过于强大，王韬借以自我逃避以及自我安慰的方式，依然是中国文化传统中常见的那种回避式的自我保存方式，也就是孤芳自赏、隐逸山林一类。

所以，在王韬的有些文字中，出现自己并非是一个“真欲为槁项黄馘中人”，而是“志在长林而思丰草”之类的自我描述与界定，未必真实反映了王韬的立场与主张。对此，王韬曾有一段文字进行较为系统完整的阐发：

> 或疑遁之为义，类似石隐者流，谓予心存逃世，志惮出山，几于匿迹诸声，汶汶于荒陬穷窟中，若将终身焉。此世之所不解也。呜呼！余岂真欲为槁项黄馘中人，志在长林而思丰草哉？磨蝎在宫，天谗司命，斯世忌才，所遘尤甚。贾谊献策，杜牧谈兵，拂意当事，便成罪状。遐荒阏采，含素养贞，吁嗟绝岛，乃容我身，此遁之所由来也。或谓身将隐，焉用文之；既已自甘于遁，又何必以文词自见哉？况使即以文词见，亦宜立言不朽，刻画金石，黼黻隆平以鸣国家之盛，独奈何沾沾自喜下为此齐谐志怪之书、虞初述异之记，智同狡免，禅类野狐，不亦颠乎？不知用世与遁世无两途也，识大与识小无二致也，曼倩诙谐可通谏诤，庄周游戏并入文章，前人谈谐之作、琐异之编，其得入《七录》而登《四库》者指不胜偻，其间神仙怪诞、狐鬼荒唐，直欲赅括八纮，描摹六合。洽闻殚见、凿空矜奇，曾何足以供实用哉？而所以不遭摈斥者，亦缘旨寓劝惩、意关风化，以善恶为褒贬，以贞淫为黜陟，俾愚顽易于观感，妇稚得以奋兴。则南董之椠铅，何异遒人之木铎？斯编所寄，亦犹是耳。[20]

王韬这段自我辩解或自我说明，牵引出与其处境及选择相关的思想史、文学史语境甚至传统。其中既关涉个人的言论自由，亦涉及因言致祸、避迹山林的现实。正是因为书写怀抱的追求与坚持，一方面有了用世与遁世的进退之选，亦有了文学因之而发生的适应性调整，并因之而呈现出了不同风格及品格。

“窃尝谓所贵乎诗者，与苟同宁立异。”[21]这种观点，在中国古代文论中并非罕见，但也并非是主流。对于这一诗学主张，王韬进一步的阐释是，对于无病呻吟、空洞无物式的雕章琢句，或者徒以辞藻示人的文学书写，王韬显然是反对的。他所主张的诗文正义，当以“真”为宗旨：真性情、真学问、真事物。其中一以贯之的，就是“真”。也就是他所说的“降格求真”。

这里所谓的“真”，在书写过程中又往往与“我”关联一处。“诗至今日，殆不可作。然自有所为我之诗者，足以写怀抱，言阅历，平生须眉显显如在，同此风云月露，草木山川，而又一己之神明入乎其中，则自异矣。”[22]真——我——异，以及“写怀抱——言阅历”，从而能够真正地彰显自己生平细微，“平生须眉显显如在”。这里所谓“写怀抱”“言阅历”，转换成为王韬另一种表述，就是“境以阅历而始知，情以缠绵而始悟”。这里所谓“阅历”“缠绵”，其实都是与个人的生命历程及日常生活相关的个人历史及存在处境。书写者对于个人生命历史及存在处境的关心，对于个人生命及生活体验的在乎，事实上改变了书写者对于外部世界的过度关注。而且，这里所谓自我及个人生活，也并不是单纯意义上的客观事实或自我现实的简单摹写，而是与“一己之神明”相关的“自家面目”。

余谓诗之奇者不在格奇、句奇，而在意奇。此亦专从性情中出，必先见我之所独见，而后乃能言人之所未言。夫尊韩推杜，则不离于摹拟；模山范水，则不脱于蹊径；俪青配白，则不出乎词藻，皆未足以奇也。盖以山川、风月、花木、虫鱼，尽人所同见，君臣、父子、夫妇、朋友，尽人所同具，而能以一己之神明入乎其中，则历千古而常新，而后始得称之为奇。[23]

上述文字中，王韬再次提及个人书写如何突破“模拟”及“词藻”之藩篱与拘泥，突破普遍存在及共同经验之羁绊，而尝试探索“出奇”的艺术道路，对此王韬所提出的选择，同样是以“一己之神明入乎其中”，并以此来作为艺术上的出奇或者创新的关键。“必先见我之所独见，而后乃能言人之所未言”。对此，王韬进一步阐述到，“余于诗亦欲以奇鸣，而构思似创，著纸即陈，数十年来浮湛于忧患羁旅中，有志而示逮焉”[24]，可见无论是对于“奇”的追求，还是对于“奇”的实现方式，王韬的立场中，都是以“自我”“真我”以及真实地书写怀抱为追求与坚持的。

无论是“书写怀抱”还是“降格求真”，王韬文学思想中还有一个将诗人主体与世界、生活、学问、体验以及感觉的转换机制等融会贯通起来的关键力量，王韬将此描述为“以一己之神明入乎其中”，这是王韬诗歌创作理论中将诗歌理论与创作实践联系起来的关键，也是将“书写怀抱”和“降格求真”贯穿起来的关键力量。

那么，上文中提到的所谓“一己之神明”，究竟该怎样理解呢？

这里有两个关键词，其一是“一己”，其二是“神明”。“一己”当指自己、自我，此无异议。至于“神明”，王韬在其文论中并非仅此一处提及。《淮南子·兵略训》中云，“见人所不见谓之明，知人所不知谓之神。神明者，先胜者也”。此处“神明”，似指个人的先见、先知之明，但它似乎又并非等同于“先验”“超验”一类的西方哲学概念所包含的内涵。《荀子·解蔽》中云，“心者，形之君也，而神明之主也”。《素问·灵兰秘典论》中云，“心者，君主之官也，神明出焉”。这里的“神明”，又与自我主体的精神及意志相关。

如果按照上述理解，王韬所谓“一己之神明”，应该就是指自我主体的精神、智慧、洞识、明智。而王韬强调以“一己之神明入乎其中”，其实就是指在写怀抱、言阅历之中，不是人云亦云式地模仿，也不是空洞无物式的无病呻吟，而是要有真实、饱满而且富有自我内在活力的智慧见识充盈其中并自动地挥发作用，从而有力地支撑起自我以及自我与外部世界之间的关系。

而对于“神明”与“一己”之间的关系，以及“神明”又是如何有助于自我认知以及认识事物及外部世界的，王韬亦有阐发，“尝闻意之挚者，神或得而通之，神之注者，地不能以域之”[25]。这种超越时间、空间之阻隔局限，充分激发自我主体的感知、认识与辨析潜力，以获得一种完整性的认知方式，在王韬的信念中，是一种完全自由的、个人自主性的认知方式，这种认知方式，不仅是获得一般知识的方式，也是文学创作中可供借鉴使用的方式。

作为一种实践要求，王韬提出了“降格求真”的主张，其中关键在“降”与“求”，而作为降的对象的“格”，以及作为“求”的目标的“真”，则与王韬对于一种新的文学的想象与追求有关。

这里所谓“格”，关涉作为书写者及其著述的人格、文格、体格、品格等；“真”，则是对于现状及未来的双重建构——前者是以疏离或者调整的方式呈现落实，而后者则是以追求的方式来接近及实现。它们分别代表了王韬对于曾经的文学、文化、价值以及身份的调整设想，以及对于未来书写对象、领域、方式及审美诉求的一种选定及落实。

也正是与上述理想与坚持有关，王韬并不认同那种游戏文学的主张。“化謔语为庄言，不过清谈之佐。”[26]此处所谓“庄言”，自然是指“求真”之言，以及这种话语作为“书写怀抱”之载体寄托的一种“提升”。而王韬真正所看重在乎的，并不是这种文学作为“清谈之佐”的功用，而是自我表达以及启蒙他人及社会的功用。

也因此，即便是在“艳史”一类的编著出版中，循着上述思想理念，其中亦包含着王韬对于“格”及“真”的理解与追求。

注　释

1　在泰西经史著译方面，王韬的著述涉及到“委办本”《圣经》的中译，以及《普法战纪》《法志》《俄志》《美志》《西事凡》等著述。

2　王韬还为《申报》馆丛书推介出版了一些“古今纪丽类”著作，王韬自己称之为“艳史”类著述。有关王韬在此方面的贡献，参阅段怀清：《王韬与〈艳史丛钞〉〈香艳丛书〉及〈艳史十二种〉》。

3　后两种为王韬所著。

4　《弢园文录外编》，第273页。

5　有关王韬与墨海书馆以及来传教士，包括西学及西教之间的关系，参阅段怀清著：《王韬与近现代文学转型》，上海：复旦大学出版社，2012年5月。

6　《弢园文录外编》，第176—177页。

7　同上书，第177页。

8　同上。

9　T.S.艾略特：《艾略特文学论文集》，第1页，李赋宁译，南昌：百花洲文艺出版社，1994年9月。

10　同上书，第4页。

11　同上书，第5页。

12　同上。

13《弢园文录外编》，第177页。

14 同上。

15 同上书，第273页。

16 同上。

17 同上书，第227页。

18 同上书，第177页。

19 同上。

20 王韬:《遁窟谰言》自序二，清光绪元年申报馆铅印本。

21 王韬:《弢园文录外编·〈蘅花馆诗录〉自序》，第177页，上海：上海书店出版社，2002年1月。

22 同上书，第177页。

23 王韬:《跋〈湫村诗集〉后》，见《弢园文录外编》，第268页。

24 同上书，第269页。

25 王韬:《弢园文录外编·〈华胥实录〉序》，第178页。

26 王韬:《遁窟谰言》自序一，清光绪元年申报馆铅印本。

# 在“经史”“诗文”及“西学”之外

## ——试论作为通俗作家的王韬

对于自己的著述家身份或者一生足以传世之著作，王韬（1825—1897）在《弢园老民自传》一文中虽首先提及《毛诗集释》，但其在经学方面的著述显然并非仅此，只是其在此方面的用功并未持续长久而已，“……不得已航海至粤，旅居香海。自此杜门削迹，壹意治经，著有《毛诗集释》，专主毛氏，后见陈硕甫《毛氏传》、胡墨庄《毛诗后笺》，遂废不作”[1]。事实上这也是王韬在一种较为特殊的个人处境中从事经学著述的一段学术史。

与此相比，王韬对于自己在西学方面的贡献及地位，倒是显得自信得多，“辛未秋，普、法战事起，七阅月而后定，老民综其前后事实，作《普法战纪》。……惟仓促秉笔，或患冗芜，尚有待于异日之重辑，而老民自知其必传于后无疑已”[2]。这种在“中学”“西学”方面的自我认知与判断，反映出王韬对于自己在近代学术史及著述史方面的一种清醒与自觉。

显然，王韬一生之著述，并非仅只上述二种，事实上仅《弢园老民自传》中所列举其平生著述，即有26种之多，兹摘录如下：

1.《春秋左氏传集释》60卷；2.《春秋朔闰考》3卷；

3.《春秋日食辨正》1卷；4.《〈皇清经解〉札记》24卷；

5.《瀛壖杂志》6卷；6.《台事窃愤录》3卷；7.《普法战纪》14卷；

8.《四溟补乘》36卷；9.《法志》8卷；10.《俄志》8卷；11.《美志》8卷；

12.《西事凡》16卷；13.《瓮牖余谈》12卷；14.《火器说略》3卷；

15.《乘桴漫记》1卷；16.《扶桑游记》3卷；17.《海陬冶游录》7卷；

18.《花国剧谈》2卷；19.《老饕赘语》16卷；20.《遁窟谰言》12卷；

21.《淞隐漫录》16卷；22.《弢园文录》8卷；23.《弢园文录外编》12卷；

24.《蘅华馆诗录》8卷；25.《弢园尺牍》12卷；26.《弢园尺牍续钞》4卷。

上述著述，按其领域、内容、文体等，大略可分为中学、西学、诗文、笔记小说、游记、书札等。当然这并非是一部完整的王韬著述目录，王韬日记以及由其辑录的《艳史丛钞》等并未编列其中。

而综上所述，却大体上可以反映出一个处于晚清过渡时代的著述家在“中学”与“西学”、经学与杂著、诗文与小说等方面广泛涉猎，多有尝试，且著述丰硕的事实。而这些著述，似足以保证王韬“没世无闻”的担忧不至于成为事实。

而如果撇开上述著述目录，仅就《弢园老民自传》中所强调者，似乎仍在传统经史、诗文方面，“老民少承庭训，自九岁迄成童，毕读群经，旁涉诸史。维说无不该贯，一生学业悉基于此。自后奔走四方，无暇潜心默识矣。”[3]“老民于诗文无所师承，喜即为之下笔，辄不能自休，生平未尝属稿，恒挥毫对客，滂沛千言，忌者或訾其出之太易。”[4]这至少说明，在王韬的心中或自我评价体系之中，作为一个“读书人”的基本功夫与修养，尽管经历了“西学东渐”“欧风美雨”的冲洗熏染，似乎仍然偏意于“中国文化属性”，即在于由经史、诗文传统的那一个“文化中国”。当然这是在王韬留存后世的一份“自传”中的“夫子自言”，其中多少带有一些自我辩护或者正名的意味——科场失意、仕途无功的王韬，事实上并没有一味在这条多少中国读书人都难以挣脱的道路上“穷经皓首”，反而是在开启晚清大变局的“西学东渐”与“洋务运动”之中，成为一个积极主动的开拓者和令人瞩目的引领者[5]。而其所尝试并生成的著述路径，既有科学及政治“西学”的一面，亦有通俗及市民“文学”的一面。

一

也就是说，从王韬一生著述及事功来看，他不仅并没有自囿于传统中国学问，事实上还屡屡在超越或突破由经史、诗文所建构的那一个传统中国的人文世界，以及附着于此的事功判断标准与体系。这些超越或突破，有的或许是迫于生计[6]，但有的则显然是有意为之，譬如《普法战纪》等。而对于自己这些行为举措之缘起，王韬的解释是“眷怀家国，未尝一日忘”，“老民外感于时势之艰难，内愤于措施之颠倒”。[7]于是乎，忧患郁愤之际，勠力奋起，著有《普法战纪》《台事窃愤录》《法志》《俄志》《美志》《西事凡》《火器说略》等著述，以图启蒙颟顸愚顽、警醒世人；而“郁郁不欢”之际，亦就难免会有“筑三椽之屋，拓五亩之园，藏书数万卷，买田一二顷，徜徉诵读其中，游游卒岁，以没吾齿”的退隐之念。如此进退之间的内心纠缠与自我挣扎，不仅成就了王韬一生相当独特的人生经历，而且也成就了他几乎独一无二的著述图谱——这种著述结构，不仅在传统文人著述中绝无仅有，即便是在晚清著述者中也同样罕见。

不仅如此，在“西学”中，王韬所参与并完成的著述，并非仅仅只有科学一类的翻译编纂[8]。与海宁李壬叔、宝山蒋剑人、江宁管小异、华亭郭友松这些西馆中的莫逆之交相比，王韬在西学方面的参与，显然还有一个领域他们均未曾涉足——至少未曾深入涉及——那就是《圣经》的翻译。

表面上看，王韬只是延续了他父亲王昌桂未曾完成的翻译工作，协助麦都思等传教士最终完成了“委办本”《圣经》，而实际上，王韬与“西教”之间的关系，并不像他自己所说的那样“浅尝辄止”。无论是麦都思提交给差会的报告，还是王韬就自己的基督教信仰写给麦都思的“思想汇报”，均显示出他在协助墨海书馆的西方传教士的宣教工作以及个人对于基督教的情感“靠近”乃至信仰“皈依”方面，比其他本土文士要走得更远。[9]尽管王韬在其日记乃至晚年报章文论中一方面否认自己曾经的此类行迹，并以重新回归儒家信仰或者中华文化意识的方式，几乎终结了自己年轻乃至中年时期思想与精神的越界探索，但另一方面，在诸如《弢园老民自传》这类自我盖棺论定式的文本中，却又毫不掩饰地肯定自己在“西学东渐”方面开创性的历史贡献。

这也进一步凸显出王韬在自我认知和自我定位方面的某种自我纠结甚至于自我矛盾。但究竟这种纠结与矛盾更多源于他对外部环境局势的顾虑及判断（即出于一种自我保护的掩饰），还是来自于内在自我建构与认定的游移与飘忽，又或者两者兼而有之，其实并非是一个无关宏旨、可以等闲视之的小问题。即使是在王韬自己那里，这一困扰其实几乎从他1840年代末初入沪上墨海书馆之时即已滋生，并几乎一直延续到他的晚年。[10]

可以肯定的是，像王韬这样为来华外人所佣的本土文士，他的身份或者知识及信仰的纯粹性难免就会受到质疑，这种质疑几乎一直伴随着他的雇佣生涯。而在王韬所接触并参与的“西学”之中，“西教”这一部分亦是最易招致非议和误解的——这种非议和误解并不只是来自于西方，亦来自于中方——也因此，王韬对此也一直是讳莫如深。

但不可否认的是，恰恰是在“西教”而不只是“西学”方面的深度介入，更清晰地标示出王韬在知识、思想、文化乃至精神的越界探索方面到底走了多远。某种意义上，与其说他曾经的基督教信仰被诟病为对于中国文化的背叛，还不如说这种“背叛”可能恰恰反映出王韬在晚清“西学东渐”中更具有探索意义及挑战价值的个人特质，某种意义上也可以视为他精神成年的一个标志——尽管并不是唯一标志——尽管这种“介入”最初并不是他自觉自愿的，甚至还被他屡屡解释成为一种“为稻粱谋”的生计之需，但无论是从他对于明末徐光启、吴渔山曾经开启的跨语际、跨文化事业的关注，还是与理雅各这样的传教士—汉学家近乎一生的交往，都说明王韬在一生的不同处境及语境中，对于自己与“西教”之间关系的精神属性或信仰属性，并非只有负面的或否定性的感受、认知及判断定位。

在这种颇为谨慎甚至于多少有些刻意掩饰压抑的“介入”或关系中，潜隐着王韬敢于挑战既有或现有知识价值体系，走出自有文化的包围圈，积极探索并主动接受陌生的新知识、新领域、新边界，实现真正具有个人性和自我性的目标追求的勇气与自信。而这些探索及挑战，究竟在多大程度上影响到王韬对于儒家思想及中国文化价值的反思及评估，或者说这些反思究竟不过是些外部反思——那种仅仅只是拘泥于观念形态的输入介绍，缺乏与本土历史、文化、社会、现实等真正融汇结合的落地生根的深刻实践，以及由此而生成的全新的思想及经验，其判断标准，很大程度上就要看王韬在引进输入之外，是否还有富于个人思想及真实深切实践体验的著述了。

## 二

而在此方面——无论是就其著述形态而言，还是就其作为一个著述家的身份而言——王韬在晚清通俗文学或作为一个通俗作家方面，其实亦有值得进一步关注考察的个人探索及特别贡献。这些探索及贡献，对于王韬作为一个正统的士大夫文人的自我身份定位及守持，显然也产生了一些渗透、稀释乃至解构作用，或者说使得王韬的著述家身份显得更为复杂多面。

概言之，王韬在“通俗文学”方面的写作，主要集中在“艳史”与“游记”两个领域。前者对于《申报》创办之后的上海文艺，尤其是依托于新兴报刊媒介的“鸳鸯蝴蝶派”甚至于“礼拜六派”的通俗文艺或消闲文艺，具有肇始开创之功；而后者则对晚清以来的游记文学，尤其是海外异域的游记书写产生了一定的引领和推动作用。

当然，亦有将王韬在“西学”方面的编译著述，一概视之为晚清以来的通俗著述者，其主要原因，与传统的中国意识或士大夫将文章视为“经国之大业，不朽之盛事”的文章观念不无关系。“古之作者，寄身于翰墨，见意于篇籍，不假良史之辞，不托飞驰之势，而声名自传于后。”[11]这种认知意识，一方面强化了作者的自我文化身份及价值坚持的立场定位，另一方面亦强化了作者对于“文章”意义与价值的固有认知和判断。而王韬基于“三千年后数人才，未知变局由此开”一类的对于时局及个人价值的重新建构或选定判断，其实已经生发出一种与传统的正统认知多少有所疏离甚至于趋于裂痕性的意识。这种意识，从王韬在经史、诗文、西学乃至通俗文学方面的混杂著述状况可见一斑。如果说在经史、诗文方面的著述家身份，凸显出来王韬与传统、与正统以及与主流之间的某种自我认同及延续性的话，那么他在西学以及通俗文学方面的涉猎及著述实践，则凸显出他在向外的新学以及向下的俗学方面勇于探索的另一种个人面向。

可以肯定的是，王韬的著述家身份，无论是在传统著述者身份与近代著述者身份之间，还是在中学与西学之间，甚至于在士大夫著述者与文人作家之间，似乎并非总像看上去那么进退自如、内外和谐，实际上常常存在着内在紧张。这种“紧张”，在其由家乡抵沪、与西人往来并协助其译述之后尤甚，其中至少反映在三个层面。首先，王韬所协助翻译的西方宗教典籍，与他积极参与翻译的西学——主要指西方科技著述——彼此之间并非始终能够相安无事；其次，王韬所被公认的通晓“洋务”或“西学家”身份，与他显然同样在意的中国学问家或著述家的身份之间，其实也存在着紧张与矛盾；再次，作为诗人、小说家的王韬，与作为政论家、学者的王韬之间，因为个人审美情趣、人生意愿，亦曾经常来回摇摆。[12]除此之外，在理想的经典著述，与书写时代、日常现实生活以及普通人的真实处境的当代文学追求之间，显然亦存在着很难调和的紧张。

而上述所谓紧张或矛盾，在王韬时代的读书人中显然并非个案，其实具有一定普遍性。而对于王韬的这种游离于正统、主流之外的个人“闲情逸趣”，也很容易从中国古代那种所谓文人传统或浪漫习气中找到依据或说明。所谓“贫贱而快意肆志”，“优游恬适，舒畅怡悦，所以养乎心者也”，这是一种自我价值选择，也是一种生活态度和审美态度——一种不是刻意改变自我的外在社会身份与地位，而是更专注于内在自我的充分快意释放、完成与满足的自我表现途径与方式，即所谓在“私领域”中作为书写者自我身份、方式及形象、意志的释放、实现与建构，成为此间王韬涉足“通俗文学”书写领域的一种个人心理或意识支撑，此亦常常被视之为一种自我追求及表现的消极自由。

与之相关，作为一个晚清中国的著述家，王韬除了在传统经史、诗文著述家身份之外，还有一个甚为醒目的深刻地介入到“西学东渐”之中的西学翻译者、译编者身份。而在上述身份之外，王韬还有一个更能够体现出其与时代、都市以及新兴读者群体直接对接的书写者身份，那就是通俗著述家，而这一身份主要体现在他的“艳史”编著以及“游记”书写方面。不过，这些身份之间所构成的内在张力，并不代表王韬对于由经史、诗文所代表的传统价值体系或文学世界，已经产生深刻质疑甚至抛弃，相反，一直到其重新返沪定居直至去世，王韬的思想及写作，似乎又有一个“循环回归”，即重新回到传统文人身份或者中国文化身份，不过这一“循环回归”，又不是以放弃19世纪中期以来王韬在积极参与“西学东渐”以及近代都市市民消费文化兴起浪潮中所建构的书写身份为代价的，而是依然试图在上述诸多身份之间维持着平衡。而正是这种既具有深刻的内在张力又谨慎且坚持维系着平衡的立场方式，表现出王韬在通俗文学书写创作方面究竟能够走多远，又或者在一个不同于传统文学的近代文学世界中到底能够展示出怎样的个人情感、思想及现实人生体验。

“境以阅历而始知，情以缠绵而始悟”[13]，这一表述，似乎涵盖了王韬在“艳史”编著以及“游记”书写两个方面的个人认识抑或自觉意识。此处所谓“境”，当指个人置身其中的环境和个人存在的处境，突出的是个体的实在真实感受及体验。对于外部环境和自我处境的“认知”，是离不开个人设身处地的真实体验的，这种体验，也就是生命的繁复历程，日常生活的真实处境。这些体验的获得，是不同于亦超越于一般对于环境和处境的观念知识形态的教育习得的。同样地，在王韬看来，青年男女对于情感生活以及两性关系的认知，也需要真实的生活体验，所谓“缠绵”，自然是指这种情感在现实的、真实的生活之中的曲折波动，以及由此而引发出来的关系中人对于情感的实感经验。

对于由个体体验、经验而获得认识真知以及自我觉悟，以及作为书写者也应该“降格求真”的写实追求及现实关怀，既是王韬在晚清通俗书写方面的一种自我理论阐释或辩护，亦为其在“艳史”

及“游记”方面的写作实践指明了方向并开辟了道路。

仅以其《扶桑游记》《漫游随录》二书所示，其通过此类海外游记，或仍有某种“忧患”寓于其中：摆脱现实社会及人生的局限、追求自我与自由、渴望能够拥有一个更广阔的世界和人生自我实现的舞台。值得注意的是，王韬游记的最主要成绩，并不是表现在国内——在此方面其《瀛壖杂志》以及《瓮牖余谈》等亦有所涉及——也就是说并不是依然专意于书写一个本土读者所熟悉的“空间”“世界”，而是致力于探索一个陌生的、前所未见闻所未闻的新世界。[14]

## 三

在王韬的“通俗”著述中，既有“艳史丛钞”这样的他人作品辑录汇编，亦有《海陬冶游录》《花国剧谈》这样的个人创作，同时在他的三部文言笔记小说《遁窟谰言》《淞隐漫录》和《淞滨琐话》中，同样亦有一些涉及到上述类似题材内容的作品。仅就其数量而言，不可谓不多。

至于为什么要编纂、创作此类文本，除了对于官史、正史之外的民间史、地方史、风俗史等的持续关注兴趣，对于女性的生活史、命运史以及男女之间的情感史、关系史等的关注兴趣，亦是王韬不避嫌隙、痴迷于此的缘由所在。从个体生命的日常存在以及真实处境中，来观照体验人性、人际关系以及时代社会，而不是简单、刻板地以教师爷、卫道士的身份姿态来课经讲道、耳提面命，应该是王韬对于书写者身份、书写方式、文本形态以及语言腔调等基于个人生活体验和情感审美体验的提炼与再造。

对此，王韬曾就文学书写与一般追忆之间所存在的“审美差异”做过比较说明：

> 昔白香山离杭郡，忆妓多于忆民；杜樊川在扬州，寻春胜于寻友。余去沪滨，一星既终而又半，而梦魂犹时萦绕之，岂少壮之境难忘，欢娱之时足述，故乡风月易致怀思，海国莺花可供跌宕欤？而余之所感，要更有深于此者。抚时念事，怀古伤今，悲身世之飘零，嗟天涯之沦落，未尝不叹名士才媛同为造物之所忌也。[15]

这种借风月美人风尘沦落，来感慨才士英雄穷途末路或者“为造物所忌”一类的观察视角与书写方式，在汉语中文书写史上显然并不少见，但王韬对于这一“小传统”的重新反思及审美提升，似乎不仅仅是从情感审美的角度展开及获得，还有一个更具有文学意味的近代观照，那就是现实生活语境中的一般经验，与进入到文学文本书写表达中的“材料”或“对象内容”之间，并非是完全等同的——文学书写，其实是一种来源于现实生活，但又有别于现实真实的一种选择性叙事。而这种选择的标准、抒情叙事方式及书写形态，则与书写者个人的真实体验、存在处境、审美旨趣等不无关系。在对《花国剧谈》一书的写作缘起及宗旨追求所作的说明中，有如下一段文字可供参考：

> 近所集《花国剧谈》，地非一处，人非一时，有得即书，初无诠次。其中要皆红颜薄命者居多，念之每为欷歔，辄生感慨。顾此等笔墨，在有识者多以为导淫而宣欲，百劝而一惩，

留意于风俗人心者惧焉。余窃谓不然，境以阅历而始知，情以缠绵而始悟，闭门羹要即在迷香洞中耳。故交红之被不暖，则神鸡之梦不醒也。世有喜于狭邪游者阅之，然后乃知情天之变幻无常，欲海之风波不定，未有不恍然若惊而怅然自失者，则此诸编作百八之钟声、万千之棒喝可也。[16]

尽管其中所言依然难以摆脱劝诫一类的书写目的设定或认同，但王韬自己对于此种目标，其实还另有颇具内在张力的解构之说，“《花国剧谈》即以此作，大抵采辑所及，剿撮居多。孟坚纪史半袭子长，扬云作文多同司马，斯固不足为病也。盖此不过为文章之外篇，游戏之极作，无关著述，何害钞胥，以渠笔底之波澜，供我行间之点缀，不亦快欤?”[17]此处所谓“文章之外篇，游戏之极作”的自我认知及定位，不仅将“艳史”“游记”一类的著述，从传统“文章”体系之中区分出来，而且也将此类文本书写者的身份，从经世、盛业一类的文章作者的身份定位中区分出来。这种区分的自觉，是否仅仅出自王韬在传统文章书写系统中的一种自我区隔或疏离意识的生成，还是与他对传统文章的边界以及边界之外的可能性的关注探索有所关联，这一点无论是对王韬的著述者身份及其文学世界的考察讨论，还是对于从晚清开始对于“贵远贱近”、宁愿“高谈耸听”而不愿“降格求真”一类文学传统的“背离”甚至于“反叛”，似乎都有进一步究查之必要。

一定意义上，王韬的“艳史”书写，表现出他的一种带有近代意味的女性叙事探索。这一探索集中在他的《遁窟谰言》《淞滨琐话》《淞隐漫录》《漫游随录》《扶桑游记》以及《花国剧谈》《海陬冶游录》等文本之中。令人多少有些讶异的是，在《扶桑游记》

《漫游随录》这些海外游记中，亦涉及篇幅不菲的性别叙事部分，而且读来令人印象深刻。这些文本中所蕴含表达出来的意旨，多与个人自由，个体情感、精神及行为独立、尊重女性及女性解放、男女之间自由恋爱等诉求有关。

就文体而言，上述著作前三种通常视之为小说，《漫游随录》《扶桑游记》为游记，后二种则为笔记。其实在王韬那里，上述几种著述在文体上的界限似并非如此清晰鲜明。但这些女性叙事文本，构成了王韬的著述中的另一个文本世界，也是另一个情感想象与性别叙事的文本世界。这个文本世界与王韬由西学、中学所构成的文本世界有所勾连，但更多的是区隔甚至疏离。它们之间既存在着关联性叙事，又彰显出王韬的书写文本之间的丰富性、复杂性和多义性。

不能否认的是，在一个内忧外患、时局动荡的历史大变局中，王韬对于“艳史”“游记”一类著述的青睐专注以及持续书写，也就显示出他多少有些颓废、游离的个人偏好以及立场倾向。此类倾向，固然有其疏离那种刻板甚至限制自我解放和个人自由的主流思想文化的某些积极性，甚至于在关注当代生活现实和普通人生真实方面，亦有某些值得肯定之处，但作为近代都市市民消费文化兴起的组成部分甚至于一种标志，王韬在“艳史”“游记”以及小说、笔记方面的书写实践，或者说作为一个近代以香港、上海为基地的王韬的通俗文学书写，亦就难以避免地带有某些商业文化的印记，其中所隐约昭示出来的那些时代性的因素：都市、流行、休闲、通俗、大众趣味等，一方面揭示出王韬创作的结构性特点，另一方面似乎也为以他为代表的一种近代都市大众消费文化的兴起，提供了具有示范、借鉴意义的书写铺垫。

## 注　释

1 《弢园文录外编》，第270页。

2 同上书，第271页。

3 同上书，第273页。

4 同上。

5 王韬晚年自港返沪定居之后，应邀出任格致书院山长，这也是王韬一生中首次担任一家教育机构的负责人，而且还是一家专力于西学与新学的教育机构。

6 对于自己早年流落沪上，受佣于西人及墨海书馆的缘由经过，王韬在《弢园老民自传》以及日记中均有涉及。"既孤，家益落，以衣食计，不得已橐笔沪上"（《弢园老民外传》）。另亦可参考段怀清：《王韬与近现代文学转型》，上海：复旦大学出版社，2015年1月。

7 《弢园文录外编》，第272页。

8 有关王韬在晚清"西学东渐"中的作用，尤其是西学中译方面的贡献，参阅拙著《王韬与近现代文学转型》。另据王韬致盛宣怀书札，就连张之洞都曾经电报王韬，邀请其主持编纂"洋务丛书"（王尔敏、陈善伟编：《近代名人手札真迹·盛宣怀珍藏书牍初编》，第3456页，香港：香港中文大学出版社，1987年）。

9 有关王韬的基督教信仰，参阅《麦都思中文教师的受洗申请》，段怀清译，《清史研究》2011年第2期，以及段怀清：《试论王韬的基督教信仰》，《清史研究》2011年第2期，另有［美］韩南：《作为中国文学之〈圣经〉：麦都思、王韬与〈圣经〉"委办本"》，段怀清译，《浙江大学学报》（人文社会科学版）2010年第2期。

10 参阅段怀清《王韬与近现代文学转型》一书。

11 〔魏〕曹丕：《典论·论文》，见《昭明文选》。

12 参阅段怀清：《王韬与〈艳史丛钞〉〈香艳丛书〉及〈艳史十二种〉》，《福建师范大学学报》（哲学社会科学版）2019年第2期。

13 《弢园文录外编》，第206页。

14 有关王韬对于沪上都市空间及地方风俗的书写，以及对于海外世界的憧憬及壮游，以及由此而生成的书写文本的分析讨论，参阅《王韬与近现代文学转型》一书。

15 《弢园文录外编》，第206页。

16 同上书，第206页。

17 同上书，第207页。

# 在翻译中翻译：王韬与《圣经》“委办本”及《普法战纪》的翻译

原文本中心主义的立场、译者中心的立场以及翻译文本的中心立场，这三种立场及主张，在清末民初的“西学东渐”语境中都曾经出现过，并有过具体的翻译实践，所产生的译本以及在译本语言及文化语境中的传播效果，亦存在着较大差异，甚至天壤之别。从传播及影响效果的角度来看，并非是原文本中心主义的立场及主张所产生出来的翻译文本最成功，传播流布最广，在本土读者那里最受欢迎。相比之下，译者中心及翻译文本中心之立场及主张下所完成的中文译本，在之后的传播和接受中，似乎与原文本中心主义立场及主张下所产生的译本之现实命运多有不同。而在此间历史语境中，原文本的命运，通常亦并不是由原文本自身单方面所决定的，更大程度上是与译本尤其是译本在读者那里的认同与接受程度有着正相关的关系。

从清末民初的翻译模式来看，最初的翻译，大多是采用口译—笔述式的组合翻译，这也是一种在翻译中的翻译——由来华传教士与本土文士之间结成翻译组合，这一组合通常也是由前者召集并主导，后者更多是协助配合。这种组合的具体翻译实践，通常也是由前者口译、后者笔述。亦因此，本土文士在此过程中的身份与地位是相对较低的，亦可以说并无多少话语权力。当然实际的翻译与合作状况，可能要比上述一般事实复杂一些，来华传教士与本土文士之间的关系，也并非是一种单一规定性的主导与辅助的从属关系。众所周知，在《圣经》“委办本”翻译过程中，王韬与麦都思等墨海书馆的来华传教士口译者之间的合作关系，就不能简单地用主导—从属关系来简单描述[1]。

而在晚清翻译史上，上述口译—笔述式的翻译模式，并不仅限于来华传教士与本土文士之间合作翻译“西学”及“西教”的翻译实践，事实上，本土文士亦曾借用这种翻译模式，来独立自主地翻译过西方文献，包括西方政治、外交、军事以及文学等文本。而且，这些译本在当时本土知识阶层中所产生的影响及效应，丝毫不逊色于来华传教士—本土文士这种组合所完成的译本，甚至还要超出后者。而且，在这种仅有本土文士组合完成的翻译模式中，处于翻译主导地位的，也并不是担任口译的通晓西语者，而是并不通晓西语并担任笔述者。而口译者、笔述者在口译—笔述这种翻译模式中的两种迥然不同的地位及作用，亦反映出原文本中心主义、译者中心主义及翻译文本中心主义在此间翻译实践中的不同体现，也反映出清末民初翻译实践的复杂性与差异性。

## 一

与晚清本土文士译者的翻译实践经历有所不同的是，王韬（1828—1897）不仅在“西学东渐”中担任过由来华传教士所发起、组织并主导的“西学”及“西教”的翻译，并在此翻译中担任笔述者的角色，而且，他还在完全由本土文士所自主发起、组织并主导的“西学”翻译中亦担任笔述者，并主导了这种翻译，且译本在此间“西学东渐”及“洋务运动”中产生过相当大影响。王韬在上述同一种“口译—笔述”式翻译模式中均担任“笔述者”角色，但他在这两种翻译组合及翻译实践中的地位、作用及贡献，却有着根本不同的差别。作为“译者”，王韬在上述两种翻译实践中的具体行为，不仅丰富了我们对于晚清“译者”这一身份的认识，而且也丰富了我们对于晚清翻译的实践形态的认识，同时，也让我们对于清末民初“西学东渐”的具体形态与方式，有了进一步的认识和理解。

如果将王韬作为“译者”的翻译实践切分为两个阶段，亦就是他初到上海并从事《圣经》及“西学”的翻译作为第一个阶段，他在游历泰西之后从事《普法战纪》的译撰作为第二个阶段，那么，我们会发现，无论是在怎样的时代语境与个人语境中，王韬对于第一个阶段中的自己的身份、地位及贡献的认识评价，似乎都要远低于后者。这一点，亦可供我们更具体地认识理解此间“口译—笔述”翻译模式中的本土笔述者的翻译心态及自我评价的重要参考。

王韬与《圣经》“委办本”之间关系，肇始于他的父亲王昌桂。一般看来，这也就是一种“父亡子替”的正常工作接替赓续，与其说其中反映出王韬当时对于来华传教士、教会以及基督教的多少认识，倒还不如说它更多延续的不过是父子之间“终人之事”之类的言诺。不过，对于麦都思这些当时在墨海书馆中期待能够有更多本土士子对译经工作感兴趣的来华传教士来说，王韬的出现，显然给他们带来了不少惊喜与期待，后来的事实似乎也证实了这一点——王韬与来华传教士及“西学”“洋务”之间的关系，无疑是晚清“西学东渐”以及“洋务运动”中本土士子与外来知识思潮之间接触交流的有代表性的个案。

而这一个案最有代表性的特点，并非是王韬一边倒式地对于“西学”“西教”以及“西方”的仰慕、认同与皈依，而是他在“西学”与“中学”、基督教与儒教、西方与中方之间所表现出来的立场反复与游移不定，以及他最终似乎又重返中国立场及儒教信仰的自我回归。无论王韬真实思想及信仰的最终选择究竟如何，有一点可以肯定，那就是自1849年自家乡甪直来沪，直至1897年终老沪上，五十年间王韬的思想及立场，显然既不同于之前本土文士那样单一的中国立场和儒教信仰，也不同于之后尤其是五四新文化运动时期那些留学生们的现代立场与科学民主信仰。王韬的立场与信仰，明显且典型地反映出清末民初中国社会思潮的复杂性、差异性以及内在张力。

具体而言，一方面，墨海书馆时期的王韬（1849—1862）确实表现出对于西学、西教以及西方某种程度的接触、交流乃至仰慕认同。他不仅接续参与了《圣经》“委办本”的翻译及完成，同时还参与了世俗意义上的“西学”的翻译，甚至还陪同墨海书馆的传教士们到嘉兴、杭州一带观光考察并宣教布道，甚至还通过麦都思而受洗入教[2]。另一方面，王韬对于西学、西教及西方的认同仰慕，似乎又并非是明确坚定始终如一的[3]。此间王韬的思想及立场中，固然有游离出中华思想及立场的一面，但这并非就一定意味着对于西方思想及立场的认同与靠拢。王韬日记中亦曾明确记载过他就此与管嗣复之间的一次不大不小但却不乏严肃认真的“辩论”。王韬自认为他与墨海书馆及来华传教士之间的“合作”，不过是一种为稻粱谋之类的权宜之计，并非是一种文化立场和价值信仰方面的背叛与投靠。换言之，王韬并不将自己参与《圣经》及“西学”翻译等事宜，看成对于自己儒士身份及中华文化价值的一种背叛。而且，王韬并没有否认自己的另一立场，那就是当时中国的社会及政治文化现状是需要改良的，甚至中国的知识分子群体本身，亦需要在“西学东渐”和“洋务运动”当中得以修正。他曾在一封书札中毫不隐讳地预言“三千年后数人才，未知变局由此开”。这里所言，其实就是传统士大夫阶级的知识结构和整个社会的人才标准，亟需调整改变，否则是无法适应这样一场大变局的冲击和挑战的。

王韬对于西学及西方的仰慕与靠拢，似乎在他1862年南遁香港之后尤其是英伦之行后得到了进一步强化。《漫游随录》中所记载的王韬在英伦期间的行止种种，尤其是他周旋于西方淑女周围的那些描写，似乎亦印证了上述印象及判断。不过，即便是此间，王韬也并没有再下决心来学习英语，他对英语的态度，似乎最终还是一句“心所不喜”所涵盖。甚至就在他的笔记小说《乐国纪游》中，直接出现了《圣经》中的一些关键词：乐园（Garden of Eden，今通译“伊甸园”）、生命树（Tree of Life）、亚当（Adam）、夏娃（Eve）、护法神计罗斌（Cherubim）以及焰剑（Flaming Sword），这些似乎足以显示出《圣经》文学乃至基督教文化对于王韬及其文学写作的影响，但其洋务主张中仍力倡崇经重儒，其《取士》一文，虽主张科目之制，亦当变通，且宜分数端：一为经籍史义，一为诗赋策论，一为经济时务，一为舆地天文，一为格致历算，一为兵刑钱谷，并认为，“如是则取士之途广而士无遗贤”[4]。而实际上，这一变法主张，依然是一种“双轨制”，从对于中学、西学的立场主张及思想逻辑来看，仍不出清末洋务派所主张的“中体西用”的范围。

上述王韬的个人思想立场，事实上亦成为他此间参与翻译《圣经》“委办本”乃至主导译撰《普法战纪》的重要基础。

可以肯定的是，尽管麦都思在向国内差会的报告中对于王韬的才学及服务于墨海书馆的意愿均予以充分肯定，甚至亦有证据表明，在王韬所独立负责完成的《圣经·新约》翻译中，王韬作为笔述者的身份，得到了与之合作的传教士口译者们的尊重，翻译过程中亦享有一定的自由，但这种口译——笔述式的翻译模式本身，尤其是由来华传教士们所主导的翻译中，决定了处于主导方的始终是传教士口译者——他们几乎主导决定了翻译的一切，包括选题选材，甚至就连在本土笔述者稍微可以参与的语言文体的选择方面，传教士口译者亦是最终的决定者，这也是为什么当《圣经》“委办本”在GOD一词的中译上遭遇到其他来华传教士的非议甚至攻击之时，墨海书馆的麦都思等人会站出来为之辩护。可以肯定的是，他们并不是在为作为笔述者的王韬辩护，而是在为这一翻译组合、翻译过程以及翻译模式辩护。

并没有足够的历史文献资料来反映王韬在《圣经》“委办本”翻译过程中详细而持续的心理活动，不过，我们或许可以从由其所译撰的《普法战纪》这一在晚清洋务派群体中影响甚巨的文本中，找到不少相关的信息。

## 二

王韬为《普法战纪》一书，先后撰写过“前序”“后序”和“代序”，这一现象并不多见。这部由张宗良（芝轩）口译、王韬笔述的中译著述[5]，就其翻译模式而言，依然为上述“口译——笔述”式翻译模式的具体实践，不过，作为笔述者的王韬在此翻译过程中的身份，却又明显有别于一般形式的“口译—笔述”式翻译。对此，王韬有一段文字描述自己在该著翻译中的所作所为，“余摭拾其前后战事，汇为一书，凡十有四卷，大抵取资于日报者十之四五，为张君芝轩所口译者十之四，网罗搜采、得自他处者十之二三”[6]。

这段文字至少包含如下信息，其一，《普法战纪》一书的翻译动议、选题及选材乃至整个翻译过程，均由王韬提出并主导；其二，在翻译过程中，张宗良担任近乎一般所选材料的口译，王韬为笔述，但在最后印行著作上，其署名为王韬译撰，张宗良（芝轩）口译，这完全不同于《圣经》“委办本”或类似“口译—笔述”式翻译模式下所生产出来的中文译本的署名方式。也就是说，作为笔述者的王韬，显然是将《普法战纪》视为自己的一部“专著”的，而王韬希望通过这部“译撰之作”而传递给本土知识界及士大夫阶层的国际政治、外交及军事方面的综合信息，在其“前序”中已经阐述得颇为清楚。这也充分表明，王韬是将这部著述视为己出的。

关于这一点，在《普法战纪》“代序”中有更具体亦更明确的补充说明：

> 王君之为此书也，载笔于庚午八月，而断手于辛未六月。网罗宏富，有非见闻所及。序述战事纤悉靡遗，若观楚、汉巨鹿之斗，声情毕见，而尤于近日欧洲形势，了如指掌。其书虽未付手民，而钞本流传南北殆遍。湘乡曾文正公称之为未易才，合肥相国李公许以识议闳远，目之为佳士，丰顺丁中丞则谓具有史笔，能兼才识学三长者。[7]

上面这段文字，不仅清楚指出了《普法战纪》一书的翻译时间（1870—1871）不足一年，而且对于王韬在这部译著中的身份和贡献，亦阐述详明，而且其中“序述战事纤悉靡遗，若观楚、汉巨鹿之斗，声情毕见，而尤于近日欧洲形势，了如指掌”一句，很难让人相信这是一部翻译著作，看上去更像是王韬独立创作的一部有关普法之战的专著，而实际上王韬自己亦屡作如是观。至于曾国藩、李鸿章、丁日昌的评价，则进一步表明，当时国内读者，也并未将此著视为译著，而是视为王韬的专著。

而“代序”中对于该著缘起的着重阐明，进一步强化了王韬在这部当代战争史著作中的独特贡献：

> 王君向固尝有志于富强之术矣。其论以为莫如师其所长，持此说阅二十余年而不变。……王君旅寄香海，一星将终，虽伏处菰芦，流离僻远，而忠君爱国之念未尝一刻忘，恒思得当以报国家，尝曰：“熟刺外事，宣扬国威，此羁臣之职业。”然则王君此书非其滥觞也哉！[8]

如上所言，无论《普法战纪》一著为专著抑或为译著，王韬在其中的独特身份及独特贡献都是显而易见、不容忽视的。其笔述者的身份，亦显然与他在《圣经》“委办本”中译时的身份不可同日而语或相提并论。而王韬于该著前后皆序，亦实可谓用心良苦。而是书“凡例”中的相关条目，对于该著成书之经过，口译者及笔述者在此中之地位贡献，包括翻译方式及对于原著原文在翻译中之安排处理，均有详细交代，此摘录其中若干并稍作引申阐发。

凡例一，如“泰西诸邦，立国有三等”诸文字，其实是一篇有关西方政治制度的简要说明。在王韬看来，《普法战纪》一书，在叙述战事过程中，不免涉及诸国国体政体，故于书前“凡例”之中予以说明，便于读者了解领会。此外，“辑史者于职方志中亦必存其名以著其实，乌容尽削不书哉！”[9]这其实是就中西政体不同，在翻译过程中如何处理这一颇为棘手问题所采取之方法的解释说明，而译者的翻译立场及主张，至此亦无须再赘言。

凡例二、三两条，是对原文中所涉及泰西国名、人名以及地名在翻译中处理方式的说明。其中特别提及徐继畬的《瀛寰志略》及魏源的《海国图志》二书，一方面固然是循例言明，另外亦未尝不是就《普法战纪》在晚清中西会通、师其长技一类著述中位置的自我定位，同时也是在晚清中西交流初开，本土读者对于泰西语言、文化尚皆隔膜之际的一种合理处理方式。

凡例四是对《普法战纪》一书文献材料来源的一种说明，“是书大半采自日报，而翻译者又非出于一手，故其中系日之乖舛，行文之重复，译名之参错，时所不免”。而凡例五对于书中绘图的说明，“张君芝轩从日报中如法绘出”，此类说明，尤其是对于口译者贡献的交代明示，在清末一般“口译—笔述”式翻译模式的具体实践中并不常见，这也表明，就在王韬将《普法战纪》视作自己的“专著”之际，他也并没有忽略否定口译者的存在及贡献。

实际上，王韬对于口译者张宗良（芝轩）在《普法战纪》一书成书过程中的身份、位置及贡献的认知与定位，远非一般口译者之可比：

> 是书之作，实推张君芝轩为滥觞。于时，余删订《法国图志》，甫经蒇事，与法之掌故颇为审详，因欣然从事于译撰。

午夜一灯，迅笔暝写，积同束笋，篇帙遂多。张君时为日报主笔，译英文成华文，而散置诸日报中，何君十洲、梅君自仙，实司秉笔。此编窃取殊多，闲或为之润色，加以藻采。何君名玉群，梅君名籍竝，南海人，皆助我以成是书者。附见于此，以志不没人善。

此段文字，不仅高度肯定了张宗良的贡献，甚至对于参与《普法战纪》一书的所有翻译人员，亦均有介绍。这不仅再次表明，《普法战纪》是一部典型的口译——笔述式组合翻译模式之“产品”，同时口译者在其中的身份、地位及贡献，亦并非如来华传教士所主导之口译——笔述之翻译中的笔述者之可有可无。尤其是对于张宗良在是书翻译方面的“贡献”，凡例中有多处提及，且甚为详细，“张君芝轩所译于四卷以前，特详以后采，从日报者为多。……其他有与普法战事相涉者，亦为补入各卷中。日报之外，所有名城古迹遗闻轶事，皆采自他书，后取自《法国图志》《日耳曼国史》。其仍列张君名者，饮水思源，不忘所自也。”[10]

但如上所述，贡献者并不仅限于张宗良，在何玉群、梅自仙外，还提到了另一位口译者陈蔼廷。“辛未正月，陈君蔼廷方有华字日报之役，于欧洲列国见闻搜罗富有。此编自十三卷以下取资实宏。……陈君长于西学，精西国语言文字，西人延为西文日报主笔。”一方面，王韬对于《普法战纪》一书分外重视珍惜，视若己出，近乎将其视作为自己独立完成的著作；另一方面，王韬又对参与该著译撰者一一介绍，唯恐遗漏，按照凡例中的说法，是“以志不没人善”，这实际上也是对晚清“口译—笔述”式翻译模式的一种超越，尤其是对于由来华传教士所主导的这种翻译模式实践的一种颠覆。王韬对于口译者的高度重视及充分尊重，是他对于当时真正掌握西语、通晓西学的本土之士的尊重，也是他对于译事的重视与尊重。

另外，凡例中对于《普法战纪》一书的版本亦有交代。"是书初刻十四卷，重刻二十卷。与一千八百七十三、四年间普法之事多所增入。……余书初成于辛未六月下旬，谨以十二卷为断手，十三、十四两卷后始续成，今更补以壬癸甲三年中所见所闻，皆足与战事相关，可谓毫发无遗憾矣。"他还说，"当普法战事之兴，所据者惟英国之邮传电报而已。虽得张君芝轩随见随译而荟萃贯穿，次第前后，削伪去冗，甄繁录要，此中颇费苦心"[11]。如此交代甚详，其实是王韬对于自己作为"笔述者"在此书之中的工作，有一个完整的陈述说明，而从此间所常见之"口译—笔述"式的翻译模式来看，断无如此之"笔述者"。而王韬在《普法战纪》一书中的身份，显然也早已超越所谓"笔述者"，而实际上处于主导者、组织者的核心灵魂地位。换言之，没有王韬，也就不可能有《普法战纪》。

## 三

相比于《圣经》"委办本"的中译，《普法战纪》的成书形式较为特别。说它是完全独立自主的个人著作，它征引了大量的外报外刊，不少内容更是直接采摘于上述外报外刊之翻译，并非严格意义上的个人创作；说它是翻译，它又并没有原文底本，而是由翻译者自己搜罗汇集文献资料，形成专题叙述，并贯穿编辑，次第安排，终成为一部用汉语中文完成的有关普法战纪的专书。

对此，王韬曾有过补充说明：

> 普法战纪，近日已有专书，乃美国人麦吉雅各所撰。其人学识渊通，才略充瞻，生平著述等身，战纪其一页。余与陈君蔼廷已译其首二卷，外间已有转相抄录者。是书较之余本叙述之处，亦复大同小异。惟余所采者，多见于日报，而此则从军营笔记而来，是以往来文檄较详。然余于日报之外，博采旁搜，网罗繁赜，虽志普法两国，而于欧洲列邦形势情形，实赅括无遗。[12]

仅就上述所言观之，王韬确实是将《普法战纪》几乎视为一部独立完成的个人著述。而且，尽管作为是书主导者的王韬并不通晓西语，但从他当时所具备的西学知识背景，以及他还曾游历过英伦欧陆，这样的“笔述者”，在晚清“西学东渐”的“口译—笔述”式翻译模式之中亦实属罕见。

其实，《普法战纪》不同于《圣经》“委办本”翻译之处尚多。在《普法战纪》的翻译实践中，口译者、笔述者均为本土文士，这是晚清“西学东渐”发展史上一个具有标志性的转变，它标志着晚清由来华西人尤其是来华传教士所主导引领的“西学东渐”的历史舞台上，开始出现有本土文士独立自主完成的“西学东渐”——晚清京师同文馆、江南机器制造局翻译处中，亦有本土官方或文士所主导者，但其中仍有西人参与，尚难称之为完全的独立自主式的“西学东渐”。尽管在“委办本”《圣经》的翻译中，因为自己的才学以及文学能力，作为笔述者的王韬得到了口译者们的充分信任，但这种信任所赋予王韬的“权力”与“自由”仍然是有限的，作为口译者的传教士们所拥有的，才是最后的权力与最大的自由。但这种状况在《普法战纪》中显然得到了根本上的改变。王韬亦由此开创了晚清翻译史上的一种全新翻译模式，这种翻译模式在20余年之后的“林译小说”中得到了进一步的发扬光大。

而作为一种翻译方式，无论是《圣经》“委办本”还是《普法战纪》，都是一种翻译中的翻译。所不同者，前者是从来华传教士的口译中翻译，后者是从本土通晓西语者的口译中翻译。王韬同时体验了晚清“西学东渐”中同一种翻译模式中的两种不同的“翻译”，而之所以在王韬后来的《弢园老民自传》一类的著述中对前者亦就是《圣经》“委办本”的翻译经验几乎只字未提，而是以“时西人久通市我国，文士渐与往还，老民欲窥其象纬、舆图诸学，遂往适馆授书焉”[13]一语带过，用他自己的话说，就是“顾荏苒至一十有三年，则非其志也”[14]。不仅“非其志”，在这一翻译过程中的个人体验，大概亦多有不便与外人道者。而在《普法战纪》“凡例”之中，王韬近乎事无巨细的娓娓详述，不仅显示出他看重甚至享受这种独立自主的翻译体验。更关键的是，在此翻译过程中，他也真正体验到从翻译中翻译的一种别样的独立与自由。

毋庸置疑，《普法战纪》的翻译完成及刻印出版，标志着晚清开始出现一批通晓西语、精于西学的本土文士译者，亦开始出现像王韬这样能够在中学与西学、汉语中文与西方语文之间的会通融合者。正是因为这种皆由本土文士合作完成的翻译实践，预示着原本由来华、在华西人所主导的“西学东渐”，将由本土文士所取代，并将开启中西跨语际、跨文化交流的一个新时代。而本土语文的话语权，亦将因之而得以尊重提升，新的翻译模式，亦势必将取代“西学东渐”初期所盛行的“口译—笔述”式的翻译模式。而1870

年代的王韬及其《普法战纪》的出版，事实上也就成为翻开这历史一页的一个不容忽略的标志。

注　释

1　有关王韬在“委办本”《圣经》翻译中的身份及贡献，尤其是在该译本的“在地化”过程中的别有用心及具体实践，参阅韩南 :《作为中国文学之〈圣经〉:麦都思、王韬与〈圣经“委办本”〉》，段怀清译，《浙江大学学报》2010年第2期。

2　有关王韬与墨海书馆之间的关系，参阅段怀清 :《王韬与近现代文学转型》。

3　有关王韬与基督教之家的关系，参阅段怀清 :《试论王韬的基督教信仰》。

4　《弢园文录外编》，第305页。

5　《普法战纪》的署名方式，不同版本略有不同。有署南海张宗良芝轩口译、吴郡王韬紫诠撰辑者（20卷印本），亦有署清张宗良口译、王韬辑撰者（14卷印本）。

6　《弢园文录外编》，第190页。

7　同上书，第197页。

8　同上。

9　此段上下有关“凡例”引语，凡未作特别说明者，均出自王韬译撰之《普法战纪》（遁叟手校、20卷印本）。

10〔清〕王韬撰辑 :《普法战纪》凡例，第3页，20卷印本。

11《普法战纪》，凡例，第4页。

12　同上书，第6页。

13《弢园文录外编》，第269页。

14　同上书，第269页。

# 西方文学还是西学？

## ——王韬的经验及其评价

晚清新教来华传教士与本土文士之间的跨文化交流，其中王韬的地位尤为引人注目。不仅因为他曾经在墨海书馆佐助过麦都思等翻译完成《圣经》"委办本"，并曾协助过伟烈亚力、艾约瑟等人翻译了相当数量的西学科技著述，甚至在《六合丛谈》中亦能见到王韬的影子。此外，在南遁香港期间，以及之后的漫游泰西和重返香港、上海之后，王韬帮助理雅各完成了"中国经典"的英译，并写作出版了《漫游随录》等游记类文本，还在其小说集中虚构叙述了一些与其海外经历观感相关的小说。而在时间上，王韬与新教来华传教士之间的交流，恰恰发生并完成于清末民初中国知识分子经过日本接触、接受、传播西方文学的"高潮"到来之前，也因此，王韬的"泰西文学经验"，在晚清乃至民初中国文学的跨文学经验及世界视野中就显得弥足珍贵。王韬当时是怎样接触到西方文学的？他对西方文学的最初反应以及持续关注的情况如何？这种经验对于王韬反观中国文学或从超越中国文学或国别文学的"世界文学"视角，提供了怎样的帮助，并留下了怎样的经验遗产与文本资源？王韬的跨文学经验甚至"世界文学"

经验，对于我们认识理解晚清中国文学的近代化进程，又能够提供怎样的思想与学术启发？

本文标题中的“西方文学与西学”，试图揭示王韬与晚清新教来华传教士之间的跨文化交流在西教之外的另外两个指向，但其中亦隐含着另一层寓意，即在王韬那里，或许西方文学并不足以从西学之中分离出来而成为一个与之相提并论的单独话题。换言之，西方文学更多是被王韬作为“西学”之一部分内容而被提及或介绍。如果是这样，那么，晚清跨文化交流语境中的“西方文学”概念，在王韬那里应该尚未形成一个相对稳定并趋于成熟的概念，更多时候只是一种对应性的表述而已。

## 一

在讨论王韬与新教来华传教士之间的跨文学—文化交流之前，有一个历史背景似难绕开，那就是此前二百余年的来华耶稣会士与晚明士大夫阶层之间曾经开展过的几乎同样以宗教与西学为中心的跨文化交流。[1]对于这段历史，王韬是否清楚，又是通过怎样的途径、方式获知的？他对此的反应又是如何？这段历史对于王韬的西方叙述，尤其是他对西方文学的认识，是否产生过影响？凡此等等，在讨论王韬与西方文学的语境中尽管可能并不需要刻意关注，但全然回避也肯定不是一种正确的历史态度。

对于晚明那段西教及西学入华史，王韬应该说是有所了解的，甚至可以说在他那一代中国知识分子中，王韬在此方面的历史知识也是出类拔萃的，这可以其《泰西著述考》为证。

在《泰西著述考》引言中，王韬对此段历史曾有所交代概述：

西洋葡萄牙国，自明武宗正德十二年始，与我中国通商立埠于广东之澳门，由是欧洲各国接踵东来，不但贾舶商相继不绝于道，而传教之士亦复怀铅握椠而至，挟其天算舆地之学，与名公巨卿相交际，争以著书立说以自鸣高。于是我中国始，知地球为圆体，历算格致于焉。开启西学之入中国，实自此始。余尝得其目录，观之或传于世者，约略二百十一种，亦可云富矣。当时著名之士凡九十有二人，文辞尔雅，彬彬乎登述作之林，盖自东西两海道通以来，约百有余年，所至者皆天教会中之修士，凡其初至之年、所著之书及其卒葬处所，无不班班可考。[2]

而在该文献“后记”或“附注”中，亦有一段著述者言，从中可见王韬对于这段历史的了然于心。

韬尝考之畴人传，从西洋至中国著书立说而明历算之学、精推步之术者，凡得十有七人。而如纪利安、戴进贤、徐懋德、杜德美、颜家乐、蒋友仁诸子，并为此册所不载。然则所佚者多矣。即天算各书，亦多未备。如戴进贤之日跃月离二表，杜德美之周径密律、求正弦正矢捷法，徐懋德之增补表解图说，皆未之及。尤得曰人佚则书亦不传。而如汤若望、穆宜阁、罗雅谷、南怀仁辈，著述多寡，亦有异同详略。则何也？盖由其目录记载之疏也。暇尚当采之他书以补其阕矣。[3]

此外，在《西学辑存六种》总序中，王韬也有一段文字涉及这段前朝中西交流史：

西学之入中国，实自利玛窦始。至是中士之谈天者，始知有地球，其体惟圆。畴人家言，为之一变。初聆其说，闻所未闻，无不靡然从风，以致上动帝王、下交卿相，而西士俱以著述相高。所译各书彬彬尔雅，……多采入四库全书中。则西士之学有渊源可知也。[4]

但细查《泰西著述考》，会发现其中所辑录著述，基本上为宗教及西学内容，鲜见有涉及文学者。与《西学原始考》相比，《泰西著述考》中并无一处直接提及“文学”一词者。这基本上可以说明，在王韬的“观照”之中，晚明耶稣会士入华，并没有在中西文学交流方面留下可与西教、西学相提并论的丰厚遗产。或者说，当时在王韬的观照之中，唯有西学足以与中华文明进行对话，或者可以补中华文明之所缺失，至于西教及西方文学，要么不为庙堂及名教所真心诚意接纳，要么不为中华文士所喜，故此会有《西学辑存六种》刻印传世。至于王韬在序言中所提及的《西事凡》[5]《西古史》《四溟补乘》等著述，鉴于未见刊印传世，其中是否有专门涉及西方文学者尚未可知，故不赘述。

王韬的上述“印象”似乎是可以成立的。这从《泰西著述考》中所辑录的著述的学科及学术属性中可见一斑。而同样值得注意的是，《西学原始考》《泰西著述考》与《西国天学源流》《重学浅说》以及《华英通商事略》在撰述方式上有所不同的是，这两部考究辑录泰西科技大事年表及在华西士著述的著作，都是王韬独立完成的，而另外几部是王韬分别与伟烈亚力、艾约瑟合作完成的。这可以说明，王韬对于西学及耶稣会士在华著述史，此时已经基本上形成相对独立成形的知识结构，而在这一结构中，西方科学技术及发明创造之物质文明，无疑占据了核心及大部分。[6]而其中所显薄弱者，恰恰是作为诗人、小说家的王韬原本更应该引起关注的西方文学。

这一“不足”甚至“缺失”，能够说明什么呢？它对于我们认识理解王韬与晚清新教来华传教士之间的跨文化交流的历史经验，又有怎样的启示呢？从王韬以及新教来华传教士之间跨文化交流所呈现出来的所谓“偏颇”“缺失”，我们反过来又能够发现当年无论是王韬这样的本土文士，以及新教来华传教士，在不断扩大建立在西学基础之上的“可交流”的共识之时，为什么会牺牲掉“文学”以及又是如何牺牲掉“文学”的。

## 二

新教来华传教士对于著述书籍的重视，并非全然出自宣教需求。《六合丛谈》“小引”中有一段文字，对此有过解释说明：

> 然通商设教，仅在五口，而西人足迹未至者，不知凡几。兼以言语各异，政化不同，安能使之尽明吾意哉？是以必颁书籍，以通其理，假文字以达其辞，俾远方之民，与西土人士，性情不至于隔阂，事理有可以观摩，而遐迩自能一致矣。[7]

文字书籍可以比人走得更远，也可以帮助人传播口头所不便或不足以传播的信息，甚至可以初步缓解因为人的存在、出现而可能产生的与异域听众读者之间的“紧张”，并能够帮助实现中西之间跨文化交流并最终达成“遐迩一致”的目标。这当然是传教士们单方面对于“文字书籍”在异域宣教过程中的辅助性作用的认知或定位。这一段文字的意义，在于帮助我们了解来华传教士在宣教之外努力著述文本之最初用意。亦因此而有《六合丛谈》之创刊，“欲通中外之情，载远近之事，尽古今之变，见闻所逮，命笔志之”。[8]值得关注的是，《六合丛谈》创刊“小引”力图在中学西学之间采取一种折中与平衡的“策略”，一方面承认中学的历史意义与价值，同时亦对西学推陈出新、超前轶古的意义与价值予以高度评价。这种态度本身，颇为适宜于较为客观、理性地开展中西之间的跨文化交流。而“小引”同样值得关注的是它并没有将中学、西学置于彼此对立的“地位”，而是将中学在某些领域的衰微，与西学的“继起”，作为人类认识自然和事务的一个具有一定共性的历史过程，“如六经诸子三通等书，吾人皆喜泛览涉猎而获其益，因以观事度理，推陈出新，竭心思以探奥窍，……比来西人之学此者，精益求精，超前轶古，启明哲为曾言之奥，辟造化未泄之奇”。[9]“小引”的作者署名为伟烈亚力。而如果伟烈亚力对于“比来”一词的词义及句法左右清楚，同时对于“六经诸子三通”亦喜涉猎，那么这段文字所建立起来的一个阐述“语境”，就是将“西学”作为“中学”衰微之后所继起的一套新的学术话语体系来阐发的，而这种思维，与晚清本土倡导西学与新学的启蒙知识分子们的思维“不谋而合”，也是对西学引进与新学崛起的最有可能为本土主流权威话语所接纳的一种跨文化交流姿态和阐明。[10]

在这种语境之中，在《六合丛谈》创刊号上，即出现有关“西国文学”的专论系列文章，亦就不让人感到过于惊讶了。

《六合丛谈》1857年的13期，1858年的2期中所出现的西国文学的专论文章，其著者署名为艾约瑟。[11]这是王韬最早接触到西国文学的一次知识经验（不是文本经验，没有证据显示在《圣经》之外王韬当时还有其他西方文学文本的阅读经验）。

《六合丛谈》上的“西国文学”系列属于专论，[12]一共包括：

1. 希腊为西国文学之祖（英文标题：Greek The Stem of Western Literature）;《六合丛谈》1857年第1号；

2. 希腊诗人略说（英文标题：Western Literature. Short Account of the Greek Poets）;《六合丛谈》1857年第3号；

3. 西学说：古罗马风俗礼教、罗马诗人略说（英文标题：Western Literature. Education among the Ancient Romans—Short Account of the Latin Historians and Poets）;《六合丛谈》1857年第4号；

4. 西学说：西国文具（英文标题：Western Literature. Bibliographical Materials）;《六合丛谈》1857年第7号；

5. 西学说：基改罗传（英文标题：Western Literature. Cicero）;《六合丛谈》1857年第8号；

6. 西学说：柏拉图传（英文标题：Western Literature. Plato）;《六合丛谈》1857年第11号；

7. 西学说：和马传、土居提代传（英文标题：Western Literature.Homer. Thucydides）;《六合丛谈》1857年第12号；

8. 西学说：阿他挪修遗札 叙利亚文圣教古书（Western Literature. Festal Letters of Athanasius. Syrian Scriptures）;《六合丛谈》1857年第13号；

9. 西学说：黑陆独都传　伯里尼传（英文标题：Western Literature. Herodotus. Pliny）;《六合丛谈》1858年第2号。

尽管一直到19世纪中期中西之间的“文学”交流尚未真正意义上建立起来，而且彼此之间就“文学”这一概念亦未见慎重严肃之商讨议论，但有一点基本上可以确定，那就是无论是按照当时的“文学”标准亦或今天的“文学”标准，亦无论是按照西方的文学标准亦或中国的文学标准，上述系列论文就其内容而言，无疑是属于“文学”的。也就是说，艾约瑟确实是就西方文学，尤其是西方古代文学或古典文学向中土文士读者作了一个极为简略的介绍。

但令人多少有些不解甚至疑惑的是，在第一号《希腊为西国文学之祖》一文之后，这组介绍西方文学的专论，尽管其原文标题一律使用了Western Literature这一固定的专栏标题来统揽后面诸文，但中文译文却一律被改译为“西学”，而不是像第一号那样曾用过的“西国文学”。这是一个颇为值得关注的细节——在这个细节中，到底潜隐着这一系列专论的中文合作者当时怎样的心思？为什么曾经用过西国文学这样的表述，但后来的文章中却一律改用“西学”？是为了集中突出西学的系统性与完整性——不仅有科学技术，还有宗教神学以及人文社会科学甚至商业文明——还是为了回避中学、西学接触之初“贸然”使用“文学”一词有可能给本土文士读者造成认同上的困扰？再或者说译者对于中文“文学”这一概念表述本身亦还有些迟疑或不确定，故为了简单，退而使用西学这种当时更易为本土文士读者所理解接受的概念？

现在可以确定的是，《六合丛谈》上连载的《西国天学源流》《华英通商事略》以及单篇论文《反用强说》，分别为王韬担任中文助译或者直接由其撰述。换言之，《六合丛谈》上刊载的专论，几乎一半以上其实均由王韬删削润饰。比较之下，“西国文学”系列论文原著者为艾约瑟，但其中文助译及润笔，一直未见说明。王韬的《西学辑存六种》亦未收录。或许王韬在辑存西学六种之时，并不觉得“西国文学”可以列入其所为“西学”之中，亦或许王韬并不觉得涉身协助佐译“西国文学”具有其当初“西学”翻译引进同等的意义价值，亦或许还有其他不便明示的隐私。总之，《六合丛谈》上连载的这一西国文学系列，其实在晚清中西文学交流史上具有显而易见的重要性——这是西方文学（Western Literature）首次以一个固定的概念被翻译成中文，并确定为“西国文学”这种中文表述，但遗憾的是，这一具有显而易见的探索先锋之历史贡献，迄今却成了无人认领的“遗产”。

当然有足够的理由推测这组“西国文学”专论的中国译者当为王韬，或者至少他曾经过目审订——1857年的王韬显然更深入地涉足墨海书馆的著述事业之中，这从《王韬日记》以及此间与友朋往来书札中可见一斑。尽管《六合丛谈》的编辑是伟烈亚力，但王韬无疑是隐藏在伟烈亚力背后的一个“隐身人”，一个真正影响到《六合丛谈》这份由在华传教士所主导的中文刊物最终以怎样一副面容出现在本土文士读者面前的幕后人物。不过，此处并无意对此详细考证，而是试图从这组“西国文学”专论文章的文本细读中，查考有关“文学”以及“西方文学”这两个概念在这组文本语境中的呈现与存在状况，以此来反观1857年的中西跨文学交流在《六合丛谈》、墨海书馆或者以王韬为中心的本土文士与在华西方传教士之间的基本历史面貌及关联信息。也就是说，在由《六合丛谈》及艾约瑟的这一组“西国文学”专论所建构的1857年的沪上中西跨文学交流语境之中，王韬显然不只是一个旁观读者，更是一个直接的当事人，一个直接涉足甚至掌控着这一跨文学交流的进程节奏，而且在某种程度上还“影响”到其内容的不容轻觑的重要人物——很难说这组文章中所涉及的主题内容，完全出自艾约瑟一个人的选择，而没有王韬的从旁侧询或者引而不发的潜在对话。譬如这组专论中主要提到了古希腊的一些代表性诗人，也提到了一些拉丁史学家以及像柏拉图这样的类似于孔子的西方哲学文教先贤。这种将诗人、史学家、哲人并而综述的认知方式，是否隐含了中国古代对于文学的一种文史哲兼顾的理念，当然还需要再探讨，但就其选题立论的思路来看，与中国古代文学观念中重诗、文的正统观多有契合之处。

这一点从《希腊为西国文学之祖》开篇一句中亦可窥见一斑。“列邦幼童，必先读希腊罗马之书，入学鼓箧，即习其诗古文辞，犹中国之知古文名家也。文学一途，天分抑亦人力，教弟子者，童而习之，俾好雅而恶俗。”[13]这是将中西人文传统汇通而论述的一个明证。而在讨论到古希腊的文学传统之时，文章专门介绍了文学之风最盛之雅典，并提到当时雅典“从事于学问者凡七：一文章、一辞令、一义理、一算数、一音乐、一几何、一仪象，其文章辞令之学尤精”。“讲道授徒，习文章辞令义理之学。”[14]而在随后罗列的希腊八百余家载于典籍的学问家之后，归结于“希腊信西国文学之祖也”。而从其论述看，其中所列举不少学问门类以及专家领域，其实不过是一个宽泛的“文教”或学术文明，然其中亦多次提到诗人、辞令义理者、文章能校订古书者等与后来狭义之“文学”更为接近之文士及其专业领域。但从总体上看，在艾约瑟这里，西国文学中的“文学”，其实既包括狭义的“诗古文辞”，亦可谓广义的文教、文明以及文化。所谓“文学彬彬”，更多是就文教兴盛、国民人文素养以及科学素养兼修而言者。

或许也正因为此，第二篇专论就从“狭义”的角度介绍了古希腊的“诗人”。其中对于和马（今译荷马）诗有这样的文字描述评价：其诗足以见人心之邪正、世风之美恶、山川景物之奇怪美丽，纪实者半，余出自匠心，超乎流俗。[15]之后又介绍了古希腊诗人剧作家若干位，更有甚者，该文随之对古希腊的剧作家与中国古代的戏曲作家的境遇作了比较——这种比较显然不会是该文原作者艾约瑟的一时兴起或一个人的“独角戏”，而应该有中文译者的询问、撺掇或著述增添于其中：

> 考中国传奇曲本盛于元代，然人皆以为无足轻重。硕学名儒且屏而不谈，而毛氏所刊六才子书，词采斐然，可歌可泣，何莫非劝惩之一端。西人著书，惟论其才调优长，词义温雅而已，或喜作曲，或喜作诗，或喜作史，皆任其性之所近，情之所钟。性情既真，然后发为文章，可以立说于天下，使读之者色然而喜，聆之者跃然而心服也。[16]

这段文字，不仅谈到了古希腊戏剧家与元代戏曲家不同的现实命运及后世评价，而且还将中西“文学”之“差异”之阐发讨论进一步扩展开来——这种扩展的心绪或冲动，更多应该来自于中文译者；而将西方文学之尊重个性与自我性情，与中国文学作者处处受到掣肘的现实写作困境及道德处境亦一并列出，这种“切身之感”，显然亦不会出自艾约瑟，而只能是发自中文译者的“心声”。同时，这段文字已经清晰地呈现出在中西之间可以建构起一个具有一定超越性的可供双方对话讨论的假想“文学”平台。这种比较的意识，其实正是建立在这种“文学”平台之上的。也正是循着这一思维，一种在中西历史的文学经验基础之上、通过彼此之间的对话交流而逐渐形成的具有相当共通性的“文学”理念乃至概念，事实上亦在逐渐呈现出来并不断清晰——至少在艾约瑟的“西国文学”和中文译者的心目中，这里的“文学”，并不是一边倒的西国文学经验，而是中国文学与西国文学之间的对话交流。而这里的“文学”，也已经从前文所述的笼统的、广义的文学概念或经验中析出，进入到一个相对狭义的经验与概念空间，其中所强调的，是这种写作文本的情感性、想象性、虚构性、审美性以及语言修辞文体的相对稳定性等特性。而就文学史而言，这段文字，应该也是中西文学比较与比较文学最早的个案文献之一。因为它还提到了一个素为后世学者所习用的概念：诗学——“盖希腊虽为声明文物之邦，而当其时，耶稣尚未降世，各国人情未免昧于真理，不知归真返璞，全其天性。然其诗学，已可见一斑矣。”[17]这里所谓“诗学”（Poetics），应该是在西国文学概念之外另一值得重视的理论概念，尽管未见进一步之阐明，但结合上文之分析，其基本内涵并不难理解。而这一概念的出现，是对“西国文学”概念的进一步加强，进一步凸显出“文学”概念的“狭义内涵”及“文学性”，而非“文献性”“文本性”及“文教”“文明”等扩展义。这样理解“西国文学”，同时亦是对中国文学的一种有意识的“狭义化”，是将“文学”这一概念试图推向近代化的一种个人尝试。当然，从实际情况看，这种尝试并没有直接催生出晚清新教来华传教士与本土文人士子跨文化交流中的“文学”高潮——与晚明耶稣会士专力于西学与西教方面的贡献一样，晚清新教来华传教士似乎又“重复”了一遍二百多年前的前辈们的事功。但有一点可以肯定，那就是王韬从新教传教士们那里，已经明确接收到了西国文学的信息——序幕已然缓缓拉开，但显然又尚未到最关键的时刻。

## 三

王韬的《西学原始考》[18]刊印本时间为光绪庚寅年（1890）春季，书面内扉页有遁叟手校印行。另正文署名方式为长洲王韬紫诠辑撰。该文献辑录于王韬的《西学辑存六种》[19]之中。

在这篇以西历时间为标准记录的中西科技历史大事记中，多次提及“文学”一词，而且还使用了泰西文学这样明显具有中西文学比较意识的表述：

> （公元前）五百六十二年，周灵王十年，小亚细亚人始造日晷，测量日影，以求时刻。雅典城始演戏剧。每装束登场，令人惊愕者多，怡悦者少。有爱西古罗者，作传奇本六十六种，善作疆场战斗之歌，观之能乐，于战阵有勇知方。又有诗人亚那格来恩善言儿女情私及男女燕会、赠芍采兰之事。如中国香奁体。后有欧里比代所作传奇，多涉闺，诲淫炽欲，莫此为甚。[20]

而在上条明显涉及泰西文学，尤为戏剧以及诗歌之后，接下来一条则直陈泰西文学之源：

> （公元前）五百五十四年，周灵王十八年，埃及国文学日开，有希利尼人苏朗，来讲授格致之学。国人化之。是时希腊名人相沿和马海修达之余风，著作歌词，称为诗史，实开泰西文学之源。[21]

此条文字，明显是就古希腊文学中之史诗而言者，所不同者，王韬此处言今日之史诗为诗史，突出的不是这种文本之诗性而是其史性。不过这并非此处需要着重讨论者。重要的是王韬在早年上海时期完成并于1890年代刻印出版的一份相关文献中，再次明确使用了“文学”这一概念，来描述泰西诗史这种文体，并将这种文体之著作，纳入“文学”这一总体性、概括性的概念之中，且使用了泰西文学这一他当年在《六合丛谈》中曾经一度使用过但又中辍的概念。

> （公元前）五百二十五年，周景王二十年，希腊雅典城中建立大书院，藏书甲地球，以招徕四方贤俊，讲求格致，文学益盛。中分数科以究天察地为首。定恒星方位，测行星轨道、考日月迟速，用三角法量弧角诸度，一时法冠于列帮，多系得诸实测。[22]

很显然，这里所谓“文学”，与上条中所指文学显然有所不同。此处更多是指“学问”或“学术”，即与格致之学相一致的各科学术。或者延伸到“文化教育”，[23]因为格致是可以作为文化教育兴盛的具体内容的，这跟前面列陈文字而扩展到文明的叙述思路等大体相配。而王韬对于“文学”一词的这种使用，其实不仅仅是其个人所好，而是有其概念渊源的。

类似的例子还有。

> （公元前）二百八十五年，周赧王三十年……埃及国人以希腊之语言文字译摩西教中旧约书。王命大臣七十人董理其

事，造白石大望台于亚历山大海滨，以便测远，特设大书院于城中，广招文学之士。[24]

此处“文学之士”，应该也是指有学问、有学识的才士，而不是具体指今天意义上的“文学”。

类似例子亦还有。

（公元前）一百七十五年，汉文帝前五年，小亚细亚王欧伶玛始设博物院，罗致珍奇瑰异于院中，更立书院以兴文学。[25]

很显然，这里的“文学”，并非限于格致之学，而是泛指“文化教育”之意。

而在王韬的《西学原始考》中，“文学”一词作“文化教育”解者尤多。譬如：

（公元前）三十三年，汉元帝竟宁元年，罗马讲求文学于都城，创建孛该玛基书院，藏书三万卷，许士人入而纵观，今欧洲多效法焉。[26]

这种将自然科学与人文学术并不切分而一概述之的例子，在王韬《西学原始考》中屡见不鲜，譬如将所有学术著作之人一概称之为文士，“埃及人俄利珍著书六千卷，泰西文士著述之富，当以其人为巨擘。”[27]

将人文学术或文化教育一概称之为“文学”者，在《西学原始考》中亦还有：

> 七百八十七年，唐德宗贞元三年，阿喇伯国势强大，……致是讲求文学，始令博士尽译希腊天算格致之书以教其民。[28]

这里的“文学”，显然当作“文化教育”解。而尤能说明这一点的例子下面还有：

> 七百九十年，唐德宗贞元六年，阿喇伯渐强，始建伊德鲁朝，安辑民人，止战斗，整法度，通贸易，兴测量，讲求医术，肄习天文，分析工作，诗歌诸科，文明日辟。所以教民者，皆希腊罗马之学艺，一时声明，文物之盛，冠绝东方。[29]

这里就是在笼统描述古代阿喇伯文明兴盛之缘起，其中提到了天文、历算、医学、贸易、政教、诗歌以及博物等等，实际上是在叙述一个朝代的人文教化。这一点还可以从下面这一例证中得到佐证。“八百二十年，唐宪宗元和十五年，阿喇伯国政日修，大兴文学，始建书院于各郡，招才艺智巧之士咸集其中。”[30]“书院”与“文学”并举，这里的“文学”，一般皆作“文化教育”解。林乐知所翻译的日人《文学兴国策》中的“文学”，显然亦当作如此解。

而“一千一百九十二年，宋光宗绍熙三年，意大利始兴保险公司，商旅便之。阿喇伯天方国文学日盛”[31]中的“文学”，亦当为“文化教育”或“学术文明”解。

不过，王韬《西学原始考》中在罗列古希腊、罗马、阿喇伯文明时代的科技大事记时，尚多次使用“文学”一词。而在进入文艺复兴以来的西方尤其是欧洲的“文明”大事记时，使用“文学”一词的频率竟然减少了而不是增加了。这说明“文学”在一个学科尚未明确细分的时代更多与“文教”、“文明”、“文化”等词通用。而进入文艺复兴之后，“文学”的具体含义日渐明确，反倒无法与其他相关词再通用了。譬如下面一条是有关1658年的英国的，其中涉及与“文学”相关的信息，反倒没有使用“文学”一词，似乎是有意与描述古代文教、文明的“文学”区隔开来一样。

> 一千六百五十八年，国朝顺治十五年。……英国士人精于考察，讲求实学以及词章之学……文人学士书翰尤美，诗家首推弥尔敦，作失乐园诗，为一代诗人之冠。[32]

在上述例句中，“词章之学”“书翰尤美”等处，其实皆可以“文学”替换表述，但王韬并没有使用“文学”一词，这只能说明，在他的《西学原始考》中，在描述古代西方文明时，他所使用的“文学”一词，其实更多时候是指笼统的文教、文化或文明学术，而非近现代意义上的“文学”。

当然，将“文学”“文艺”与“文教”“文化”“学术”等通用的例子，亦非仅限于描述古代文明，在描述近代以来的西方文明发展之时，王韬有时候依然还在使用类似表述。譬如“一千七百一年，国朝康熙四十年。普鲁士……于是始兴文艺。”[33]这里的“文艺”，应该也是指“文教”。

在王韬《西学原始考》中，有时候“文学”一词亦指“文化气质”（culture & propensity），也就是一个人的文化修养或内在气质。譬如：

> 一千八百四年，国朝嘉庆九年。……英国学校中多著名之士。论物质之学者曰伯利斯力、曰加文的斯；作列国史记者曰罗伯森、曰吉本；作诗歌者曰哥德斯美、曰别而纳斯、曰苟伯、曰加拉比能镂刻、曰倍根、曰邦斯、曰弗拉斯曼；能绘画者曰来纳德斯、曰老米尼、曰究斯德；著书述国政及贸易事宜者曰亚丹斯密，俱以专门名家著称。文学彬彬，盛于一时。[34]

上述文字中的“文学彬彬”，王韬似乎有意识地从《论语》中“文质彬彬，而后君子”中典化而来，但又有意识地有所区隔。其含义，一方面可以指教化、文明之盛况，亦可以指当时英国文士才人所呈现出来的一种文化气质。对于王韬这样的民间文士来说，完全将当时西方世界的文明教化盛景，与中土正统主流话语中的君子与王道相提并论，似乎还是需要有所谨慎的。所以王韬在“文质彬彬”与“文学彬彬”之间如此“计较”，其中细微之处的纠结或可见一斑。

但在上述文字中，王韬列举了不少英国当时的诗人名家，[35]但这种列举是在列举众多学术名家或文化教育人士之时出现的，并不是单独介绍这些诗人，也没有对其表现出超出科学技术领域的科学家的特殊钦敬或带有个人偏好的肯定。

王韬对于西学的上述认知，在思想实践层面最后归结于他的《救时刍议》一文。在此文中，他明确地将中学、西学对立，提出所谓救时四策，其中首推“废科举”:“国家以八股弓马取士二百四十年，得士不可谓不盛。而泰西各国以西学取士，崛起西洋。”[36]而其中尤为值得关注者，是他对中学、西学的列举。有关西学，他列举曰：西学者，西国之几何学、化学、重学、热学、光学、天文地理学、电学、兵学、动植学、公法学等是。[37]这种西学观，基本上没有超越他1850年代在墨海书馆时期集中翻译西学之时的认知。在这种西学观中，既没有西教，也没有西方人文、社会科学部分。将西学限定于自然科学以及技术文明部分，固然凸显了其与中学有别的学术文明特性，但也片面地理解了西学、割裂了西学作为一个整体的属性存在。而在列举中学时曰：中学以《易经》为首，次《书》，次《诗》，次《春秋》，次《四书》，《礼》为殿。[38]这里所谓“中学”，其实不过是传统经学中之一部分而已，甚至不过是“经学”中文本化的“经典”部分而已，并非是“经学”之全部，更遑论中学之全部。换言之，当王韬在“救时”语境之中讨论到中学与西学时，他的中学观和西学观其实都是“片面”的、选择性的。而这种选择性表现得尤为突出者，就是他对西学中人文与社会科学部分的“忽略”，包括对他曾经有所提及的西方文学的忽略。或许在他看来，西方文学不是西学的首要，甚至不是西学中需要向本土读者翻译介绍的亟需。或许正是与这种认知不无关系，王韬在介绍西方文学之时，会有浅尝辄止之举。其中缘由，恐非不通晓西方语言文字所能释之。或许亦与此有关，他会有对于“全才”的重新时代认知，“中学、西学一人全通者，全才也。”[39]这种新的人才观，基于新的知识结构及知识观。而王韬显然也用这种方式，完成了自己在时代知识观基础上的自我定位。

## 四

上述征引分析，主要是以王韬在移译西方著述或撰述与西方相关著述时使用“文学”及相关概念为基础的，这种征引分析所试图建构的，是在晚清跨文化交流语境中所生成的“文学”经验，以及这种经验的时代特性、历史指向以及可能的概念属性。而这种经验，很多时候只能够依托于王韬从本土知识、本土文本历史及自我著述实践中的获得累积，对于西国文学背后所依托的西方文学文本，当时的王韬基本上是空白。这就使得在讨论王韬对于“西国文学”这一概念或表述的使用时，有必要了解他对中国文学尤其是“文学”这一概念本身在中国文本语境中的实践经验的认知历史以及所持基本观点。

在《重刻曾文正公文集序》一文中，王韬分别从文、诗以及经术三个角度，对曾国藩的成就予以表彰：

> 大抵公于文主庐陵，故体裁峻絜而不尚词藻；于诗主昌黎、山谷，故词句崭新而不蹈袭故常。公又湛深经术，宗法汉学，出入服、郑，于高邮王氏尤为服膺。盖公具海涵地负之才，出其余力为词章，已足以弁勉群贤，推到一世。[40]

而在上述分别论述之后，王韬又表彰了曾国藩的相业和勋名，并用“文学”这样一个明显是概括上述文、诗及经术三者的词汇，来表彰曾国藩的“文学”成就，“公之文学足以并孔、邢、欧、曾而无愧色。”[41]也就是说，在王韬这里，诗文词章之学与经术之学汇总一道，共同构成了他对“文学”或中国式“文学”概念的理解。

可以作为上述佐证者，或者说王韬曾经对文学持这种笼统宽泛理解者，就是在《蘅华馆诗录自序》《华胥实录序》《弢园尺牍序》《重刻弢园尺牍自序》《淞隐漫录自序》《弢园老民自传》《法国儒莲传》等文中，最有可能出现“文学”一词之处，亦均未见其使用之。这更能说明，在当时王韬的理念中，“文学”并不仅限于近现代意义上的以小说、诗歌、戏剧、散文为文体分类的一种文类总称，更没有西方近代学校教育体系之中学科分类中的宗教、哲学、历史、文学等观念。譬如在其《弢园老民自传·先室杨硕人小传》一文结尾处，有“以备他日乞言于文学之君子”之语，这里的“文学之君子”，应该是指将学术、气质以及文章才艺甚至义理等融汇于一己之身的通达之士，而非仅限于文字与文章之才艺一途而已。当然，这也只是王韬理解以及使用“文学”这一概念的一种偏向或一种经验，显然并非其唯一及全部经验。

众所周知，王韬的泰西观及西学观，经历过从1850年代一直到1890年代漫长的四十年的时局变迁。在这四十年中，中西关系发生了显而易见之变化。而到了1890年代，当时的知西者已日众，与1850年代王韬等沪上失意文士初与来华传教士们接触之境遇已不可同日而语。对于这种状况，王韬也有一种解释：

> 呜呼！至今日而言用兵，人人自以为能知兵矣；至今日而言西事，人人自以为能稔西情者矣。不知知兵者不当在既用之后，而当在未用之先，稔西情者不当在西人主张之时，而当在西人始入之日。[42]

王韬用这种方式，为自己在晚清中西跨文化交流史或西学入华史上应有之地位作了一次不大为人关注之辩护。而作为晚清中国最早的通晓“西情”者之一，王韬对于西学的认知，与他对中学的认知，很多时候其实又是相互关联或互有选择及取舍的。

在这里，1896年由林乐知翻译、任旭廷润笔、由广学会印行出版的《文学兴国策》，似可作为一个反向证明的例子。众所周知，《文学兴国策》的原文本为Education in Japan，至多可以翻译成为《日本文教》，指的是文化教育之意。而翻译成为“文学”，显然亦是对文学的一种传统广义的借用阐发，也就是“文教”或“文化教育”之意。

这也从一个角度表明，一直到1890年代，无论是在像林乐知这样对中国的文学传统有所了解的来华传教士那里，还是在像任旭廷这样的江南士子那里，“文学”的近代含义依然具有相当广延性或弹性，而且与传统意义之间的联系或延续性依然是明晰的，并没有限定于近现代意义的“文学”概念的确定性之上。而这也从一个角度指向甚至说明了另一个事实，那就是晚清新教来华传教士尽管在“文学”这一概念的引入及翻译使用方面具有开拓性贡献，但晚清中国社会所面临的巨大、众多且复杂的时代社会问题，同时亦因为传教士——本土文士这种跨文化交流模式本身的局限性，使得“文学”这一概念尽管已经引入中国，但并没有由此而真正拉开近代中西之间文学交流的序幕，相反，这一序幕的真正拉开，一直要到林纾的翻译以及梁启超等人在日本创办《新小说》等文学期刊才全面开启。

当然，西方传教士或汉学家对于西方literature概念的“延伸”使用，也是造成晚清中文语境里的“文学”一词难以稳定其内涵的原因之一。譬如汉学家梅辉立（William Frederick Mayers）所编撰翻译的《中国辞书》（*The Chinese Reader's Manual: A Handbook of*

*Biographical \Historical\Mythological and General Literary Reference*）以及《四库全书总目》（*Bibliography of the Chinese Imperial Collections of Literature*），其英文标题中均出现了Literature，而从这两部著述内容看，其中所涉及到的，既有今天意义上的文学中的“小说”、诗歌、戏曲、散文等，亦有大量的哲学、历史著述文献。换言之，这里所谓“文学”，也是一个相对宽泛、传统的认知表述。

但到1898年前后，literature一词在中国的处境，显然已经发生明显改变。在同样具有西方传教士背景且在晚清上海具有一定影响力的《汇报》，在其由《益闻录》和《格致报》的合刊序中，出现了将“文学”与其他学科名称并列的表述，这也是在近代西方的教育体系之内以及近代学科分类系统之中进一步明确固化对于“文学”一词的概念认知：

> 人力能致之学，种类纷繁，难于悉举，揭其要，则有格物学焉，论性理之原委；有天文焉，考天象之运行；有气候学焉，察六气之变更；有地理焉，记万国之形势；有地学焉，探土壤之蕴藉；有形学焉，究形物之功用；有化学焉，验物体之变化；有艺学焉，讲制造之精巧。外此，则有算学以计数，测学以探数，量学以推巨体之形，博物学以审飞潜动植之性，医学以治病，律学以施政，兵学以行军，文学以讲词章，史学以专掌故，凡十有七。[43]

上述文字值得关注之处有三，其一罗列了著述者所知西学分类之目；其二直接言明文学为“讲究词章之学”；其三将“文学”列入十七种西学分类之中。无论是这种学科知识分类方法还是对于文学的学科属性及内容构成的认识，基本上都是“西方式”的，而且是近代西方式的。换言之，至此可以断定，西方的literature概念，不仅在西学语境中已经确定为近代的“文学”，而且在中文语境中，也已经确定为“文学”。在这里，文学基本上已经不再包含文教、文化、文明或者文化气质等，而专指讲究词章之学的一门学科或学问。

更可为上述佐证者，在“汇报序”中还有一段文字，比较了中国古代学术与西方近代学术之间的“差别”：我国声教之行先于泰西，而为学反不及泰西，何也？自三代以迄宋元，志士引锥刺股、穿壁分光，其所学不过经史已耳，文词已耳。（第一·五）尽管这里对待中国古代学术的分类观点显然有失偏颇，但就古代知识学问的基本形态而言，似乎亦近“经史子集”之大概。对此，序言中还有一段文字，追述中国学术在正统体制中的“衰落”原因，“降及胜国创为制艺，以艺取士，以士取官，于是帖括为科第之梯，而中国人才均为其笼络，其出而用世也，除八股八韵之外，罕有通实学者。实学不明，曷期振作。此中国之所以弱，强邻之所以欺我也。”（第一·五）由此而确立起中国传统学术与西方近代学术之间的“差别”，并由此以“中学”“西学”来替换。尽管这种对比不无偏颇，但却是晚清启蒙知识分子或改良知识分子畅言西学以及改良的常见之法。而“文学”一词，更是因为其明显的“中学”色彩或属性而在一个畅言西学或实学的时代语境中而遭遇冷藏。文已无用，学亦随之；而“文学”之路，自然蹇涩难行。于是乎在“文学”一词中不断增加其他内容，譬如教育（《文学兴国策》）等等，以借此来扩大晚清中国的文学之士的社会适应性与现实有用性。只是这种经验，王韬似乎都曾经经历过了。

注　释

1 有关明末耶稣会士入华及由此所展开的那段中西跨文化交流，《剑桥中国史》卷八《明史》（1368—1644）第二卷中之“传教士与明朝之关系”一节，有一段文字涉及，“罗马天主教教团与明代中国在宗教、学术、科学、文学以及艺术领域展开了一些令人瞩目之交流”。（*The Cambridge History of China*, Volume 8, *The Ming Dynasty*, 1368−1644, Part 2, p.363, edited by Denis Twitchett and Frederick W.Mote, Cambridge University Press, 1998.）但在具体论述中，并没有就文学与艺术领域所展开的中西交流详细论述。有关这段中西跨文学交流史，可参阅李奭学著：《中国晚明与欧洲文学》，北京：生活·读书·新知三联书店，2010年9月。

2 王韬：《西学辑存六种·泰西著述考》引言，第1页，光绪庚寅春仲遁叟校刊。著者署名：长洲王韬仲弢甫辑撰。

3 同上书，第12页。

4 同上书，第2页。

5 按，《弢园老民自传》中列王韬著述凡26种，其中有《西事凡》十六卷、《四溟补乘》三十六卷。

6 对于自己的西学背景及知识，晚年王韬在不同语境中说法有所差别。在《西学辑存六种》“序”中，他说自己“寝馈于此殆四十年，虽未稔其语言文字，而颇能深悉其理，灼知其情伪”。而在其为格致书院课艺所撰序言中，又对自己的西学尤其是科学知识表现出颇为谦虚的态度。但《泰西著述考》中大多数文献信息，应该说是来自于“畴人传”，而不是直接来自于新教来华传教士。这种知识来源及由此所形成的知识结构，很大程度上与晚明来华耶稣会士所开辟的中西跨文化交流中的“西学”具有一定的延续性。

7 沈国威编著：《“六合丛谈”附解题·索引》，第521页，上海：上海辞书出版社，2006年。

8 同上。

9 同上书，第521页。

10 当然，《六合丛谈》“小引”在行文逻辑上并没有就此停止，而是回到了一个基本问题上，就是为什么西学能够“穷极毫芒，精研物理”，并不完全是因为人，而是因为“上帝”，因为“地球中所生成之庶业，由于上帝所造，而考察之名理，亦由于上帝所畀，故当敬事上帝”。这种逻辑，其实并不让人感觉到奇怪——来华传教士的使命，并非是跨文化交流，而是中国的基督教化，跨文化交流不过是其基督教化中国的一种策略或手段而已，或者是其基督教化中国的副产品。

11 对于艾约瑟在《六合丛谈》上所发表的有过西国文学的系列文章，伟烈亚力所编《1867年以前来华基督教传教士列传及著作目录》中有关艾约瑟的中文著述中并未辑录列出。艾约瑟的这一组介绍西国文学的文章，其中文润饰者并未列明，推测为王韬（参阅段怀清《王韬与近现代文学的转型》）。另，如果将王韬的《西学原始考》(《西学辑存六种》之一)与《六合丛谈》这一组介绍“西国文学”的文字对读，会发现其中在人物译名、句子、句式等方面惊人的“相似”。尤其是其中涉及到西国文学部分，其相似或“相同度”极高。这也是推测这组文章的译者为王韬的重要依据。

12 就《六合丛谈》创刊号上所载《希腊为西国文学之祖》一文而言，是该刊第一号所载三篇专论文章之一，另外两篇分别为慕威廉的《地理》(英文标题为：Geography)和威廉臣的《约书略说》(英文标题为：The Bible)。也就是说这篇介绍西国文学的专论，是与“地理”“圣经”并列而在的，这也可见当时编者对于向中国本土文士介绍西国文学的慎重考量。

13《“六合丛谈”附解题·索引》，第524页。

14 同上书，第525页。

15 同上书，第556页。

16 同上书，第557页。

17 同上。

18 有关《西学原始考》，王韬在此文后记中有一段文字涉及，“韬于咸丰癸丑戊午两年，偕西士艾君约瑟译格致新学提纲。凡象纬历数格致机器，有测得新理或能出精意、创造一物者，必追纪其始。既成一卷，分附于中西通书之后。今俱散佚，无从搜觅，因于铅椠之暇，复为编辑，篇帙遂多”。而这段文字写作时间为光绪庚寅闰花朝，地点即沪上淞隐庐，当时王韬的年龄为63岁。

19《西学辑存六种》，包括《西国天学源流》《重学浅说》《西学图说》《西学原始考》《泰西著述考》《华英通商事略》。其中前面三种关乎西方科技，最后一种有关中英之间的通商简史。其中第四种为西方科技史大事年表，但其中亦涉及到文明教化内容，第五种为晚明耶稣会士来华人员及著述考。

20《西学辑存六种·西学原始考》，第6页。

21 同上。

22 同上书，第8页。

23 对于“文学”的文教、文明内涵以及内在化了的精神气质，王韬亦在多处涉及这种表述。《西学说：古罗马风俗礼教》一文中云：“罗人自幼教以读书，当有王及无王时，齐家之道甚严，百姓日用有常，勤于职业，家各有主，督课子弟，变化气质，学问日新。”这里“变化气质、学问日新”，说的就是文学这种潜移默化、熏陶人心的效用。(参阅《六合丛谈附解题·索引》，第573页。)

24《西学辑存六种·西学原始考》，第11页。

25 同上书，第12页。

26 同上书，第13页。

27 同上书，第14页。

28 同上书，第17页。

29 同上。

30 同上。

31 同上书，第20页。

32 同上书，第34页。

33 同上书，第37页。

34 同上书，第44页。

35 其中所列举英国诗人，包括奥利弗·戈德史密斯（Oliver Goldsmith，1730—1774）、托马斯·库珀（Tomas Cooper，1805—1892）、罗伯特·彭斯（Robert Burns，1759—1796）、弗朗西斯·培根（Francis Bacon，1561—1626）等。

36 王韬：《王韬文新编》，第327页，李天纲编校，香港：三联书店（香港）有限公司，1998年。

37 同上。

38 同上。

39 同上书，第328页。

40 王韬：《弢园文录外编·重刻曾文正公文集序》，第345页，陈恒等评注，郑州：中州古籍出版社，1998年。

41 同上书，第346页。

42 王韬：《弢园文录外编·火器说略前序》，第335页。

43 程焕文主编：《近代报刊汇览·汇报》序，第一·四，广州：广东教育出版社，2012年。

# 晚清翻译中的“译者安全”与“译本安全”

晚清“西学东渐”及翻译中的译者安全与译本安全问题，是一个常常被忽略或“遮蔽”的话题，而事实上它并不仅仅是一个话题，也是一个真实存在的现实问题。在19世纪大部分时间里最为常见的口译—笔述式的翻译模式中，无论是处于主导方的来华传教士，还是处于被动协助方的本土文士，其实他们都曾面临过译者安全和译本安全方面的压力与挑战，尤其是对于本土文士来说，这种压力与挑战更为直接而明确。这些与安全有关的压力和挑战，或者来自于他们所生活的周围，譬如文人圈子，或者来自于社会舆论，或者来自于官府朝廷，或者来自于自我身份的纠缠困扰。

从历史语境来看，上述译者与译本安全问题，涉及法律安全、政治安全、舆论安全、文化安全、身份安全诸方面，但又并不仅止于此。很多时候，这种安全忧虑不仅困扰着本土文士，甚至对于来华传教士群体来说，这种困扰或担忧也并非全然不存在。如果查看文献，就会发现，像马礼逊、米怜、麦都思、理雅各等人，在宣教策略及具体实践之外，在他们早期与本土文士合作翻译的过程中，或因为译本的完整性与准确性问题，或因为译本的语言选择问题，或因为术语问题等，都曾经与他们所属差会之间发生过龃龉紧张，并引发过他们对于安全方面的困扰担忧。当然，这些困扰担忧，更多集中在他们与差会的关系以及传教士身份方面，是一种社会安全、关系安全及身份安全方面的担忧。

事实上，译者安全往往关联着译本安全，或者说势必会对译本安全产生很大影响。一个在社会上享有一定声望名誉的译者，往往译本的安全问题亦就比较有保障，这些安全涉及到出版安全、传播安全、接受安全等，它既可以保证出版的顺利实施，亦可以保证传播的顺畅以及广泛的接受认同。如果译本的出版发行一切顺畅，同时也得到受众广泛接受认同，反过来也会进一步提升抬高译者的声誉乃至译本的影响，形成一种在狭义的安全担忧——以人身安全担忧为主——尚未得到根本之解决的时代语境中对于译者压力的缓解释压效用，并对狭义的安全担忧来源之正当性、合理性，形成反向的质疑与挑战。

译者安全与译本安全既有硬安全或狭义的安全的一面，譬如法律与政治，亦有软安全或宽泛的安全一面，譬如身份、声誉、文化、舆论以及生存关系及环境等。这些来自于安全方面的综合压力与挑战，不仅对于晚清译者及其译本的翻译行为和翻译形式产生了直接间接的影响，甚至对晚清翻译的整体特质、规模规格与发展走向等，亦产生了不容忽略的塑造力。换言之，从安全角度来考察晚清翻译，尤其是译者与译本，对于晚清翻译中的译者主体、口译—笔述式翻译模式中的中外译者之关系、原文本选择、译本的综合策略等之考察研究，显然都是值得予以尝试的。

## 一

其实，19世纪绝大多数来华传教士，最初都曾经遭遇过学习汉语中文的挑战，而其中最大的困扰，就是难以找到合适的中文教师，以及协助他们从事翻译工作的中文助手（Chinese assistant）。究其缘由，表面上看，似乎是本土文士不大乐于接触和接受来华传教士，而更深层的原因，其实与本土文士对于与来华传教士接触交往所带来的安全方面的困扰担忧密不可分。

1807年11月4日，第一位新教来华传教士、英国伦敦会差派的宣教牧师马礼逊，从中国广州给伦敦会司库写了一封长信，其中甚为详尽地描述了自己抵达广州之后学习汉语中文的经历，而且还提到了当时清廷对于外国人的侨居政策，“中国人禁止我这样的英国人住在广州”[1]。显然与这种查禁政策相关，马礼逊当时在广州学习汉语中文亦面临诸多不便，“现在的困难是，这里大部分的中国人不会说官话，也不识中国字”[2]。而当时马礼逊能够找到的两位汉语中文教师，一位是当地秀才李先生，他的儿子是一位天主教徒；另一位是山西人容阿沛，此人在北京期间曾长期与天主教传教士保持往来。两位语文教师的上述背景，尤其是之前均有与来华外人尤其是宗教背景的人的接触经历，其实已经昭示出19世纪初期来华传教士在语文学习方面的语言安全处境。

令人关注的是，马礼逊当时所采取的改善自己的语言安全处境的方法之一，就是从宗教上影响并归化他的语文教师，“从马礼逊开始在广州住下之日起，每逢礼拜天他总是停止读书，专心敬拜上帝。他要他的中文老师和中国佣人一起参加崇拜，一起诵读从伦敦图书馆抄录的中文《四福音书》，并教他们一起唱圣歌和祈祷”。[3]

马礼逊的上述处境及其所采取的应对方法，尤其是他之后在翻译《圣经》及其他相关经籍文献以及宣教册页方面屡屡所遭遇的困难，其实都与“安全”有关，其中有些是所谓硬安全，直接关涉到他的人身安全；有些则属于软安全，关乎其作为一个西方人的个人声誉与集体声誉，关乎基督教新教在华传播的未来前景。

而对于本土文士来说，在当时朝廷对外人采取查禁排斥的政策之下，主动地或者被动地接触来华传教士、受雇为其担任语文教师或助手，都有可能遭受到来自于朝廷衙门方面的种种不确定的安全风险甚至直接禁止，还有可能面临着来自于自己所属社会阶层或群体的鄙视嫌弃。如果说前者是一种硬性的规定或干预的话，后者更多是一种软性的但更无所不在的安全方面的不确定性。它会改变并恶化译者尤其是本土译者原本就不大顺畅的生活和生存环境，导致译者与环境之间矛盾冲突的潜在风险增加。

类似案例在参与《圣经》“委办本”中译、“西学东渐”以及“中国经典”英译的晚清文士王韬这里表现得尤为典型。

墨海书馆时期（1849—1862）的王韬，在其日记、书札中，有不少关于此间江浙一带士子无职业、无收入、无出路之窘况的记载。初看以为只是实写，而如果统观细查，就会发现这些文字记载，并非仅为前途渺茫无望的情绪宣泄，而是似乎有着一个相对一致的指向，那就是为王韬此间的某种行为进行有意识的自我辩护，或者提前进行谋划预备。之所以有如此推断，是因为此间王韬相关文献中对于他侨居寄食沪上之行为，常常有着彼此之间相互矛盾的描写或解释。譬如，在王韬那些描写自己初到沪上的经历体验以及他与来华西人之间交往的文字中，尤其是他写给西人的书札或在西人创办的刊物像《六合丛谈》等之上所发表的文章来看，无论是对自己处境的描写，还是对于西人、西学的描写，多见正面肯定之文字；而在日记和致乡人亲友书札中，却屡见忿忿不平之语，其对于来华西人以及自己与之接触行为的解释说明，亦多见无奈和迫不得已。后来者通常将王韬在上海的选择及事业，视之为晚清文士的开明远见与勇敢探索，而在王韬当时自己的文字中，却常常有着自我矛盾的叙述说明。而两者之间之所以在立场、态度及语言修辞上存在着较大落差，一个不辩自明的原因，就是王韬当时已经明显意识到，与来华西人之间往来接触，无疑是存在着个人安全上的诸多不确定性的，譬如是否会影响到自己的科试仕途，是否会引发士林亲友对于自己行为的非议误解，是否会给自己的将来招致一些难以预料之麻烦，甚至官府方面是否会直接干预等等。1862年王韬遭到清廷通缉，南遁香港，即可视为上述诸多不确定性当中的后果之一。尽管遭到通缉的直接原因，并非是与来华西人的交往合作，但这种关系本身，无疑强化了他政治上背离反叛的嫌疑。王韬的这一个人遭遇，也是晚清翻译与“西学东渐”进程中一个颇为典型的个案。同样值得关注的是，1880年代初期，早已经因为通晓西学、洋务而声誉远播的王韬，获得清廷默许重返上海，甚至还获聘出任沪上推广西学的格致书院山长，并以此为平台，多与各地洋务派官员大臣书札往还，以安全软环境方面的改善，来进一步和缓甚至彻底解除了之前所面临的硬安全方面的风险压力。

而软安全环境的谋划布局预备，其实是一个较长时间的持续努力，有些体现在明处，有些显然还需要在暗处一点点地防范累积。细查王韬此间文字，公开、半公开甚至完全私密的描述记载中，有关其迫不得已而寄食沪上的叙述不少。譬如咸丰五年七月十八日（8月30日）日记记载，“家食堪嗟，都有糊口四方之意，第海外咫尺之地，岂真能扬眉吐气耶！言之实为黯然”[4]。另七月二十八日（9月9日）日记记载收到乡里友人书函，日记中云，“潘惺如从甫里来，相见欢然。携莘圃手札一函，为言惺如欲至海上谋升斗粟，以奉老母。铤而走险，及核能则？不禁惜其才悲其遇也。”[5]此处所谓“铤而走险”，非处当时之社会、政治、文化等环境之中，难以真切体验感受其中所含之个人内心紧张担忧，以及甚为复杂难言的窘困无奈。

这些文字，无疑也是当时江南底层才士无法寻找到谋生之途的一个现实例证，其本身是写实的，也是与当时因为洪杨之变、江南大部沦陷、士子科试无望、不少飘零沪上的历史事实大体一致。只是这些文字，应该并不仅仅服务于写实一途，也并非仅仅是为这些士子不能获得到来自于朝廷及社会的理解同情和支持帮助而鸣冤抱屈，其中还交叉混杂着书写者当时其他一些不便与他人公开交流的隐忧与考量。此处所谓隐忧，就包括周边之人究竟如何看待自己在来华西人所主持的机构中谋生的事实，而王韬自己又该采取什么样的方式来“淡化”或“洗白”自己的这种事实身份。而最为常见且有效的方式之一，就是将自己的选择，描述成为一种迫不得已的无奈，并且将这种个人困境社会化和时代化——事实上也确实与当时社会尤其是江浙沪一带的战乱失序有关。此外，就是将自己与来华西人之间的关系偶然化和暂时化，同时还不时对西人、西学以及西语西文等，表达出来一些负面的个人观感，或者较为审慎的两方面都不至于过于“得罪”的小心翼翼。这样一来，至少可以制造出一种相对比较安全的个人心理存在，至少可以为自己的“背叛”行为，提供某种具有一定自我安慰以及自我辩护性质的解释，或者也许还可以为有朝一日不得不面对来自于朝廷、社会甚至亲友的多重压力责难之际，多少还有一些可以出以示人的心路历程之记载备忘。这些文字备忘，或许也可以作为最后的“护身符”，即便不能真正“护身”，也至少可以挽回文士们所在意的个人清誉和家族名誉。尽管并不能够直接将王韬日记、尺牍以及其他一些著述中的类似文字，一概归于所谓精心策划的个人备忘或者自我辩护的预备，但不能否认的是，这些文字事后——尤其是在王韬遭清廷通缉而南遁香港之后——确实也能够为王韬当时的所作所为，提供某些解释说明，至少显示出王韬当时的内心世界，远非一个背弃者、叛逆者、异见者这么简单。

也正是因为此，我们会从王韬此间日记、尺牍中发现不少类似记载文字。咸丰五年八月二十六日（10月6日），是日赴友人家宴，日记记载，“他席皆闽粤人，所操者皆英国土语，蛮音鴃舌臭味差池，不与之谈，吾饮吾酒而已”。这种文字记载，表面上看只是对于本土习英语者的知识身份、文化身份乃至社会身份的一种不乏偏见的议论，其实也可以作为王韬此间对待英语、外人甚至西学的一种复杂态度——他一方面自矜于在西教、西学方面的先锋地位，但又不能接受国人在口头语方面的先声夺人之优势，尤其是这种优势还被一些并无深厚中华文化学养的本土泛泛之人所掌握。这种矛盾，其实也可以作为上述所谓宽泛的软安全意识的一种曲折表现。

## 二

王韬在对待英语英文方面的个人纠结与自相矛盾，几乎贯穿其大半生，甚至也成为他在安全方面因为无法得到保障而不得不有所谨慎防备的一种明证。

早在墨海书馆时期，王韬对于朝廷宜早储备通晓西语西文之人才，已有明确认识判断，“今《新约》中有以后文移往还，例用英文一条，则此后衙署中办文案者，亦不得不识夷字矣。予以为国家当于西人通商各口设立译馆数处，凡有士子，愿肄习英文者，听入馆中，以备他日之用”[6]。这无疑是甚有远见的认知和建议，不过，仅从上述数语文字之中，已可看出王韬在英语英文认知方面的“瑕疵”或局限。一方面他用英语英文这样明显中性的表述，另一方面他又沿袭“夷字”这样带有明显情感的文化意识、固步自封式的保守观念和民族自大立场。作为一个晚清“西学东渐”的先行者和积极参与者，王韬对于西学的认知与判断，无疑应该不仅限于“句读”，还应提升到“学”乃至“道”的层面，但从上述文字表述即可看出，王韬对于英语英文的认知，其实是非常片面、狭隘和有限的，至少是尚未真正进入自我澄明之境。

就在上述是日日记中，还有一段文字，涉及王韬对于西方近代意义上的报纸之意义与价值的认识，相较而言则比王韬上述对于英语英文的认知判断更为中肯高明，“西人凡于政事，皆载于新闻纸。诚能得其月报，将所载各条一一译出，月积岁累，渐知其身，则其鬼域脏腑无遁情矣。”[7]无论出于什么样的目的而去了解认识对方，甚至是敌人，这种需求本身是合理的，而通过掌握对方的报纸而获取有关对方的信息情报，这种做法无疑也是理性的。但这种理性的态度，在现实处境中，尤其是王韬自己的困境中，却屡屡激发出他对英语英文乃至西学西教种种自相矛盾的认识和判断。

譬如，对于自己在墨海书馆受佣于西人、协助其翻译的工作以及个人处境感受，王韬常用带有负面情感的一些字句来表达自己的不甘和无奈，以及对于西人、西俗所持排斥之立场、贬抑之态度：

授书西舍，绝无善状，局促如辕下驹；笔耕所入，未敷所出，平仲之书，渐以易米，蔡泽之釜，时复生尘，倘非知我者，必以此言为河汉也。[8]

传曰："非我族类，其心必异。"西人隆准深目，思深而虑远，其性外刚狠而内阴鸷。待我华民甚薄，佣其家者，驾驭之入犬马，奔走疲困，毫不加以痛惜。见我文士，亦藐视傲睨而不为礼。而华人犹为其所用者，虽迫于衣食计，亦以见中国财力凋弊，民生穷蹇也。故西人之轻我中国也日益甚，而中国人士亦甘受其轻，莫可如何。夫谋食于西人舍者，虽乏端人，而沉落光耀之士，隐沦其间者，未可谓竟无之也。乃十数年来，所见者，皆役于饥寒，但知目前，从未有规察事理，默稔西情，以备他日之用；而为其出死力者，反不乏人，可谓中国之无人矣。吾恐日复一日，华风将浸成西俗，此实名教之大坏也。[9]

《传》曰："非我族类，其心必异。"饮食嗜欲，固不相通，动作语言，尤所当慎。每日辨色以兴，竟晷而散，几于劳同负贩，贱等赁舂。树懒之性，如处猩犴。文字之间，尤为冰炭，名为秉笔，实供指挥，支离曲学，非特覆瓿糊窗，直可投之溷厕。玩时愒日，坐耗壮年。其无所取一也。[10]

上述文字，均见之于王韬与亲友文士之间的往来尺牍之中。这些文字，也属于一种半公开的表述，但初读之下，已为王韬文字之中情绪之激烈、态度立场之鲜明而惊讶。因为只要稍微拿此间王韬与西人之间往来的一些文字对读，包括他对自己所持与同在墨海书馆协助翻译的其他本土文士之往来态度对读，就会发现王韬上述文字或言不由衷，或过于极端，又或刻意贬抑。

不妨仅以王韬在墨海书馆受雇其间致其舅父朱雪泉一封尺牍为例，其中涉及王韬对于当时同在墨海书馆供职的其他一些本土文士的议论：

> 同处一堂，绝少雅士，屈身谋食，岂有端人。本非知心之交，不过觌面为友，厕身其间，时有抵牾，不得已呼听马牛，食争鸡鹜，随行逐队，滥竽齐庭，问舍求田，箫吹吴氏。至于出面订交，品类尤杂，久溷势途，面目都变。[11]

而在其他一些著述中，王韬对于李善兰、蒋剑人、管嗣复、郭友松、沈毓桂这些曾一同在墨海书馆担任过笔述的本土文士的评价，不仅是正面的，而且还非常之高。这里不妨以王韬日记中所记一段他与管嗣复之间就受雇为西人服务的文字为例来作说明：

> 小异来此将十日矣，所谋安研地，无一就者。米利坚教士裨治文延修《旧约》书，并译《亚墨利加志》。小异以教中书籍大悖儒教，素不愿译，竟辞不往。因谓予曰："吾人既入孔门，既不能希圣希贤，造于绝学，又不能攘斥异端，辅翼名教，而岂可亲执笔墨，作不根之论著，悖理之书，随其流、扬其波哉。"予曰："教授西馆，已非自守之道，譬如赁舂负贩，只为衣食计，但求心之所安，勿问其所操何业。"[12]

其实，上述记载，完全可以视为王韬精心建构的一种自我对话，这里的小异也就是管嗣复，可以理解为另一种立场或坚持的王韬：儒家立场、固有价值、文化坚持，即所谓“攘斥异端，辅翼名教”，同时也为现实中另一个王韬的行为之无奈作了解释，即不过是为“衣食计”，并不涉及价值信仰上的背弃与皈依这样原则性的问题，也无关乎个人气节操守。

其实从上面所述即可发现，在王韬公开、半公开以及私密空间或方式中所表达出来的一些立场观点，其实相互之间是存在着一定弹性的，或者说存在着一个经过修饰设计的进退地带。或许有人会因此而认为王韬是在使用两套甚至多套话语，扮演两面人甚至多面人。这种认识或许不无道理，不过，即便如此，与其说是与王韬的个人品行有关，还不如说与他因应所处环境的个人策略或现实方式有关，而其中基本上都关联着他在那种处境之下对于个人安全环境的复杂体验和审慎自保考虑。

对于一个传统意义上的儒士及儒家价值理念为信仰皈依的本土文士来说，背弃名教、辅翼异端，不仅只是一种立场信仰上的改变，也是一种个人节操上的缺失，乃至大是大非问题上的立场背叛，所以其当日日记中会在上述记载之后，又补记了一段王韬自己的议论：噫！闻小异言，窃自叹矣。当余初至时，曾无一人剖析义利，以决去留，徒以全家衣食为忧，此足一失，后悔莫追。苟能辨其大闲，虽饿死牖下，亦不往矣。虽然，已往者不可挽，未来者犹可追，以后余将作归计矣。[13]

事实上，王韬不仅没有真正“作归计”，相反，之后他离开了上海，远赴香港，直至壮游海外，大大发展了他与西人、西方之间已有之关系，即便是在1880年代重返沪上之后，他的事业，依然是与西学及洋务密不可分，王韬的一生，事实上是在他1850年代墨海书馆时期所开启的道路上不断拓展的。当然，这是王韬浮出历史地表、人所共知的一面，而在这一侧面之后或之下，王韬在儒家与西教、中学与西学、中国与西方之间的纠结挣扎，以及试图通过“西学东渐”及“洋务运动”所实现的一种自我启蒙、社会进步、文化发展以及国家富强的理想，一直处于相互难以真正突破与超越的不断自我反复之中。王韬晚年的重返儒家及中国立场，与他1850年代在墨海书馆由麦都思施洗入教的经历之间[14]，绝不只是一次自我否定与肯定那么简单。实际上，当王韬一方面看到了英语英文在晚清对外关系中的实际需求，并提出清廷当早日为此储备外语人才的时候，他自己却坚持不学英语英文；他在墨海书馆担任笔述并协助翻译了《圣经》“委办本”、基督教赞美诗歌并协助撰写了《野客问难记》等基督教文献著述，更是协助翻译了大量西学著述，但他又将这一先锋行为和了不起的翻译事业，等闲视之，更是认为不过是为一家人“衣食计”的不得已；他遭受到清廷通缉而被迫仓皇南遁香港，却又能兴致勃勃地壮游海外，并不见一个政治流亡者常见之失落与沮丧，甚至也并没有一个“去国者”常见之恓惶不安。之所以如此，应该与王韬内心世界里已经逐渐建构起来的自我安全保护的心理机制不无关系。这种心理机制经过20、30年的不断完善，实际上已经可以为王韬源源不断地提供个人安全方面的支撑。至少是在宽泛意义上的软安全方面，王韬通过上述种种看似无意实则有心的预设，较为成功地将自己的公共形象，塑造建构成为一个明智而理性的“先知先觉者”，而不是一个政治上的异见者、价值信仰上的背叛者、个人道德上的失节者。这种公共形象，事实上产生了一种有助于逐渐缓解他在硬安全方面所面临的压力的客观效果，并最终导致了这种风险的解除。

## 三

而从实践层面来看，上述此类译者风险的自然延伸，首当其冲为译本安全。结合晚清翻译尤其是基督教典籍的翻译，其中对于一些关键名词术语的译名选择，显然已超越技术层面的翻译辨析，而演变成为一个翻译安全甚至翻译政治问题，尤其是译本安全或译本政治问题，其中不仅折射出口译者与笔述者各自在宗教信仰及认同体系之间的博弈较量，涉及与他们的文化身份以及社会地位有所关联的语言修养及审美品位，同时也反映出中西之间的现实关系在晚清翻译语境中的一种集中体现。

具体到王韬的翻译个案，大体可以从他与担任口译者的传教士之关系、自我身份之理解定位、名词术语的翻译界定、与本土读者之间的关系形态等界面，来解读译本安全在翻译实践层面或过程中的历史原貌，并探究其中所体现出来的与译本安全相关的不同侧面及其缘由。

作为笔述者的本土文士，因为与来华西士之间为一种雇佣关系，又因为他们服务于外人，所以在协调维护自己与周围环境之间的关系方面均甚为留意，王韬日记中曾有相关记载：

> 海防署内阁胡雅堂来，购泰西医术数种去。闽斋来，言携李有杨某在此，于钦差随员颇稔，且知江南人朱镇、潘霞纬在此，若有泰西奇闻异书，可投其所好。[15]

这种在地方官员之间周旋并通过参与翻译的西学著述来投其

所好、营造维护一个相对安全的生存环境的事情，王韬日记、尺牍之中的记载并不少见。

同样地，因为陪同来华西人深入内地，引发路人围观乃至官衙过问甚至驱逐一类事情，王韬日记中亦有文字描述。1858年12月27日日记中，记载了当年同在沪墨海书馆协助来华西士从事译述的数学家李善兰，因为陪同英国来华传教士艾约瑟前往杭州而引发当地官民紧张一事，从中即可见作为本土笔述者或译者的文士，其硬安全得不到足够保障之说绝非空穴来风：

> 壬叔言：当年同艾约瑟至杭，乘舆往天竺，为将军所见。时西人无至杭者，闾阎皆为惊诧。将军特谕仁和县往询，县令希上意，立逐艾君回沪，而将壬叔发回本州。[16]

其实，这种人身安全方面的不确定和不安全感，对于担任来华西士笔述者或译者的本土文士们来说，一旦离开开埠口岸，马上就会变成现实，因此也时时提醒他们，他们与来华西士之间的雇佣和协作关系，是一种在现实生活空间上受到限制的关系。这种现状本身，也确实不免影响到本土文士们对于自己身份、地位、作用、贡献等的自我定位和自我评价。在《弢园尺牍·与所亲杨茂才》一函中，王韬将自己在协助翻译过程中的作用与贡献几乎等同于无：已删定文字，皆系所主裁断，韬虽秉笔，仅观厥成。彼邦人士拘文牵义，其词佶屈鄙俚，即使尼山复生，亦不能加以笔削。[17]如果说这是在一种更私密的语境中对于自己与来华西人之间工作方式及工作关系的直率定性描述的话，而在《麦都思中文教师之"受洗"申明》《与英国理雅各学士》《与法国儒莲学士》《与英国傅兰雅学士》

等尺牍中，王韬所描述的与西人之间的关系，无疑是一种今天的读者更为熟悉亦更能理解接受的关系，也就是说，在王韬与西人相关的话语中，至少让我们看到了两种大相径庭的描述——心理现实的一种描述，与理想现实的一种描述——而无论是哪一种描述，又与客观现实存在构成一种对话关系，从中也折射出王韬作为一个笔述者与编撰者内外有别的言语策略与自我保护的安全意识。

这种策略与意识，有时候并不是以一种明显的倾向性和个人好恶表现出来的，反而是通过一种看似客观中性或者学术理性的方式得以体现的。

对于基督教在华之命运及未来，王韬所抱持的态度显然并不很乐观，但也说不上有多么消极悲观，如果从他受洗之前写给精神导师麦都思的思想汇报来看，王韬的立场可以说是有一定倾向性的。但在晚清上海那种政治与社会环境中，王韬显而易见并不想让这种倾向性过于外显。咸丰八年八月十三日（1858年9月19日）日记中，有一段有关God这一基督教独有之术语的汉译史的叙述：

> 午刻，往讲堂听慕君说法。慕君以“上帝”二字出自儒书，与西国方言不合。且各教进中国，其所以称天之主宰，称名各异，犹太古教为耶和华，景教为呵罗呵，挑筋教称为天，天方教为真主。明时，利玛窦等入中国，则为天主，而间称上帝。然当时国王颇不谓然，以上帝之名与儒家混也。及本朝嘉庆时，英人马礼逊至粤，所译之书称为“神天圣书”。合众国教士于道光末年，又称真神，是一主而有数名也。今华民最“佞佛”，寺刹香火遍天下，欲称天主为真佛，以挽其颓波，而教可广行矣。然道之兴废，其间自有数存，不系乎名，

慕君犹未见及乎此耳！[18]

王韬的这种观点，一方面反映出他在译名问题上的个人学术态度，另一方面亦可见他对基督教在华传播之未来，并不抱持特别明显的个人倾向。而之所以如此，原因当非一种两种，其中是否潜隐着王韬在基督教入中国这一话题上的自我安全意识、自我安全需求、自我安全焦虑，以及是否显示出王韬内心之中此间俨然已经形成的一种安全保障机制和自我安全防范能力，实在值得进一步探究。

如果说译者安全，指的是翻译者对于自己在整个翻译过程中以译者为中心而发生或产生的一种自我安全意识及行为心理，王韬等当时受雇服务于墨海书馆的本土笔述者们，其身份并不是一种完全的或完整的"译者"，而只是正常状态下的"译者"身份的一种延伸，是为"译者"服务的"合作译者"。也因此，在这一语境中"本土译者"的译者安全，包含着与外来译者的合作、原文本的安全、翻译过程的安全以及译本的安全等，它可能涉及对各种场景、行为、过程及结果的一种个人预判、体验及评估；它不仅指译者心理层面的自我体验，而且也涉及对造成译者上述体验发生与发展的各种客观存在因素及事实的反应。而实际上，译者的安全意识及心理反应，尤其是像本土笔述者这一身份的"译者"的安全意识及心理反应，在翻译过程中通常会以一种"缺席的在场"的方式或形式而参与到翻译的实施之中，王韬的上述种种言行，实际地佐证了这一判断。

而结合王韬的经验，我们发现历史语境中的译者安全，往往被简单直接地等同于译者对于翻译政治的一种安全意识与安全反应。

实际上，消极的译者安全反应，极端的个人体验及现实体现，可能确实与当时政治环境有关，但又绝对并不仅限于此。换言之，在以法律安全、政治安全为中心的译者安全之外，译者及译本可能面临的文化安全、舆论安全、身份安全等，同样会对译者和译本的存在与生成，产生诸多切实可查的实际影响。

注　释

1 《马礼逊回忆录》，第42页。
2 同上。
3 同上书，第44页。
4 〔清〕王韬：《蘅华馆日记》，吴贵龙整理，转引自《史林》，第55页，1996年第4期。
5 同上书，第56页。
6 《王韬日记》，第86页，方行、汤志钧整理，北京：中华书局，1987年。
7 同上。
8 〔清〕王韬：《弢园尺牍·与许壬釜》，第12页，汪北平、刘林编校，北京：中华书局，1959年12月。
9 《弢园尺牍·与周弢甫征君》，第26页。
10《弢园尺牍·奉朱雪泉舅氏》，第22—23页。
11 同上书，第23页。
12《王韬日记》，第92页。
13 同上书，第92—93页。
14 有关王韬与基督教之间的关系，参阅段怀清：《试论王韬的基督教信仰》，以及《麦都思中文教师之“受洗”申明》，段怀清译，《清史研究》2011年第2期。
15《王韬日记》，第22页。
16 同上书，第57页。
17《弢园尺牍·与所亲杨茂才》，第5页。
18《王韬日记》，第7页。

# 口岸文人与晚清语言文学之二：沈毓桂、蔡尔康、海上漱石生

# “士先器识而后文艺”

## ——沈毓桂与晚清“西学东渐”视域下的文学书写

### 一

沈毓桂（1807—1907）的文艺立场或文艺观的“调整”，或许从他曾服务的《万国公报》复刊之后的“编者启”一则可见一斑。这则篇幅不长的“告白启示”，将复刊之前与复刊之后的两种《万国公报》的编辑宗旨及方针宣示得一清二楚，其中就涉及对于所刊发文章的要求和标准：

> 本馆前于沪渎创行《万国公报》，海天之轶事，作华报之先声，行之十有五年，备承造凤名流、登龙硕彦锡以锦字，贶之琼章。本报除攻阴讦、描摹媟亵、悬之禁例，恕不列报外，凡有鸿篇丽制，雅什骈词，或侈倚马之万言，或诩探骊之片语，无不广为搜辑，以代表彰。[1]

如果说上述文字所示，可为早期《万国公报》的选文立场及标准的话，复刊之后的《万国公报》，其选文立场及标准，则有较为明显之调整与改变：

> 近赖同人议为复兴，即于正月为始，月出一编，务望文坛飞将、儒林丈人，侈笔阵之雄谈，抒草庐之胜算，利民利国，教孝教忠，事可备乎劝惩，义不悖乎正则。[2]

如果说创刊之初的《万国公报》之办刊立场与选文标准，似更偏于“自由”“中立”甚至于“无限制”的话，复刊之后，《万国公报》的办刊及选文立场，显然朝着“正统”立场及“经世致用”方向进行了重大调整。尽管并没有明确上述办刊立场及选文标准的具体针对，譬如说文章类型、文体风格以及语言雅俗等，但其中毫不掩饰的“利国利民”“教孝教忠”“劝惩”“正则”等一类表述，至少在表面上已经昭示出，《万国公报》并未将自己定位为一份由外来传教士及本土民间文士合力举办且外来身份及色彩鲜明的报刊，而是倾向于认同本土“正统”立场并服务于当下中国“经世致用”宗旨、靠拢本土但又宣示新知与进步的传播平台。在同期所载《复兴万国公报序》一文中，“义专主乎劝善惩恶”的诉求主张，再次得以强调。[3]而靠拢本土官方正统乃至朝廷立场这一点，亦在该序中得以明示，“而其有益中朝之举，尤在《万国公报》一编”[4]，“林君（指《万国公报》主编林乐知——笔者）惠爱中国之盛心，亦可引以自慰而益扩充矣”。[5]

而对于复刊《万国公报》之具体栏目内容，上文序中亦有一一展开说明：

> 月具公报1册，计32页，合3万字。首登中西互有裨益之事，敦政本也；略译各国琐事，志异闻也；其他至理名言，

兼收博取，端学术也。算学格致，务各撷其精蕴，测其源流，形上之道与形下之器，皆在所不当遗也。[6]

值得注意的是，这篇出自沈毓桂之手笔的复刊序文中，列举了分任其事者名姓，譬如韦廉臣、慕威廉、艾约瑟、丁韪良、花之安、德子固、林乐知等一众“西儒”，而协助他们从事编撰的本土文士，则无一人被提及，包括沈毓桂自己。

但这种状况很快就发生了改变。仅在一年之后的1890年，《万国公报》第14期所载“编者启”中，已清晰列明沈毓桂为《万国公报》的编辑人员，而非一般笔述者：

辑海天之轶事，作华报之先声。……前岁西国同人共议复兴，乃延林君乐知主其事，而分任其事者为韦君廉臣、慕君威廉、艾君约瑟、丁君韪良、沈君赘翁、德君子固、李君提摩太，即于去年正月为始。[7]

这不仅是晚清以来由来华传教士所开办并主导的中文报刊首次将本土文士明确定位为“分任其事者”（即编辑人员），不再只是潜隐在传教士们的阴影之中的“笔述者”，而且还将其名姓与来华传教士并列，其身份及地位之提升改变，一目了然，毋庸赘述。

不仅如此。在沈毓桂《复刊万国公报序》文之后，作为《万国公报》主持的林乐知，专门撰文，对沈毓桂的独特贡献予以说明并感谢：

吴江沈赘翁先生，有道君子也。仆初至沪渎得见先生，如旧相识，许与定交，已历二十余年矣。犹记《万国公报》（这里当指初创之《万国公报》——笔者），实赖先生相助为理。[8]

由此可见，沈毓桂在《万国公报》的身份，至少在复刊一年之后，已非19世纪上半期本土文士常见扮演的一般“笔述者”，而是与那些来华久住的传教士汉学家们并列的“编辑”人员。这种地位的提升，在晚清“西学东渐”之中、西士中人关系及身份地位之比较中，不仅是一个值得注意的现象，也是一个极为显著重要的改变。它不仅标志着当时像沈毓桂这样的本土士人与来华传教士之间合作关系之密切融洽，而且也标志着像沈毓桂这样的本土文士在完成了宗教信仰的“转向”以及西学知识的“完善”之后，从传教士们那里所获得的尊重。

更为引人注目的是，在复刊《万国公报》号上，一共刊发署名文章10篇，而沈毓桂一人4篇，即《万国公报复兴序》《圣主亲政颂》《新年颂》及《上相佐治颂》。而《万国公报》将一位本土文士颂赞光绪皇帝亲政等系列文章，刊发在复刊号显著位置，一方面可见《万国公报》复刊之后在办刊立场上对于本土官方朝廷之肯定认同，另一方面亦显示出沈毓桂在《万国公报》乃至沪上来华新教传教士群体中之身份地位，确实已非昔可比。

## 二

这种身份和地位的改变，与沈毓桂对待“西学”乃至“旧学”的立场观点之间，形成了互为因果之关系。简言之，上述身份地位的改变，显然得益于他受洗入教、接受西学以及与来华传教士之间长期的来往合作；同时，也正是这种来往合作，又进一步推进、深化了沈毓桂对于西方、西学乃至西儒的认知。反过来，上述认知，亦为沈毓桂对本土知识、思想及文化传统的认知与反思——不仅是一种外部反思，伴随其间的亦有其不乏深化的内部反思——提供了跨语际与文化交流的个人语境与持续的时代动因。而且，无论是对于"西学"的接触、认知与学习，还是对于儒学的反观、反思及重新阐发，并不是彼此孤立、各自独立展开的，而是相互交织且逐渐形成了一个具有时代特性的兼顾古今中外的知识视野和思想语境。值得特别指出的是，这里所谓"古今中外"，并非是一个空洞的形式或结构，也不是一种刚刚萌发的模糊意识与游移不定的姿态，而是一直在不断充实、深化并明晰、坚定的自我学习、认知和反思的过程、方式及结果，它不仅具有相当的前卫性与先锋性，而且也呈现出知识上、思想上的深刻性与洞察性，亦昭示出一条全新的知识道路、一个超越固有文化圈局限的认知视野以及一种更富于创新意识的思维方式。

对此，曾任江苏巡抚端方在上奏朝廷表彰沈毓桂的奏折中亦有明示，且未回避更未非议诟病沈毓桂在晚清"西学东渐"方面的参与事功：

> 该员植品纯粹，潜研实学。光绪五年与美国儒士林乐知在上海创建中西大书院，前后掌教十有八年。复与诸西儒共译格致探原及天文算学等书三十余种。又创设《万国公报》，译登中外政事学校商务诸大端。当咸丰同治之际，中西隔膜，民智未开，该员已能烛理研几，以知觉为己任，五十年来不求

闻达，现届九十七岁，计闰已及百龄，精神强固，励学不衰，呈请恳恩褒扬。[9]

实际上，沈毓桂的经历在晚清曾经不同程度地参与过“西学东渐”的本土士人之中虽非个案，但亦非普遍，尤其是他在中外两端均能获得信任与赞扬这一际遇更为罕见。如果说端方的上奏可见当时官府对于沈毓桂的认知评断之一斑的话，与沈毓桂共事多年的林乐知，早在《万国公报》复刊之际，不仅对二人之间长久之合作关系有清楚说明，同时对于沈毓桂在中西学术方面的涵养贡献，亦给予了充分肯定[10]。

《万国公报》1891年3月（中历光绪十七年二月）号刊发沈毓桂文二篇，一篇为《中西教养》（英文篇名Chinese and Western Civilization, Relative Merits, etc.），作者署名沈毓桂（Sung Yuh-Kwei），头条刊发，另一篇为《中西女塾记》（英文篇名On The Benefits of Female Education），作者署名沈赘叟（英文Sung Tsui-ong），同期《万国公报》还转载了王韬《弢园文录外编》上的《办理洋务在得人》一文。沈毓桂的上述二人，均为中、西之比较，这一点从两篇文章的英文题目看一目了然，不过中文篇名则多少有些掩饰，显然有意淡化了中、西之间的比较色彩。

即便如此，《中西教养》一文的开门见山一句，还是将沈毓桂当时的知识视野与思维空间开新超越的一面显示无遗，“今者，普天之下，环大地球数十万里，数百千国，化理之优，足以久安而长治者，在乎教养之得宜也。”[11]尽管此文中沈毓桂依然没有根本上摆脱超越本土君民道统教化的思维窠臼及价值羁绊，依然局限于“以贵治贱，以贤治不肖”的传统认知，但在接下来的正文部分，沈毓桂不仅论及中国的古之圣王之道，更是一一列举了美国、巴西、法国、英国以及欧洲其他诸国的王政、民政之况，并述其变迁，得出了“泰西民政与君民并主之政，实合此理，此所以有利而无害也”的肯定性结论。此文对于中、西政制及政治的比较论述，尽管认识上还颇为粗浅，分析议论亦不过表层，而且也并没有将西方当代民主政制及政治即视为晚清整改之圭臬，但对晚清以来“西学东渐”初期中、西一度自说自话、缺乏富有诚意的真正的知识与思想对话交流局面的改变，应该还是有一定正面示范甚至推动作用。

尽管这篇文章最后依然将政治立场及主张，回归到对于中国传统的圣王之道的肯定认同上，“我中国之教养，以视泰西诸国，各自不同，然观所以养民教民之意，西国诚善，我中国又驾而上之矣”[12]，这既与晚清洋务派官绅“中学为体，西学为用”的共识有关，也与沈毓桂在《万国公报》这样由来华传教士主导的中文媒介上的谨言慎行的自处方式有关。这种言论方式，不仅是一种立场与观点的自我表达，也是通过一种与之适宜的话语方式来安全地完成上述表达的理性选择。从这里亦可以大体上看出晚清“西学东渐”语境中像沈毓桂这样的本土文士如何选择并实现文学书写的一般状况。

## 三

如何重新认识并界定个人书写的意义？如何使得个人写作及著作“足以有益于天下，亦足以有益于后世，而皆以益人为心，而无有益我之见存？”[13]沈毓桂的观察与思考，尽管追流溯源，论及本土文士固有之著述心理与著述文化，但也并没有简单地沿着上述思维惯性及价值取向来辩论是非，而是将这一命题或观察反思，置于晚清以来中西乃至世界语境之中予以“重新”认识及界定，这也是沈毓桂的相关言论在晚清中国乃至本土思想传统中凸显出其个人性及时代性的所在。亦因此，其所撰《著书益世论》一文，以中国古代教育制度、考试制度以及人才选拔制度的考察反思为线索而展开，亦就不令人奇怪了：

> 乃自隋唐两宋，间以策论诗赋为取士之法，而凡为士者，惟求工于此以弋其功名。欲其甘于伏处，专心致志于著作中者盖鲜至。前明嘉靖年间，时文一道日益踵事增华，竟令儒学诸生舍四书外而只习一经以为是亦足矣。……所以五经不必尽读也，而所谓十三经几不知为何物矣。至于子史等书，则互相戒读，恐荒时文之功，竟置高阁而任尘封。……凡汉儒实学弃之如遗，大抵以模糊影响之谈，聊图塞责，而处世立身之道，亦沾沾从语录得来，外则迂腐，内腹空疏，又何有著作之广可以益人益世耶？不特无益，而且有损。[14]

沈毓桂的上述反思与批判，是就本土文士在传统知识及思想、制度语境中的种种陋习弊端而言者，同时他也毫不隐讳地指出，过去不少文士著述，“仅尚文词之炫耀以希冀荣华，并无道德之至”。[15]。其实，类似上述反思与批判，在本土传统语境中并不鲜见。如果沈毓桂的传统反思及批判仅止于此，无论是其反思性及批判性，很难说就有多少突破或尖锐性与深刻性。而明显不同于之前历史上那些反思并批判正统、道统及体制文化的思想言论的是，沈毓桂的视野及语境中，引入了“西方”这样一个全新的“要素”或“视域”，并结合自己与来华传教士之间数十年的个人交往及著述合作，以及对于西学及西方著述文化的观察思考，对本土思想传统、文士传统以及著述传统等，进行了具有中西比较视角乃至初步全球意识的辨析阐释：

> 泰西之士则不然。或云西人不求仕进而乐于野处者，殆有深意存焉。每见著书益世，书房购求印售。国家优礼奖赏，寒士亦得丰衣足食，不患人之不己知也。……捧阅之余，予乃恍然于著书益世立法之善，蔑以加矣。上既不开课以取士，下自无应试以求名。而为士者得以从容暇豫，隐居山林。举凡有关于世道人心、民生国计者，不殚详明精切，而载于编简者，皆有益于世。此固不可少者也。[16]
>
> 即如吾友艾君约瑟、丁君韪良、慕君威廉、林君乐知、韦君廉臣，皆西国博古通今之士，来华已久，闭户著书，寒暑不辍。词尚朴茂，不尚浮华。所著各种书籍，风行海内，不胫而走，无翼而飞矣。余与之相识殆三十余年，赏奇析疑，获益匪浅。虽未稔其语言文字，而颇能深悉其理，灼知其情，以故西国之政事学问亦略得其真诠。[17]

不过，如果通读沈毓桂的此类文章，会发现他的中西比对式的观察、反思及批判，并不是一种简单的外部反思，其立场及主张，也并不总是以肯定当下西方、否定本土传统的激进模式作为归结。也就是说，尽管沈毓桂积极参与“西学东渐”且时间上长达半个世纪，但他既不是一个简单的“西化派”，也不是一个简单的“折中派”。如果仅从其发表在《万国公报》上的那些文论来看，沈毓桂的立场及主张，似乎还更为接近“中学为体，西学为用”这一方，而不是“不中不西”或“亦中亦西”这样的“第三条”道路，而这样的立场，竟然还会得到来华传教士团体的“默许”，这一点多少让人有些费解——如果那些文论刊发在由本土文士们所主持的报刊上尚能理解，为什么在有传教士及教会背景的报刊上，沈毓桂这种坚持“中学为体，西学为用”立场及主张的文论——那些文论至少从表面上来看确实如此——还会得以大量发表呢？不仅如此，无论是复刊之前的《万国公报》，还是复刊之后的《万国公报》，沈毓桂的文论大多发表在该刊头条或显著位置，而且有时同一期上面还会发表沈毓桂不只一篇甚至多篇文论诗词。而比较之下，沈毓桂在《万国公报》上所享有的这一地位及待遇，要比早在墨海书馆初期即参与其中的王韬还高[18]。

导致这一现象的更复杂亦更深层的原因，或可从沈毓桂与林乐知、慕威廉、艾约瑟、韦廉臣这些久住中国的传教士汉学家之间的“密切”往来中窥见一斑，但像沈毓桂这样能够同时在中、西两方面均享有比较高的信任度的本土洋务派知识分子，在晚清中国的时代语境中确实并不多见。

亦或者与沈毓桂的个性以及他的文论的书写方式及语言风格有所关联。一方面，沈毓桂发表在《万国公报》上的那些文章，从立意及内容上看，大体上是肯定并宣扬经世致用一类的思想主张，这在他的《著书益世论》《务求实学论》等文论中有较为集中明显之体现，而这些思想主张，与晚清“洋务派”的基本立场及主要诉求一致，并无悖逆；另一方面，沈毓桂的思想主张之表达，言语并无激进，尤其是涉及对于中国思想以及文士传统的反思与批判，更多是现象层面的，往往在对这些现象的反思与批判之后，又回归到对于本土正统主流的认同上，所不同的是，这种回归与认同，被纳入一个中、西并存兼容的全新知识及思想结构体系之中，而沈毓桂所建构起来的这样一个认知、反思及批判的体系结构，应该说体现出一定的个人创新。

而从来华传教士及其所创办主导的中文报刊的编辑角度看，沈毓桂的“中体西用”的思想言论，有时候也受到了一定程度的“对冲”。1890年7月号《万国公报》，沈毓桂的《著书益世论》发头条，紧跟其后的，是丁韪良的《道器论序》一文。将这两篇文论放在一起来看，似乎会发现《万国公报》在文论编排上并非是全然无心，而是多少有所考量的。细读起来，《著书益世论》尽管批评了中国著述史上的一些现象，同时也肯定并褒扬了西方著述史上的一些现象，包括来华传教士著作家们的个人努力，但该文总体上的立场及观点，并非是在中、西之间的简单的二选一，而是在对一些现象性的迂腐空疏以及追名逐利的批判之后，重新肯定了现象背后的本质性的思想与文化价值主体甚至本体的正确性。而在《著书益世论》一文之后的《道器论序》一文，则从西方立场及西方哲学的角度，阐述了一个有关道、器二元关系的“通识性”的观点：

> 人具天赋之灵，则以思索为性。见地上花草，必探求地内金石；见头上苍穹，必推及星外世界。自今推古，自古推始，盖格致之学，功分内外。其外者，在研究有形，其内者，在探索无形。无形有形，有形本出于无形，有形为质，无形为灵，故灵为万物之源，欲求其源，溯流而上，须由人之灵而推及天之灵。[19]

丁韪良的《道器论序》一文，尽管并没有从观点及内容上直接回应沈毓桂的《著书益世论》一文，但他却将西方哲学中的道器观、人性以及格致之学对于无形、有形的研究探索予以介绍说明，不仅从另一个角度或层面，回应了《著书益世论》一文中对于著述意义的关切与讨论，而且也将西方格致之学独一无二的超越性及对于真理的追求揭示出来，事实上也可以视为对于那些迂腐空疏、沽名钓誉、追名逐利之作的一种批判。换言之，《万国公报》作为一个知识与思想平台的立场与观点，是通过沈毓桂、丁韪良以及其他作者的文论共同塑造完成的。如果说沈毓桂的《务求实学论》（On the Revival of True and Practical Learning）[20]一文更为突出并强调的是适应晚清中国所急需的"实学"，那么丁韪良的《道器论序》一文，无疑更为强调并突出了对于真理的不断的、永远的追求。也就是说，沈文重在求实，通过求实来达到求真，而丁文则旨在求真，通过求真来完成求实。

## 四

有意思的是，丁韪良《道器论序》一文中所阐述的命题，沈毓桂在其《士先器识而后文艺论》一文中亦有所涉及，所不同者，沈毓桂更多还是从中国思想及本土命题的角度来展开论述的：

> 自来朝廷之重士与士之自重者，岂有他哉，亦惟其渊深之器足以裕经济，卓越之识，足以建事功而已。何以言之？器者，蕴蓄道德之具也。载道有其具，而后可以大受；识者，宰制事之衡也。处事有其衡，而后可以有为。三代下士之为

国家任艰巨，其原皆本于此。而仅曰蜚声文苑、驰誉艺林也，岂朝廷之所以待士与士之所以自待之初心哉！试即唐裴行俭云士先器识而后文艺之说申之。

夫人之立身行己，未有不欲务其实而适于用者也，然而其中有本末也。本足以该末而末不足以及本，故人必当知本。本何在？器识是也。使士之为士者，涵养其德器，沉潜其知识，廓乎有容，洞然不惑，虽由是以与曩哲争先可也。末者，何文艺是也？使世之为士者驰骛乎虚文，泛滥乎曲艺，华而不实，博而不专，虽由是以与庸愚同尽可也。则后者益所当后也，此行俭所言所由为相士者告而并为士告也。顾或曰：文者，所以明道也，亦所以经世也。故其精者，达乎天人性道之蕴，……所谓文，文艺与器识合者也，行俭所谓文，文艺与器识分者也。文艺既与器识分，则空矜藻采无预识，称苏味道王剧，此则行俭之器识，实有所不足。[21]

在这篇文论中，沈毓桂提出了一个既为本土著述史上的老生常谈，又带有一些晚清色彩的新问题：器识与文艺之间的关系。而这里所谓文艺，是本土文士们极为珍惜的功名声誉所在，而这里所谓的器识，则明显不同于空泛意义上的“实学”，而是更具体地指向晚清中国所急需的那一种“实学”——其实很大程度上就是指西学及新学。沈毓桂通过这种论述，一方面揭示并肯定了西学和新学作为一种时代所急需的“实学”对于社会尤其是知识阶级的重要性与急迫性，同时也将这种实学与一种新的著述意识以及书写实践关联了起来。

不过，沈毓桂这里并没有清晰地提出那种先有新思想、新知识而后有新文艺的主张，事实上他仍然一直在使用一般意义上的文艺这样的概念，对于“西学东渐”过程中所生成的一些新名词，沈毓桂似乎亦没有表现出特别突出的倾向性或亲近感。如果一定要从他发表在《万国公报》上的那些文论中找出所谓的“新”，那就是他惯常使用的那种中西比较视域，以及初步呈现出来的文化的封闭圈与边界意识。在这种视域及意识中，尽管沈毓桂尚未明确地提出所谓的“新”这样的名词及主张，但他对于科学、西方文明、大世界等概念及思想的使用表达[22]，尤其是他在“西学东渐”中所形成的那种新的知识构架、思维方式及审美价值取向，并以突出强调“器识”先于“文艺”的坚定立场和明确主张，不仅展示出新知识、新思想与新价值对于传统文士的文学书写的时代意义，而且，他的这一立场和主张，已与清末民初对于新知识、新思想以及新的审美价值的诉求之主流脉络交织在一起，并为其提供了一个涵盖整个19世纪的关涉思想与文学改良的难得个案。

注　释

1 《万国公报》1889年2月（中历光绪十五年正月）第1期所刊“启者”。
2 同上。
3 《万国公报》1889年2月（中历光绪十五年正月）第1期所刊“复兴万国公报序”。
4 同上。
5 同上。
6 同上。
7 《万国公报》1890年3月（中历光绪十六年二月）第14期所刊“启者”。
8 《万国公报》1889年2月（中历光绪十五年正月）第1期所刊“复兴万国公报序”后林乐知所撰“答序跋语”。
9 《申报》1904年12月2日所载“优礼耆儒”一则报道。
10《万国公报》1889年2月（中历光绪十五年正月）第1期所刊“复兴万国公报

序”后林东知所撰“答序跋语”。

11〔清〕沈毓桂:《论中西教养》,《万国公报》1891年3月(中历光绪十七年二月),Vol.III,No.26。

12 同上。

13〔清〕沈毓桂:《著书益世论》,《万国公报》1890年7月(中历光绪十六年五月),Vol.2,No.18。

14 同上。

15 同上。

16 同上。

17 同上。

18 沈毓桂和王韬在《万国公报》上有多次同期发表文论,但沈毓桂的文章多刊发于头条位置。

19 [美]丁韪良:《道器论序》,刊《万国公报》1890年7月(中历光绪十六年五月),Vol.2,No.18。

20〔清〕沈毓桂:《务求实学论》,刊《万国公报》1890年8月(中历光绪十六年六月),Vol.2,No.19。

21《万国公报》1890年3月(中历光绪十六年二月)第14期所刊《士先器识而后文艺论》。

22《士先器识而后文艺论》的英文翻译为“On the Proper Order of Instruction”,《著书益世论》的英文翻译为“On the Superior Importance of Scientific Discussions as Compared with Mere Literary Essays”,其中都包含着对于“西学东渐”中引进汉语中文的一些新概念的使用,但沈毓桂在此方面并没有表现出引人注目的超前性。

# 沈毓桂："杂事"及《万国公报》的文学平台

沈毓桂与《万国公报》（Wan Kwoh Kung Pao, A Review of The Times）之间的关系，至少包括三个层面。第一个层面是他作为《万国公报》主笔，第二个层面是他与林乐知（1836—1907）之间的私人交往关系，第三个层面是他与《万国公报》及《万国公报》知识分子群体之间的关系（包括《万国公报》中西方编辑人员及中外读者）。

《万国公报》创办于1868年，旨在"开通风气，输入文明"，初为7日报，15年后即1883年"以事冗暂辍"[1]。1889年，《万国公报》复刊，直至1907年终刊。是年，《万国公报》最重要的两位编辑林乐知和沈毓桂先后病逝。对《万国公报》与晚清中国尤其是晚清"西学东渐"之间的关系，李提摩太有一段专门论述：

> 特设广学会，为明达诸公助开风气，一面将紧要西书译成华文，详述各国富强源流，一面撰著短篇论说，胪陈大概情形，于每届大比年间，分赠各省士子。如此者凡十余载。……论及中国振兴此种，颇有归功于广学会者。[2]

鉴于广学会与《万国公报》之间的关系，上述有关广学会之于晚清中国之地位及贡献的论述，无疑可以推及于《万国公报》。对此，长期协助林乐知主持《万国公报》的沈毓桂亦曾有过评述，“中国素无新闻报牍，有之，自《万国公报》始。其报每一星期刊布一册，中辍者五岁，廓而大之，月出一册。博采异闻，广陈要政，以为中朝最尚，前于《申报》数载，实为华字报先河”[3]。

对此，李提摩太亦持相近立场，“中国当日除邸抄外，惟香港上海有一二不长久之报纸。甚不足称。同治七年，先生（指林乐知——笔者）创《万国公报》，七日一发行，将万国要事，悉载其上，意欲中国效法而治，助中国开风气者，历15年之久。是时，人民蒙昧，不知报之功用”[4]。

李提摩太、沈毓桂诸人，不仅是晚清“西学东渐”的直接当事人，而且亦均主持过《万国公报》之笔政，对于该报与晚清知识、思想及社会启蒙之间的关系，自有局外人所难得之体验。

其实，在多为当时本土士林所关注且影响广深的时评、政论、学说之外，《万国公报》亦是19世纪下半期汉语中文报刊中一个不可多得的文学平台，其中最主要的栏目，当为“杂事”。

至于《万国公报》之内容栏目设置，在《万国公报》之“特别广告·本报之内容”中有如此介绍说明，“依杂志体例，以发表惟一自政论时评学说为主，而介绍世界新事为辅，尤重者务求识力独到、足为中国前途之方针。”目录一般常见设置为：1）社说；2）杂著；3）外稿；4）译谭；5）智丛；6）时局；7）要件；8）杂事；9）附录；10）告白等。

其对应英文目录一般为1）essays；2）editorals；3）communicated；4）international topics；5) science, etc；6）miscellany；7）notices and advertisements。

有关《万国公报》与晚清中国知识、思想、文化、社会、政治乃至文学诸方面之关系，学界已有不少研究论述。本文专就《万国公报》上“杂事”这一栏目予以考察研究，以冀对《万国公报》与晚清文学之间关系有一种更集中亦更明了的认识把握。

## 一

《万国公报》中文目录“杂事”一词，其对应的英文目录中为miscellany。该词在英文中既有多样、混杂之意，亦常用来指文学方面的杂录、杂集、选集、汇集一类。

不过，在《万国公报》每期目录中，有时亦可见“杂著”栏目，但“杂著”栏目中所载文章，论说一类仍较常见，与“杂事”栏目所刊有所不同。“杂事”所载，则多为本土诗文，其中沈毓桂之诗文尤多，亦有不少其他文士之投寄诗文。鉴于沈毓桂为《万国公报》之主笔，所以这些出自他手笔的诗文，多少亦就难免带有一些报末补白之性质，与《申报》上所载本土文士诗词歌赋大抵类似。不过，与《申报》早期几种文艺副刊相比，《万国公报》“杂事”栏目所载，则没有后者那么大的篇幅规模，其周围所聚集的本土文士，在数量上亦明显没有早期《申报》文士众多。

统观《万国公报》杂事栏目，发现它不仅仅只是晚清本土文士文学才艺之展示，尤其并不只是本土传统意义上的文学理念、文艺创作的一个公共展示平台。从1870年代一直到1900年代，20余年之中，通过《万国公报》“杂事”栏目，甚至可以窥见晚清文学观念、文艺创作方面历史变迁的某些征候、迹象、线索以及具有一定里程碑意义的重要文献文本。譬如复刊后《万国公报》1895年总第77期所载《求著时新小说启》，在晚清小说史上就具有众所周知的里程碑意义。而1880年580期所载《请作颂主诗》，则为晚清中文基督教赞美诗歌史研究方面一则重要史料文献。而且，《万国公报》"杂事"中不仅发布了上述征求创作基督教赞美诗歌的启示，而且后来还刊登了本土教友发来的信道诗三十首，另外还登载了英国来华传教士所译之大卫诗篇。

另外，"杂事"中还刊发了一些本土文士与外来传教士之间迎来送往的酬唱之作，尤其是沈毓桂与他所熟稔的"来华西儒"之间的迎送庆贺酬唱为多。而这些文本，无疑具有文学的及文献史料的双重价值。单就其文献史料意义而言，这些文本其实亦可以作为了解晚清来华传教士与本土文士之间关系的重要史料，尤其是本土文士如何通过他们所熟悉的文学语言和文学形式，来将其应用在一种全新的文士关系之中，表达、定位并塑造此间中西文士之间的关系性质，表达他们尤其是本土文士们丰富而敏感的内心情感。所以，这些重要而珍贵的文学文本，也是了解此间中西文士之间关系的重要情感文本。鉴于此间来华传教士与本文士之间书信方面的文献难以搜寻，这些迎来送往、庆贺酬唱一类的诗词歌赋、纪念文章，也就显得弥足珍贵。

此外，《万国公报》"杂事"栏目中亦发表了一些具有学术史意义的文章，譬如1879年第546期上，就发表过《西国画法精奇》一文，这也是19世纪下半期汉语中文语境中比较早涉及西洋绘画方面的论述。而像一些同样具有一定文学史意义的文本，像《弢园尺牍自序》[5]（王韬，《万国公报（上海）》1889年第4期），"杂事"栏目亦有刊载，这也从一定角度反映出《万国公报》"杂事"栏目在本土文士之中所逐渐产生的影响力。

这里不妨辑录一部分《万国公报》“杂事”栏目曾经登载过的诗文，以供了解掌握：

《杂事：评戒鸦片诗启》(录闽省会报)，《万国公报(上海)》1879年第十一卷第536期

《杂事：西国书法精奇》，《万国公报》1879年第546期

《杂事：举行乡试录遗示》，《万国公报》1879年第549期

《杂事：汇纂古书》，《万国公报(上海)》1879年第十一卷第549期

《杂事：劝忌洋烟赋》，《万国公报(上海)》1879 年第十二卷第551期

《杂事：英国教士请作圣大卫诗篇诗词启》，《万国公报(上海)》1879年第十二卷第568期

《杂事：请作颂主诗》，《万国公报(上海)》1880年第十二卷第580期

《杂事：沧浪亭长歌用欧阳公韵》，《万国公报(上海)》1880 年第十二卷第594期

《杂事：赠赘翁诗》，《万国公报》1880年第596期

《杂事：以德报德》，《万国公报(上海)》1880年第600期

《杂事：犬捕寓言》，《万国公报(上海)》1880年第600期

《杂事：程子翼赠杨用之诗》，《万国公报(上海)》1880年第十三卷第614期

《杂事：余一峰赠杨用之诗》，《万国公报(上海)》1880年第十三卷第614期

《杂事：嘉禾荒田谣送许太守》,《万国公报（上海）》1880年第十三卷第617期

《杂事：余将东归留别诸从学》,《万国公报（上海）》1881年第十三卷第628期

《杂事：十诫歌》,《万国公报》1881年第638期

《杂事：送花师娘回国序》,《万国公报》1881年第652期

《杂事：林屋洞天赋（并序）》,《万国公报（上海）》1881年第十四卷第660期

《杂事：方言古今同导考》,《万国公报》1881年第661期

《杂事：广师说》,《万国公报（上海）》1881年第十四卷第661期

《杂事：葛芝眉庆艾杏翁六十寿诗两律即用原韵》,《万国公报（上海）》1881年第十四卷第668期

《杂事：葛芝翁题陈太守所建栖流所内养和堂蓄孔雀词（鹊踏枝）》,《万国公报（上海）》1882年第十四卷第675期

《杂事：请修新约注解启（附请设圣书月课）》,《万国公报（上海）》1882年第十四卷第685期

《杂事：格言十三则》,《万国公报（上海）》1882 年第十四卷 第686期

《杂事：张静斋明经题沈赘翁玉照》，张镜濂，《万国公报（上海）》1882年第14卷 第691期

《杂事：张少芸明经题沈赘翁独立图》，张书绅，《万国公报（上海）》1882年第14卷第694期

《杂事：戒溺女诗四首并序》,《万国公报（上海）》1882年第十四卷第695期

《杂事：宋恕卿先生题沈赘翁独立图》，宋书晋，《万国公报》1882年第696期，第17页

《杂事：照录绍郡徐仲凡部郎复某君书》，《万国公报（上海）》1882年第十五卷第702期

《杂事：信道诗》，《万国公报（上海）》1882年第十五卷第711期

《杂事：中西第一分院十月份课题并名次单》，《万国公报（上海）》1882年第十五卷第719期

《杂事：中西第二分院十月份课题并名次单》，《万国公报（上海）》1882年第十五卷第720期

《杂事：壬午年十二月初八日监院大考中学名次单》，《万国公报（上海）》1883年第十五卷第726期

《杂事：敬录陆稼书先生少之时三句题文并记示肄诸生》，《万国公报（上海）》1882年第十四卷第690期

《杂事：主祷文》，《万国公报（上海）》1882年第十四卷第691期

《杂事：奉省教友富云鹏信道诗三十首（未完）》，《万国公报（上海）》1882年第十五卷第705期

《杂事：奉省教友富云鹏信道诗三十首（续）》，《万国公报（上海）》1882年第十五卷第706期

《杂事：奉省教友富云鹏信道诗三十首（续）》，《万国公报（上海）》1882年第十五卷第707期

《杂事：信道诗》，《万国公报》1882年第711期

《杂事：武将工诗》，《万国公报（上海）》1882年第十五卷第714期

《杂事：梅花诗》,《万国公报（上海）》1882年第十五卷第715期

《杂事：四书八名瘦词》,《万国公报（上海）》1882年第十五卷第717期

《杂事：赠沈赘翁大词宗并谢惠题坐花醉月图》，笑霞生钟树本悟痴氏,《万国公报（上海）》1882年第十五卷，第718期

《杂事：汇纂古书》,《万国公报（上海）》1883年第十五卷第735期

《杂事：中西书院两分院考课单》,《万国公报（上海）》1883年第十五卷第736期

《杂事：戴兰芬太史十戒诗》,《万国公报（上海）》1883年第十五卷第749期

《杂事：感知已诗序》,《万国公报》1889年第2期

《杂事：感知己诗序（选稿）》,《万国公报（上海）》1889年第2期

《杂事：西湖即景（未完）》,《万国公报（上海）》1889年第2期

《杂事：琴语堂续稿杂言十三首》,《万国公报（上海）》1889年第3期

《赠英国进士艾约瑟先生四诗（并序）》，沈毓桂,《万国公报（上海）》1889年第3期

《杂事：李小池刺史思痛记金陵兵事汇纪》，吴江沈毓桂,《万国公报（上海）》，1889年第3期

《杂事：跋西学课程汇编后》，沈毓桂,《万国公报（上

海)》1889年第4期

《杂事：西学课程汇编序》，沈敦和，《万国公报(上海)》1889年第4期

《学箴六首(并序)》，沈毓桂，《万国公报(上海)》1889年第4期

《贺郑登赋仁兄令似康侯同砚弟入泮》，沈毓桂，《万国公报(上海)》1889年第4期

《杂事：弢园尺牍自序》，王韬，《万国公报(上海)》1889年第4期

《贺席正甫观察五十寿》，沈毓桂，《万国公报(上海)》1889年第4期

《杂事：登科佳话》，《万国公报(上海)》1889年第6期

《杂事：预别离》，《万国公报(上海)》1889年第8期

《杂事：久别离》，《万国公报(上海)》1889年第8期

《杂事：将别离》，《万国公报(上海)》1889年第8期

《杂事：题扬子萱仁弟廷杲独立图五古四十韵》，沈毓桂，《万国公报》1889年第9期，第64页

《杂事：赠张静斋明府镜濂》，沈毓桂，《万国公报(上海)》1890年第12期

《杂事：恭贺龚观察升任浙江臬宪截句六章》，《万国公报(上海)》1890年第14期

《杂事：翻译西书》，匏隐氏，《万国公报(上海)》1890年第14期

《杂事：改正巴西皇图说》，《万国公报(上海)》1890年第15期

《杂事：咏牡丹四律》，王良佐，《万国公报（上海）》1890年第17期

《杂事：送魏牧师回国序》，《万国公报》1890年第17期

《杂事：勉成七绝数章录》，《万国公报》1890年第17期

《杂事：紫牡丹》（诗词），《万国公报》1890年第18期

《杂事：白牡丹》（诗词），《万国公报》1890年第18期

《杂事：红牡丹》（诗词），《万国公报》1890年第18期

《杂事：黄牡丹》（诗词），赘叟，《万国公报（上海）》1890年第18期

《杂事：赘翁自述七律二首》，《万国公报（上海）》1890年第23期

《杂事：中西教会报弁言》，《万国公报（上海）》1891年第24期

《杂事：孙小帆先生五十述怀七律八首》，《万国公报（上海）》1891年第24期

《杂事：感怀七律四章》，沈毓桂，《万国公报（上海）》1891年第26期

《杂事：偶感二首》，柳胥村农，《万国公报（上海）》1891年第27期

《杂事：节烈可嘉》，《万国公报（上海）》1891年第31期

《杂事：赠慕道先生楹帖并跋》，沈毓桂，《万国公报（上海）》1891年第28期

《杂事：辛酉岁余客山左莱州汪秋潭太守澄之署斋抚序书怀四章》，《万国公报（上海）》1891年第35期

《杂事：岁暮感怀》，铁脊头陀，《万国公报（上海）》

1892年第37期

《恭祝唐景星方伯七十开一寿序》，沈毓桂，《万国公报（上海）》1892年第40期

《杂事：送艾约瑟先生回国截句三首》，《万国公报（上海）》1892年第43期

《恭贺盛杏荪观察调任津海榷篆拙句六章并序》，刊《万国公报》1892年第43期

《杂事：恭送艾约瑟先生回国截句三首录请》，沈毓桂，《万国公报》1892年第43期，第64—65页

《杂事：金陵怀古八首》，孔繁焯，《万国公报（上海）》1893年第49期

《杂事：拜读沈寿康先生可庐大集题赠》，江右谢朝恩梅仙，《万国公报（上海）》1893年第50期

《杂事：奉题沈寿康吟丈匏隐集》，江右谢朝恩梅仙，《万国公报（上海）》1893年第50期

《杂事：游张园和朋云社兄》（诗词），《万国公报》1893年第54期

《杂事：月下听笛》（诗词），《万国公报》1893年第54期

《杂事：归梦诗（并引）》，六廉居士，《万国公报（上海）》1893年第55期

《杂事：对月拟古》，《万国公报（上海）》1893年第56期

《杂事：祝徐子静观察五十寿》，沈毓桂，《万国公报》1893年第56期

《杂事：祝徐子静观察五十寿》，沈毓桂，《万国公报（上海）》1893年第57期

《杂事：祝盛旭人方伯八十寿》，沈毓桂，《万国公报（上海）》1894年第61期

《杂事：恭祝旭人方伯封翁大人八旬荣寿谨次自述元韵》，沈毓桂，《万国公报》1894年第61期

《杂事：长人逝世》，《万国公报（上海）》1894年第62期

《杂事：白牛独角》，《万国公报（上海）》1894年第63期

《杂事汇录：求著时新小说启》，《万国公报（上海）》1895年第77期

《杂事汇录：本馆声明》，《万国公报（上海）》1895年第77期

《杂事：惠书志谢》，《万国公报（上海）》1895年第81期

《杂事：时新小说出案》，《万国公报（上海）》1896年第86期

《杂事：出售文学兴国策》，《万国公报（上海）》1896年第88期

《杂事：申明书意》，万国公报馆主，《万国公报（上海）》1896年第93期

《杂事汇载：新书告成》，万国公报馆公报主笔，《万国公报（上海）》1897年第98期

《杂事附编：书传音快字后》，万国公报馆同人，《万国公报（上海）》1897年第99期

《杂事附编：新著中东战纪本末续编出售告白》，万国公报馆同人，《万国公报（上海）》1897年第99期

《杂事汇录：暂辞回国》，公报馆同人，《万国公报（上海）》1898年第108期

《杂事汇录：无名氏昭信股票诗：万国公报馆采众说》，《万国公报》1898年第110期

《杂事汇录：观燕台哑学考校记》，万国公报馆，《万国公报（上海）》1899年第127期

《杂事汇录：林乐知先生〈大美国史略〉跋》，万国公报馆，《万国公报（上海）》1899年第128期

《杂事（万国公报馆从录）：匡庐游记自序》，镇江陈春生，《万国公报（上海）》1899年第130期

《杂事：丁冠西（韪良）先生无律自勉歌》，万国公报馆，《万国公报（上海）》1900年第133期

《杂事汇录：碧莲后学殿士夏正邦直叙苏慧廉牧师寓瓯十九年行述》，万国公报馆同人，《万国公报（上海）》1900年第135期

上述诗文发布的时间，从1879年一直到1900年，基本上涵盖了《万国公报》影响力最突出集中的20余年，这也是晚清中国思想、文学、语言变化比较明显剧烈的20余年。尽管上述诗文从语言、文体以及审美意识及审美价值诸方面，还很难说已经与传统文学隔离切断，但不可否认的一点，那就是从这些诗文中逐渐释放出来的一些思想的、情感的、语言的以及审美的时代气息，或不断扩展的语言、文学、思想及审美的边界意识及探索实践。尽管西学乃至西教的输入，此间还没有直接影响并改变中国文学的固有语言及审美传统，但随着西学、西教的不断输入，尤其是在传播方面的不断扩张，伴随着本土新式学堂以及越来越多的教会学校的创办，以及在语言、知识、价值乃至信仰“双轨”制的体制中接受学校教育

的本土学生人数逐渐增加，所有这些，相互影响彼此促进，共同推动着晚清“西学东渐”“洋务运动”以及“维新变法”等一波又一波的改良运动，其中就包含着语言与文学方面的改良变革。

二

《万国公报》“杂事”栏目或文学平台，是晚清文学改良、维新乃至革命的风向标之一，其中与晚清文学变革相关的一些重要立场主张、观点宣扬等，初发或刊载于此。此外，传统文学之不动声色的改变，譬如对于当下现实生活、社会政治等更为积极主动的介入议论，对于民生疾苦更为深切的关怀以及对于社会陋习更加大胆的批评，亦通过上述平台传达出来，并得到了本土文士阶层的不少回应。一个广为人知的例子，就是傅兰雅（John Fryes,1839—1928）在《万国公报》上所发布的“求著时新小说启”和“时新小说出案”。这里所提出的“时新小说”概念，在其对应英文表述中为New Novel。这一文学征文呼吁及具体实施，亦进一步推动了晚清文学改良在实际的方向上——尤其是小说这种与时代、社会及生活现实有着更为接近关系的叙事类文学——迈出了更为清晰可闻的步伐。

《求著时新小说启》广告，发布于1895年6月总第77期的《万国公报》“杂事”栏目。[6]同期该栏目中还发布的有“本馆声明”及“天足会征文启”二则声明广告。从“天足会征文启”，亦可知“征文”甚至于有奖征文，已成为来华传教士及本土文士推动社会及文学改良的一种手段。而在本期英文目录中，并没有完整列明“杂事”中每一条具体内容之标题，这大概与《万国公报》的读者乃本土文士而非英文读者的缘故有关。而值得一提的是，这一期的《万国公报》中文目录却标列得甚为细致分明。现摘录如下：

《万国公报》目录

| | |
|---|---|
| 中东失和古今本末考 | 美国林乐知译 中国蔡芝黼作 |
| 纪三百年前中东使臣问答语 | |
| 日本大将军致明总兵书 | |
| 日本大将军谕帖 | |
| 日本要明七约 | |
| 节录通鉴辑揽览 | |
| 附录日本国诗史略 | |
| 前左副都御史张幼樵副宪奏请预防东患疏 | |
| 合肥相国遵议预防东患兼定征东良策疏 | |
| 总跋 | |
| 裒私议以广公见疏 | 美林乐知选译 华铸铁生汇辑 |
| 缠足两说 | 天足会闵秀著 广学会督办矣 |
| 匡谬　正俗 | |
| 五续救世教益之一 | 英李提摩太著 |
| 续富国养民策第十三章 | 英艾约瑟著译 |
| 新语五 | 华沪渎蔡子著 |
| 大清政要（7条） | 铸铁庵主识 |
| 问答节略 | |
| 合约节要 | |
| 乱朝纪十二 | 美林乐知命意 缕馨仙史遗词 |

电书总裁　　　　　　　　　　前人选译汇志

杂事

　　本馆声明 天足会征文启　求著时新小说启

各项告白

从本期所载著文内容及语言来看，“求著时新小说启”一文出现在《万国公报》之上甚为自然，并不让人感觉突兀。傅兰雅在征文启事中对于小说的尤其是小说改良的关注及呼吁，就其立场及主张，实际上与“杂事”栏同期所刊“天足会征文启”彼此相得益彰。“求著时新小说启”中开篇就言明：中华积弊最重大者有三端，一鸦片，一时文，一缠足。如果说“天足会”是从社会现实角度尝试对女子缠足予以匡正改良的话，通过时新小说的方式来对这一社会风俗积弊予以描写批评，就成了晚清小说及文学改良的一个现实支点，而它所呼应的，也是对于小说这样一种文体在晚清思想及社会启蒙中特殊功能的一种发现、肯定及明确，“窃以感动人心、变易风俗，莫如小说。推行广速，传之不久，辄能家喻户晓，气息不难为之一变”。[7]这种呼吁及宣扬，显然对梁启超、严复等人之后对于小说这一文体形式在社会动员以及知识思想启蒙方面特殊功用的发现及推行尝试产生了一定影响，而这样一种思想立场及思想风气，一直延续到“五四”新文学。尽管“五四”新文学时期对于小说的重视，已经是在新文学更确切说是在现代文学语境中的“再次发现”和“重新建构”，但它却与晚清“西学东渐”及知识—思想启蒙中的那一次发现和确认密不可分。

而一年之后的“时新小说出案”，显示出此次小说征文不仅得以执行完成，而且也得到了本土文士一定程度的回应。这也可作为清末外来传教士与本土文士之间通过小说征文这样一种形式与活动，而共同形成一种社会舆论及公共文化合力的一种实证。它不仅显示出以《万国公报》为平台的这一跨语际、跨文化交流的公共空间在晚清中国存在的真实性，而且也显示出此间中外文人雅士之间通过什么样的途径、形式，来实现彼此之间的互动交流——“求著时新小说启”及“时新小说出案”不仅仅是文学理念、文体形式、文本语言等层面的一次中外之间的实际对话与互动交流，也是中外文士之间一次彼此呼应配合、积极共同完成的文学—文化活动。它的文学史意义及中西文化交流史意义，并不逊色于它当时试图实现的在文学上的追求。

## 三

而在《万国公报》“杂事”中，尤为引人注目者，还有中西文士之间的互动交流，其中沈毓桂与伟烈亚力、慕威廉、韦廉臣、艾约瑟、林乐知等来华传教士之间的私人交往与深情厚谊，成为了并非一直顺畅无阻的晚清中西跨文化交流中让人感到温馨的一抹亮色。而沈毓桂通过本土文士们所熟悉并雅好的诗文形式，来建构这一中西文士与文士或儒生与儒生之间的人际对话交流，而且还将这些文本发布在《万国公报》这一公共媒体上，亦就显得弥足珍贵，它突破了此间中西限于纸质、实物之间交流的局限性，将这种对话交流扩展到人际之间，呈现出当时中西之间、民间交往的某种历史形态。

《伟烈先生将归英国赋诗赠别》，沈寿康，《万国公报》

1877年第446期

《挽艾母七绝六章》，吴江沈寿康，《万国公报（上海）》1878年第十卷 第491期

《教事：跋韦廉臣先生所著基督实录后》，沈寿康，《万国公报（上海）》1880年第13卷 第616期

《赠英国进士艾约瑟先生四诗（并序）》，沈毓桂，《万国公报（上海）》1889 年第3期

《杂事：送魏牧师回国序》，《万国公报》1890年第17期

《韦廉臣先生传》，沈毓桂，《万国公报》1890年第21期

《蓝惠廉先生小传》，沈毓桂，《万国公报》1892年第41期

《杂事：恭送艾约瑟先生回国截句三首录请》，沈毓桂，《万国公报》1892年第43期

《慕维廉先生小传》，沈毓桂，《万国公报》1900年第144期

《美进士林乐知先生传》，沈毓桂，《万国公报》1907年总第222期

实际上，沈毓桂也通过这样一种方式，即一种文学的阶层文化方式，将中国人尤其是中国文人们在迎来送往、寿诞庆贺等方面的雅化表达，文本化地呈现在来华西方文士前面。而沈毓桂在此方面的作为，几乎从他1850年代在墨海书馆接触到来华传教士、协助修订新旧约中译本即已开启，一直延续到1907年他临终之前所完成的两篇在此方面具有一定代表性的文本《拟玛利逊百年纪念大会记》和《美进士林乐知先生传》。从这两篇纪念性文章中，依然可以感受到沈毓桂与晚清来华西方文士以及与“西学东渐”之间非

同寻常的关联方式。除了那些曾经就学于本土教会学校的学生，单就本土文士这一群体而言，沈毓桂的经历可谓凤毛麟角甚至独一无二。

正是与上述人际之间的密切交往、频繁互动密不可分，沈毓桂所代表的这一清末中西交流，亦就至少呈现出三个层面的特色，其一是观念立场层面，尤其是涉及对于文学创作者的思想观念、审美立场及文学价值等的重新建构；其二是创作实践层面，在此方面沈毓桂不仅有参与到新旧约中译本的修订一类的工作经验，而且在长达半个世纪的中西合作当中，参与并完成了不少文本翻译，这种翻译实践，不仅直接触动了沈毓桂在观念层面的文学立场，而且也在具体实践中对于他的文体意识、文学语言、文学品味及审美等诸方面，亦产生了潜移默化的影响；其三就是在人际交往方面，通过与来华西方文士之间的长达半个世纪的持续交往，沈毓桂真正实现了与西方文学之间在文学观念、文学创作与文学家三方面的系统对话与尝试对接。

而落实并呈现上述“三位一体”式的文学关系的，应该就是《万国公报》“杂事”这一平台，当然亦不仅限于此。从其近半个世纪的媒体生涯来看，这种文学关系之体现，甚至亦不仅限于《万国公报》。

注　释

1 《万国公报》之“《万国公报》特别广告”。
2 ［英］李提摩太:《仇耶稣教即仇中国论》,《万国公报》1906年第215期，第38页。
3 〔清〕沈毓桂:《美进士林乐知先生传》,《万国公报》1907年总第222期，第

28页。

4 ［英］李提摩太：《林乐知先生哀文》，《万国公报》1907年总第222期，第33页。

5 〔清〕王韬：《弢园尺牍自序》，《万国公报》1889年第4期。

6 有关傅兰雅及其“时新小说征文”活动，参阅［美］韩南《中国近代小说的兴起》。

7 《求著时新小说启》，刊《万国公报》1895年6月（光绪二十一年闰五月）总第77期，第32页。

# 沈毓桂：晚清民间文士的“西学”“新知”及“洋务”

晚清苏沪文士中，直接参与“西学东渐”、积极呼吁“改良”并大力支持“洋务”者并不鲜见，但像王韬、沈毓桂这样几乎大半生置身其中而且著述丰硕、影响甚大的民间文士，则并不多见。

相较而言，王韬、沈毓桂二人身上既有大同，亦有小异。大同者，除了上述所提及的基本立场与态度，二人还都曾受洗入教，不过王韬晚年对于基督教及“儒教”的认知与立场又有调整，而沈毓桂的基督教信仰似乎要比王韬更为坚定持久[1]。所谓小异，王韬曾有“南遁”及“海外壮游”的特殊经历，对于泰西世界，有过亲身体验和直接观察，这对1870年代以后王韬的著述产生过显而易见的影响，而沈毓桂尽管与林乐知、艾约瑟、韦廉臣、慕威廉、丁韪良等来华传教士结交往来半个世纪，但对于“西学”之外的西方，一生未曾亲履实观。此外，在西学、儒教及新知乃至文艺方面，王、沈二人的立场态度亦有些微差别。单就文艺一途，王韬是一个名副其实的文艺家，而非“空头文学家”，他不仅有“降格求真”的一面，也有“书写怀抱”的追求与坚持，更有数量不可谓不丰硕的文学著述，其中还包括至少三部短篇小说集，这在晚清昌言

“西学”“新知”与“洋务”的改良派文士中不可谓不罕见；而沈毓桂则旗帜鲜明地提出“士先器识而后文艺”的主张，而且他的这一立场，在当时本土士大夫阶层中亦得到了不少声援，而他所提出的“西学必以中学为本”一说，更是与晚清“洋务派”“中体西用”的主流观点一致，而以沈毓桂通晓“西学”“新知”及“洋务”的身份，在由来华西人所主持的《万国公报》这样的公共媒介上发表上述关乎“中学”“西学”关系之论述立场，且在中、西双方均能获得认同接受，这一经历亦显得尤为特别。当然，中、西双方对于“西学必以中学为本”这一阐述的理解认知可能有所不同。至少在当时那些与本土文士多有交往的来华传教士看来，对于沈毓桂这一立场观点的“认同”，更多或许是出于一种“接触策略”，而在本土推动“西学东渐”及“洋务运动”的朝廷重臣及民间士绅们那里，这既是他们的立场主张，亦未尝不是一种自我保护的手段，而晚清官场及民间思想主张之复杂性，亦由此可见一斑。

而对于像沈毓桂这样的本土士人而言，如果仅只是零散孤立地考察他的“西学”观、“中学”观，或者某些篇章论述中的只言片语，未必能够获得对于其立场、思想的完整真切认知，事实上，即便是将其“中学”观、“西学”观并置一处予以考察，亦未必能够对其思想观点的动态发展及起伏变迁有一个历时性的跟踪掌握。较为适当的方式，是通过与沈毓桂素有往来的那些本土文士以及来华西人的交叉视角，以及沈毓桂较为完整的文字著述，尤其是他在《万国公报》上所发表的那些著述，包括《匏隐庐诗文合稿》中的《匏隐庐文稿》，来对其“西学”“新知”及“洋务”立场态度及思想主张予以综合考察、动态跟踪及全面分析，以此来完成对于沈毓桂后半生，尤其是1850年代以后思想主张的透视洞悉。

## 一

沈毓桂最初接触“西学”，与王韬在时间上相近。据王韬为《匏隐庐文稿》序文，二人最初相识，即在沪上。“余与赘翁先生交，垂四十有八年矣。道光己酉，余以避水灾橐笔申江。是冬，余获见君于豫园茗寮，遂订缟纻。”[2]是年即1849年，正是王韬自苏来沪、与墨海书馆的麦都思等来华宣教西士的初识交结，而此时沈毓桂亦暂栖沪上，而从王韬所述来看，当时的沈毓桂，似乎还未见与在沪西人有频繁往来接触，“余与君为文字交，诗酒之会，无役不兴，以此徜徉海上，颇得狂名。”[3]可见当时王韬、沈毓桂在沪上本土文士中的声名，与“西学”“新知”尚无交涉关联。

而从林乐知对于林、沈二人之间交往缘起的叙述看，时间上亦明显晚于王、沈二人订交。“吴江沈赘翁先生，有道君子也。仆初至沪渎得见，先生如旧相识，许与定交，已历二十余年矣。”[4]林乐知1860年初抵沪，此时距王、沈初识，已十年有余。而在林乐知的记忆中，无论是二人之间交往日密，还是沈毓桂涉足“西学”“新知”，均与《万国公报》相关，“犹记《万国公报》，实赖先生相助为理”。[5]而目前可以查阅到的沈毓桂与来沪西人之间的交往及相关著述，时间上最早者可追溯至1877年。是年，沈毓桂在《益智新录》上刊文《流通圣书说》及《阻施圣书辩》[6]，另有《伟烈先生将归英国赋诗赠别》[7]，刊载于《万国公报》。前二文均与《圣经》在华通行有关，而后者则为沈毓桂与墨海书馆传教士伟烈亚力之间的赠别赋诗。如果说前者可见当时沈毓桂与所谓“西学”之间关系之一斑——与其说“西学”，还不如说是“西教”，那么，后者则为沈毓桂沿袭中土文士之间雅好习俗，赠诗作赋，以为送别。二者亦可作为1870年代沈毓桂与来华西士及“西学”之间关系之一斑。

而无论是王韬还是林乐知对于沈毓桂后来生平的描述，似乎进一步印证了沈毓桂与“西学”“新知”及“洋务”之间的交集关联，既带有晚清中国本土文士接近“西学”的某些共性，又带有沈毓桂自己的一定个性。

所谓某些共性，是就沈毓桂参与“西学东渐”的途径方式而言。与王韬相近，沈毓桂也是通过早期来沪西方传教士所建立的墨海书馆而参与《圣经》翻译宣传的工作之中，即与传教士之间的接触交往，乃其涉足“西学东渐”之起点，亦因此，沈毓桂的“西学”知识或“新学”构成中，基督教知识、思想及信仰，占据相当比重，或者说基督教色彩较为浓厚，这种状况几乎一直持续到1870年代的《万国公报》，此间仍然可以看到，沈毓桂公开发表的不少文论，依然与基督教的在华传播有相当关联，而不仅止于世俗意义或科技性质的“西学”知识。而作为晚清第一代涉足“西学东渐”的本土文士，沈毓桂又是“西学”“新知”在本土的积极宣传者与推动者。这种宣传与推动，并不只表现在著述一途，或者仅仅体现在协助来华传教士们的翻译撰著方面，事实上，沈毓桂在协助传教士创建并主持新式学堂、积极培育本土“西学”“新学”人才等方面，亦有筚路蓝缕、以启山林一类的开拓之功，甚至在此方面的贡献，并不逊色于在“西学”引进传播方面的事功。

对于沈毓桂在涉足并积极推动“西学东渐”之前的身份及履历，《匏隐庐文稿》的几位序文作者中，只有翰林院编修吴炳一人提及，“先生吴江世胄，少负才名，壮年走马金台，宦游滇省”。[8]

这种经历，其实在同时期本土文士中甚为常见，如果不是因为西士来华、“西学东渐”，而沈毓桂生逢此时，又能审时度势，积极投身其中，显然亦就不会有后来在晚清“西学东渐”史上占有一席之地的沈毓桂了[9]。“维时适国家多难，泰西诸国云集海上，先生独能以利世之才，肆应其间，与泰西人士合建中西书院，甄陶后进。先生主讲其间，凡所撰著，皆见本原。”[10]而王韬对于沈毓桂在中西书院及“甄陶后进”、培育人才方面的突出成绩，亦有充分肯定，“甲申，余三度返沪，倦游息辄，作沪上之宾萌。时君为中西书院掌教，余亦在格致书院，谬拥皋北，往来益密，时以文字相商榷。君及门弟子多有造就者，所谓得天下英才而教育之者，非耶”[11]。

而沈毓桂实际直接涉足的“西学”“新学”教育及相关人才培养，并不仅限于中西书院，还有中西女塾以及东吴大学堂等。对于兴办学堂在当时传播“西学”及“新学”方面的意义，与沈毓桂长久合作的来华西士林乐知亦有共识，“先生复职后，即以意见书呈于美国总会，分为数端，曰学堂，曰译社，曰报馆，曰印刷所，是数者，必与教会相辅而行，而后传道之成效可观。”[12]而学堂一端，列为首要，这既是林乐知对于在华弘扬基督教义的基本认知，也是“西学东渐”、开启民众的明确判断及理性选择，而沈毓桂此间追随林乐知左右，新建学堂、主持讲义，多有参与。其中，中西书院1881冬至1882年4月兴办于沪上八仙桥及虹口，中西女塾1891年建校于沪上汉口路云南路之间，而东吴大学堂则于1891年创建于苏州。“公自为掌教，……并聘吴江宿儒沈君毓桂为汉文教习”[13]。尽管沈毓桂此间所授，依然为汉语中文之经典，但与在本土以科举考试为圭臬追求的教育机构中所授迥然不同凡有四者，其一为中西书院、中西女塾乃至东吴大学堂，均为教会学校，亦是晚清中国之新式学堂，其教制一律为双轨，最为明显者即语言双轨，即入校学习者，皆须学习通晓中西双语；其二为知识双轨，即中学、西学双修。而沈毓桂所授汉文典籍，乃是在这样一类教会所属的双语学校中所教，无论是其教育环境还是教育对象，甚至其教育目标教育方式等，与本土传统官学、私塾、书院等皆有不同；其三为价值双轨，即“中学”之传统知识价值独尊的格局，已然破裂，“中学”“西学”并存的局面已毋庸置疑，所以，尽管沈毓桂有“西学当以中学为本”一类的言论立场，但这种立场言论，显然是以承认肯定“西学”之意义价值为前提的；其四为信仰双轨。显而易见，双轨制教育的结果，并不是也不可能将所受教育者依然培养成为“中学”的忠实信仰者，而势必会造成一种“中西兼修”的新式人才。这种人才的知识价值乃至思想信仰，显然会发生松动改变，这不仅是晚清“西学东渐”之目标，亦是其阶段性推进之结果之一。而王韬对于沈毓桂在新式学堂中执教授学、培育新式人才方面的特殊贡献，当年已有明示，“君及门弟子多有就造者。所谓得天下英才而教育之者，非耶?”[14]

## 二

相比之下，《万国公报》则成为了沈毓桂宣扬、传播“西学”“新知”及“洋务”的另一个重要平台与途径。对此，沈毓桂不仅毫不隐晦，而且还甚为自得：

> 星报月报，亦余所编辑，而两分院与大书院，更余所主讲。惟月报中中西近事，余以事繁，未暇兼顾，先生乃延宝

山袁君竹一主之四岁有余，袁君辞之他就，余亦以老病，举主笔主讲坚辞。先生《西学书目表》所称译笔极佳、今不可复得者，即指余所编辑、袁君译本而言者。[15]

上述所谓星报月报，即指《万国公报》最初以周报、月报形式刊行发布者。如果细查《万国公报》上所发表的沈毓桂文论著述，会发现沈毓桂与“西学”“新知”及“洋务”之间关系的更多细节。

首先，这些文章作者署名有沈毓桂、沈赘翁、赘翁、沈寿康、匏隐居士等。大体而言，1889 前，这些发表文章作者署名为沈寿康、沈赘翁、赘翁者多，署名沈毓桂者少，而1889年《万国公报》复刊之后，基本上以“沈毓桂”一名发表文章，鲜见别名。这些现象，多少可以说明，在1889年之前，沈毓桂对于自己参与“西学东渐”，尤其是像在《万国公报》这样西方背景的公共言论平台上发布言论的个人身份，似乎多少还是有些保留审慎。但1889年《万国公报》复刊之后，这一状况发生了较为明显改变。究竟是因为“西学东渐”的扩大深入，本土知识界对于西学、中学关系的认知判断有了一定程度的松动改变，还是因为“洋务运动”的推进以及朝廷对外政策的应时调整，尚待进一步探究澄清，不过从署名方式这一现象来看，沈毓桂对于“西学”及“西方”的态度立场，相较而言，显然逐渐变得更为坚定明确。一个最为明显的例证，就是沈毓桂那些后来辑录选入《匏隐庐文稿》之中的重要文论，基本上均发表于复刊之后的《万国公报》，这不仅表明沈毓桂与“西学”“新知”及“洋务”之间的关系有了更为明确的调整，而且他对于“西学”“新知”及“洋务”的认识理解，无论是局部孤立的理解还是系统全面的认识，均有了明显改观。

不妨以1889年《万国公报》复刊号为例，来对沈毓桂与《万国公报》以及与“西学”“新知”及“洋务”之间关系的调整改变略作分析说明。

先来看复刊号《万国公报》目录：

| | |
|---|---|
| 万国公报兴复序 | 沈毓桂 |
| 答序跋语 | 林乐知 |
| 圣主亲政颂 | 沈毓桂 |
| 新年颂 | 沈毓桂 |
| 上相佐治颂 | 沈毓桂 |
| 大俄国被德留名阁并序 | |
| 四裔编年表补正 | 朱逢甲 |
| 西家准绳 | 选稿 |
| 论人第一章：万物因人预备 | 韦廉臣 |
| 信道明镜 | 慕道老人 |
| 自来水有益于人说 | 来稿 |
| 治国要务论 | 韦廉臣 |
| 上海拟设商务博物院略论 | 来稿 |
| 天文地理序说 | 慕威廉 |
| 大丹国通商会堂图 | |
| 各国近事 | |

上述直接署名文章凡10篇，其中署名沈毓桂的文章一共4篇，几近一半。某种意义上，将复刊号的《万国公报》视作为几乎就是由沈毓桂一人支撑起来的，当亦并不过分。

不仅如此。从这4篇文章内容来看，第一篇《兴复万国公报序》，是叙述《万国公报》的报史，以及复刊的宗旨、意义与价值，仅凭这一点，足见林乐知以及艾约瑟、慕威廉、韦廉臣、丁韪良诸“西儒”对于沈毓桂的信任。这种信任，还表现在复刊之后的《万国公报》上所刊发的头条文章，多为沈毓桂之手笔。

而就沈毓桂个人而言，他显然很清楚，《万国公报》的读者对象，并非西方人士，而是以本土文士为主，甚至包括一些晚清推动“洋务运动”的高官重臣。多少与此有些关联，至少从个人考量出发，在复刊号上，沈毓桂还发表了明显向北京朝廷表达忠心及认同的文章《圣主亲政颂》《新年颂》及《上相佐治颂》，而林乐知们似乎并没有对沈毓桂上述个人立场及态度有何非议。当然，这与艾约瑟、林乐知以及丁韪良等人比较注重与本土主流体制保持基本一致，与本土官绅士人多有合作的“接触”立场及策略亦有一定关系，但至少也表现出沈毓桂已经得到了主持《万国公报》的来华西士们的充分尊重与信任。至少在他们之间，就“西学”“新学”及“洋务”达成了默契和一致。而上述4篇文章，亦基本上涵盖了“西学”“新知”及“洋务”诸方面，当然更多不是就其具体内容而言者，而是就沈毓桂的个人立场态度而言者。

而在复刊号之后，沈毓桂又紧跟着发表了《西学必以中学为本说》(1890年总第2期)、《西儒实心赈济颂》(1890年总第3期)、《广论电报之益》(1889年总第7期)、《士先器识而后文艺论》(1890年总第14期)、《铸银币得失说》(1890年总第17期)、《著书益世论》(1890年总第18期)、《务求实学论》(1890年总第19期)等旗帜鲜明地亮出自己的立场及主张的文论。这些文章，后来亦大多辑录入选其《匏隐庐文稿》，可见沈毓桂对于这些文章的看重。

而这些文章，集中发表于《万国公报》复刊之后一两年之间，也说明沈毓桂对于这些文章中所涉及的命题之思考，以及自己立场态度的认定确立，早已在复刊《万国公报》之前完成，而《万国公报》的复刊，事实上也为沈毓桂公开发表自己的上述思想主张，提供了一个不可多得的公共舆论平台。

足以进一步证明此间沈毓桂与主持《万国公报》的来华西士之间密切关系的，还有复刊之后《万国公报》上所刊发的沈毓桂与来华西士之间迎来送往的酬唱之作.这些酬唱诗文，一方面可以反映出沈毓桂与那些来华西士之间的关系密切程度，另一方面亦可见他并不回避这些关系，而且还用一种本土文士甚为熟稔亲切的诗文方式公开表达出来。这些作品有《伟烈先生将归英国赋诗赠别》（1877）[16]、《挽艾母七绝六章录呈》（1878）[17]、《孙罗伯牧师将回美国撰句送行》（1881）[18]、《甲申仲春慕维廉大牧师归国撰句送行五首录三》（1884）[19]、《赠英国进士艾约瑟先生四诗并序》（1889）[20]、《恭祝英国慕维廉先生七十寿序》（1892）[21]、《蓝惠廉先生小传》（1892）[22]、《杂事：送艾约瑟先生回国截句三首》（1892）[23]、《送中西书院监院林乐知先生回美国序》（1892）[24]。而这些迎来送往的中文诗文，亦从另一个角度，折射出晚清中西文士之间的交往友情及其文学表达方式。

其次，实际上，沈毓桂在《万国公报》上发表文章最频繁且数量亦尤多者，大致有两个时期，一个时期为1880—1883年，另一个时期为复刊之后的10年，即1889—1899年。1880—1883年间，所发文章著述以“杂事”（1880、1883年尤多）及“论”“说”“议”为主（1881、1882年尤多），其中亦间有序跋及人物生平传记；1889—1899年间，所发表的文章著述，论、说、议所占分量更为突出，且书写者的立场亦更为坚定，主张更为明确，思想更为成熟，文笔亦更见犀利流畅。在论、说、议之外，还有颇为丰富随意的各体文章，显示出沈毓桂在引进倡导“西学”“新知”以及襄赞推动“洋务”方面更为明确而坚定的立场态度。而如果结合此间中国官绅文士阶层对于“西学”“新学”及“洋务”方面的基本态度，沈毓桂的上述立场态度及思想主张，亦就不难理解了。

1891年，同在沪上亦倡言“西学”“新学”及“洋务”的邹弢（1850—1931），在《万国公报》上发表《推广西学议》一文，其中一段文字，大体上可见此间新学人士对于当时朝廷推动“洋务”的一般认识：

> 中朝自开关揖使以来，成见破除，喜行西法。京、津、江、粤、闽各省，皆有公塾。延请西士教之诲之，又恐域于见闻，莫窥堂奥，复挑选出洋子弟，俾广聪明，随其财力之深浅各习一艺，国家之重视西学可谓余力无遗。[25]

而就在邹弢此文同期，还刊载有沈毓桂《睦邻修好颂》《圣人有四府论》，另有转载王韬《弢园文录外编》之《原士》一文。而王韬与《万国公报》之关系，未必完全因为沈毓桂，但邹弢著文发表于《万国公报》，应该得益于王韬甚至沈毓桂。而无论是王韬的《原士》，抑或邹弢的《推广西学议》，均已不再是一般意义或表层形式上的倡言“西学”“新学”及“洋务”，而是在更深层的知识与思想结构中，讨论“中学”与“西学”“旧学”与“新学”、本土教育体制及人才评价与选拔机制与标准等一些带有根本性质的关键命题了[26]。而单就《万国公报》而言，沈毓桂事实上扮演了一个带有一定引领性的公共思想言论的组织者和推动者的角色。

对于沈毓桂在《万国公报》上的著书立说以及引导公共舆论，当时即曾有人评价曰，“士生今日，著书立说非难，通时达务为难；通时达务而又本所学所行，以立其说而著为书，则尤难之难者也。”“沈君寿康博学多才，体用弘达，……于学综览中西，于治斟酌今古。”[27]“后之君子因其时以立其政，读其文以取其用，君于是乎不朽已。”[28]

如果说参与筹建并执教中西书院、中西女塾以及东吴大学堂这些新式学堂，体现出沈毓桂在引进推动晚清“西学”“新学”及“洋务”方面的实际方式之一种，那么与《万国公报》之前长达三十年的合作关系[29]，不仅相对全面完整地体现出沈毓桂与此间来华西士之间的个人交往关系，体现出他如何通过公共言论的方式来进一步引进、推动“西学”“新学”及“洋务”，同时也清楚无遗地塑造出了沈毓桂作为一个改良知识分子在晚清中国历史上的一个基本形象。

注　释

1 1907年，新教来华传教士团体在沪召开纪念第一位新教传教士马礼逊来华百年暨第三次来华传教士上海会议，林乐知、李提摩太曾专赴沈宅，邀之出席，并撰写“大会记”。可见一直到去世前夕，沈毓桂依然是一个基督徒〔参阅《拟玛礼逊百年纪念大会记》，沈毓桂拟撰，刊《万国公报》总第219期（Vol. XIX, No.3），第49页，1907年4月〕。另，《教务杂志》（Chinese Recorder and Missionary Journal, Vol.XXXVIII, No.8, P467, 1907.Published Monthly by the American Presbyterian Mission Press, 18 Peking Road, Shanghai, China.）刊载“沈觉斋小影”（The Late Mr.Sung Yueh-Kuei，“晚年沈毓桂”），并在编辑按语（Editorial Comment）中对沈觉斋有所介绍。

2 《匏隐庐诗文合稿·匏隐庐文稿》，天南遁叟王韬序。

3 同上。

4 ［美］林乐知:《答序跋语》,《万国公报》1889年2月（中历光绪十五年正月）复刊第1期，第1页，上海墨海书馆排印。

5 同上。

6 《流通圣书说》《阻施圣书辩》二文，作者赘翁，刊《益智新录》1877年第2卷第1期。

7 〔清〕吴江沈寿康:《伟烈先生将归英国赋诗赠别》,《万国公报（上海）》1877年第9卷，第446页。

8 《匏隐庐诗文合稿·匏隐庐文稿》，赐同进士出身、国史馆纂修、翰林院编修吴炳序。

9 有关沈毓桂早年生平经历，在其《美进士林乐知先生传》一文中亦有所涉及，“余忆与海宁李壬叔善兰、宝山蒋剑人敦复、同邑王紫诠韬，共为西儒艾约瑟、丁韪良、慕威廉诸君纂撰《英志》，并改译新旧约诸书，始来沪地。继而携艾君作东海游，继又北应京兆试，继复返沪，而先生适至，遂与订交。”（参阅〔清〕东吴沈毓桂:《美进士林乐知先生传》,《万国公报》1907年总第222期，第29页）

10《匏隐庐诗文合稿·匏隐庐文稿》，赐同进士出身、国史馆纂修、翰林院编修吴炳序。

11《匏隐庐诗文合稿·匏隐庐文稿》，天南遁叟王韬序。

12〔清〕范祎:《林乐知先生传》,《万国公报》1907年总第222期，第7、8页。

13〔清〕刘乐义、任保罗《林乐知长老行述》,《万国公报》1907年总第222期，第31页。

14《匏隐庐诗文合稿·匏隐庐文稿》，天南遁叟王韬序。

15《美进士林乐知先生传》,《万国公报》1907年总第222期，第29页。

16《万国公报》1877年第446期，第28页。

17《万国公报》1878年第491期，第9页。

18《万国公报》1881年第622期，第9—10页。

19《字林沪报》1884年3月13日。

20《万国公报》1889年第3期，第31页。

21《万国公报》1892年第40期。

22《万国公报》1892年第41期。

23《万国公报》1892年第43期。

24 同上。

25〔清〕瘦鹤词人:《推广西学议》,《万国公报（上海）》,1891年第25期，第18页。

26 参阅王韬《原士》，转载于《万国公报》1891年第25期。

27《匏隐庐诗文合稿·匏隐庐文稿》，赐进士出身、翰林院庶吉士合肥龚心铭序。

28 同上。

29 沈毓桂最早一篇见诸《万国公报》的文章，发表于1877年，最后一篇则为1907年，前后长达卅年。

# 沈毓桂的思想及其周围：传教士、晚清文士与《万国公报》

作为清末积极参与“西学东渐”、努力倡导传播改良思想的本土文士，沈毓桂的知识体系和思想结构相对于当时大多数本土文士，均发生了清晰且深刻的改变，“沈君寿康博学多才，体用弘达，……于学综览中西，于治斟酌今古”。[1]也有当时人士盛赞沈毓桂在中学、西学方面的通达持平之说，将其引为一时“破的之论”：

> 今世言西学众矣，极其所至，足以测天地之奥，穷格致之原，精矣博矣，蔑以加矣。由是矜西学者泛骛而莫识指归，守中学者骄淑而未知通变.……沈寿康先生之言曰西学必以中学为本，斯诚破的之论，非徒为中西学者所调人也。……以中学明西学之体，即以西学达中学之用，……皆切于当世之务，而尤往复于学术异同之旨。[2]

上述议论，不仅是对于沈毓桂思想主张的中肯评价，某种意义上也是对于其思想主张的历史定位。

毫无疑问，沈毓桂并不是同时代一位广受重视的大学者，用衡量一位传统意义上的学者的标准来评价，沈毓桂亦无多少特别之处，也就是说，在中国学术史上，沈毓桂不大可能会留下什么痕迹。但是，在晚清思想史上，尤其是在清末“西学东渐”及中西交流史上，沈毓桂却有着不可忽略的存在。

而沈毓桂知识结构及思想体系的形成，又与他此间的人际交往尤其是与来华西士及本土文士之间的交往密不可分。换言之，沈毓桂的上述知识及思想主张，并不是在一个孤立的自我环境中形成的，而是在一个跨语际、跨文化的中西知识分子群体不断的知识及思想交流互动中逐渐建构起来的。这个群体包括核心圈和外围，核心圈主要有来华西士及本土文士这两部分。前者包括伟烈亚力、艾约瑟、慕威廉、韦廉臣、林乐知、丁韪良、李提摩太、蓝惠廉、冯昌黎（W.B.Bonnell）、卜舫济(Francis Lister Hawks Pott)等，这些来华西士不仅是传教士，而且也是汉学家，同时也是在晚清中国积极倡导并推动“西学东渐”的西方知识分子；后者包括王韬、邹弢、蔡尔康、范祎、任保罗等，这些本土文士基本上都曾受洗入教，而且在“中学”及“西学”方面均有相当著述，其中，王韬和邹弢在诗文小说方面的著述成就亦颇为不俗。上述这两个群体，在沈毓桂这里有一个交集——当然王韬、邹弢、蔡尔康、范祎以及任保罗等，他们与来华西士之间的交往并非通过沈毓桂，事实上他们各自亦有属于自己的与来华西士之间的交往合作方式及圈子。

而对于沈毓桂的思想及其周围，当时之人即已有所了解，既未刻意隐瞒，亦并未恶语相向。岭南孔繁焯在其“寿康先生大文坛审定”一序中云：

> 吴江沈寿康先生，学究中西，覃精坟典。……维时先生

与西国进士艾君约瑟、伟烈君亚力、兰君林、慕君维廉、林君乐知、李君提摩太、冯君昌黎等折理夷文，推襟送抱。[3]

而在上述核心圈之外，沈毓桂的人事交往，还有一个具有一定开放性与包容性、同时亦兼顾朝廷庙堂及民间社会的更为庞大的本土士绅群体。通过这个"外围"，沈毓桂的思想及实际工作，不仅涉及"西学"与"新学"，而且还延展渗透到"洋务"，事实上成为晚清中国一个在"西学""新学"及"洋务"诸方面均有所思想开拓、理论建树及具体事功的改良知识分子。

## 一

沈毓桂在"西学""新学"乃至"洋务"方面的立场态度及思想主张，更丰富亦更明确地体现在《万国公报》复刊之后所刊发的那些论、说、议一类的文章中。其中的代表之作，后来基本上被选录编辑进《匏隐庐诗文合稿》之《匏隐庐文稿》。

《匏隐庐文稿》雕版于光绪丙申年，即1896年，此时离沈毓桂病逝，仅有十年。换言之，《匏隐庐文稿》几乎可以作为沈毓桂一生立场、思想及言论的一种自我"盖棺论定"——这些文章，不仅是了解沈毓桂思想主张的重要文本，也是了解其思想主张的建构与生成，包括与来华传教士、本土文士以及《万国公报》之间关系的关键文献。

《匏隐庐诗文合稿》所含之《匏隐庐文稿》凡3卷，收文47篇，所有文章，均曾刊发于《万国公报》，可见沈毓桂对于《万国公报》及在上所发文章之看重。如果说沈毓桂后半生所倚重的思想立场，尽在《万国公报》上所刊发政论、时评及论说文章之中，似乎亦不过分。而《万国公报》“专以开通风气，输入文明为宗旨”的自我定位及努力坚持，与沈毓桂相对温和持平的思想立场及言论方式亦较为吻合。不过，即便如此，如果通览《匏隐庐文稿》，依然会发现沈毓桂在编辑这部“文选”之时的良苦用心。如何在“中学”与“西学”“旧学”与“新知”、朝廷与民间、“儒教”与“洋务”之间，找寻到双边都能接受认同的“契合点”并尝试维持相对平衡，同时还要在文体语言及表达方式上处处留心谨慎，这就使得沈毓桂的思想，尽管处处亦体现出王韬式的“书写怀抱”“降格求真”[4]的方方面面，但其思想及其表达，虽有王韬之清楚明了，但却缺乏王韬之酣畅淋漓。

文稿以《圣主亲政颂有序》一文开篇，也算是亮明了沈毓桂及其文选的“政治立场”，一开场就求得了一个政治正确。之后《上相佐治颂》《新年颂有序》诸文，亦都是沈毓桂与本土正统价值、主流文化以及建制派势力维持认同关系的明确体现。这些文章被编辑在文选最前面一组，既是一种开诚布公式的思想立场“亮相”，也是一种相对巧妙的自我保护，其中的微妙不言自明。

而紧随其后的，是《兴复万国公报序》《西学必以中学为本说》《务求实学论》《士先器识而后文艺论》《著书益世论》等一组“西学东渐”及围绕“中学”“西学”之关系展开论说的文章，所阐明的也是沈毓桂在“西学东渐”方面的基本立场及态度主张。将“西学”方面的论述编辑为第二组，且紧随第一组之后，足以显示出沈毓桂对于自己在晚清思想史尤其是“新学”史上的身份、地位及贡献之关注重视。这些思想言论之核心，集中体现在三个方面，其一即“西学必以中学为本”，以此来因应处理“中学”“西学”之间的关系及争议；其二即强调“实学”对于启蒙与救国之意义和价值；其三即倡言“器识”相对于“文艺”之重要，呼吁“士先器识而后文艺”的“新文艺论”——其实这种“文艺论”在中国传统文论中即已有之，所不同者，沈毓桂在“器识”之中显然融入了晚清“西学”“新学”及“实学”的成分，强调了学识、思想与才艺之间的合理结构及动态平衡。某种程度上，说沈毓桂的思想是“道统论”“正统论”思想在晚清中国的一种另类形式的体现，似亦不无道理。

而作为一个践履笃行、积极参与清末具体的“洋务”实践之中的本土文士，《匏隐庐文稿》的第三组文章，自然与“洋务”密切相关。这些文章包括《铸银币得失说》《兴矿利说》《广论电报之益》《筹防策》《训兵要论》《铁路利益论》《理财论》等。这些文章，与前一组文章中所倡导的“士先器识而后文艺”的观点一脉相承，清楚地表明，沈毓桂自己并不仅止于对于上述倡导的单纯呼吁，而且自己亦还有全新的知识建构及富于洞见的现实关怀。就此而言，沈毓桂并不是一个纯粹意义上的“文艺家”，而是一个对于“经世致用”依然怀有期待与追求的书生——政治家，所不同的是，沈毓桂用以“经世致用”的本钱，显然不再是“半部论语”一类的自我夸张，而是与时俱进的“西学”“新知”，尤其是他所为的“实学”。

在“西学”及“济用”之后，《匏隐庐文稿》的第四组文章，为沈毓桂与来华传教士之间的往来酬唱序跋一类的文章，包括《韦廉臣先生传》《恭祝英国慕威廉先生七十寿序》《送中西书院监院林乐知先生回美国序》。这些文章，反映出沈毓桂与来华西士之间人际关系的某些侧面，也较为典型地反映出晚清“西学东渐”在其初期的一些特点，譬如“西学东渐”是通过这些来华传教士与本土文士之间不失个人情谊的交往与合作而得以实现的。不仅如此。这些文章还显示出，在此间中西文士之间的关系中，本土文士与来华西士之间，是可以通过“西学”而建立起一种平等的合作关系的，它似乎也预示着，中、西之间也是可以建立起一种类似的平等的合作关系的。在晚清中西之间持续紧张的双边关系中，沈毓桂的上述展示与预言，尽管带有一定的理想性，但他与来华西士之间相对顺畅友好的往来关系，作为一种民间外交的成功案例，不仅为“西学东渐”提供了富于启示性的个案经验，亦为中西之间双边关系的想象及建构，提供了不失积极和正面意义的支持。

事实上，无论是对于“实学”的强调，还是对于“洋务”的参与，沈毓桂的个人努力，均带有明显的实践性与操作性。《匏隐庐文稿》第五组，尽管还是与“西学东渐”有关，但所侧重，则在于相关机构、著述类序跋，其文即有《书英语汇腋后》《论数学》《中西女塾记》《论中西教养》等。从1860年代开始，几乎一直到19世纪末，沈毓桂协助林乐知创建并执教中西书院、中西女塾以及东吴大学堂，在传播“西学”与“新学”、教育培养新式人才方面颇有心得与贡献。[5]

第六组文章，则为沈毓桂与本土士林官绅之间的往来酬唱文章，即有《郑州大工告成颂有序》《张朗斋尚书山左开引河序》《张生伯恒可久家传》《李傅相七十寿序》《李小池刺史思痛记金陵兵事汇记》《陆生彰太诗集序》《恭祝唐景星方伯七十开一寿序》《唐景星观察传》《金少愚布衣传》《题钱塘高白叔孝廉云鳞红栎山庄图记》等。这些文章所反映的，当然不过是沈毓桂与晚清朝廷及民间两个知识—权力空间之间人际交往的局部，但也从另一个角度，展示出沈毓桂在本土传统知识—权力空间中相对从容的悠游与交往。而值得一提的是，沈毓桂在上述知识—权力空间之外，又开辟经营出来一个全新的知识权力—空间，那就是由来华西士—西学为中心所生成的知识—权力空间。结合第五组以及第六组文章，大体上可以反映出沈毓桂在这几个空间之间的个人身份及存在方式。

《匏隐庐文稿》的最后一部分，亦就是第七组文章，为沈毓桂关于中西外交关系方面的文论，即有《中外禔福颂有序》《西儒实心助赈》《中西永固邦交说》《睦邻篇》《华美俄三国将兴论》《睦邻修好颂》等。这些文论不仅可以显示出沈毓桂在中西关系方面相对宏观的思想面向，而且也可以看出他对中西关系的基本立场及态度理想。

## 二

如果从1860年代初林乐知来华抵沪算起，沈毓桂与来华西人之间的接触交往，可以1860年为界分为两个阶段。前一阶段主要接触交往对象为墨海书馆的来华西士及其周围，而后一阶段则以复刊前后的《万国公报》以及中西书院、中西女塾以及东吴大学堂的来华西士及其周围为主。

> 余忆与海宁李壬叔善兰、宝山蒋剑人敦复、同邑王紫诠韬，共为西儒艾约瑟、丁韪良、慕威廉诸君纂撰《英志》，并改译新旧约诸书，始来沪地。继而携艾君作东海游，……继复返沪，而先生适至，遂与订交。[6]

这段文字，可见在与林乐知结识订交之前，沈毓桂与沪上西士之间交往合作情况之一斑。值得一提的是，就沈毓桂所述，他当时在墨海书馆与来华西士之间的合作，主要就是担任后者翻译编撰的“笔述者”——配合他们翻译基督教圣经、编撰相关宣教布道文本，以及翻译世俗意义上的西方科技知识。而有意思的是，沈毓桂此时也将墨海书馆的这些来华传教士，称之为“西儒”，一种与本土儒士可以并肩的知识分子，忽略了这两种知识分子群体之间的文化身份、社会身份以及职业身份之间所存在着的差异。而从实际情况来看，有意或者无意地突出强调晚清这些来华传教士身份及事功中的启蒙与世俗的一面，尤其是突出他们在“西学东渐”中的特殊贡献的一面，似乎并非仅止于沈毓桂一人。在林乐知临终前几年，接替沈毓桂协助林乐知翻译撰述的本土“笔述”范祎，在对林乐知的思想进行概括评价之时，将其一生思想及所奉行之主义归纳如下：

> 救世教之宏义，耶稣基督之福音，无他，释放提挈而已。吾人困于旧教化、旧风俗、旧知识之中，辗转不能自脱，则莫先于释放。吾人沦于卑微，压于下贱，入于污邪，呼号不能自振，则莫先于提挈。惟得释放，故自主，故自由；惟得提挈，故自尊，故自贵。自主、自由、自尊、自贵者，人之本位也，否则奴隶牛马矣。胥一国之人而为奴隶牛马，国其可为之国乎？福音所至之地，如春雷之启蛰，人心必为之震动，皆释放提挈之力也。此亦先生平日唯一之主义也。[7]

尽管这段文字依然提及“救世教”与“耶稣基督之福音”，但它对于这一宗教教义的理解阐述，却带有显而易见的中国色彩或儒家色彩，甚至也没有过于拘泥于基督教的基本教义。而这种认识理解本身，亦反映出晚清本土文士接近并协助来华西士的一种自我立场设定或本土立场设定。当然，这种立场设定在具体的实践中是否能够执行及坚持，尤其是在协助这些传教士进行宗教性质的文本翻译撰述中是否亦能如此，则要另当别论。

而从沈毓桂的个人著述来看，他在基督教方面的写作，相对集中于《万国公报》复刊之前。1877、1878、1879以及1880四年中，沈毓桂在《万国公报》[8]上所发表的著述，基本上围绕着基督教或者与基督教有关：

1877

《伟烈先生将归英国赋诗赠别》，吴江沈寿康，《万国公报（上海）》1877年第九卷总第446期，第28页

《流通圣书说》，赘翁，《益智新录》1877年第2卷 第1期，56—57页

《阻施圣书辩》，赘翁，《益智新录》1877年第2卷 第1期，57—59页

1878

《挽艾母七绝六章》，吴江沈寿康，《万国公报（上海）》1878年第十卷 第491期，第9页

1879

《教事：信主心安》，赘翁，《万国公报（上海）》1879年第546期

《教事：孝子觅父》，赘翁，《万国公报》1879年第550期，第6—9页

《教事：孝子觅父》，赘翁，《万国公报（上海）》1879 年第550期

《教事：信主心安》，赘翁，《万国公报》1879年第546期，第10—11页

1880

《教事：跋韦廉臣先生所著基督实录后》，沈寿康，《万国公报（上海）》1880年第13卷 第616期，第4页

《杂事：定交说》，赘翁，《万国公报（上海）》1880年第580期，第16页

《杂事：戒淫说》，赘翁，《万国公报（上海）》1880年第582期

《杂事：劝孝文》，赘翁，《万国公报（上海）》1880年第583期

《杂事：劝孝文》，赘翁，《万国公报》1880年第583期，第18—19页

《杂事：书窗偶述》，赘翁，《万国公报》1880年第585期，第16—17页

《邪正不同群论》，匏隐居士，《万国公报（上海）》1880年第596期

《跋中西关系略论后》，赘翁，《万国公报》1880年第608期，第3—4页

尽管上述文章，并非沈毓桂此间著述全部，但已足以显示出其著述概貌，尤其是在协助来华西士——他们此间更多体现出来

的身份是来华传教士——担任笔述者方面的写作成绩。而这些论说文，多与宗教及教会事务有关，或者直述教义，或者用本土读者信众相对熟悉的语言，在基督教义与本土主流道德伦理话语之间展开比较性阐述，其核心诉求，显然在于协助推动基督教在本土的落地，就此而言，这些文章尽管是出自沈毓桂手笔，但更多体现的，应该是他身边那些来华传教士们的意志。不过，如果细读这些论说文章，就会发现它们并不仅限于宣扬基督教信仰，还有围绕儒家伦理与基督教信仰之间的"可通性"所进行的辨析阐述。这种论说或宣教方式，在基督教宣教史上甚为常见，不过，如果将上述文章相互关联阅读，会发现1870年代末的沈毓桂与来华西士之间的关系，至少涉及人际关系、教会事务、宗教教义、著述评论以及中西比较论说诸方面，已经初步展示出一个本土文士与来华西士之间关系的结构性架势。这种相对全面或多样的关系，亦表明沈毓桂与这些来华西士甚至基督教之间的关系，已非表层或若即若离，而此时沈毓桂已年逾古稀。如果从1850年代在墨海书馆协助艾约瑟、慕威廉及韦廉臣、丁韪良等改订新旧约及编纂《英志》算起[9]，亦廿年有余，这都显示出，沈毓桂的上述著述，是他与基督教、来华西士之间相对稳定和成熟关系的一种正常反映。

不过，自1850年代在沪上最初接触来华传教士始，直至1907年应邀为马礼逊来华百年纪念撰写纪念文，半个世纪之中，沈毓桂与来华西士、基督教以及教会之间的关系，更多体现在"西学"、基督教义以及"新学"方面。而这种知识思想及知识结构的关键与重心，并不在原有知识的反思与重估，延伸至自我解构与自我否定，而在于原有知识图谱及知识结构的调色与补缺。在沈毓桂的"中学""西学"论说语境中，"西学必以中学为本"一类的思想立场，既是上述知识立场及思想逻辑的出发点，亦是其归结，也因此，在沈毓桂的思想语境中，较少发现有将“中学”或本土固有文化视之为“旧教化”“旧风俗”以及“旧知识”而予以个别的或整体的反思与批判者，亦甚少见到他对于知识、思想及价值的人本位以及个体本位的深刻体认与肯定张扬。这不仅是沈毓桂思想的“改良性”的一种体现，也是沈毓桂对来华传教士、基督教义及“西学”的选择性整合的一种体现。

## 三

相对于与来华西士之间的关系，沈毓桂与本土文士之间的关系则相对“清淡”，这一点从《匏隐庐文稿》前面的几篇序文中即可看出。不过，如果从“知文”的角度来看，这些本土文士对于沈毓桂的思想立场及言论主张，皆可谓“知音”。

“西学东渐”在晚清上海，大体上有过几个重要的机构中心及主要时期，而沈毓桂与这几个机构几乎都有直接的交往关系，而且从1850年代一直到1907年去世，沈毓桂的后半生几乎也涵盖了清末“西学东渐”的全部过程。

因为《圣经》翻译及修订，沈毓桂与墨海书馆以及艾约瑟、慕威廉、韦廉臣等来华西士早有交往。1860年代林乐知抵沪之后，沈毓桂即与之订交往来。无论是林乐知在上海广方言馆及江南机器制造局翻译局的工作，还是他主持的《中西教会报》《上海新报》等，沈毓桂均一清二楚而且还有一定程度的参与，尤其是在林乐知创办《万国公报》及中西书院、中西女塾以及东吴大学堂之后，沈毓桂更是全身心地参与其中，某种意义上，沈毓桂与来华西士之间的人际交往，也基本上以墨海书馆及《万国公报》、广学会为中心。而这些机构——新式学堂、译社、报馆、印刷所[10]——也正是来华传教士推动“西学东渐”的重要现实载体与平台。

有意思的是，沈毓桂与晚清沪上文士之间的交往，尤其是涉及“西学东渐”及“洋务”派官绅之间的交往，最初亦与墨海书馆有着一定关联。沈毓桂与李善兰、蒋敦复、王韬等人之间的结识，即在墨海书馆时期。当然，《匏隐庐文稿》的几位序者，除了王韬，其他几位与沈毓桂之间显然并没有多少直接的人际交往，但亦可大概反映出沈毓桂当时与本土文士之间交往的某些侧面。

清末上海乃“西学东渐”的一个重镇，而无论是初期的墨海书馆还是后来的《申报》馆，都曾经汇聚过一些本土文士才俊，沈毓桂置身期间，既为其中一分子，又是其中重要一员，无论是就与来华西士之间关系的密切程度以及彼此之间关系维护的时间长度而言，沈毓桂都是其中突出者。某种意义上，沈毓桂的生平及思想个案，既带有晚清“西学东渐”语境的某些色彩共性，又是一个难以相提并论的独特个案。

对于自己与沈毓桂之间的结交往来，王韬在《匏隐庐文稿》序文中曾有涉及，“己卯，余至东瀛，道出沪上，得见君于沪上西人讲舍。甲申，余三度返沪，倦游息辄，作沪上之宾萌。时君为中西书院掌教，余亦在格致书院，谬拥臯北，往来益密，时以文字相商榷。君及门弟子多有造就者，所谓得天下英才而教育之者，非耶”。[11]这段文字，其实亦反映出沈毓桂的思想及其周围的另一个群体，即他在中西书院、中西女塾以及东吴大学堂执教期间所培养造就的晚清中国的新式人才。这些新式人才，是在本土新式教育机构中通过中西双轨制教育模式而完成其学校教育的最早毕业生，其中还有像中西女塾所培养的女学生。而沈毓桂在其中的参与贡献，即在当时，亦颇为士林官绅所知晓，“余往岁闻美国进士林乐知于沪渎……拟设中西书院，每事必与吾友沈赘翁别驾寿康斟酌而行”。[12]“夫中西书院创自林进士乐知先生，而成于沈别驾寿康先生者也。”[13]此亦可见沈毓桂在清末“西学东渐”当中，不仅有思想先锋之宣扬，更有践履笃行之事功。而无论是前者抑或后者，均是在与来华西士的合作模式中完成的，而且，在此模式中，沈毓桂皆非被动的协作者与跟随者，而是积极的参与者和推动者。

注　释

1 《匏隐庐诗文合稿·匏隐庐文稿》，赐进士出身、翰林院庶吉士合肥龚心铭序。
2 同上书，武进盛康（盛宣怀之父）序。
3 同上书，岭南孔繁焯序。
4 有关王韬的相关思想，参阅段怀清：《“书写怀抱”与“降格求真”——论王韬文学的两个思想支点》。
5 参阅〔清〕赘翁沈毓桂：《力辞中西书院掌教暨总司院务启》，刊《万国公报》1896年总第95期，第70—71页。
6 《美进士林乐知先生传》，《万国公报》1907年总第222期，第29页。
7 〔清〕范祎：《林乐知先生传》，《万国公报》1907年总第222期，第14页。
8 其中有一篇发表于具有传教士背景的《益智新录》之上。
9 《美进士林乐知先生传》，《万国公报》1907年总第222期，第29页。
10 《林乐知先生传》，《万国公报》1907年总第222期，第7—8页。
11 《匏隐庐诗文合稿·匏隐庐文稿》，光绪丁酉人日天南遁叟王韬序于城西草堂。
12 《游中西书院记》，既望山左介眉氏，《字林沪报》，1886年2月20日。
13 〔清〕王良佐：《中西书院志略》，《万国公报（上海）》1890年第19期，第1页。

# “中西两不似”：晚清“翻译文学”及其“第三条道路”

清末民初之际的外国文学中译，作为晚清以来“西学东渐”的一部分，在受到政治的、军事的、商业的因素驱动影响之外，与译者对于本土文学的自我改良立场或“扩大我们文学的旧领域”[1]一类的诉求亦不无关系。当然这里所谓中译，主要是就本土译者所主导的文学翻译，尤其是那些在本土新式学堂接受过西学及西语的启蒙教育、后来又受派出洋留学的新式文士们所完成的文学翻译而言者。

实际上，晚清以降的外国文学中译，还有一种不应忽略的重要力量，那就是西方来华传教士及其本土中文助手。与完全由通晓西语西文的本土译者所完成的文学翻译不同，来华传教士及其本土中文助手所完成的文学翻译，无论是在数量上还是在影响上，应该都明显逊色于前者。当然其中亦有若干例外，譬如由来华传教士与本土中文助手合作完成的《圣经》中译——以《圣经》“委办本”及《圣经》“官话和合本”为代表——无论对后来的中文基督教文学还是世俗文学，都产生了持续影响。而无论是前者抑或后者，亦无论作为译者的本土文士抑或外来传教士是自觉还是不自觉，上述文学翻译或多或少、或明或潜地带有一些“改良”甚至“维新”的色彩。也就是说，如果从文学史以及晚清文学翻译史的视角来看，此间对于外国文学尤其是西方文学的翻译，与同时期的本土文学改良思潮及社会政治实践多有交织。文学与政治的交错，亦或者文学复古与文学改良与革新的拉扯纠缠，共同编织出此间中国文学尤为引人注目的时代旋律。

当然，晚清翻译尤其是外国文学的翻译，远较一般笼统描述要纷繁复杂得多，那种所谓“本土化翻译”与“陌生化翻译”的简单二分，亦难以真切准确地囊括界定此间翻译的种种具体实践。想当然地以译者的国别政治身份或文化价值信仰等，来划分他们的翻译立场或翻译理念，与试图完整呈现晚清文学翻译图景的宏愿之间，往往南辕北辙。光绪二十七年九月十八日（1901年10月29日），张佩纶致李鸿章最后一封书札之中——此书札起草之时，李鸿章已撒手西归——涉及对于当前时政之议论，亦有关于西方政治翻译方面的议论数语，“新政纷纷。译书则欲先割裂五经，房捐则欲量地计方，不谈间架，中西两不似，无非自扰。种种乖谬，此等内外大臣，如何可有变法？可叹也”。[2]此处所谓“中西两不似”，不仅是指翻译文本中所传递出来的政论叙述，还包括在思想话语与现实政治两方面，所呈现出来的“非中非西”的“中西两不似”现象。而无论是对于这种翻译立场或翻译文本，抑或是对于翻译文本中所呈现出来的政论思想及主张，在张佩纶看来，都是难以作为晚清中国的“新政”指南或现实借鉴的。

无论张佩纶的上述判断或论述是否切实准确，单就其中所提出的“中西两不似”这一现象而言，却涉及晚清翻译乃至文学翻译中的一种客观存在。这种翻译——包括翻译动机旨趣、翻译过程及其文本呈现效果等——既不属于所谓“原文本中心”立场，亦不属于所谓“译本中心”立场，而是对于前述两种立场或倾向的“疏离”甚至于“反动”。

所谓“中西两不似”，就其结果形态而言，与“不中不西”相近，但与“亦中亦西”则有一定差距。如果将这种现象与晚清的文学翻译及翻译文学结合起来考察，会发现此间文学翻译中更多带有个别性的差异存在。也恰恰是这些差异性，呈现出晚清文学翻译的丰富抑或繁杂。而在“文学改良”这一时代潮流或喧嚣的裹挟之下，一并冲刷出来一条关乎“翻译文学”的“第三条道路”——一条既不是刻意地忠实“原文本”，也不是固执地坚守“自有传统”，而是一条具有一定“自我主体性”与“未来性”的文学新路。

事实上，上述翻译实践在晚清文学翻译中比较普遍地存在着。1850年代翻译完成的《圣经》“委办本”、1880年翻译出版的《奇言广记》，以及1907年翻译出版的《侠隐记》，在时间节点上分别对应契合了晚清“西学东渐”及外国文学翻译的早、中、晚三个不同时期，在翻译旨趣、思想价值立场、文学审美主张诸方面亦各有偏重，虽均可纳入此间“翻译文学”甚至“改良文学”范畴，但又个性分明，“大同”却又不掩“小异”，亦先后接力推动了晚清“翻译文学”及“改良文学”的发展，不断丰富着此间翻译文学的内涵构成，也持续扩大着它的内在张力，亦在所谓“道统”“正统”及“史统”诸方面，不断挑战冲击着本土文士的固有立场与观点主张，为晚清及“五四”新文学的诞生，开辟出一个具有一定历史和文学引导示范意义的方向。

## 一、《圣经》“委办本”的译成问世

《圣经》“委办本”是晚清以来西方来华传教士“西学东渐”的代表性成就之一，也是19、20世纪影响并重塑中国人的世界观、价值观及宗教观的经典翻译文本之一。与20世纪初期译成出版的《圣经》“官话和合本”相比，《圣经》“委办本”无论是其印刷数量还是传播知名度及持续影响力，显然都要逊色很多。但是，《圣经》“委办本”亦有着“官话和合本”《圣经》所不能相提并论的一些特别之处。

首先，《圣经》“委办本”是马礼逊入华以来，西方来华传教士在“深文理”《圣经》翻译方面所取得的最具有代表性的翻译成果。

众所周知，在19世纪以降《圣经》中译的翻译实践中，语言选择抑或语言策略，是对来华传教士最大的挑战之一，甚至并不弱于“术语问题”(Term Question)。尽管“术语问题”的困扰一直持续到20世纪，而围绕着《圣经》翻译的语言问题的争议，同样也是充盈于耳，一直未曾停息。直到19世纪末期，来华传教士团体商讨《圣经》中译的相关话题中，《圣经》中译的语言及风格问题，依然是其中最引人注目的话题之一。而1877、1890年两次新教来华传教士上海大会最重要的议题及会议成果，也都与《圣经》中译有关，其中第二次上海传教士大会所商定成立的“和合本”《圣经》翻译委员会，其中就包括深文理、浅文理及官话三个不同的翻译团队，这再次清楚表明，一直到19世纪末期，来华传教士团体对于《圣经》中译的语文选择与争议，仍然未能够统一和平息。

而无论是深文理还是浅文理《圣经》中译的再次实验，也表明来华传教士团体对于《圣经》中译本的读者阅读对象、社会传播空间以及译本的语文方针，不仅存在着争议分歧，而且其争议还相当激烈，各自的立场观点之差异也甚为明显。

一般认为，《圣经》“委办本”的本土中文助手，是王昌桂、王韬（1828—1897）父子二人。而麦都思、理雅各及王韬等人的相关文献，亦证实了王韬父子在《圣经》“委办本”翻译中的地位及贡献。不过，《圣经》“委办本”的定本有一个过程，其间所参与的本土文士，是否仅止于王韬父子，或者说在王韬父子之外，是否还有其他本土文士参与其中并有所贡献，对此，与王韬早在1850年代即已相识结交的沈毓桂，在其《美进士林乐知先生传》一文中曾这样追述到，“余忆与海宁李壬叔善兰、宝山蒋剑人敦复、同邑王紫诠韬，共为西儒艾约瑟、丁韪良、慕威廉诸君纂撰《英志》，并改译新旧约诸书，始来沪地”[3]。尽管沈毓桂此处说得比较含混，并没有直接说明，参与改译新旧约者，究竟是只有王韬，还是李善兰、蒋敦复、王韬及沈毓桂都有参与。不过从上下文语境看，似乎王韬之外，其他几人亦有一定程度参与涉及。如果这种推断属实，那么，新旧约的中译，参与其中的本土文士，就应该并不仅止于王韬父子。而这里所谓改译新旧约，其实就是指《圣经》“委办本”的修订。

对于沈毓桂上述所述与王韬在墨海书馆共事过的经历，王韬亦曾提及过，不过同样语焉不详。“道光己酉，余以避水灾橐笔申江。是年冬，余获见君于豫园茗寮，遂订缟纻。……余与君为文字交，诗酒之会，无役不兴。以此徜徉海上，颇得狂名。”[4]而此间王韬初迹沪滨，《圣经》中译，尚未到修订阶段，亦就是所谓“委办本”《圣经》尚未到沪、港两地传教士协作修订阶段。“七八年，君重来沪上，须发略苍矣。”[5] 依前所述，王韬、沈毓桂二人初识，在1849年冬，七八年后二人再次沪上重聚，即1856年前后，而此时正是《圣经》“委办本”在沪、港两地之间讨论修订的时间，如果沈毓桂亦曾参与改译新旧约，推测当在此时[6]。

而无论是王韬父子，还是李善兰、蒋敦复、沈毓桂，这些参与并支持推动“西学东渐”的江南文士，又都是来华传教士们所谓“深文理”的中国文学的坚定支持者与实践者。尽管后来王韬、沈毓桂的文学观及诗文主张，均有一定程度的松动改良，但总体上他们依然是“深文理”文学的支持者与实践者。也因此，《圣经》“委办本”不能够仅仅视之为麦都思、慕威廉、韦廉臣等人的语文主张的一种推行落实，也应该视之为与本土文士们经过交流互动之后所形成的一种语文选择方案，是中西双方参与者“共同”立场及主张的一种体现。换言之，作为一种“深文理”语文方案的集中体现的《圣经》“委办本”，无论是中西双方的翻译者，亦或是该译本所确定的本土读者，毫无疑义地均为知识阶层。也正是因为此，对于参与翻译改译的本土译者以及作为读者的本土文士而言，《圣经》“委办本”尽管使用的是“深文理”这种他们所熟悉的固有语文，但所传达的“道”，却是他们并不熟悉的异域之道。对于这种“道”，习惯了儒家四书五经孔孟之道的本土儒士而言，无论是在知识上、思想上、价值上乃至信仰上，都是无法回避的巨大挑战[7]。如果说此前在本土儒生的价值信仰体系中，已有儒道释三教共存，而《圣经》及基督教的中文文本化，也将一种全新且陌生的宗教信仰呈现在汉语中文的世界里，这不仅极大挑战了本土文士们现有知识、价值及信仰体系，亦挑战了处于独尊地位的儒家之道的正统性与权威性。

其次，《圣经》“委办本”是来华传教士群体合作完成的一部翻译译本，也是一部经典译本，它不仅是一种翻译过来的宗教经典，也是一部本土文学化了的经典宗教文本，也就是说，《圣经》“委办本”也是一部公认为在中文文学世界里同样具有一定经典性的文学文本。《圣经》“委办本”是通过其相对成功的语文转换，来帮助实现了其宗教教义的跨语际、跨文化的转换。这种相对成功的转换本身，就为上帝与基督教教义之所以能够进入汉语中文世界，提供了不辩自明的解释说明。

与同时期的其他西方著述翻译相比，《圣经》中译，在文学的价值意义之外，无疑还具有思想、文化及价值信仰诸方面实际的及象征的意义。而更为值得关注的一个关乎晚清“西学东渐”的现象是，从19世纪初开始，一直到20世纪初期“官话和合本”《圣经》的译成出版，《圣经》中译的探索实践，前后持续了一个多世纪。而这种持续翻译的尝试本身，亦表明《圣经》中译和“西学东渐”一道，共同见证并推动了近代以来中西对话交流的宏大历史变迁，亦使得中国本土固有文明与文化——包括文学与宗教——发生了巨大、深刻且持久的自我反思与自我变革[8]。

## 二、《奇言广记》的昙花一现

与《圣经》翻译在来华传教士团体中所占据的首屈一指之地位明显不同，1880年，由美国来华传教士林乐知（Young John Allen，1836—1907）与本土文士沈毓桂（1807—1907）合作，翻译出版的德国滑稽通俗读物《奇言广记》[9]，一直以来都是寂寂无闻。而这部18世纪德国文学的中译本，无论是在口译者林乐知自我或他人编定的著述目录中，还是在笔述者沈毓桂自我或他人编定的著书目录中，均未被关注和提及。此亦可见这部译著在林乐知、沈毓桂的个人著述史及晚清翻译史上地位影响之一斑。

《奇言广记》中译本书名页题签有光绪庚辰秋八月，并署吴江七十三老者赘翁题，可知该书刻印时间为1880年。书内有“孟高升小像”一帧，所谓“孟高升”者，今通译闵豪生，或闵希豪生，即Baron Munchausen。

《奇言广记》由美国林乐知口译，古吴沈匏隐笔述，竹纸木刻，为名“孟高升”者域外历险故事，中译为“浅文理”译本，近乎白话。这种翻译语文选择，在林乐知的翻译语文以及沈毓桂的著述语文中，也极为罕见，可为例外。

该译本前，有署名乐天知命者于光绪六年庚辰秋八月上海寓宅所撰“序”。序言曰：

> 宇宙间奇奇怪怪之事，真令人不可思议、不可猜度也。溯数百年前，欧洲各国骚人奇士驾言出游，凡耳所未闻、目所未睹，一旦寓于目，入于耳者，不禁快然叹曰：天下奇奇怪怪之事，尽在我胸次哉。迨归故国，或与友剧谈于一室，或仙笔汇记为一编，诚以奇怪之事，宣于奇怪之言，出于奇怪之笔矣。兹有孟高升者，日耳曼人也，性情高旷，言语警异，曾于百年前有志四方，踏遍寰区，其间闻见悉是奇奇怪怪，返而告诸二三知己，是真是假，可信可疑，质于诸君，请猜度之。孰真孰假，孰信孰疑，想个中奇奇怪怪之事，自有天趣环生也。友人闻其言，遂草于书。今余值饭课之暇，就西文口译，请友人梅溪春钓叟笔述，共一十七章，汇集一册，颜

其名曰《奇言广记》。足以壮天壤之奇观，亦足以纵人世之奇闻。是书刊成，以博一笑。是为序。

从序言可知，此序作者“乐天知命者”，即为该书口译者林乐知，而梅溪春钓叟，当为该书笔述者沈匏隐（毓桂，赘翁）。如果上述序言中所提该文本翻译目的属实，对于一位来华传教士而言，如此费心劳神的工作付出，如果只是为了读者“一笑了之”，显然不应该，也不符合传教士们不远万里来华的神圣使命。那么，就需要去进一步了解一下，林乐知为什么要选择翻译这部令人轻松而不是让人严肃的德国幽默故事呢？又或者，在其轻松的表面之下，是否还有着所谓“难以承受之轻”一类的深沉思考呢？

1860年，林乐知受美国南美以美会之委派抵达上海，时年24岁。后因美南北战争爆发，差会无余款供应来华传教士，林乐知等亦只能自谋生路。1863年，亦就是在抵沪3年后，林乐知受聘担任上海广方言馆教习，课余亦兼翻译。序言中所谓“饭课之余，就一文口译”之状，既为此间林乐知处境之真实反映[10]，不过亦为林乐知在华数十年大多数时间里工作的真实写照[11]。

此间，林乐知又于1873至1882年间，为“当道辑译一种杂志，名曰《西国近事汇编》。每季一回。……凡9年，共得36卷”。“50年来，中国风气稍开，而10年前维新论起，皆读先生此等书之人也。虽以主动力属诸先生，亦何不可乎？”[12]这一时期，林乐知所从事并完成的“西学东渐”，大致分为如下几类：1）世界地理、历史、政治、外交、军事、经济等知识读物，包括《四裔编年表》《列国陆军志》《列国岁计政要》《水师章程》《东方时事论略》《中西关系略论》《东方交涉记》《英俄印度交涉书》；2）科学技术类著述，包括《格致启蒙》《制肥皂法》《制油烛法》。

此外，林乐知此间尚已完成但未在中国刻印出版的还有“二十四国之历史”“万国地图”等。上述著译，大概是林乐知在制造局“17年所刊行之书”[13]，亦就是为清政府服务期间所负责编撰辑录以及著译的书籍总和[14]。

当然，此间林乐知还以个人力量，编辑了《万国公报》（1868—1882），这也是《万国公报》复刊之前的第一个时期。

由上可知，林乐知此间所主要完成的著译，是在他“广方言馆授课”“制造局译书”，以及“圣日讲道”[15]之际所完成的。而上述所罗列的著译之中，漏掉了由林乐知口译、沈毓桂（赘翁）笔述的《奇言广记》。之所以未见罗列提及，原因大概如下，1)《奇言广记》与林乐知此间著译总体目标旨趣乃至风格不一致；2)《奇言广记》翻译对于林乐知来说，不过是忙碌紧张的教习著译工作中的一种休憩调剂，不足以纳入到上述严肃且受聘于清政府所完成的工作之中；3)《奇言广记》与林乐知此间所承担的另一工作即宣教布道宗旨使命亦相去甚远；4)《奇言广记》无论在初版的1880年以及之后，并没有引起多大关注，以至于晚年协助林乐知著译的中文助手范祎亦未曾注意到。而在范祎所罗列的林乐知晚年著译中，亦未见《奇言广记》[16]。“先生晚年所著译者，虽译而与自著无异。宗教哲学之精理，俱于是矣。”仅由上述所列林乐知一生著述，可知其著作家身份集中于西学翻译家、学者、宗教哲学家、史学家等，而一直未见有学者将文学翻译家的称号，冠于林乐知头上。

从林乐知上述文字工作的总体情况来看，《奇言广记》的翻译出版，无论是对于林乐知还是协助者沈毓桂，都是一次正经严肃的文字工作的“旁逸斜出”，亦或者是一次并不常见的自我设定形象及使命责任的一次“出走休闲”，但这种猎奇、志异或志怪一类的一时个人兴趣，却与中国小说中的某一类传统异曲同工、不谋而合。这种天方夜谭、聊斋志异式的说话形式，诚如序言中所述，“以奇怪之事，宣于奇怪之言，出于奇怪之笔”。而这种“奇怪”的事、言和笔，亦就自成一种类型，有别于人们所熟悉并一直居于统摄地位的“正统”“主流”和“常识”。而这种故事中有意识地模糊及混淆习惯性的真假边界、信疑习惯的尝试，某种意义上，无疑也传递出了对于人们习惯了的“常识”“主流”及“正统”的疏离、质疑甚至挑战。也就是说，《奇言广记》实际上是通过这种夸张的幽默故事，挑战了人们习以为常的常识及日常经验的边界感，为人们提供了换一种方式观察世界、体验生活的极端尝试，尤其是个体化的体验方式及自我超越式的尝试。而这种方式及体验，不仅是晚清启蒙思想与改良文学所需要的，毫无疑问也是晚清小说走出习惯类型之窠臼所需要的异域文学经验。

1880年，亦就是《奇言广记》中译本刻印之年，林乐知、沈毓桂所主持的《万国公报》上，发表了署名龚其鼎者读《奇言广记》的诗论二首[17]：

奇书入眼豁尘襟，顿触吟怀不自禁。博物张华推第一，恐今退让也倾心。

浪说惊心迥不侔，广人学识信无俦。当年干宝《搜神记》，犹觉襟怀逊一筹。

从诗中所论来看，在这位本土文士眼中，《奇言广记》足以与张华《博物志》、干宝《搜神记》比肩并列、相提并论，其中所强调突出者，也是琐闻杂事、神奇怪异，非正统者所乐于闻见。

目前要找到实证文献，来查明解释沈毓桂协助林乐知合作翻译《奇言广记》的具体缘由及旨趣，尚有一定困难。但从这一文本在林乐知的总体著述中的相对独特存在这一事实中，应该不难发现这一文学努力，无论是对于林乐知还是沈毓桂，亦或者对于晚清中西文学交流及西方文学翻译的意义所在。当然，林乐知和沈毓桂并没有进一步跟进扩大《奇言广记》所开辟出来的这一文学尝试空间，不过这似乎也可以从另一个方面说明，在晚清中国的知识、思想及文学审美语境中，《奇言广记》这样的文学文本要想获得足够的阅读和传播，在当时显然还有一定难度。本土知识界所亟需的，首先是致力振兴富强、快速摆脱极弱挨打困境的新知识、新科学与新技术，这也是晚清"洋务运动"的主旋律。因此，《奇言广记》一类的西方文学作品的出现，在当时不过昙花一现，亦就不足为奇了。

## 三、《侠隐记》与"史统散，小说兴"

晚清所开启的"西学东渐"包括西方文学的翻译，在19世纪末、20世纪之初，因为林纾及"林译小说"等的出现，而迅速达到了第一个高潮。也就在这一阶段，出现了一个足以与林纾及"林译小说"比肩齐名的伍光建（1867—1943，英文名Woo Kwang Kien）及"伍译小说"。不过，此处主要讨论的是伍光建1907年所翻译出版的《侠隐记》[18]。亦就在这一年，《奇言广记》的译者林乐知和沈毓桂双双病逝于上海。

对于"伍译小说"，一直以来译评不断，且多为肯定赞誉之声[19]。1943年，伍光建病逝，郑振铎在《悼伍光建先生》一文中，对这位清末民初文学翻译界的先驱，有这样一段描述文字：

> 光建先生的翻译工作，开始于译大仲马的《侠隐记》。他曾经告诉过我，他的翻译都是有点用意的。他译这部《侠隐记》，用意并不浅。……那时，林琴南先生的“古文”的译笔正风靡一时，但光建先生却以《水浒传》般的精悍的白话文来译《侠隐记》。当时似未为人注意，至多不过视作《迦茵小传》、《十字军英雄记》一类的一部翻译名作而已。到了五四运动以后，胡适之先生发现了这一部书，大为惊异，便向高梦丹先生询问，这书究竟是出于谁的手笔，“君朔”是何人的笔名。高先生告以即是光建先生。于是他们俩便自此订交，成为相当密切的友人。[20]

上述这段文字，至少包含有三点与本文所论相关之信息。其一是伍光建最初翻译《侠隐记》，是有“自己的用意”的。至于“用意”为何，容后再论；其二是伍光建当时翻译《侠隐记》所用语言或“译笔”，既非当时主流文坛所推崇之“古文”，亦非《奇言广记》的那种“白话体”，亦非“译坛盟主”林琴南的那种文言译笔，而是选择使用了《水浒传》的那种“精悍的白话文”；其三是无论这种小说原著，还是这种翻译语言或译笔，在晚清西方文学翻译之初期，亦并不为一般读者所关注，但却与之后的“五四”新文学发生了“隔代”之间的“契合”，亦可谓“同声相应，同气相求”，只是这种“相应”与“相求”，恰恰反映出所谓“中西两不似”这一翻译理念及实践，是带有明显的时代色彩或烙印的——伍光建的《侠隐记》，在翻译当时可能带有所谓“中西两不似”的印记，但在后起的新文学运动中，却与本土的文学革命主张又隔代相亲、遥相呼应。更值得注意的是，无论是伍光建当初的翻译，还是“五四”新文学的革命主张，这两种实践与倡导之中，亦都带有明显的自觉意识——翻译上的自觉，语言上的自觉，以及文学思想及文学审美上的自觉与尝试。

而几乎与林琴南相同的是，伍光建的后半生尤其是晚年，几乎完全为翻译所占据。“他的晚年，全副精力，殆均已全部消磨在翻译事业上了。……自林琴南先生绝笔后，他是最努力的一位译者了。”[21]这至少表明，与王韬、沈毓桂等本土文士被动或主动参与到《圣经》《奇言广记》等西方宗教、文学文本的中文翻译所不同的是，林纾及伍光建的晚年，不仅基本上为翻译所占据，而且西方文学的翻译，又在其中占据绝大部分。他们是清末民初真正的文学翻译家，或者专门以外国文学翻译著称者，而不再还需要借助于“西学”或“西教”这样的正经名头来提升他们作为译者的文化身份和社会地位，这同时也反映出，文学家包括小说翻译家的身份和地位，至少在20世纪上半期，已经远非王韬、沈毓桂的时代所能预见。

而且，与王韬、沈毓桂更为不同的是，在此间中西翻译中，王、沈等本土文士，最初只能担任这种组合式的翻译模式中的“笔述者”角色，这一角色绝大多数时候均处于被动、辅助性地位。而作为晚清官方选派赴英留学的归国留学生，伍光建的西方文学翻译从一开始就是独立自主的，而且也终止了晚清中西文士组合式的翻译模式——这一翻译模式在“林译小说”中仍有所借鉴，所不同的是，这种模式中的口译者，由最初的来华传教士，改换成了本土归国留学生。

对于《侠隐记》在翻译上的“特点”抑或译者的“用意”，当年在商务印书馆参与过该书编辑出版工作的茅盾，在多年之后有如下一段文字说明：

> 我在商务印书馆编译所那时（注：1923年）正在标点伍光建译的大仲马的《侠隐记》和《续侠隐记》。伍光建是根据英译本转译的，而且不是全译，有删节，可是他的译本有特点：第一，他的删节很有分寸，务求不损伤原书的精彩，因此，书中的达特安和三个火枪手的不同个性在译本中非常鲜明，甚至四人说话的强调也有个性；第二，伍光建的白话译文，既不同于中国旧小说（远之则如“三言”、“二拍”，近之则如《官场现形记》等）的文字，也不同于“五四”时期新文学的白话文，它别创一格，朴素而又风趣。由于这些原因，我选它作为我所标点加注的第二种外国文学名著译本……[22]

其实，茅盾的评论，只是从一个侧面对伍光建的翻译及《侠隐记》作了阐述，至于是否这就是郑振铎前文中所提到的伍光建的翻译的“用意”，实在不好说。众所周知，伍光建还翻译了《法国大革命史》（1928）、《人之悟性论》（今译《人性论》，1930）、《俾斯麦传》（1931）以及生前未曾出版的《罗马衰亡史》等西方名著。尽管如此，小说翻译仍一直是伍光建最为主要的翻译工作。那么，所谓“翻译的用意”，是否可以从伍光建所翻译完成的那些西方小说中，找到一些解读线索呢？

伍译《侠隐记》前，附有“作者自序”[23]，其中一段文字，虽为大仲马夫子自道，却似与伍光建所谓“翻译的用意”有所契合：

> 予读而疑之，疑其为当代豪杰，或因遭逢不幸，或因怀才欲试，姑隐其名，以当军人，以假名行于世。予乃广搜当时记载，以采掇其事迹，久不可得，闷欲中止，忽友人得抄本见贻，题曰《德拉费伯爵传》，则彼三人者之假名在焉。予得之甚喜，请于吾友，刊行之，以饷读者；亦欲借他人之著作，以博一己之功名。

这种小说家言，姑妄听之，不过，因为伍光建在翻译中获得了晚清以来的本土译者们几乎前所未有之“自由”与“权力”，因此，他的个人意志和文学审美风格，亦在翻译实践中得到了更为充分自由之释放表达。其中尤为引人注目的一点，就是伍光建高度重视晚清以来西方传教士引入中国的近代西方传记文学、历史小说这一类型的文学，一方面将此二者作为他文学翻译中的重要选项之一，另一方面，他也通过这两种类型的文学，将更为充分自由地抒发作家自我怀抱的想象、虚构类小说，同样不遗余力地翻译引入到汉语中文世界。如果说前者还体现出伍光建的文学观念中尊重历史小说及本土传统纪传体文学一面的话，后者则无疑将伍光建对于18、19世纪西方文学尤其是西方小说的想象性、虚构性及现实性、抒情性等审美特质的关注重视，明显而确定地表现了出来。对于“史统散，小说兴”一类的历史观察及概括总结，伍光建的翻译实践本身，似乎既是一种客观印证，亦是一种积极回应。它不仅揭示出伍光建文学翻译的缘起与脉络，某种意义上亦揭示出晚清文学翻译，尤其是由本土译者所主导的西方文学翻译，在小说的文学性与现实性、审美功能与社会功能诸方面所展开的富于历史性和文学性的相关思考与积极探索。

相较于王韬参与《圣经》“委办本”翻译、沈毓桂笔述《奇言广记》，伍光建的西方文学尤其是西方小说翻译，显然并非只是偶然性的个案或象征性的事件，而是一种借以让译者自我安身立命的文学与文化事业。某种程度上，这也是晚清以降一条既不同于西方文学家、又有别于本土传统文士的“第三条道路”，而这条道路的起点，显然是可以同时也应该一直追溯到王韬、沈毓桂等先行者那里的。

注　释

1　胡适：《追忆曾孟朴先生》，原载《宇宙风》1935年10月1日第2期。

2　姜鸣编：《李鸿章张佩纶往来信札》，第697页，上海：上海人民出版社，2018年10月。

3　《美进士林乐知先生传》，《万国公报》1907年总第222期，第29页。而对于此间墨海书馆在沪传教士与本土文士合作翻译米怜《大英国志》一事，张星烺《欧化东渐史》一书中亦有提及，“1847年，慕威廉至上海，译米纳氏《大英国志》为汉文”（张星烺撰述：《欧化东渐史》，第38页，上海：商务印书馆，1934年）。

4　《匏隐庐诗文合稿·匏隐庐文稿》，王韬序，光绪丙申冬开雕于上海。

5　同上。

6　［美］韩南《作为中国文学之〈圣经〉：麦都思、王韬与〈圣经〉“委办本”》（段怀清译，刊《浙江大学学报》2010年第2期）一文中，专门论述到王韬在《圣经》“委办本”中的作为及贡献，并提出“委办本”的翻译完成时间为1843年至1954年，前后一共9年，其中在王韬父子之外，没有提及其他本土文士在其中的作用贡献。

7　有关王韬及当时在墨海书馆协助传教士翻译的其他本土文士对于《圣经》的立场态度，参阅段怀清：《王韬与近现代文学转型》。

8　参阅张星烺撰述：《欧化东渐史》，上海：商务印书馆，1934年1月。其中有云：由咸丰庚申（1860）至光绪庚子（1900）40年间，中国外状及欧化输入，无多大变迁，但各方所积之压力，已使中国不能保守旧状，不得不变而欧化矣（见《欧化东渐史》第40页）。

9　关于该部作品的德文原书名，《闵豪生奇游记》的“译者题记”中说明，该书原名中译为“男爵闵豪生的水陆奇游、远征和滑稽冒险，这是他自己与友人聚会时常讲的”，并补充说明到，“这样长的书名，是德国十八世纪中的习惯，通常在德简称为《闵豪生奇游记》，故译名从之”。1785年，德国学者鲁道夫·埃利希·拉斯别（1727—1794）用英语写成《闵希豪生旅俄猎奇录》在伦敦出版。1786年。德国作家特佛里·奥古斯特·毕尔格（1747—1794）又把它译回德文，并增添了不少有趣的内容，在德国出版，名为《闵希豪生男爵历险记》。《奇言广记》当自英文本《闵希豪生旅俄猎奇记》翻译为中文。

10 林乐知在沪广方言馆、江南机器制造局翻译局凡17年，也就是从1863年一直到1880年（即翻译《奇言广记》之际）。参阅范祎《林乐知先生传》，刊《万国公报》1907年总第222期，第1—17页。

11 离开广方言馆以及制造局翻译局之后，林乐知又先后创办中西书院、中西女塾、东吴大学堂等新式学堂。

12《林乐知先生传》，刊《万国公报》1907年总第222期，第6页。

13 同上。

14 对于林乐知此间所译著述，《林乐知长老行述》一文中亦有涉及，“公任上海广方言馆讲习，造就甚宏。迄今中国大吏中，内而政府，外而公使，皆有亲受公之教益者。公又于暇时，译书作报，上海制造局新书，半由公译。今日通行海内外之《万国公报》，亦创始于当时。时中国境内并无并无华文报纸。公独于讲学之余，每七日发行一纸，输入泰西新法新学，以饷遗中国学界”。（美国刘乐义撰，吴江任保罗译，《万国公报》1907年总第222期，第21—22页）

15《林乐知先生传》，范祎，刊《万国公报》1907年总第222期，第6页。

16 对于1880年代以降直至1907年去世，这20余年间林乐知的著译，范祎罗列不少，除了复刊后的《万国公报》，还提到了《中东战纪本末》《五大洲女俗通考》《俄国政俗通考》《文学兴国策》《俄国列皇记略》《保华全书并跋》《美国治法要略》《李傅相历聘欧美记》《德国最近进步史》《英兴记》《战局将来论》《印度隶英十二益说》《兴华新议》《万国公法要略》《广学兴国策》《自历明证十三种》《中西教化论衡》《安仁车》《中西互论》《麻苗论道探源》《九九新论》《家用祷告文》《辨忠篇》《人学》《中国度支考》《英国得基督教缘始》《天人一贯论》《路德改教记略》。

17〔清〕龚其鼎：《读〈奇言广记〉》，《万国公报》1880年第13卷总第619期，第171页。

18 商务印书馆所出伍光建翻译《侠隐记》，初版于1907年，后，又有1915年、《民国丛书》编辑委员会版，著译者署名为大仲马、君朔，其中《侠隐记》四册，《续侠隐记》四册；王云五总纂“万有文库”版，该版原著作者大仲马，译者伍光建，正文前有大仲马像、作者自序、大仲马评传（作者沈德鸿），1930年4月出版，上海。

19 参阅杜宇：《读〈侠隐记〉——胡适之先生介绍给中学生读的小说之一》，刊《沪江大学月刊》1924年第14卷第3期；另，《文学》1934年第2卷第3期为“翻译专号”，其中刊发有“味茗”之《“伍译”的〈侠隐记〉和〈浮华世界〉》。

20 郑振铎:《悼伍光建先生》，载《中学生》1943年复刊后第67期，第19页。

21 同上。

22《茅盾谈〈侠隐记〉、〈续侠隐记〉》，原载茅盾回忆录第六节《文学与政治的交错》(据《新华月报·文摘报》1980年第4期)，现转引自《侠隐记》，大仲马原著，伍光建译述，茅盾校注，长沙：湖南人民出版社，1982年9月。

23 参阅《侠隐记》。

# 海上漱石生生平考

孙玉声，名家振，字玉声，别署海上漱石生、漱石生、退醒庐主人、警梦痴仙等，以字行，上海人[1]。孙玉声之名字，显然典出孟子“孔子之谓集大成。集大成者，金声而玉振之也。金声也者，始条理也；玉振之也者，终条理也”。[2]一句。而其海上漱石生之别名，据与孙玉声晚年有文交之郑逸梅说明，来自于“漱石枕流”典故[3]，此典故出自《晋书·孙楚传》，意为不随波逐流，不与时势苟同——这对于一位近乎一生在报界行走及通俗小说作家而言，让人不免有些疑惑。另外，郑逸梅还说孙玉声喜欢读日本小说家夏目漱石的作品，便取漱石为别署。[4]

对于这位清末民初“厥名在学界报界小说界”[5]的新闻界名流、小说界耆英，同侪在其晚年赞誉之曰“报界耆英声名洋溢，文坛健将词采缤纷”[6]“新闻界仰老名士，小说林推大作家”[7]。可以肯定的是，孙玉声乃继王韬之后，与邹弢、俞达、韩子云等同代的晚清第二代沪上都市文学的代表人物之一[8]，尽管这种都市文学，在“五四”新文学的批评之中，在鸳鸯蝴蝶派的“污名”之下，长期以来并无多少好名声。

遗憾的是，学界迄今对于孙玉声的研究，仍集中于对其作品、尤其是代表性小说《海上繁华梦》的解读评析，对于孙玉声的生平[9]，包括其生卒年月以及主要履历等的研究，限于文献资料，要么语焉不详，要么人云亦云乃至以讹传讹。本文拟就孙玉声之生卒年月及生平主要履历等予以澄清说明。有关孙玉声著述及交游，另有《海上漱石生著述考》及《海上漱石生交游考》待发。

## 一、海上漱石生生卒年考

### 生年

1. 未署明生年之说

海上漱石生之婿郁葆青辑、庐江陈诗选编的《沪渎同声集》（附续集）中，选有海上漱石生诗九首[10]，并有其简介一则：孙玉声名家振，以字行，别署海上漱石生，上海人。著有《海上繁华梦》等说部数十种，又《退醒庐笔记》《漱石生游记》《上海沿革考》《沪壖话旧录》各若干卷。

上述简介，为迄今较早有关孙玉声生平之简介文字，又因郁葆青与海上漱石生之间的翁婿关系而具有相当权威性[11]，不过，或许因循诗集选编体例，未署被选诗人生卒年，且有关孙玉声生平履历介绍，仍显简陋。另陈衍在其诗话中沿引了郁葆青《沪渎同声集》中孙玉声简介，并选引孙玉声《西湖春游词》:“湿云罩住远峰青，几似冬山睡未醒。行近犹难辨何处，闻钟才晓是南屏。”[12]一首，不过亦未署明孙玉声出生年月。

严芙孙等编撰的《民国旧派小说名家小史》，收“海上漱石生”一条，并称其“在著作界的资格，确是很老的了”。——当然这是从民国小说家之旧派新锐的视角而言的。或许亦为遵体例故，其中提到海上漱石生“29岁那一年，进《新闻报》主持笔政，后来又入《申报》及《舆论时事报》，先后共19年”，但没有写明海上漱石生的出生时间[13]。

与晚年的海上漱石生多有交往的郑逸梅，在其《艺海一勺》[14]中“民初小说家孙玉声”一条，对海上漱石生的名讳等有发挥阐述，但其中亦没有提到孙的出生时间。

上述三种著述之编纂者，或与海上漱石生有姻亲，或为同道交游，对其出生年月，当有所知。之所以未见标示，推测主要是遵从著述前后之体例，不过，或许对孙玉声出生年月不甚了然亦未可知。

多少与上述记载不详有关，后来者在提到孙玉声出生时间时，遂多疑惑。最简单者，莫过于避而不谈。蒋瑞藻《小说考证》有“海上繁华梦”[15]一条，其中在介绍孙玉声最为人所熟知的这部“专写妓院”的小说之时，亦提及作者生平，但未见作者生卒年月。

而莫洛编纂的《陨落的星辰》[16]中，将孙玉声列为最近去世的“记者”之一予以介绍，称其为“新闻界前辈，旧体章回小说作家”，但未提其出生年月。

类似专列有孙玉声小传却未提及其出生时间者，还有《蜗牛居士全集》中之“艺人小传”中的“孙玉声”一条[17]，称其“文才冠群，诗词歌赋，骈散古文，无不擅长，为我国小说作者”，并称“二十年前，先生曾为先祖妣严太夫人撰五十寿序”，同时还提到孙玉声去世的具体时间、地点及年龄，但未提其出生年月。

2. 出生于1862年说

《中国近代文学大辞典》中“孙玉声”一条，署明其出生于1862年。[18]

3. 出生于1863年说

范伯群先生《插图本中国现代通俗文学史》，专辟“沪人写沪事的《海上繁华梦》”一节，称孙玉声为“19世纪末20世纪初小报业中最著名的小说家”，并署名其出生时间为1863年[19]。《上海文化艺术志·人物传略》[20]中“孙玉声”一条，列其出生时间为1863年。时萌《晚清小说家考证》(之四)“孙玉声与《海上繁华梦》”中，称孙玉声“生于同治二年(1863)”。[21]

另亦偶见海上漱石生出生于1864年等之说法，但大体上以上述几种说法为主，且影响较广。值得注意的是，上述说法基本上都没有提供有关海上号漱石生出生年月说法之来源依据，也因此，不少说法亦不免彼此因循甚至以讹传讹。

孙玉声的确切出生时间，据其自述，为癸亥年末。据《漱石生六十唱和集》自序中云:“余生于癸亥十二月醉司命日，至壬戌而岁星一周”。[22]而海上漱石生之好友颍川秋水在此编著“寿序”中亦云，“夏建壬戌十二月二十四日为漱石孙先生六十初度之辰。”[23]癸亥年为1863年，壬戌年为1922年；司命作为一种神名，在《礼记·祭法》中已有记载，“王为群姓立七祀，曰司命”。醉司命为民间年终祭灶神的一种习俗。宋孟元老《东京梦华录·十二月》:“二十四日交年。都人至夜请僧道看经，备酒果送神，烧合家替代钱纸，帖灶马于灶上，以酒糟涂抹灶门，谓之‘醉司命’。”宋吴泳《别岁》诗中有“灶涂醉司命，门贴画钟馗。”一句，后遂称农历十二月二十四日为“醉司命”。清陈裴之《香畹楼忆语》:“醉司命之夕，风雪遄归。”据此可知，孙玉声出生于农历1863年12月24日，按照习俗，六十岁寿辰早前一年筹办，1922年底举办六十寿诞当为正确。另孙玉声个人著述中还有多处与其出生年月相关之信息。在《报海前尘录》“编纂大纲”中，他说自己初进《新闻报》，在1893年。“余初至新闻报任编纂事，在清光绪十九年秋。当日中国报界，尚在幼稚时代，日报只申报沪报，及新闻报三家。”[24]而在《报海前尘录》“冷汤冷饭年初一”一条中，有这样一句话：“然余于癸巳岁入新闻报，次年壬辰，主任都岱生世丈，以报章每日传布新闻，何可停年，决意年初一亦须出报。”是年海上漱石生29岁[25]。即其所述，“余自年二十有九，主任新闻报笔政。”[26]

据此种种推定，海上漱石生出生年月日阴历为1863年12月24日，阳历则为1864年2月1日。所以，所谓孙玉声出生于1863年者，当指阴历，而所谓孙玉声出生于1864年者，当为阳历。

卒年

有关孙玉声去世时间，郑逸梅《艺海一勺》“民初小说家孙玉声”一条中，有这样一段话：“1936年，上海有一周报《五云日升楼》，玉声为撰《掌心雷》武侠小说。及第二期出版，玉声突患病逝世，则成为最后绝笔了。年七十七。”

按，郑逸梅此处所记，多有误。一者有关《五云日升楼》[27]的创刊时间，郑说为1936年，实际上《五云日升楼》创刊于1939年3月4日；二者所谓“及第二期出版，玉声突患病逝世”，其实孙玉声于3月8日凌晨2时去世，尚未及第二期出版，因为《五云日升楼》为周刊，且“每逢星期六出版”。

不过其有关孙玉声享年七十七的说法，为时人所记佐证。莫罗《陨落的星辰》中记者“孙玉声”一条云：“1939年3月8日，病逝于上海，享年七十七岁。”[28]如果以孙玉声生年1844年计，其去世之时享年75岁。按江南风俗，计享虚岁77。

有关孙玉声去世最为详尽的信息，当为其去世前仍为其撰文的《五云日升楼》周报第二期上所刊登的该报发行人兼总编辑顾怀冰的悼文。在其第一期“卷头闲话”中，曾专门介绍该周报创办背景及诸作者：

> 今天为本报诞生出世之第一日，也就是本楼开张竣发的第一天，本报拾这五个字为名，很显明的本报是像开一片茶馆店，无老无少，无名无贱，都可以到本楼来，化上一毛钱，泡上一壶茶，谈谈天，说说地，纵横九万里，上下五千年，古往今来，海阔天空，尽许你高谈阔论，但是本楼开设在孤岛中心，先挂起了‘非常时期，莫谈国事’的牌子，今夕只可谈风月了，请各位茶客原谅。
>
> ……
>
> 本楼第一个把茶馆店开上书本子，并且特请了海上第一流作家，像海上漱石生、许月旦、谢啼红、张秋虫、蔡陆仙、汪剑鸣……等，来权且充一下评话家、弹词家，来开唱些忠孝节义，喜怒哀乐，莫说当世的黄兆麟、夏荷生要退避三舍，就是前代的李龟年、柳敬亭也甘拜下风，就是在下茶博士也曾拾着些前人的牙慧唱几声马调弹词，说几句主调评话与诸位茶客消上一消闲呢。

鉴于其重要作者海上漱石生已于3月8日凌晨去世，顾怀冰特于是刊第二期上撰文哀悼[29]：

> 先生为本报所撰写掌心剑，真成绝笔，惜遗稿无多，未

能完篇，大为憾事，闻其亲属言，先生于病中，犹询及下走与本报已否出版，足见其关心本报，古道热肠，弥足可感。

掌心剑小说，现正物色人才继续，使先生此作，本人虽未能完篇，亦将庖代有人，使成完璧。以继先生之志也。

上述文字显示，海上漱石生去世之前，似并未见《五云日升楼》之创刊，但却依然关注这份当时已成孤岛的沪上文人们聊寄心志情愫之周刊出版。

## 二、海上漱石生履历考

海上漱石生的生平，在其清光绪十九年入《新闻报》前，限于史料文献，殊少为人所知晓[30]。

自主持《新闻报》笔政开始，直至暮年，海上漱石生之职业工作性质，大体上可分为三种类型，即主持大报笔政、笔耕小说和主笔小报。上述三种职业工作，在时间上彼此交织，尤其是主笔休闲类的小报及从事小说等文学写作，伴随海上漱石生一生。

余自年二十有九，主任新闻报笔政后，悠悠四十余载今已年逾七十矣。羁栖报海，老我岁华，虽自四十八龄后，曾一度弃职，操瓢撰小说行世，志在提撕社会，针砭末俗者数年，旋又创办小报，以著述自娱，其间在新闻报主持本埠编辑者二年，总持全报编辑者九年，任申报本埠编辑者二年余，总持时事报，及舆论时事报，图书日报，图画旬报，各全报编纂者五年有奇，主编时事报上海附刊者二年，今在小报界，又将二十年。[31]

即从1893年始，海上漱石生先后在《新闻报》《申报》《舆论时事报》等沪上大报编辑或主持笔政近20年，期间及后来在小报界亦20年。这两个二十年，似乎可以对应清末民初沪上文人在政治抱负与文学偏好、新的报界时文与传统诗文情趣、社会潮流与个人坚守等双重性之间的折冲徘徊。最初大报时期，小报经历不过是其大报生涯之补充与平衡，在最终离开大报界或民国大报时代开启之后，海上漱石生才最终脱离大报界，专力于小报或小说笔耕[32]。用其自己的话说，即自《舆论时事报》易主之后，“不复主持大报笔政”[33]。这种结果，与其说是源于海上漱石生的个人选择，还不如说是沪上民国报界文人群体的成长及其对清末报界文人群体之替代——无论是在知识结构、教育背景以及思想观念等诸方面，这两代人之间既有连结继承，亦可见分异差别。

但在海上漱石生个人心目之中，主持大报笔政之于民族社会之积极贡献，似一直为其所重。在其晚年编纂的札记《报海前尘录》“报界多政治人才”一文中，海上漱石生依然特别感慨到：

> 余纵碌碌，设当日苟膺曾袭侯经济特别科之保，或于袁树勋任上海道，入其幕府，开府粤东，既不然而津报之役，接近项城，亦何尝不可置身贵显，激昂青云。只以涉足宦海，平生视为畏途，且出处复非常审慎，故宁终老牖下，不作纡青拖紫之想，在前清已然，以迄于今。署笔名曰漱石生，即此聊以见志。[34]

而对于几乎与其主笔大报同期发端之小报岁月，海上漱石生的晚年自述中，则是另一番景况。他对自己这段职业生涯发轫之回忆，是置于清末报界消闲类附刊或专门性小报之兴起的文化历史语境中予以叙述的：

各日报发刊之始，其主体皆为新闻，附属品则为诗古文词，厥后始有小说，其他并无助人兴趣之作。有之，则实自同文沪报始。沪报初为字林洋行创办，故曰字林沪报，逮后售诸日人，乃易字林二字为同文，主任者为日本人井手三郎。其人通中国语言文字，亦能下笔做数百字之新闻稿，文理尚属清顺，略经删润，可以登入报中。华编辑为高太痴君主任、周品珊君副之，以报材枯寂无味，不足动观者之目，议另刊一种小品文字，俾得引起人之兴趣，购报者源源而来，乃每日特出附刊一张曰同文消闲录，由周品珊君独当一面。出报后各界果争先快睹，订阅者殊不乏人。时游戏笑林等各小报，犹未出版，故欲观小品文字者，只消闲录有之。当时殊物罕见珍也。逮毗陵李伯元君创办游戏报，余创采风及笑林二报，梁溪邹翰飞君创趣报，吴门沈习之君创寓言报，李伯元君又续创繁华报，一时各小报如雨后春笋，日出日多。日报中俱振刷精神，绝无敷衍及潦草之作，销数日增月盛，各大报几暗受打击。于是新闻报及申报，乃有快活林自由谈等之附刊，亦专载小品文字，以与各小报竞争，谑者咸竟呼之曰报屁股，因其每日在报尾出版也。然一经回溯从前，则大报中附刊小品，实则自同文沪报之同文消闲录，为时尚在各小报之前，非快活林自由谈等开其端也。[35]

上述文字，不失为晚清小报史一段珍贵史料文献，但从其中亦可看出，海上漱石生对于附刊之发端以及作为最初大报吸引读者并彼此竞争之一手段之叙述，显然与大报中主笔者以新闻更以社论时评等文章来提斯社会并贡献于社会者不可同日日语。“在报界主持笔政，所言多革故鼎新、兴利除弊。”[36]值此“夕阳在山”之时，回首当年，虽并未鄙视主笔小报之经历，但毕竟亦不过“消闲”“娱乐”而已，在其个人价值认同中，似仍有不及大报之处。

对此，《退醒庐笔记》序（颍川秋水）中有这样一段文字：“以孙丈玉声之才之学之识，而出匡济时艰，岂异人任，乃天独靳之而令其才其学其识用以住柱报界者二十载，犹以为未足置之至穷之地，复令其才其学其识用以闭户著书者二十载。而丈亦委心任运、乐天知命。甚至达官贵人愿保经济特科，依然谢绝，不欲以徵士名而独运其才学识三者之长，著稗乘越三百万言。”[37]

按海上漱石生所述，《新闻报》创刊伊始，他即入报主笔：

余初至新闻报任编纂事，在清光绪十九年秋。当日中国报界，尚在幼稚时代，日报只申报沪报，及新闻报三家。报用毛边纸印刷，日出一张，版口作长方形，或加附刊半张，谓之附张。铅字只四五二号，惟申报则有头号，篇幅不多，故编纂尚不甚费事。其大纲可罗举如下：一位论说，二位外埠新闻，三为本埠新闻，四为译报，以西文之字林文汇二报选要译之，五为诗词补白，间选广东循环日报、香港日报等，改纂登录，以粤省报纸成立较早，颇足以资取材也。余为北平来之论旨、奏折，及宫门抄。论旨必列入首幅，奏折殿之。又江浙等省之辕门抄，记录官场升迁降调，详细无遗。若夫新闻之有要电，上谕之有电传，则自光绪末叶开始，然以晚间十点钟为限，过时于明日译登，以是编纂时间，每日达晚九时以后，必须当日加入，略将报版更动，则须至十二时，顾亦仅记大略，其详情必俟翌日续刊，并不过费手续。盖源彼时印报纸平面机，其形滞迟，故一至十二时，即需赶速上板，不能再延，至明日出版延时，虑其无从应购也。[38]

上述文字，可见当年沪上大报编辑一般情形，亦可见晚清文学型知识分子通过近代报刊这样一个公共言论信息平台，向现代新闻型公共知识分子转型之一般景况。

而进《新闻报》之初，海上漱石生先是为编辑，继则为总主笔。对于清末民初报界内这种职业分工，《报海前尘录》中亦有说明：

报中编辑职务，由一人为总编纂，主持全报大成，余人分司其事，为外埠编辑员，本埠编辑员，及译报员等，与今日同。惟电报通力合作，初无专司之人，译出后由总编纂校正付刊。选报则由总编纂任之。外埠本埠函稿，凡关于新闻者，概由总编纂拆阅，酌定刊与不刊。当刊者交编辑员删润之，故各稿件如与刊载后发生纠纷，概由总编纂负责，编辑员了不任其咎。本埠访事员之各稿，亦每日汇交总编纂先行阅看，然后分授于编辑员发刊。有文字欠适者，删易之。惟事实不能改窜，故须将原稿存留，以备考查。谕旨奏折等，由总编纂酌登，诗词补白稿亦然。排版时如篇幅不敷，（当时报中材料枯窘，排版时每有不敷之虑）则由总编纂另行撰稿添补，或于新闻后增加按语，伸出行数，以弥其缺。若是日稿件较多，则抽去数稿，以备次日续用，是皆总编纂之职，其余编辑员无与也。[39]

而在《新闻报》《申报》及《舆论时事报》期间，海上漱石生既有担任编辑的经历，更有担任总编纂的荣耀。对于后者，即便是在专力于小说笔耕或小报主笔时，海上漱石生依然念兹在兹，其潜隐未得以实现的政治抱负，由此亦可见一斑。之于其中缘由，恐难一一列举，但就海上漱石生自己所述，在前述种种之外，至少尚有两点，值得一提。其一为工作环境及工作条件，其二为事业认同感与成就感。对于前者，海上漱石生回忆道：

余在新闻报申报舆论时事报等，任职近二十年。其间主宾之款洽、待遇之优厚、起居之安适、时间之从容，以新闻报最为深惬我心。馆主斐礼思君，虽系英人，而办事殊水乳交融，深明大体。馆谷彼时虽不甚丰，最多时月只百金，然在当日，已不为菲。居庭则公余时息偃优优，从无人加以干涉。而尤好在日多暇晷，自朝至下午四时，无所事，晚则九时以后，更可任意遨游。[40]

而对于后者，海上漱石生更是欣慰难忘、印象深刻：

余浮沉报海半生，所有办理之大小各报，尚幸太半皆称得手。且新闻报以开创十一年有奇之资格，获得在主笔室中，迄今悬有放大之纪念小影，殊深荣幸。[41]

这种明确予以自我承认的职业认同感与事业成就感，在晚清传统文人向现代都市职业知识分子转型过程中尚不多见，至少在王韬一代文人中更为常见者，乃郁郁不得志一类的沮丧、失落、挫败等，以及为转移化解上述情绪而多少有些刻意表现出来的放浪形骸或离经叛道之类的现实行止。[42]

同时，随着大报附刊以及带有明显休闲娱乐性质之文学趣味小报等的兴起，传统文学型知识分子中的一部分，在转型成为现代新闻型公共知识分子的同时，另一部分则分异成为现代文学性附刊或主要面向市民阶级的通俗娱乐性小报的主要作者及读者，或者两者兼而有之。海上漱石生的个人经历，以及他晚年对这种经历的双重肯定式的回忆性叙述，本身即表明上述转型所存在着的双重性，即在所谓新旧雅俗之间的辗转腾挪位移。

而如果按照“五四”新文学家们的立场，孙玉声主持大报笔政时代的言论立场，尚能体现一个具有现代启蒙意识与新文化追求的转型时期的知识分子的眼光、情怀与抱负的话，在歇业笔耕小说之后出而为沪上诸小报主笔的孙玉声，则似已“沦落”为一个市民阶级俗趣味甚至恶趣味的牺牲品[43]。现代文学语境中“五四”新文学与所谓封建余孽、小市民阶级文学之对立斗争，似乎在孙玉声一生的职业生涯中亦有一定程度之侧面反映[44]。

注　释

1　有关海上漱石生出身家世，限于文献资料，多不详。今可知其世家沪上，祖屋位于沪南南市郎家桥南里蔑竹街，已历二百年。据《退醒庐笔记》记载，

"屋经三次改建，地址虽不甚宽，院落尚多空气，以是吾爱吾庐"。此即退醒南庐。有一妻（姚氏）一妾（苏氏），妻生一子五女，子兆麒（字麟书），16岁因喉痧夭亡，长女蕊儿适沪上郁屏翰（怀智，别篆素痴）子郁葆青，次女苹儿18岁亦亡于喉痧，四女展云，归陆氏（吴兴陆子冬秉亨），《漱石生六十唱和诗》收有"归陆氏女展云"奉和漱石生六十述怀诗，六女闇如归洪氏（洪子才），《漱石生六十唱和集》收有"归洪氏女闇如时随外子客齐齐哈尔"奉和漱石生六十述怀诗。光绪丙申年（1896）海上漱石生娶妾凤姬，育子有志翀、志超等。另赁老闸归仁里，是为退醒北庐。庚申年（1920）退醒北庐迁爱多亚路（今延安东路）步留坊。

2 《孟子》"章句"下。

3 另质庵郑永诒奉和漱石生六十述怀诗中有"枕漱独能答王济，升沉曾未问君平"一句，亦可见漱石生名讳之典源。（见《漱石生六十唱和集》）

4 郑逸梅：《艺海一勺》，第63页，天津：天津古籍出版社，1994年3月。有意思的是，据说夏目漱石之名字由来，亦与《晋书·孙楚传》有关。

5 《漱石生六十唱和集》，自印。此处所谓"学界"，指的是"剧学界"，即孙玉声在清末民初戏曲界之修养贡献。在《漱石生六十唱和集》蓉圃林钺的和诗中，有"痴有周郎情自得"一句，自注云"先生精于剧学，凡海上男女伶无不奉为泰山北斗"。

6 同上。

7 劲秋姚洪淦奉和漱石生六十述怀诗，见《漱石生六十唱和集》。

8 尽管孙玉声极为看重他当年在沪上大报界的事功，但对于笔耕小说一段生涯，晚年的孙玉声亦相当肯定。在其《漱石生六十唱和集》"六十述怀原唱"组诗中，孙玉声吟唱到，"幸有寓言足针砭，频年再版得风行"，并自注曰："拙著《海上繁华梦》正续集二百回及《优孟衣冠传》，文明书局出版之《十姊妹》，现正再版之《指迷鍼》等，俱以针砭薄俗为旨，故获频年再版，风行于时。"另《指迷鍼》一书，原名《黑幕中之黑幕》，天台山农奉和海上漱石生六十述怀诗中有"黑幕揭穿银管秃"一句，自注云"君著有《黑幕中之黑幕》小说，今以名不雅驯，易为《指迷鍼》，再版后风行于时"。

9 海上漱石生性好游历，《退醒庐笔记》中亦多记载其屐旅所至，"光绪戊戌夏六月，余游普陀"，"癸亥夏五月，鸣社同人聚餐于秣陵"；另多次游历杭州、海宁、天目山、镇江等。光绪辛卯年（1891）秋曾与韩子云同试北闱。

10 《沪渎同声集》中选孙玉声诗词五首，为《湖心亭》《云》《西湖春游词》《西湖擢歌》；《沪渎同声续集》中选孙玉声诗词《还家偶咏》四首。

11 有关孙玉声子嗣，除前述外，另在《漱石生六十唱和集》蓉圃林钺的和诗中，有"儒林表率人争仰，家学渊源子象贤"一句，后注释云："先生有三子，皆极聪俊，头角峥嵘，克绍其裘。"。另孙玉声"六十述怀原唱"中亦有"后顾能偿望子贤"一句，自注云"有子尚幼，皆在读书"。

12 陈衍：《石遗室诗话》，收《民国诗话丛编》，第一册，张寅彭主编，上海：上海书店出版社，2002年12月。

13 严芙孙等编撰:《民国旧派小说名家小史》,收《中国现代文学史资料丛书(甲种)·鸳鸯蝴蝶派研究资料·史料部分》,魏绍昌编,第462页,上海:上海文艺出版社,1962年。

14 郑逸梅:《艺海一勺》。

15 蒋瑞藻编:《小说考证》(附续编拾遗),第325页,上海:人民文学出版社(古典文学出版社),1957年7月。

16 莫洛:《陨落的星辰》,第90页,上海:上海人间书屋出版,1949年1月。

17 黄鸿初主编、丁翔华编:《蜗牛居士全集》,第21页,上海:上海丁寿世草堂印,1940年1月。

18 孙文光主编:《中国近代文学大辞典》,第363页,合肥:黄山书社,1995年12月。

19 范伯群:《插图本中国现代通俗文学史》,第25页,北京:北京大学出版社,2007年1月。

20《上海文化艺术志》编纂委员会:《上海文化艺术志》,上海:上海社会科学院出版社,2001年12月。

21 时萌:《晚清小说家考证》(之四),载《镇江师专学报》(社科版)1994年第2期,第23页。

22《漱石生六十唱和集》,自印。

23 同上。

24〔清〕海上漱石生:《报海前尘录》,自编简报集。

25 在《报海前尘录》"绪言"(中华民国二十三年一月,海上漱石生)中有这样一段文字:余自年二十有九,主任新闻报笔政后,悠悠四十余载,今已年逾七十矣。

26 同上。

27《五云日升楼》,1939年3月4日创刊,每逢星期六出版一册,增刊无定期,发行人兼总编辑为顾怀冰,发行所为上海香港路59号内3层楼301号,其定价为零售1角,半年2元2角,全年4元4角。

28 莫洛:《陨落的星辰》,第90页。

29 顾怀冰:《悼孙玉声先生》,刊《五云日升楼》1集2期,第1页。该文开篇即言:海上漱石生孙玉声先生,已于本月八日上午二时逝世。一代文豪,遽赴玉楼之召,海内同文,共深惋惜,文坛名宿,又弱一个矣。

30 归洪氏女闇如奉和漱石生六十述怀诗中,有诗句涉及到后者生平信息若干,其中有"重建华堂记味耕"一句,自注云:"故庐由大人重建,曰味耕,曾祖所颜也。"即孙玉声家堂名"味耕堂"。另和诗中还有"宦海无心何足浼"一句,自注云"大人三试秋闱不第,即绝意进取。当道大吏欲保经济特科,坚拒之,不以履历缮呈达官。欲保以秩,两次皆辞。"孙玉声与仕途经济一道之境况,由此可见一斑。

31 海上漱石生,《报海前尘录》"绪言"。

32 主笔小报阶段,海上漱石生创办或主持的小报主要有《采风报》《笑林报》

《大世界报》《梨园公报》等。

33 海上漱石生:《报界前尘录》“拒绝亚洲日报之经过”。

34 海上漱石生:《报海前尘录》“报界多政治人才”。

35 同上。

36 同上。

37〔清〕海上漱石生:《退醒庐笔记》,“序”。

38〔清〕海上漱石生:《报海前尘录》“编纂大纲”。

39〔清〕海上漱石生:《报海前尘录》“编辑职务”。

40〔清〕海上漱石生:《报海前尘录》“公余逸趣”。

41〔清〕海上漱石生:《报海前尘录》“上海报之困难”。

42 在《漱石生六十唱和集》“寿序”中,颍川秋水在高度评价了孙玉声于进退之间所表现出来之士人节操之后,对于其一生事功,亦有正面肯定,“如何而又以其所能,业报馆者二十余载,秉春秋之笔,冀拨乱世而反之正,复为世道人心计,改良剧学,并撰小说数百万言,社会教育、名山事业,兼而有之。”

43 参阅鲁迅:《上海文艺之一瞥》、仲密(周作人):《论“黑幕”》《再论“黑幕”》、钱玄同:《“黑幕”书》、圣陶(叶圣陶):《侮辱人们的人》、钱杏邨:《上海事变与鸳鸯蝴蝶派文艺》、志希(罗家伦):《今日中国之小说界》等文章。

44 吴淞冯少卿奉和漱石生六十述怀诗中有“笔政主持回末俗”之赞誉,四明朱友三奉和漱石生六十述怀诗中有“寓言针砭存忠厚,立志兴邦忆太平”等句,大体上是肯定孙玉声的家国天下之忧患情怀。

# 海上漱石生之小说观考论

在民国“旧派”小说家眼中，海上漱石生（家振，字玉声，别署海上剑痴、漱石生、警梦痴仙等，1864—1939）是“近今小说界的前辈”，“对于小说上种种的关系已经有卅余年的经验”。[1]如果从《仙侠五花剑》最初由《笑林报》馆刊印并随该报附送算起，[2]海上漱石生作为小说家的经历，几占其半生，而且长达四十余年。这期间，中国文学经历了近代以来的不断变革，包括清末白话小说的兴起、翻译小说的繁荣、“新”小说运动、五四新文学运动以及整个20世纪前30年通俗文学的持续发展等。凡此种种，无不与海上漱石生的文学经历尤其是小说创作实践生发着关系，并一定程度上影响着他的小说观以及小说写作实践。而海上漱石生的小说观与小说实践，某种意义上亦见证和参与了这一时代中国文学尤其是都市市民文学领域所发生的种种变革，成为其中不可分离的一部分。

作为近现代文学“转型”阶段一个过渡性文学人物，海上漱石生的文学生涯带有那个时代都市作家的典型特征，即报人——小说家的双重社会文化身份。而其文学写作的方式，在报刊连载——单行本这种同样具有近现代都市文学的共同特征之外，海上漱石生的文学写作，在以小说尤其是长篇章回体小说之外，还尝试了传统的诗词、骈文、笔记、札记、小品等。这就使得他的小说写作实践，在用白话小说文本这种文体形式描写叙述不断变化着的外部世界的繁杂多样的样相故事之外，同样还有一个借用传统文体形式来抒发个人内在情感与精神的文本世界。这两者之间存在着怎样关系？彼此之间是否生发出矛盾纠缠？它们的存在，是否昭示出海上漱石生以及他同时代的一些作家在文学理念与实践方面存在着分裂，譬如一方面用显然有所改良的白话章回体小说形式来回应外部世界的不断变化，而用依然传统的文体形式来反观表现一个独立于时代的文学怀旧者？如何认识理解海上漱石生这种看上去多有不免让人产生疑问的文学观和小说观？这些疑问，都是本文需要面对并予以回应的。

## 一

海上漱石生最值得关注的文学生涯，集中于19世纪末至20世纪初的20年间，也就是他的以武侠小说《仙侠五花剑》和社会小说《海上繁华梦》为代表的一些作品完成并出版的阶段。这一时期，他的武侠小说和社会小说的文本实践，无不表现出那个时代的同类型文学的“先锋性”[3]。换言之，海上漱石生在文学方面最具有时代与文体先锋意义的实践和贡献，亦相对集中于这一阶段。随着梁启超等人所倡导的“新”小说的兴起、五四新文学运动的发生以及以“鸳鸯蝴蝶派”作家群的全面崛起为标志的现代都市市民文学的繁盛，海上漱石生尽管做出了种种“与时俱进”之努力，但作为这种努力标志之一的“退醒庐小说十种”，[4]无论是其艺术性还是文学影响力，似乎均无法同他早期的武侠小说和社会小说相媲美。

海上漱石生小说观的基础，当然是他究竟如何看待小说以及如何进行小说文本实践的。不过，尽管海上漱石生的时代是中国文学处于重大转变的一个时代，但这一转变进程中所经历的几个既相互关联又有所区隔差异的阶段，与海上漱石生的小说观及小说文本实践之间存在着一定程度的互动，但这种互动既反映出近代文学不断变动的历史事实，亦折射出传统文学在近代语境中如何自我调整和自我守护的历史事实。

如果单从海上漱石生后来的自我表述看，他的小说观几乎完全是在中国文学及小说语境中生成发展起来的。就此而言，海上漱石生的小说观具有强烈的本土色彩或传统小说的印记。这种状况之发生，与其说是源自海上漱石生文学观念之保守，还不如说是与他不通西语西文、缺乏对于外国文学的基本认识素养这一客观事实有关。[5]在《余之古今小说观》中，尽管他强调自己“自幼嗜小说”，但只要稍微再审视一下他所一一列举的那些小说文本，就会发现，他所谓“当十三四岁时，每晚猎取”的阅读小说全部为中国旧有之小说的事实。[6]如果将其所列举的这些旧有之小说稍作分类，在时间上大致可分为十三四岁时期所阅读之小说、丁年以后所阅读之小说和弱冠之年后所阅读之小说，而这些小说亦因为阅读者年龄阅历等有所差别。依照海上漱石生的说法，十三四岁时阅读小说，“娓娓不倦，至漏深犹未寝。盖彼时知识薄弱，只知观书中之事实若何，不能辨笔墨之高下也”。[7]因此，这一时期所阅读的基本上为一些讲史类小说，譬如《封神榜》《东西汉》《隋唐》《岳传》《杨家将》，以及弹词中之《来生福》《再生缘》《天雨花》《安邦定国志》等。丁年之后，阅读嗜好发生了明显转移，一些抒情类、日常生活类、男女故事类以及文人才情类小说更能够吸引其阅读兴趣，所读小说包括《红楼梦》《镜花缘》《儒林外史》《文章游戏》《今古奇观》以及《阅微草堂笔记》《聊斋志异》《六才子书》《长生殿》《牡丹亭》等，并在此时期开始阅读一些“禁书”，包括《隔帘花影》《国色天香》《觉后禅》《牡丹换锦》《杏花天》等不下数十种。阅读“禁书”，这对海上漱石生后来的小说文本实践，尤其是《海上繁华梦》的写作，应该说具有值得关注的影响与关联。小说文本中所呈现出来的两性关系形式，既有才子佳人文本中的理想与抒情，亦有色情禁书中沉湎于情色享乐的追逐纵欲。[8]而这种看上去在两性关系上的理想化浪漫化与现实化感官享乐化的双重倾向，恰恰可以从中国旧有小说文本中呈现出来的两种两性关系形态的小说文本中找寻到答案。而对于小说等杂著的嗜好及贪读，不仅影响到海上漱石生文学观与小说观的塑造形成，甚至延伸到他人生观、世界观和价值观的塑造形成。

在海上漱石生所列举的所有阅读过的小说文本中，没有见到一部外国小说或翻译小说。或许其中有某种有意之遗漏，但笼统而言，海上漱石生的小说文本经验，基本上有中国传统小说所影响塑造构成的事实，是不辩自明的。

这一点其实从海上漱石生同时代的一些文学家的相关论述中亦可得到佐证。在海上漱石生第一部小说《仙侠五花剑》的序言中，狎鸥子周病鸳对于小说作者及其著述命意宗旨有一段阐述：

> 仆友剑痴，闭户沪滨，枕流海上。胸罗星宿，身到嫏嬛，下笔成文，声协金石，拔剑斲地，气薄云霄。闲尝放眼古今，游心竹素。谓：“夫传奇述异，尽多充栋之书；说鬼搜神，不乏覆瓿之料。然朝报或嫌断烂野语，又病荒芜。若非博士买

驴。文深义晦，即是贱工画虎，貌合神离。求其得意直书，惬心贵富，铅华洗尽，花样翻新。燃温犀以烛幽，铸禹鼎以象物。神仙任侠两传，合成儿女英雄，双管齐下，而又老妪都解。如吟香山之诗，疟鬼可驱，似读孔璋之檄者，古人未作，后世无闻焉。”[9]

上述文字中无论是对海上漱石生作为小说家才情之赞誉，还是对《仙侠五花剑》命意主题乃至语言形式、读者对象、社会功能诉求等议论，无不折射出这位与早年海上漱石生关系密切的旅沪文人对其评论者的熟悉了解。[10]在这篇写成于辛丑年的短序中，无论是序文作者还是被评论的小说作者，他们的语境，依然是一个纯粹而封闭的中国小说世界。而即将或正在发生着的中国小说的变革，至少从这段文字中殊少能够感受到。这也从一个角度说明，海上漱石生早期小说文本实践，其文本资源基本上就是中国旧有之小说叙事传统。

对此，海上漱石生自己亦予以了进一步阐发明示：

著书，谈何容易，非胸罗经史、学贯中西者，不足道只字。余何人斯，敢贸然作著书谭。然虞初九百，不废小说家言，可知制小说者，亦可附于著书之列。惟为詹詹小言，而非洋洋大文耳。余自年二十九，偶从事于小说一途，初仅游戏之作，藉此聊以自娱。[11]

这段文字中尽管有“学贯中西”一语，但不过是一种语言修辞而已，并无真正意义上之含义。

但是，相比较那种持有正统与道统文学观的真正保守者对于小说所持立场观点，海上漱石生的文学馆和小说观已经有过明显修正或偏离。这不仅表现在他并不鄙弃小说为小道，已经注意到小说尤其是那些关注社会现实与实际人生处境的白话小说的现实功用，而且他还对小说文本实践抱持一种严肃谨慎之态度，并不以游戏笔墨之轻浮方式对待之：

> 余所作小说，始终抱定警世主义，值此风俗浇漓时代，惟恨不能多得作品，以期有俾于世道人心。故迄今犹手不停挥，未若崔君苗之欲焚笔砚，惟是日设遇不惬意事，或觉精神萎顿、则宁不着一字，盖虑勉强而成，必至疵病百出也。[12]

当然这种小说观与晚清文人们几乎同时对于小说的社会能用之“发现”与肯定强调基本一致，这亦说明在晚清小说思想与文本实践两个层面的变革中，海上漱石生均有着与时俱进甚至引领先锋的实际贡献。

但与梁启超那种具有更强烈的政治启蒙意识和诉求的小说改良主张相比，海上漱石生的小说观和文本实践，看上去更具有相对纯粹的文人气质和特色，也有着一种与现实生活、都市生活和日常生活更直接亦更密切的联系。甚至可以说，海上漱石生的小说观之形成，一方面关联着中国传统小说世界，另一方面则与他所生活的城市上海息息相关——这座近代都市华洋杂处、繁华多样、灯红酒绿又良莠不齐的现实生活世界，一个既关联着中国历史社会的过去、又几乎每时每刻都在发生着看得见看不见的变化的全新世界。也因此，对于海上漱石生的小说观的考察分析，仅限于理论语境和小说文本实践两个层面实际上是不够的，甚至不能够真正抓住海上漱石生小说观形成的最为重要的核心要素，那就是作为小说叙事者的海上漱石生，与作为他几乎取之不尽用之不竭的生活于其中的上海这座城市之间无所不在、无始无终的紧密关系。考察分析海上漱石生的小说观和文本实践，离不开考察分析上海这座近代都市，离不开对海上漱石生在对上海这座都市的观察、想象、叙述、塑造过程中所呈现出来的种种特点的再观察和再解读。甚至可以说，海上漱石生与上海这座城市之间的关系，就是通往他的小说观和小说文本实践的钥匙。

## 二

海上漱石生不是一个小说理论家。他的有关小说论的理论观点或阐述，多散见于他在自己小说的序跋或一些相关随笔之中。像发表于程小青等主编的《新月》上的《余之古今小说观》《余之章节小说观》等文，如果不是应前者所主持的“小说讨论会”之约，最终是否会成文亦实在难说。

而如果我们想进一步了解海上漱石生的小说观以及小说写作实践，可以分别从作家论、作品论和创作论等方面予以对其进行考察分析。

海上漱石生究竟如何认识评价作家这一身份、职业及其成绩？尤其是对于小说家这一相较于传统文人而言难免有些尴尬异类的身份，海上漱石生又有何见解？《报海前尘录》中回忆叙述了王韬（1828—1897）、邹弢（1850—1931）、韩邦庆（1856—1894）、李伯元（1867—1906）、吴趼人（1866—1910）等晚清著名小说家的一些轶事，其中掺杂着海上漱石生对于他们的一些评价。

在《天南遁叟轶事》中，海上漱石生议论王韬的小说家身份及创作成就：

（王韬）晚年著作洪福，以《淞隐漫录》尤为脍炙人口，有《后聊斋志异》之目。他若《瀛寰琐志》诸书，[13]亦行文博雅、记事精详，非深于阅历者不能言，亦非确曾考察者不能道。生平风流自赏，虽老犹出入红酒绿灯之场，惟夫妇之情甚笃。其夫人深以临老入花丛为虑也。[14]

这段叙述，涉及一个小说家的才情、文体风格、叙事方式甚至于家庭生活诸方面。总体而言，在海上漱石生眼中，作为前辈作家的王韬，其形象是正面且值得敬仰的。

比较而言，海上漱石生与创作长篇章回体抒情小说《断肠碑》（亦名《海上尘天影》）的旅沪作家邹弢和吴趼人之间，已经没有与王韬那样的代沟。海上漱石生对于他们作为小说家的文学成就之议论评价，应该也更趋客观和理性。在追忆瘦鹤词人邹弢的文字中，海上漱石生这样叙述到：

（邹弢）尤善笔记小说等作品，著有《三借庐集》、《浇愁集》、《断肠花》等行世。[15]并评慕真散人俞吟香君所撰之《青楼梦》[16]，卓具目光。惟是怀才不遇，借酒浇愁，醉则满腹牢骚，时作灌夫骂座，以是恒开罪于人。[17]

而相对于邹弢的怀才不遇、屡屡借酒浇愁、满腹牢骚的落魄者形象相比，海上漱石生笔下的吴趼人，显然要积极进取得多：

> 我佛山人吴趼人君沃尧，粤之佛山镇人，奇才横溢，行文如长江大河、多豪放气……亦尝治小说家言，成《二十年怪现状》一书，[18]针砭社会，得苏长公嬉笑怒骂皆成文章指趣。出版后人手一册，同深倾倒。[19]

海上漱石生对于李伯元的描述，尤其是对于其小说才能和成就的高度肯定，彰显出海上漱石生对于中国旧有小说文本史的精熟以及对于小说审美特性的经验素养：

> （李伯元）随报作《官场现形记》小说，则痛骂官场利弊，刻画入微，读之如见其人，足与《儒林外史》相埒。盖《儒林外史》无起讫呼应，自成一家。《官场现形记》其体例正同也。为人沉静寡言，遇新交更讷讷然不出诸其口，与行文之尖刻峭厉大异。[20]

海上漱石生对于韩邦庆及其《海上花列传》的忆述，是现存有关这位清末小说家的极为珍稀的文献资料，亦为许多小说史家所重视征引。[21]不过，唯独在追忆这位沪上小说名家里手时，海上漱石生在赞誉韩邦庆"博雅能文，自成一家言，不屑傍人门户"的同时，亦对《海上花列传》中的方言使用表达了审慎保留意见。"惟韩谓《花国春秋》之名不甚惬意，拟改为《海上花》，余则谓此书通体皆操吴语，恐阅者不甚了了，且吴语中有音无字甚多，下笔时殊费研考，不如改易通俗白话为佳。"[22]

上述五位小说家，都是晚清小说名家，更关键的是，海上漱石生与他们均有工作及文学上之直接往来联系，其中与吴趼人、李伯元更是有一定程度之私谊。因此上述议论评价，不可谓不准确。而其中议论评价，多少亦可见出海上漱石生对于作家尤其是小说家的一般观点。尽管上述评价多为针对个案，且是在具体的历史语境中展开的，但这里议论评价的普遍意义是显而易见的。

与上述作家论相比，海上漱石生有关作品论的意见观点似乎散见各处，捡拾审视，其中不仅可以看出他对一些具体作品的阅读意见，亦可见他对小说创作方法、小说审美特性等理论问题的若干思考。

在光绪乙巳年（1905）为可能是第一部反映旅美华工艰难生活的长篇章回体小说《苦社会》所撰写的叙中，海上漱石生言简意赅地表达了自己的小说观、小说创作观等思想：

> 小说之作，不难于详叙事实，难于感发人心；不难于感发人心，难于使感发之人读其书不啻身历其境，亲见夫抑郁不平之事、流离无告之人，而为之掩卷长思，废书浩叹也。是则此《苦社会》一书可以传矣。
>
> 夫是书作于旅美华工，以旅美之人，述旅美之事，固宜情真语切，纸上跃然，非凭空结撰者比。故书都四十八回，而自二十回以后，几于有字皆泪、有泪皆血，令人不忍卒读，而又不可不读。
>
> 良以稍有血气，皆爱同胞；今同胞为贫所累，谋食重洋。即使宾至如归，已有家室仳离之慨；况复惨苦万状，禁虐百端，思归则游子无从，欲留则楚囚饮泣。此中进退维谷，在

作者当有无量难言之隐，始能笔之于书，以为后来之华工告，而更为欲来之华工警。是诚人人不忍卒读之书而又人人不可不读之书也。[23]

对海上漱石生的小说观及创作观稍作审视，即可发现他所关注强调的若干要素，譬如作者深入生活的重要性、小说宜重写实、作家对于自己所描写叙述的内容当有真情实感、小说写作命意立旨应该端正、小说亦当有益于世道人心等等。这些观点在晚清“新”小说潮流中或许并不格外显眼，但就海上漱石生周围的小说家圈子而言，譬如王韬、邹弢等，他们的短篇小说中仍然有大量脱离现实生活的狐狐鬼鬼一类的想象与虚构，相比之下，海上漱石生对于小说现实题材的强调关注，对于当下生活存在的直面回应，对于具有时代意义的重大社会题材进行文学描述的大胆尝试等，都为清末民初小说变革试验提供了非常重要的个人视角及相关意见。晚清小说总体上呈现出来的写实主义的主流，应该说与海上漱石生的小说理论与文本实践亦有着不可分解的关联。

作为一位近现代之交的小说家，海上漱石生的小说以章回体为主，亦有个别采用章节体形式。对此，海上漱石生后来在叙述自己的创作生涯时有所涉及：

余所著小说，以章回者为多，每回字数，长者六七千，短者五六千，取其信手挥来，恰如题位。设过长则纠缠乏味，过短则竭蹶不敷也。[24]

对于章回体小说这种形式，海上漱石生似乎尤为青睐——如果因此而指责他在小说叙述形式上偏于保守似亦并不为过。海上漱石生曾在一篇创作心得谈之类的文章中，就章回体与章节体小说进行过比较：大抵章回小说以炼局胜，章节小说以炼意胜。炼局者，取局势开展，斯随处有见长之地，炼意者，取意旨真挚，斯落笔无失当之词。且章回小说少文言，而章节者以文言为多。[25]此种议论，为局内人经验体会，局外人则读之不免仍生困扰：如果离开了晚清以来小说连载这种对晚清小说发展繁荣起过重要推动作用的刊发方式，章回体小说这种形式还会得到那么多的小说家看重青睐么？

对于章回体小说在叙事方面的特点，海上漱石生还有一些相关阐述：章回小说全书每不止一事；章回小说为放言体。[26]在海上漱石生看来，章节小说与章回小说各有章法，且体裁亦各有存在之价值，不可混淆。至于海上漱石生自己在小说创作方面，主要选择章回体小说形式，除了上述连载以及商业上的考量外，是否还有白话语言方面的考量，或者因为都市文学叙述人物故事繁多，而章节体小说“于一事外每不涉及他事”的体例形式，对这种都市叙事可能有所局限，这其中的缘由还有待进一步考察。不过，这种因为写作需要而对文体形式所作出的选择，显示出写作者在文体意识方面的自觉，以及与时俱进的敏感。

作为一位具有丰富小说写作经验的作家，海上漱石生的创作论不少地方显示出在小说立意命题、构思、结构设计以及表现形式探索等方面的锐意创新：

> 余著小说无它长，惟不喜袭前人窠臼，且不喜如兵家之作野战，致无可收束，更不喜言之过甚，以斯世决无之事，决

无之人，任意构造入书，使阅者兴尽信书不如无书之慨。至于社会诸作，则以攻发人之阴私为戒，故书中事实，皆为空中楼阁，书中人之姓名，每以谐声或会意出之，或谓事实既虚，何必浪费笔墨，成此一无凭藉之作。[27]

如何处理生活中的人物、事实、事件的小说化问题，其实也就是处理写实与虚构两者之间的关系问题，这不仅是一个小说文本实践中的技术性问题，也是一个涉及小说审美的理论问题。对此，海上漱石生有进一步之阐述总结：

人名取谐声会意，亦病一经展卷，即知其人之贤不肖，无待深思，抑知事实虽虚，社会间尽多类此之事，何妨寓事实于虚，既与忠厚无伤，且可曲曲写来，笔端无所顾忌，使全书情文并茂，人名取谐声会意，固不无病其率直，然文家本有开门见山之法，虽一开门即为见山，而山中之林泉丘壑，须遍历后始观，必不能一望而知，是以余抱此本旨，期免有姓名适合之人，疑余有意与之恶谑也。[28]

即便是对上海漱石生的生平略有所知，已可联想到《海上繁华梦》中所叙人物故事与他自己的经历之间的关联性。对此，海上漱石生自己亦从不讳言。更有甚者还会将《海上繁华梦》中谢幼安与桂天香的故事与海上漱石生及其如夫人的故事直接挂钩。[29]这些都彰显出《海上繁华梦》鲜明而强烈的写实风格，但这种写实并不是简单机械地复制现实生活。

关于如何处理好写实与虚构之间的关系，海上漱石生在晚年的写作谈中，格外强调了写作前构思、命意、布局等想象和虚构的重要：

著小说之八字诀，窃谓不外乎相题布局、命意措词。能相题斯能摹写真切，能布局斯起讫分明、章法可以不乱。至命意则以适合乎情，不背乎理，为唯一之准绳，措词则求其笔曲而达，毋浮泛，毋枝蔓，毋艰涩，毋躁率，俾恰切赴题，收水到渠成之效，惟此八字之中，以布局二字为最难，苟其稍涉散漫，必致影响全书，故余作《仙侠五花剑》、《海上繁华梦》及《如此官场》、《十姊妹》各书时，类皆将全书先撰回目，然后逐回下笔，以冀如御者之六辔在手，得以驰骋自如，免若大海行舟，有茫无涯涘之险。而结构亦可谨严，情节亦较完密，逮至作稿既多，胸中得有成竹，始敢于回目犹未酌定，下笔先自成书。至于伏笔反笔曲笔逆笔衬笔辅笔诸法，则昔人于此等处最具匠心，余愿仿之效之，惟虑有事不逮耳。[30]

而对于写作过程中是否严格地遵循执行最初之构思布局，而全然忽略不顾创作过程中的“灵感激情”与“临时逸出”，或者说写作过程中如何处理理性与非理性、社会实践中的自我与内在的“第二自我”、表面真实与内在的真实等命题之间的关系，是进一步考察海上漱石生的创作论时需要提出的追问：

迄今操觚逾四十年，出版达数十种。誉我者谓为斫轮老手，毁我者亦安得无人！谁毁谁誉，当视各人之目光而定。而余则毕生精力，半世光阴，竟太半消磨于此。思之良堪自嘻。

> 惟当一书甫竟，一书又成，举人世间离奇怪诞之事，发为嬉笑怒骂之文，纵笔所之，从心所欲，忽而香温玉软，摹来儿女柔情，忽而剑影刀光，传出英雄本色，忽戹官僚之造恶，忽状魑魅之现形，忽写世态炎凉，忽掘人心险诈，忽如泣而如诉，忽若讽而若嘲，忽褒忽贬，忽庄忽谐，忽乐忽哀，忽迷忽悟，此中有颇足耐人寻味、动人回思者在。[31]

在上述叙述中，似乎确立了小说创作中客观现实世界的第一性及不可背离的中心地位，但只要稍加审视，又会发现海上漱石生在肯定并尊重外部世界的启发性的同时，亦同时肯定了写作过程中“随心所欲”的重要性，强调了写作过程应该是一种“创作”过程。在那种“忽而”“忽而”一类的表述中，实际上传递出有关写作过程中的“不确定性”或“不稳定性”、不是由客观外部世界主导和最初的冷静理性构思所主宰的观点。

其实，海上漱石生还有不少论述，涉及创作过程中对于叙述者以及想象和虚构作用的突出地位作用而不是对于客观生活世界的机械直接摹写：

> 著书譬诸演剧，须将生旦净丑，聚于一剧之中，演来始能热闹。观者亦全神贯注，为之采烈兴高，作小说亦何莫不然，虽篇幅较短之单行本，犹之戏剧之并非连台大轴，固无需乎全体演员。若章回书则事迹必多，人才自然不能缺乏，故书中之主人翁，即剧中之正角也。正角演剧，必须卖力，方能使此剧生色，书中之主人翁，亦须竭力摹写，庶几此书奕奕有神。然有主必然有宾，书中之宾，皆配角也。谚云：牡

> 丹虽好，全凭绿叶扶持，则剧中之配角，不可草率登场。书中之配角，乌能冒昧下笔，演剧重节目，著书亦重节目；演剧尚表情，著书亦尚表情。余以生平嗜剧成癖，且尝屡编整部新剧，颇受社会欢迎，以是于著书之时，每以编剧法行之，先将书中之人，分列一表，酌定孰为正角，孰为配角，孰系生旦，孰系净丑，若者为主，若者为宾，于是逐幕登场，使之演其本身各剧，逮剧毕而书告成。昔施耐庵作《水浒》，相传先绘一百八人于图，审其人之面貌性情，然后下笔，以期有所依据。余之立表行文，盖亦犹此意也。[32]

或许我们可以发现海上漱石生的小说理念及文本实践中的诸多中国传统小说叙述方式的痕迹，尤其是对于客观生活世界及其生活规律（时间规律、空间规律等）的遵守，有此发现其实并不让人感到奇怪，相关原因在前面的论述中已有涉及。但是，简单地将这两者等同起来又与事实不符。原因很简单，海上漱石生的写实主义，并不是一种中国小说传统中的写实主义的近代翻版，而是一种在近代文学语境中兴起的带有明显创新意味和事实的都市写实主义，是叙事者面对近代都市这样一个巨大而复杂的空间存在之时在文学上进行书写的试验尝试努力。在这种写实主义中，都市并不是一个始终被动的、最终亦完全可以被认识和把握的存在，而是一个介于把握和不可把握之间的一种中间存在，是生活于其间又无可奈何的复杂含混的存在感。其实在《海上繁华梦》中，就始终氤氲着一种过来人对于曾经的时间、空间以及生命存在形态的情感化的关注与表现，其中并不缺乏关于细节感觉、印象、不经意间的回忆以及潜隐着的情感、被装饰或压抑的欲望等等的表达试验，只不过这些表达试验被整部作品的写实风格掩盖了而已。

## 三

但是，近现代之交的社会文化环境，又使得那种选择近于纪实的社会小说，以便能够将作家们对于生活中的真善美假恶丑直接地呈献到读者面前的做法具有更为迫切的需要。一方面是直接将社会现实中的假恶丑揭露甚至暴露出来，以引起世人的关注和自省觉悟，一方面是作家如何在这样的生活现实面前仍然去关注并描写人所具备的本质和深在的一切，而不是仅仅满足于描写生活中的种种现象或表象，读者的需要、出版商业利益的冲动、作家主体意识的衰弱及自我降低、艺术想象与表现手法的缺乏不足等等，确实影响到清末民初小说家们沿着写实小说的“写实”这一方向一步步滑向更远更深的所在。文学创作逐渐为一种世相报道纪实所替代，对于“黑暗”“丑恶”存在的文学表现，为黑幕小说甚至黑幕书所替代。在此过程中，海上漱石生亦曾有一定程度之“卷入”，对此，他亦并不讳言：

> 所谓能发人之所未发，第系达体记载，并非小说。余思社会黑幕之多，有明知其为黑幕而入幕后尚有重重隐伏，不易图穷而匕首见者，世道人心之险，堪云无过于此。苟有人作为小说，则如剥丝抽笋，使之层层透漏。在著者足供摹写，不患无所取材。而读者当兴会淋漓，且可藉资警惕。……书中开宗明义之第一回，为四人共叉麻雀，一人胜算独操，永

无输钱之患。此法彼时有人实行，受愚者不知凡几。且打牌时绝无弊病，故无觉悟之人。然而此辈奸徒，赌博尚其初幕，逮至诱惑日久，入彼彀中，施其种种欺骗伎俩，小之足以使人倾家荡产，大之抑且生命可危，以是全书所述各节，罔不注意黑幕落笔，而此黑幕又往往幕中有幕，令人觉察甚难，与钱君之黑幕大观截然判为两途，各不相系。[33]

究竟该怎样看待这一现象，尤其是当这一现象在海上漱石生这样的“老作家”身上亦有不同程度的存在和表现的时候。除了上述论述中所提及的种种因素外，海上漱石生长期的报人生涯和报人身份，是否亦将一种职业习惯或职业方式，通过一种表现偏好或自我下意识的方式，影响到海上漱石生对于都市社会现实的认知与艺术表现，这确实是一个值得进一步发掘的命题。报人—小说家的小说文本实践中，极易相伴而生的一些非文学现象：过于强烈的政治与社会启蒙意识、说教语言和说教方式、新闻报道与纪实性、追求符合客观现实的真实感等等，凡此种种，实际上都与清末民初旧派小说中将“谴责”类型的社会小说，逐渐引到黑幕小说甚至黑幕书境地的那种看不见的力量存在着一定历史与逻辑上的关联。还是不妨来看一看海上漱石生自己究竟是如何在现实面前按捺不住“入世”的冲动激情，又如何逐渐突破一个小说家应有的艺术边界底线，直接将自己塑造成为一个社会批判家和事实丑恶报道记者的吧：

续《海上繁华梦》出书，初版在民国五年二月，而至五月间即已再版，可知销数之宏。沈骏声君爰续订另撰一社会小说，以飨读者。余乃成《十姊妹》三十回，是书为慨女界风俗浇漓而作，以是真淫对照，反正相生，处处皆从女界落墨，与《繁华梦》另一体裁，意在使女同胞超出情天，勿堕孽障。然而证之今日所谓摩登化女子，则江河日下，狂奢极欲、寡廉鲜耻，设欲再作一书，以资棒喝，余几掷笔三叹，而不屑辞费焉。[34]

……

《指迷针》，初名《黑幕中之黑幕》，虽亦社会小说，而命义布局，则又与《繁华梦》《十姊妹》等，各不相侔者也。时有著述家钱生可君者，悲江湖黑幕之害人，受惑者每不知其底蕴，爰作黑幕大观一书，为之揭露其隐，出版后争相传诵。[35]

上述文字中所提到的《十姊妹》《指迷针》，基本上依然是沿着《海上繁华梦》所开辟的小说文本书写道路：上海背景、市民生活、社会边缘人（主要是指这些人在生活方式、道德伦理意识与法律观念方面的自我边缘化）、现实黑幕。事实上，报人—小说家身份以及长期的报人观察、接触与报道社会的视角与习惯，让作为小说家的海上漱石生在其漫长的写作生涯中不时偏向“报人”身份及职业方式一点亦不困难。而报人与小说家身份之间的相互拉扯，亦从一个侧面反映出清末民初中国都市市民小说兴起发展过程中的一种存在现实——小说这种表达形式，并不仅仅是一种完全由小说家主导操控的文学表现形式，某种意义上，它要比诗歌散文等文学形式更容易受到时代与社会环境因素的干扰影响。而小说家的小说观，亦更需要确立起一种与现实之间对话互动的关系形态，否则的话，这种小说的大众化、通俗化特性就难以真正得以体现和实现。

## 四

如前所述，海上漱石生一生写作生涯漫长，而且一直到他去世前之前，仍在《五云日升楼》上连载长篇章回体小说《掌心剑》。而在这四十年间，中国的文学环境和小说环境已经发生了显而易见的变化。海上漱石生的文学观和小说观亦不会简单地固守延续19世纪末、20世纪初他在创作《仙侠五花剑》《海上繁华梦》时期的立场主张。但他的小说观究竟发生了怎样的调整改变？为什么会发生这样的改变，以及这些改变与他的小说文本实践之间存在怎样之关系？

就在五四新文学运动前夕，海上漱石生在《繁华杂志》题词中面对世事变幻和自己的文字生涯，曾有几句诗表达自己内心的感慨：莽莽神州世变多，繁华如梦感春婆。笑驱三寸毛锥子，忽惹千秋文字魔。容我著书消岁月，管他飞檄动兵戈。醉心权当中山酒，一册编成一月过。不志兴亡志滑稽，仰天狂笑碧空低。阽危时局何堪忆，游戏文章尽有题。[36]在这种感慨中，时局、政事、社会、道德、人心等文人和知识分子们习于触动心事、引发议论的主题，似乎都可以被化解掉或自我消解掉——一句“不志兴亡志滑稽”，似乎已经揭示出作为社会批判家和小说家的海上漱石生的“转向”。这种转向，其实依然可以从其报人生涯中找寻到蛛丝马迹的来源，所不同的是，这一次的来源，不是从《新闻报》《申报》和《舆论时事报》这些他曾经就职的沪上大报中寻找，而是从《采风报》《笑林报》《新世界报》《大世界报》《梨园公报》《繁华杂志》《七天》和《俱乐部》这些先后由他主编、呼应都市市民阅读需求的软性文化读物中寻找。作为报人的海上漱石生，其经历也具有大报报人和小报报人之双重性。大报报人的“家国天下”和小报报人的“鸡飞狗跳”，不仅早已让海上漱石生习惯于从“大处”与“小处”、严肃与滑稽这类双重之立场、视角和方式来书写都市、生活、人性，还有一个始终处于动荡变化之中的时代，而且亦早已参与塑造了他的文学观和小说观。

注　释

1　程小青、钱释云主编：《新月》第1期，1925年10月2日，上海。

2　据《退醒庐著书谭》，海上漱石生的《仙侠五花剑》三十回，成书于他29—30岁，也就是他初到《新闻报》就职时期。

3　在《退醒庐著书谭》中，海上漱石生曾描述过《仙侠五花剑》的写作背景：余作《仙侠五花剑》，彼时海上之武侠小说，尚只《七侠五义》及《小五义》《七剑十三侠》等寥寥数部。而间有思想鄙陋、笔墨芜杂，误以好勇斗狠，竟为武侠正宗之人，亦居然搦管行文，续续出版不已。余因欲力而纠正之，乃作是书。（《退醒庐著书谭》，刊施济群、郑逸梅编辑：《金刚钻小说集》，第31页，1932年9月由上海《金刚钻报馆》发行。）

4　“退醒庐小说十种”包括《还魂茶》《二百五》《一线天》《孤鸾恨》《破蒲扇》《机关枪》《金钟罩》《匾中人》《怪夫妻》《樟柳人》，均出版于1926年。这十种小说按体裁类型被分为社会、滑稽、探险、哀情、政治、军事、武侠、侦探、家庭、神怪。

5　在此方面过分苛求海上漱石生是不合理的。与之相比，王韬与西语西文接触的机会要比海上漱石生大得多，但王韬一生并没有建立起基本的西方文学的文本素养。这种现象的出现，很难简单得归因于所谓文学观念之保守。

6　〔清〕海上漱石生：《余之古今小说观》，刊《新月》第1卷第1号，第1页，程小青、钱释云主编，1925年10月2日出版，上海。

7　同上。

8　对于清末民初“狭邪小说”生成缘由及其特征，鲁迅在《中国小说史略》及《上海文艺之一瞥》中，将这一过程在时间上切分为两个相互关联的两个阶段，即才子佳人阶段和才子+流氓阶段。其实，如果从海上漱石生所提供的个人阅读经验叙述来看，中国古代有关两性关系之小说文本中已经存在着的才子佳人类型以及现实的感官享乐类型之事实，已经揭示出其实晚清的才子佳人小说与才子+流氓小说并不是在时间上先后递进生成的，而是从一开始就存在着一种共生共存的格局。

9 《仙侠五花剑》“序”，古瀛洲狎鸥子撰，上海《笑林报》馆，1901年。

10 海上漱石生曾在《报海前尘录·澹定室主狎鸥子瘦蝶词人轶事》一文中专门行文回忆介绍狎鸥子张康甫（锡蕃）。其时张为《新闻报》校对，“博学多能，胸中书卷甚富，且工书善画。书饶金石气，画则长于山水，笔意苍古，以气运胜，非沾沾于轻描淡写一派者”。

11〔清〕海上漱石生：《退醒庐著书谭》，刊《金刚钻小说集》，第26页，施济群、郑逸梅编辑，1932年9月由上海《金刚钻报馆》发行。

12 同上。

13 海上漱石生此处显然是将王韬的《瀛壖杂志》和《瓮牖余谈》两书混记为《瀛寰琐志》了。

14 海上漱石生著：《报海前尘录·天南遁叟轶事》，自印，无页码。

15 此处《断肠花》为《断肠碑》之误。

16 此处“慕真散人”为“慕真山人”之误。

17〔清〕海上漱石生：《报海前尘录·瘦鹤词人我佛山人轶事》，自印，无页码。

18 此处《三十年怪现状》为《二十年目睹之怪现状》之误。

19 同上。

20 海上漱石生：《报海前尘录·南亭亭长轶事》，自印，无页码。

21 参阅胡适《海上花列传》“序”及蒋瑞藻《小说考证》。

22 孙家振：《退醒庐笔记》，第65页，上海：上海古籍出版社，1997年1月。

23 漱石生撰：《苦社会》“叙”，上海：上海图书集成局，1905年。

24〔清〕海上漱石生：《退醒庐著书谭》。

25〔清〕海上漱石生：《余之章节小说观》。

26 同上。

27《退醒庐著书谭》。

28 同上。

29 其实将这两者挂钩的始作俑者，大概就是海上漱石生自己。在其《退醒庐笔记》“退醒庐伤心史”以及《退醒庐著书谭》中，海上漱石生都坦言《海上繁华梦》中的人与事，有些是直接来源于自己的生活经历。

30《退醒庐著书谭》。

31 同上。

32 同上。

33 同上。

34 同上。

35 同上。

36〔清〕海上漱石生：《繁华杂志·题词》，《繁华杂志》第一期。

# 后记

19世纪一二十年代，当英国伦敦会来华传教士马礼逊、米怜在远离中国内地的马六甲英华书院，开始就《圣经》中译的语言选择问题进行商议讨论之时，实际上他们已经开启了晚清“西学东渐”与本土语言文学改良的序幕。

今天来看，至少他们当初在马六甲所创办推动的三件事业，与上述“西学东渐”及本土语言文学改良关系密切。

其一是英华书院这样一所双语式的教会学校的创办，以语言双轨、知识双轨为肇始，开启了“西学”在近代意义上的学校这一空间平台的教育传播；

其二是通过《察世俗每月统计传》这样的中文刊物的创办，开启了“西学东渐”在报刊这样的公共媒体平台的展开以及向全社会的开放；

其三是对于《圣经》的中文翻译。

上述第一、第二两件事业，后来与本土“洋务运动”当中兴办的新式学堂以及新兴报刊媒介合流，成为推动清末民初“西学东渐”以及中国近代化乃至现代化事业的重要途径与载体。相比之下，《圣经》翻译一途，似乎长期局限在来华传教士群体及差会内部，成了一个相对封闭的“事业”。

而实际情况显然并非如此。

马礼逊、米怜当初开启《圣经》中译之际，语言选择问题一度成为一个颇令人困扰的难题，围绕这一问题所展开的讨论以及所形成的分歧，亦不“逊色”于“术语之争”。马礼逊们当时需要无差别地向本土士人、民众传播“福音”，但无论是在马六甲地区，还是在中国沿海口岸，士人与民众的阅读能力与阅读意识迥然有别。最初，马礼逊他们注意到了《论语》的语言，也基本了解这种语言对于本土士大夫阶级或者知识精英阶层的意义，但他们意识到，如果选择这种语言来翻译《圣经》，那么无差别地传播“福音”的目标就难以实现。于是，他们将《圣经》中译、“福音”传播的语言选择，转向了为底层社会、普通民众所熟悉并使用的语言，也就是方言口语。当然他们也注意到了方言口语的局限性，于是作为一种折中，他们选择了一种半文言、半语体的语言，也就是米怜所提到的历史小说《三国演义》一类的文学作品所使用的那种语文。后来，这种语文被来华传教士团体在翻译《圣经》时所沿用，并将这种语文称之为“浅文理”（Easy Wen-li）的语文。

众所周知，后来传教士团体开发出了所谓深文理（High Wen-li）、浅文理、口语方言以及官话等不同语言的汉语中文《圣经》译本。《圣经》汉语中译的语文实验，也是清末民初由来华传教士所开启并推动的一场影响深远的语文实验。最终，20世纪初期官话和合本《圣经》的翻译出版，宣告了这种经过传教士团体改良的“官话”，成为《圣经》“福音”在中国传播的广泛认同的共同语言。

简单地将传教士们的语文实验与五四白话文运动关联起来，实际上忽略了两者之间的巨大差别——某种程度上，这是两种完全不同的语文实验，尽管他们可能都带有推进近现代知识的普及、启蒙民众以及推动社会文明进步的目标诉求。但实际上，参与五四白话文运动的那些先行者们，当初对于来华传教士们的白话文实验几乎毫无所知，尽管他们早已在新式学堂或学校里接受"西学"及"新学"的教育，而且也通过报刊这些公共媒介，来接受知识、思想及社会信息。

在来华传教士团体与五四白话文运动之间，或者与五四知识群体之间，还隔着一两代本土知识分子。如果说王韬、邹弢、沈毓桂、蔡尔康、海上漱石生等人为一代人（或一类人），梁启超等又为一代人（或一类人），有意思的是，王韬等一代人，不仅都是清末江浙沪一带的民间士人，而且也都是晚清最早从官方体制中退出或逸出或最终失意于这一体制，并在近代都市上海开辟出一个全新的生存空间的知识群体。鲁迅在《上海文艺之一瞥》中，曾称近代以来的上海文艺，是从《申报》开始的。而王韬这一代或这一类人，都是早期《申报》文人群的骨干甚至领袖。他们所发起并推动的清末民初上海文学，亦就是今天所谓"海派文学"的先声。

如果稍微清理一下，就会发现王韬、邹弢、海上漱石生等人所实验的文学书写，其中一部分，实际上就是后来的"鸳鸯蝴蝶派"文学的近代滥觞。而其中关涉现实、西方与社会政治的那一部分，又实际上直接影响了梁启超等人的"维新变法"思想及晚清的政治文学，甚至与"南社"的革命文学主张，亦能够从这里找寻到一丝半缕的关联。

而无论是来华传教士所开启的"西学东渐"及语文实验，包括各种类型的翻译尤其是文艺性翻译，还是王韬等沪上文士参与对接"西学东渐"并开创出晚清海派文学这样一种事业，无疑都是中国的知识、教育、思想、语言以及文艺近代化的重要推动力量与构成内容。

而上述思路，亦就成为《“西学东渐”与清末语言文学》一书的基本架构。其中对于来华传教士的讨论，集中于语文实验，以及Literature这一概念名词进入到汉语中文语境之中的历史进程的清理考察。而对于本土文士作家，则集中讨论了王韬、沈毓桂、蔡尔康以及海上漱石生。其中对于王韬在艳史题材以及文类方面的考察，以及他的小说观及文学观的分析，揭示出王韬在晚清社会与思想语境中，突出强调个人的意志、思想及情感的意义与价值在文学上的贡献。而作为一个小说家，王韬对于“自抒怀抱”和“降格求真”的两个面向的重视与实验，为晚清小说的抒情性与现实感，提供了具有小说家个人自觉意识和审美追求的个案示范。而王韬也一直为后来的海派作家包括“鸳鸯蝴蝶派”作家们所尊崇。

复旦大学出版社的学术总监陈麦青先生和编辑郑越文，来我这里商谈编纂一套“海派文学研究丛书”，我甚为赞同，并提议可以出一套研究丛书，另编辑一套文献丛书。文献丛书的建议，后来扩容成为一套卷帙浩繁的“海派文学大系”。而研究丛书，则初出三种，其中就有《“西学东渐”与晚清语言文学》。

在此感谢麦青先生和越文，让我有机会将这几年在上述研究方面的一些文稿汇总成集。其中部分论文已经公开发表过，另有部分则是专门为此书而撰写，特此说明。

2020年10月12日沪上

**图书在版编目(CIP)数据**

西学东渐与晚清语言文学/段怀清著. —上海: 复旦大学出版社,2021.9
(海派文学研究丛书)
ISBN 978-7-309-15941-7

Ⅰ.①西… Ⅱ.①段… Ⅲ.①文学史-研究-中国-清后期 Ⅳ.①I209.52

中国版本图书馆 CIP 数据核字(2021)第 185788 号

**西学东渐与晚清语言文学**
段怀清　著
责任编辑/胡春丽

复旦大学出版社有限公司出版发行
上海市国权路 579 号　邮编: 200433
网址: fupnet@fudanpress.com　http://www.fudanpress.com
门市零售: 86-21-65102580　团体订购: 86-21-65104505
出版部电话: 86-21-65642845
上海四维数字图文有限公司

开本 890×1240　1/32　印张 12.25　字数 284 千
2021 年 9 月第 1 版第 1 次印刷

ISBN 978-7-309-15941-7/I · 1296
定价: 52.00 元

---